龍陵会戦

KomaO
FurUyama

古山高麗雄

P+D
BOOKS
小学館

目次

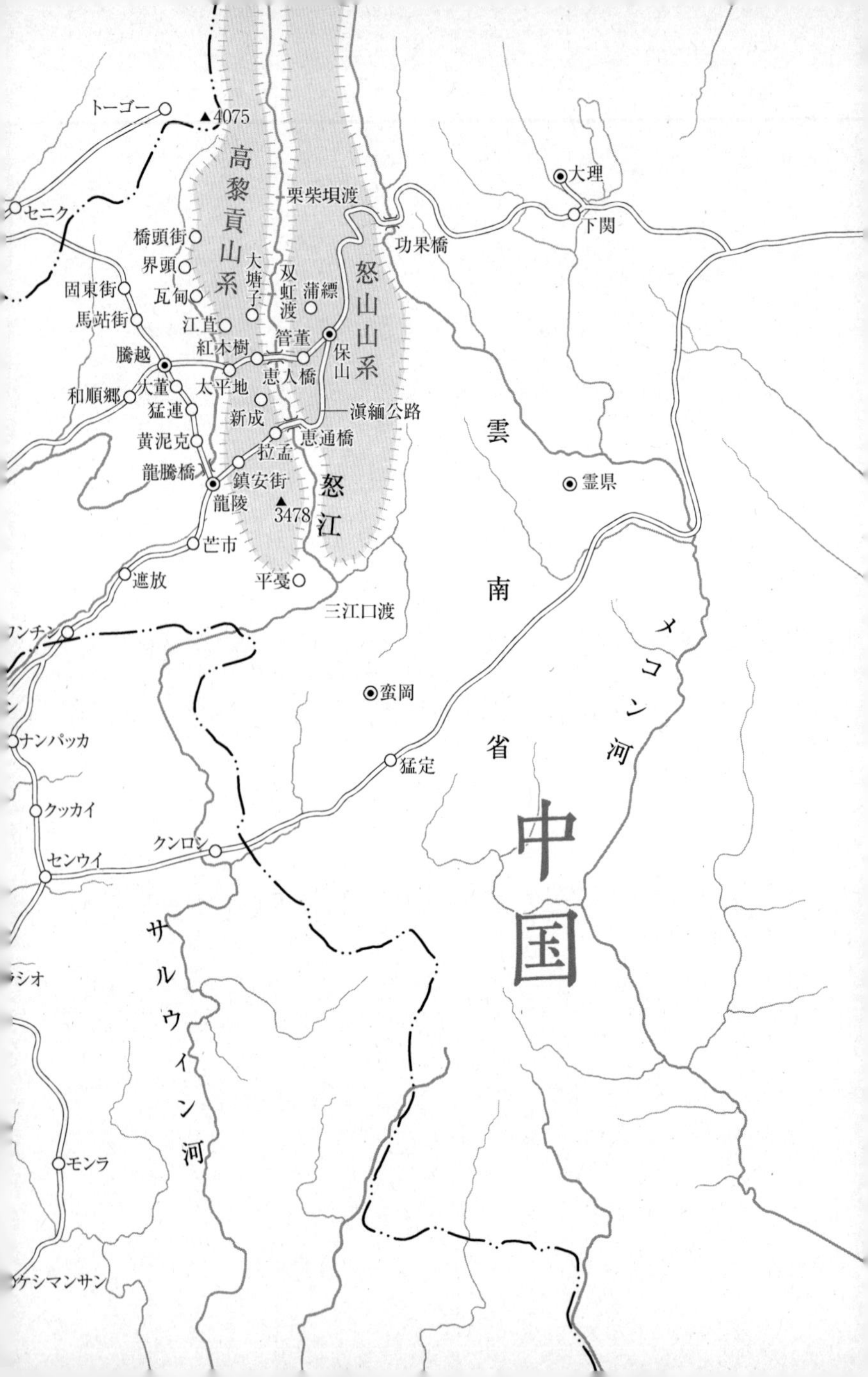

トーゴー
▲4075
セニク
高黎貢山系
栗柴垻渡
大理
下関
功果橋
橋頭街
界頭
瓦甸
固東街
馬站街
江苴
大塘子
双虹渡
蒲縹
怒山山系
管董
保山
紅木樹
騰越
恵人橋
大董
太平地
和順郷
猛連
新成
滇緬公路
黄泥克
恵通橋
拉孟
龍騰橋
鎮安街
龍陵
▲3478
怒江
雲
霊県
芒市
南
遮放
平戛
三江口渡
メコン河
蛮岡
ナンパッカ
猛定
省
クッカイ
中国
クンロン
センウイ
サルウィン河
ラシオ
モンラ
ケシマンサン

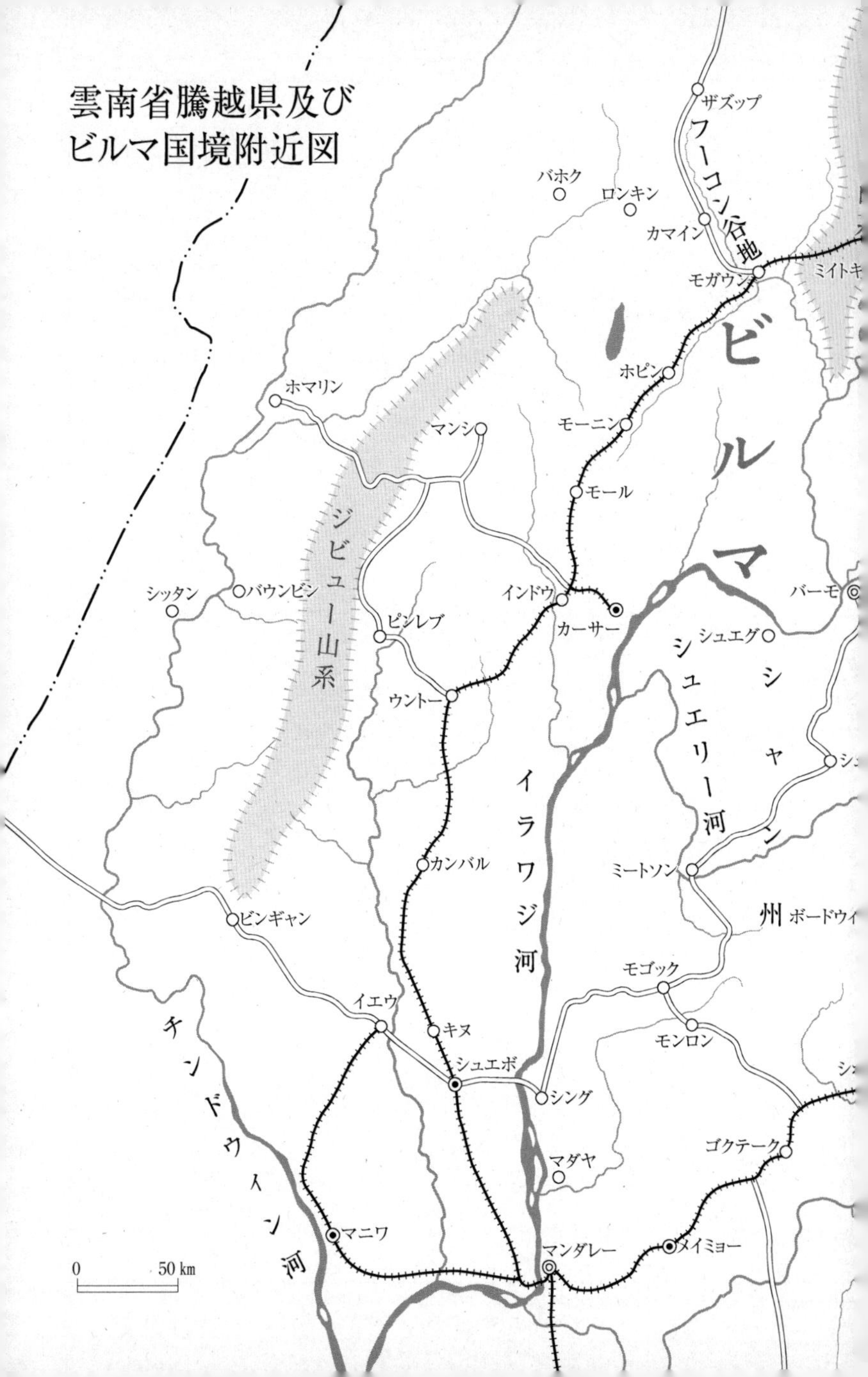
雲南省騰越県及び
ビルマ国境附近図
ザズップ
フーコン谷地
バホク
ロンキン
カマイン
モガウン
ミイトキ
ビルマ
ホピン
ホマリン
マンシ
モーニン
モール
ジビュー山系
シッタン
バウンビン
インドウ
カーサー
バーモ
ピンレブ
シュエグ
シュエリー河
シャン州
ウントー
イラワジ河
ミートソン
カンバル
ボードウィ
ビンギャン
モゴック
イエウ
キヌ
モンロン
チンドウィン河
シュエボ
シング
ゴクテーク
マダヤ
マニワ
マンダレー
メイミョー
0
50 km

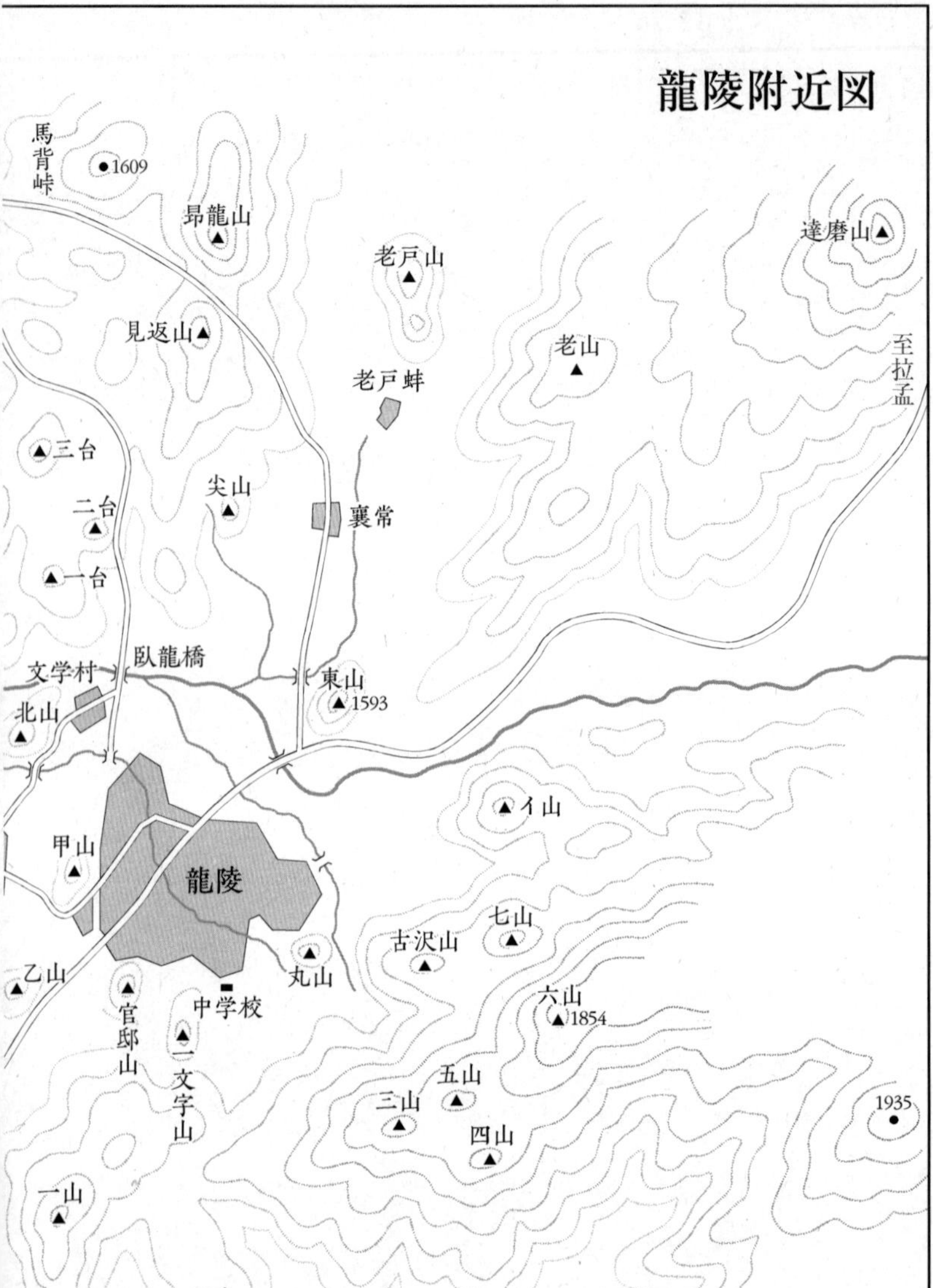
龍陵附近図
馬背峠
1609
昂龍山
老戸山
達磨山
見返山
老山
至拉孟
老戸蚌
三台
尖山
二台
裏常
一台
文学村
臥龍橋
東山
1593
北山
イ山
甲山
龍陵
七山
古沢山
乙山
丸山
中学校
官邸山
六山
1854
二文字山
五山
三山
1935
四山
一山
二山
0
1
2km

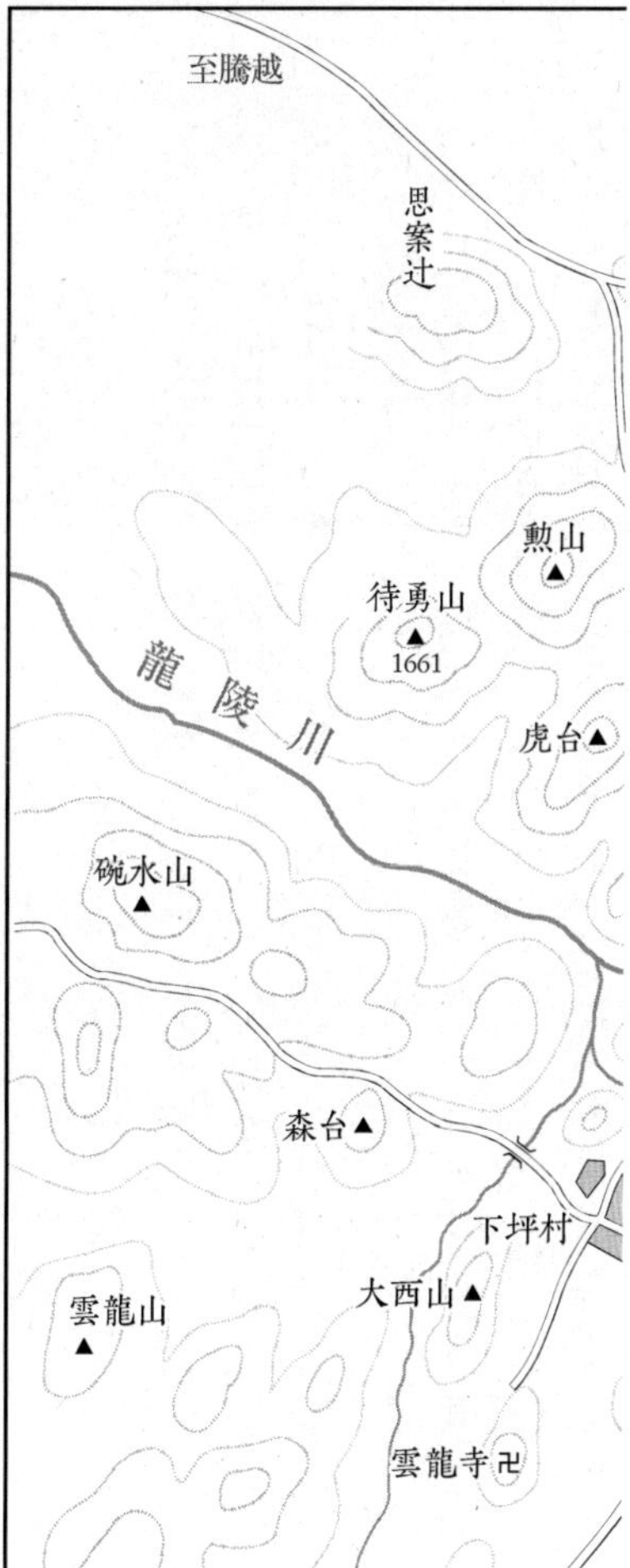
至騰越
思案辻
勲山
待勇山
1661
龍陵川
虎台
碗水山
森台
下坪村
大西山
雲龍山
雲龍寺
桜ヶ岡
滇緬公路
分哨山
双坡
旧分哨山
至芒市

1

戸石泰一が死んで、もうまる五年になる。戸石が死んで一年ほどたって、吉田満さんが死んだ。続いて福島市庭坂の安斎清吉さんが死んだ。仙台市大町で精肉店をやっていた武藤一平さんが死んだのは、一昨年の正月であった。今年もまた二人、戦友が死んだ。板垣徳さんと高橋盛さんと。

戸石も吉田満さんも板垣徳さんも高橋盛さんも、みんなここでは戦友と呼ぶことにする。旧軍隊では、吉田満さんは海軍将校であり、板垣徳さんは、陸軍の経理将校であった。高橋盛さんは下士官で、私たちの班長殿であった。戸石は、昭和十七年の十月に、私と共に仙台の歩兵第四聯隊の第一機関銃中隊に召集で入隊したのだったが、中隊で起居を共にしたのは半年ほどで、十八年の五月に、彼は幹部候補生になって予備士官学校に入った。同月、私は第二師団司令部に転属になり、南方に送られたのであった。

師団司令部での私の所属は、管理部衛兵隊であった。私は、司令部に転属になって、旧陸軍の師団司令部には、参謀部、副官部、管理部、経理部、軍医部、獣医部などの部があることを知った。管理部には、衛兵隊と輜重《しちょう》隊とがあった。第二師団司令部は、そのころ、ガダルカナルから退いてルソン島のカバナツアンという町に駐屯していた。私たちは仙台からそこに送られたのだが、勇《イサム》第一三三九部隊が第二師団司令部の通称号だと知ったのは、どこでだっただろう。私の所属が管理部衛兵隊だと知ったのは、どこでだっただろう。それはカバナツアンの司令部に着いてからだったような気がするが、記憶が確かだとは言えぬ。しかし、これもどの班長が言ったのだったかは忘れたが、班長から、管理部衛兵隊だけが司令部の戦闘力である、と言われて、なるほどと思ったことを憶えている。

衛兵隊は、四個分隊で構成されていたのだった。そのうちの二個分隊が重機分隊で、私は重機分隊のビリッケツの弾薬手であった。階級は一等兵であった。重機分隊では、下士官の分隊長がいて、一番から四番までの兵士が銃手で、五番からが弾薬手であった。一個分隊の兵員数は十二、三人で、銃手には精強な兵士が選ばれる。弾薬手は、弾薬を背負って銃手についてまわる。銃手が欠ければ五番の弾薬手が繰り上がって銃手になる。さらに欠ければ六番が繰り上がる。分隊の兵士番号は、弱兵ほど多くなる。私はいつも最後の番号のついた一等兵だった。そんな兵が、いや最後の番号のついた兵でなくても、旧軍隊では、将校や下士官は、兵にとっては上官であった。友ではなかった。戦後でなければ、海軍大尉の吉田満さんや陸軍経理大尉の板垣徳さんを、友とは呼べない。戦友とは言えない。

戸石泰一とは、戸石が将校になってからも、会えば、それが人前でなければ、上官としてではなく友人として口をきくことができただろう。だが彼とは、十八年の五月に別れて以来、戦後再会するまでは、顔を会わせる機会はなかったのだった。

安斎清吉さんは上等兵であったが、彼は戦友と言うより獄友だ。安斎清吉さんは、会津若松の歩兵第二十九聯隊から、終戦の年に、補助憲兵になってサイゴン憲兵隊に移ったのだ。憲兵隊で安斎さんは、留置場の看守をやらされた。そのため留置人に対する虐待容疑で、戦後、サイゴンの監獄に拘置された。私も昭和二十年の五月に第二師団司令部から俘虜収容所に転属になり、C級戦犯容疑者としてサイゴンの監獄に拘置されたのである。安斎さんは、サイゴン中央刑務所の雑居房で親しくなった友人である。

肉屋の一平さんは、私がサイゴンで俘虜収容所に転属になるまで、同じ衛兵隊で行動を共にした上等兵であった。一平さんは、私より十日ほど早く仙台の聯隊に召集されたが、私たちは一緒に師団司令部に転属になり、同じ輸送船で南方に送られたのであった。

一平さんは、私と同期の補充兵であった。あの年、八、九、十月と三月続けて毎月召集があり、新兵が聯隊に入ったのだった。その八、九月に入隊した補充兵と、十月に入隊して幹部候補生の試験に落第した者の中から、各中隊から数名ずつがピックアップされて司令部に転属になったのだった。私の第一機関銃中隊から選ばれたのは誰だっただろう？　私と同じ十月組で拓殖大学出身の加納、八月組の須藤邦一、九月組の佐久間長松、そして私。他にもいただろうか……もう記憶が曖昧になっている。

思い出せば、しかし、あのとき司令部に転属になり南方に送られたのは、大半が九月組だったのだ。聯隊の内務班では、私たちは、入隊の月によって、八月組だの九月組だの十月組だのと言っていたのだった。そして軍隊は、僅かな「メンコの数」でも物を言う組織ではあったが、さすがに、八、九、十月組の間では、「メンコの数」の差は考えなかったのだった。

それは十月組の私が考えなかっただけではなくて、八月組の連中も九月組の連中も、一月や半月の差では、「メンコの数」の意識は持っていなかったのだった。軍隊は、階級序列絶対の組織だが、兵士の間では、「星の数よりメンコの数」などと言って、古参の上等兵が、入隊は後からだが追い抜いて昇級した兵長に、古年兵殿と殿をつけて呼ばれていた。若い人たちのために旧帝国陸軍の階級を書いておこう。旧帝国陸軍には、上から、大将、中将、少将、大佐、中佐、少佐、大尉、中尉、少尉、准尉、曹長、軍曹、伍長、兵長、上等兵、一等兵、二等兵の十七階級があった。少尉以上が将校で、准尉は准士官、曹長から伍長までが下士官、兵長以下が兵であった。その階級を、星印と筋とで表示した階級章というのがあって、通常私たちは、その階級章というのを、襟などに付けていた。

「星の数よりメンコの数」の星とは、階級章の星印のことである。上位ほど、階級章の星印や条線の数はふえる。メンコとは、内地の兵営で支給されていたアルミニュームの食器のことであった。メンコの数とは、どれだけその食器を使ったかということ、つまり、どれだけ古くから軍隊にいるかということだ。そのためにあの階級序列が覆ったり乱れたりするほどではなかったが、兵の間には、星の数の序列の他にメンコの数の序列もあったのだった。

私は、一平さんたちに対して、メンコの数の差は意識しなかったが、十月組の数少ない落第生だったために九月組に仲間入りさせられた自分を、どう九月組の連中に融合させればいいのかわからなかった。融合しようとする気持もなかった。

いや、私は、十月組の連中に対しても、戸石とはかなり率直に話し合ったが、融合する気などなかったのだった。十月組は一平さんたちの九月組、つまり普通の補充兵の召集とは違って、幹部候補生要員として徴集されたのだった。十八年三月の大学高専の卒業予定者を、十七年の九月に繰り上げ卒業させて入隊させたのだった。十月組には、身体検査で甲種合格の者もいたし、私のような第二乙種合格の者もいた。あのような時代でなければ、甲種合格者は現役入隊ということになり、私たち補充兵とは仕分けられるところだが、あれは、将校増産のための召集だったので、甲種も第二乙種も一緒に徴集されたのだった。

あのころの日本は、たいそうな勢いで軍隊の規模を膨ませていて、幹部候補生を急遽大増産し将校の数の不足を塡《は》めようとしたのだ。国民皆兵、そして、学卒皆将校の時代だった。しかし、私は、幹部候補生の試験を、受けるには受けたが、落第した。試験を受けないわけにはいかなかった。十月組はそのための召集だったのだから。しかし、私は、将校になる気はなく、また、私のような者が、幹部候補生の試験に合格するとは考えられなかった。思った通りであった。第一機関銃中隊に入隊した十月組は、三十人ほどいたが、そのうち五人が落第した。そして、その五人のうち、私と加納とが南方に送られたのだった。

肉屋の一平さんは何中隊から来たのだったのだろうか。一平さんと初めて口をきいたのはどこだったのだろうか。一平さんに限らず、管理部衛兵隊の同年兵たちとのことが、断片でしか思い出せない。なにしろもう、四十年も昔のことだから……仙台から広島までの輸送列車中のこと、宇品《うじな》からマニラまでの輸送船上でのことで、私の記憶には何が残っているだろうか？十八年の六月のある日、戦地に向かって出発する私たちは、第四聯隊の営庭に整列して、聯隊長の送別の訓示があり、それから私たちは、仙台駅まで歩いたのだ。営庭でなんとかいった下士官が、私が前にさしかかると見送りの列の中から飛び出して来て、体に気をつけてな、と言って私の手を握った。あのときのあの下士官の顔と、あのグローブのような大きな手を憶えている。あの年の何月ごろであったか、私は不寝番の勤務中にタバコを喫っていてあの下士官に見つかり、一発だったか二発だったか、ビンタを食らった。殴られる前に私は、殴られるな、と思いながら下士官の手を見て、でっかいな、と思った。とたんに頰を張られた。眼から火花が出る、というのは形容ではなく、事実だと知った。殴られたとたんに、火花が見えた。

内務班で私は、班長にも、古年兵にも殴られた。しかし、殴られた相手の名前を私は忘れている。私刑にもかけられた。私を私刑にかけた古年兵の名前も忘れてしまった。憶えているのは、屈辱感だけである。

軍隊では、どんな屈辱に耐えなければならないか。一応私は予想していて、なんとかこなさなきゃ、と思っていた。私は軍隊に順応しない自分の生き方を、どこかで持ち続けようと決めていた。強い奴の命令には背けまい。しかし、面従腹背というやり方がある。まあそのへんでなんとかやって行くしかないかな、と思っていた。

入隊して、いろいろ阿呆なことを言われた。上官の命令は朕の命令だ、という。しかし、私は、俺には朕の命令に従う気なんてないんだから、そんな文句はナンセンスだぜ、と心の中で言う。しかし、上官の命令には、反抗できない。朕の命令であろうがなかろうが、背けばひどい目に会わされるので、怖くてできない。

軍隊では、軍隊で支給されるものは、みな天皇の御分身だと言っていた。軍隊で支給されるものには、員数のあるもの、と、員数のないものとがあったが、たいていのものは、員数のあるもの、であった。員数のないものと言えば何があっただろうか？　軍隊では、縫針と糸が支給されたが、縫針は員数のあるものだったが、糸は員数のないものであった。糸だとか、保革油だとか、若干の消耗品は員数のないものであったが、保革油の罐は員数のあるものであって、員数のあるものは、定められた数を常に揃えていなければならない。その員数のあるものは、すべて天皇の御分身だというのであった。縫針も、保革油の罐も、メンコも、すり切れた靴下も、すべて、アラヒトガミのブンシンなのであった。

どんなに途方もないことを言われても、私にできるのは、心の中で、馬鹿野郎と叫ぶことだけだ。軍隊では、そう決められている限り、メンコであれ、靴下であれ、天皇の御分身だと思っているふりをしていなければならないのである。

その、もろもろの御分身の中でも、菊の紋章の刻まれている三八式歩兵銃は、御分身中の御分身であった。私が私刑にかけられたのは、その御分身中の御分身に鼻毛ほどのゴミがついていたのを咎められたのであった。

罰として私は、中腰で、許しが出るまで捧《ささ》げ銃《つつ》を続けさせられた。成績の上がらぬ遊廓の女郎は、水の入ったバケツを両手に一つずつ持たされて、きりなく立たされたりするのだという話を聞いたことがあるが、私も似たような目に会わされたのだった。私は、みんなに見物されながら、ボロボロ涙を流して泣いた。

やはり面従腹背では、よほど巧妙でなければ、ボロが出てしまうのであった。腹背が、はっきりしたかたちではなくてもどこかに出てしまい、その分だけ人より多く、ビンタを食らったり、私刑にかけられたりすることになるのだった。しかし私は、自分を変えようとはせず、愚弄を愉しむ同胞を憎み蔑んだ。

だが、あのグローブのような手のビンタは、愚弄を愉しむビンタではなかった。当然で迅速で、その場でだけの体罰であった。私は眼から火花が飛び出しても、あの下士官には好感を持った。そして、出発のとき、手を握られて、感傷的な気持になった。

聯隊から駅までの行軍は大ぴらなものであった。市民が沿道で旗を振って見送った。隊の先頭でラッパ手がラッパを吹いた。しかし、輸送列車に乗り込むと、防諜のためにブラインドをあけてはならぬと言われた。列車は、東京に入ると、池袋を通り、新宿を通り、品川に出て西に向かった。日暮里まで行って山手線をまわったのか、赤羽から池袋に抜けたのか、私は憶えていない。列車が新宿あたりを通過するのを、ブラインドをおろした客車で感じていて、ああ、これで新宿、いや、東京とは、永遠の別れかも知れないなあ、と思い、入隊前のことをあれこれ思い出した。そして、いろいろあったが、これですべて終わりだ、と思った。

戦死を考えるより、いつになったら解放されるかわからないこれからの自分の境遇を思うと、憂鬱だった。だが、どうしようもないことだ。このまま連れて行かれるところに行くしかないのだ、と思った。行先が南方であることは予想できた。出発前に支給された被服が南方向のものだったからである。しかし、フィリピンに行くと知ったのは、輸送船に乗ってからだった。

仙台から広島まで、どれぐらい時間がかかったのか憶えていない。憶えているのは、広島で、駅ではなく、プラットホームのない場所で、朝、早い時間に列車から降りたことだ。そこから、宇品まで歩いて、輸送船に乗ったのだ。輸送船は、すぐ出帆したのではなかった。一晩だったか二晩だったか、それとも三晩だったたか、私たちは、宇品に停泊したままの輸送船で過ごしたのだった。

輸送船が宇品を出てマニラに着くまで、何日かかったのだっただろうか。甲板から海上を眺めると、飛魚が飛んでいた。輸送船がマニラ湾に入ったのは暗い時刻であった。夜半だったのか未明だったのか、憶えていない。上陸したのは、明るくなってからであった。

一平さんとも、他の連中とも、あの輸送列車の中や、輸送船の上で、多少は言葉を交わしたかもわからない。私は各中隊からピックアップされて集まった仲間たちに、自分が第一機関銃中隊にいたことや、十月組の落第者であることぐらい、あるいは、本籍地が刈田郡渡瀬村であることぐらいの話はしたかも知れない。他に、どんな話題があっただろうか。それにあのころ、たとえ軍隊でなくても、誰が本音を語ることができただろうか。昭和十八年、私は数えで二十四歳だった。九月組の補充兵たちは、みな私より年長であった。三十に近い者、中には三十を越えた者もいた。少数の例外をのぞいて、九月組はみな妻子持ちであった。九月組は、十月組のように身軽な人たちではなかった。軍隊に徴集されて、家業を家族に任せて出て来ることができたかどうか。農家は、規模は小さくなるかも知れないが、家族たちでなんとかやって行けるのではないか、と思った。商家はどうなのだろうか。私が入隊したころ、すでに米だけでなく、炭も酒も塩も砂糖もマッチも食用油も、タバコも衣料品も、あれもこれも配給制だの切符制だのになっていた。商店は配給所になり、配給所なら、父ちゃんはいなくても、母ちゃんでやって行けるかも知れない。

そのころ私は、一平さんが精肉店主だったとは知らなかったが、肉ももちろん入手しにくい世の中になっていた。一平さんが入隊したころには、食肉もすでに配給制になっていたのではなかっただろうか。あのころの商店主には、もう活躍の余地はなかったかも知れない。しかし、一平さんの場合は、家長が徴集されたのであり、私は勘当息子が徴集されたのである。一平さんに限らず、九月組は十月組にはない生活の重みを背負って入隊したのである。九月組が召集令状を受け取って、御国のために役立つときが来たと勇んで入隊したとは、もちろん私は思わない。困ったと思い、しかし、のがれる道はないので、やむなく来ているのである。九月組を見て私はそう思うばかりで、話題はない。

私は、入隊以来ずっと、言葉の少ない一等兵であった。殻を作って閉じ籠っていた。一平さんは、とにかく同期であり、戦友である。しかし、格別親しくしたわけではなかった。私には、格別親しく付き合った戦友はいなかったのだ。しかし、一平さんとは、戦後三十年もたってから親しくなった。戦争が終わり、私は年を取り、やっと殻から出て、人々と付き合えるようになった。

私は、昭和四十八年の夏に、戦後初めて、仙台に行き、板垣徳さんを訪ねた。板垣さんが私を、一平さんの店に連れて行ってくれたのだった。

そのときのことを私は、「水筒・飯盒《はんごう》・雑嚢《ざつのう》」という題で書いている。読み返してみると、グローブのような手のことも書いている。そして、あれも憶えていない、これも憶えていない、と、憶えていない、を繰り返している。

しかし、実際、過去のことで、何から何まで細かいところまですべて憶えているというものはないものだ。

あの短篇の最後で、私を迎えた一平さんが、仙台在住の須藤と門村に電話をかけて戻って来て、

「みんな来たら、チャバレーさ行くべ」

と言う。

私は、

「いいな」

と答え、一平さんたちと、特別昵懇《じっこん》な交際が今後始まるとは格別には思わないが、先刻まで、これで終わりだ、と自分に言っていたのに、いやいや〝始まり〟だと考え直すのである。

思い出せば、あの仙台への旅行は、私の懸案だったのである。三十年ぶりに私は懸案を果たして、これで終わったという気分になる。ところが一平さんと再会して、終わりではない、これから何かが始まるのだと考え直すのである。

あの晩、私たちは、一平さんの案内で、キャバレーに行った。チャバレーというのは、一平さんの東北訛りである。宮城では、キをチと発音するのだ。

その後、特別昵懇というほどの付き合いではないが、一平さんとの親交が復活した。

仙台には、戦後三十年近くも訪ねる機会がなかったのに、四十八年のあの旅以降、何回か訪ねた。仙台に行けば、板垣徳さんと武藤一平さんとを訪ねるのが、きまりのようになった。

一平さんは、大仰なところがない。演技がない。自慢もしないし、愚痴もこぼさない。人を

褒めもしないし、悪口も言わない。冗談も言わない。しかし、堅い感じはない。自然で、毅然としていて、親切な人だった。

勇一三三九会という第二師団司令部の戦友会がある。私たちは、自分たちの部隊を、イサムのサンキュウだとか、サンキュウ部隊だとか、単にサンキュウだとか、略して言っていたが、六、七年前、私はその戦友懇親会に、一平さんに誘われて一度出席した。

勇兵団こと第二師団は、宮城、福島、新潟三県の出身者で編成されていて、司令部の下士官兵は、その三県の人たちであった。だから一三三九会の会場は三県のまわり持ちになっているというのであった。

私が出席したその年の会の会場は、仙台の近くの作並温泉の、なんとかいう大きな旅館であった。馬奈木敬信元師団長と岸本宗一元高級副官、鈴木俊雄元班長や喜多方の梅本清たちと、その会で三十何年ぶりかで再会した。

鈴木さんは、温和な人柄の班長であった。兵を殴るような班長ではなかった。いったい内地の内務班とは違って、戦地では、ビンタを食らうことは滅多にない。たまに、やたらに下級兵を殴る癖のあるやつがいないではないが、私は、戦地に行ってからは、三度ぐらいしか殴られていない。

一度は、フィリピンで、私たちがカバナツアンという町にあった司令部に到着すると、その日だったか、翌日であったか、整列ビンタを頂戴したのだった。ある下士官の考えで、とにかくまず一発食らわして気合をかけておこう、というのであった。古年兵の一人が殴り役を言いつかり、私たちを整列させて一発ずつ頰を張ってまわったが、殴り役にはその気がなく、下士官に命ぜられて、仕方なくやっているのだとわかった。

一度は、ビルマのピンマナという町の近くの操車場で、将校からビンタを食らった。あれは、夜、英軍の戦闘機が飛来して操車場の貨車に機銃掃射を加えたのである。私はそのとき、貨車の中で物品監視の役についていたが、最初の掃射と二度目の掃射の間に脱出して、近くの壕の中に飛び込んで、そこで眠ってしまったのだった。かなり長い時間眠ったらしい。ふと頭上で、古山ア、古山アと叫んでいる者がいたので、オウ、と答えて飛び出したが、それまで地上では、てっきり私が撃たれたものと思い、古山一等兵行方不明と司令部に打電して、みんなで私の死体を捜したというのであった。

そんな迷惑をかけておいて、オウとのんきな声を出して出て行ったので、殴られた。あの将校は、どういう将校だったのだろうか。それまで見たことのない人だったが、私の捜索隊の指揮者だったのかも知れない。

温厚な鈴木さんに殴られたのは、龍陵《リュウリョウ》の近くの山中でだった。私は短い道のりの行軍も苦しくて、少しでも身を軽くしようとして被甲（ガスマスク）を谷底に投げ捨てたのであった。

被甲は軍事秘密の御分身で、それを捨てたりなどすると、軍法会議にかけられて罪を問われるのだそうだが、私にしてみれば、胸を締めつけて私を苦しめる代物でしかなかった。被甲に限らず、私は銃も弾丸も捨ててしまいたかった。だが、軍隊でそんなことをすれば、罰せられて当然である。

私は殴られたからといって、みじんも鈴木さんを恨んだり憎んだりはしていない。しかし鈴木さんは、もしかしたら、私がそのことにこだわっているのではないか、と懸念したかも知れない。

「私は、なんとも思っていませんよ。鈴木さんが鈴木さんのところで止めてくれたことに感謝してますよ」

と私は鈴木さんに言った。鈴木さんは、やや照れた顔をして、笑いながら、ああ、ああとうなずいた。鈴木さんと会えてよかったと私は思った。

わだかまりがないとは言えない相手もいる。あいつと会ったら、どんな態度をとればいいのか、ギクシャクした感じになってしまうだろうな、と思う相手がいる。

夕食時、大広間で宴会があった後、私たちは割り当てられた部屋に退き、なおも酒を飲みながら、雑談した。

「大沼さんはどうしてるのかな」

と私が言うと、

「元気だよ」

と誰かが言った。

「会いたかったな」

大沼さんは、以前、三九の会に出席したことがあったという。だが、こういう会に出ると、あいつに会うかも知れないから出たくない、と言っていたという。大沼さんは、そんなことは言っていないと言うかも知れないが、それなんだよな、と私は思う。

その話をした戦友は、大沼さんが嫌っている下士官の名前を挙げて、

「嫌われているやつは、わかっていて、出て来ないのしゃ。会うかもすんねえなんて心配する必要はねえんだどもな」

と言った。

大沼さんは、滇緬《てんめん》公路で、私が落伍したとき、迎えに引っ返して来てくれた古兵殿である。大沼さんは鈴木さんに、行って来いと言われて来たのかも知れないが、私は礼を言わなければならない。あのとき迎えに来てくれたのは、大沼さんだけでなく、二、三人で来てくれたのだったが、私は大沼さんだけしか憶えていない。

みんなで、私の銃や、背嚢などを持ってくれて、私を引き立てるようにして、分隊のいる場所まで連れて行ってくれたのだった。

「しっかりしろよ、俺たちだって疲れているんだからな」

と大沼さんは言った。

お荷物と言うが、まったく私は、みんなのお荷物であった。みんなに迷惑をかけた。なにし

ろ私は体力がなさ過ぎた。行軍と言っても滇緬公路の行軍は、せいぜい二キロか三キロぐらいでしかないのに、私はみんなと一緒に歩けなかった。百メートルも行かないうちに、私は遅れ始める。落伍したら敗残兵にやられるぞ、と脅かされても、足が動かない。あの戦闘では、日本が勝っていたわけではないから、敗残兵と言えるかどうかわからないが、雲南遠征軍のはぐれ兵士が、たまに日本軍の後方に取り残されていたのであった。そういう雲南遠征軍の兵士が、一人きりでトボトボヨチヨチと歩いている私を襲うことがないとは言えないのである。しかし、私は歩けなかった。

私はあの雲南の山の中で、司令部の兵隊だからといって生還できるというものではないが、隷下部隊でなくて幸運だったな、としばしば思った。もし私が、隷下部隊の兵士だったら、体のつらさはこんなものではあるまい、と想像した。師団の各部隊を司令部では隷下部隊と言っていた。通称号勇第一三〇一部隊の歩兵第四聯隊、一三〇二の歩兵第十六聯隊、一三〇三の歩兵第二十九聯隊、その他工兵隊も野砲隊も通信隊も、みな隷下部隊である。

師団の上部には軍があって、軍は、その隷下部隊を適宜他の師団の指揮下に組み込む。その指揮関係がどうなっているのか、私のような下級兵士にはわからないし、知る必要もない。

しかし、雲南地区の主戦力が久留米編成の龍《タツ》兵団であることぐらいは、班長に聞かされて知っていた。

十九年の夏、私たちは、駐屯していたイラワジデルタ地区のネーパン村から、中国雲南省に向かった。イラワジ河を渡ってラングーンに出て、マンダレーに向かって北上した。マンダレーから東に向かい、ラシオという町を通って中国領に入った。雲南の拉孟《ラモウ》、騰越《トウエツ》、龍陵等の町で、龍の守備隊が全滅に瀕しているという話を、私たちは確か、行軍中に、班長に聞かされたのだった。

班長は、雲南遠征軍のことを米式重慶軍と言った。私たちの役目は、雲南遠征軍に包囲されて孤立している三つの守備隊を救出することで、この作戦は断作戦というのだと教えられた。ラシオに着いて、そこがラシオという名の町であることを知る。芒市に着いて、そこが芒市という町であることを知る。滇緬公路という名は、滇緬公路上で教えられた。ビルマを漢字で緬甸と書く。滇緬公路の緬が緬甸の緬だということはわかるが、滇が雲南の意であることは、当時は知らなかったので、班長に借問してみたが、班長も知らなかった。

龍陵守備隊に会津若松の歩兵第二十九聯隊（勇第一三〇三部隊）が加わっていることなど、現地に着くまで私は知らなかった。

私たちは、ネーパン村からずっとトラックで搬送されたのだったが、芒市という町の少し先から徒歩行軍で行くことになった。

龍陵の守備隊を救出するのだという。その龍陵という町が、芒市からどれほどのところにあるのか、芒市や龍陵が、中国雲南省のどのあたりにあるのか、何もわからない。

私たちは、芒市の郊外で小休止して、出発の命令を待った。芒市のあたりは盆地であった。

突然、敵機が飛来して、芒市の街のあたりを爆撃した。

「このへんからは、もう第一線のようなものなんだ」

と班長が言った。

芒市では、私の分隊長は誰だったのだろうか。それも憶えていなくて、班長がそう言ったような気がしているのだ。

芒市で、アンコ玉の配給があったような気がするがどうだったのだろう? まんじゅう屋の佐藤弥太郎さんが作ったアンコ玉だったと思う。弥太郎さんに聞いてみたら、はっきりするだろうが、弥太郎さんは今、どうしているのだろうか。

2

芒市で飯盒炊爨《すいさん》をしたのだったかどうか、思い出せない。

あの町でアンコ玉の配給があったということは、あの町では炊事班があって、炊事班が炊いてくれたのかも知れない。それとも、炊事班などはなく、あのとき、岡崎師団長が芒市にいて、まんじゅう屋の弥太郎さんは、師団長の炊事当番でもしていて、お偉方用の鍋釜を使って、あのアンコ玉を作ったのかも知れない。弥太さんにアンコ玉を作らせたのは、経理将校の板垣徳さんだったかも知れない。

芒市ではアンコ玉のほかに、塩干魚を一切と梅干を一個ともらったのだ。あの塩干魚は鮫だったのだと思う。あれがあの日一日分の菜だったのだ。あれからは毎日一回、飯盒で一日分の飯を炊いたのだ。芒市を出発してからは、菜は、乾燥野菜を粉醤油を溶かして煮つけたものと決まってしまったのだった。乾燥野菜はボール紙のような味がした。粉醤油には特有の厭な匂いがあった。だが毎日飯が食えるということだけでも、司令部の兵隊は恵まれていたのだ。

芒市では休憩しただけで、出発したのだったと思う。それにしても、芒市ではほかに何があったか記憶が曖昧である。休憩したのが、町から離れた場所であったことは憶えているが、壕にでも入っていたのだったかどうか思い出せない。

敵機の飛来は憶えている。低空で私たちの頭上を飛んで、町の方に行ったのだった。二機だった。あのとき私たちは敵機に見つからないように急いで身を隠したはずだが、してみると壕でもあったのだっただろうか？　なぜかあのとき私たちは、樹も家もない場所にいたような気がするのだが、はっきり思い出せない。

記憶はかくのごとく、ある部分だけが廃れずに残っているだけだ。それは、もちろん、芒市に限らない。出動命令が出て、イラワジデルタのネーパン村から、龍陵までの行軍中のことで、私は、何を憶えているだろう？　私は、わずかしか思い出せない。

ラングーンの兵站《へいたん》に一晩だったか二晩だったか泊まった。近くに湖のある兵站だった。しかし、泊まったのが一晩であったか二晩であったか憶えていない。あの湖は、カントージ湖だったのだろうか、それともインヤー湖だろうか。ラングーンの兵站を出発したのは未明で、夜おそくマンダレーに着いたのだったと思うが、これもはっきりしない。

マンダレー街道を北上中、爆音を聞いて、道路脇の樹の下に入って爆音が遠ざかるのを待ったのを憶えている。トラックはそれぞれ樹の下に乗り入れたのだ。ところで、私たちを載せたトラック隊は、全部で何輛ぐらいだったのだろう？　一輛のトラックに何人ぐらいが載っていたのだったろう？　私と一緒に載っていたのは、誰だったのだろう？

トラックには相当な量の梱包が積まれていて、私たちは、その梱包の上に載っていた。あれは何の梱包だったのだろう？　弾薬や食糧の梱包だったのかも知れない。私たちは梱包の上に載るのだから、そう多くは載られない。一輌のトラックの荷台に載っていたのは、十人とはいなかったはずだ。私はトラックの上から、ビルマの広大な平野を眺めながら、満洲を思い出していたのだった。似ている、と思った。樹木や家や人種は違っているが、そう思った。マンダレー街道を走りながら見たビルマの平野は、南方の割に樹木が少ない。広さやそういうところが、あの南の大平野は、満洲に似ていたのだ。

私の前を走っていたトラックのラジエーターから、突然湯気が噴き上がり、そのトラックが隊列を離れたのを憶えている。輜重隊の兵隊たちは、いすゞのトラックをいすゞちゃん、トヨタのトラックをオトヨサンと呼んでいた。いすゞちゃんもオトヨサンも、今のトラックの性能からは考えられないような粗末な代物であった。クランクを回してエンジンをかけ、三時間も走れば一時間ぐらい休まなければオーバーヒートしてしまうのであった。

私は、マンダレー街道を北上するトラックの上で、満洲を思い出し、そして、もう二度と満洲を見る機会はないだろう、と思っていたのだ。満洲も朝鮮も、東京も京都も。この戦争で生き残っても、私には未来はない、と思っていた。私たちがマンダレー街道を北上したのは、十九年の八月で、そのころはもう、インパール作戦は失敗し、作戦に参加した日本軍は、退却に転じていた。当時の私は、大本営の作戦のことなど、もちろん、わからない。インパール作戦が始まったと班長から聞かされて、どうしてそんなところまで行くんだ、いい加減にしてくれ、と独りでひそかに思う。しかし、思ってもどうしようもない。だが、思う自分だけが自分だ。私には思うことだけしかできないし、思うことだけはできるのだと私は思っていた。私はそこに閉じ籠っていた。過去を思った。恵まれていた甘い過去。満洲も朝鮮も甘い。東京も京都も甘い。脳溢血で倒れた母が、一年半ほど床に就き、十六年の夏に死んだ。翌年、妹が肺結核で死んだ。その年父は、朝鮮の鴨緑江《おうりょくこう》のほとりの町で開業していた病院を人手に渡して内地に引き揚げた。私が京都の高等学校を退学して東京で無為の生活をし始めたのは母が死んだ年であり、私が召集されて入隊したのは、妹が死ぬ一月前であった。そのころからわが家も私自身も、いわゆる恵まれた環境が傾《かし》ぎ始めたわけであった。そのころ、私は、つらい思いをしないでもなかった。だが、そのつらい思いをした時期でさえ、思い出せば甘いのだ。

もちろん、二六時中、過去を思っているというわけではない。ただ、私の思いは、ほとんどが、空想と追憶であった。将来と現在とをうとましく思い、空想に逃げ込む。私には、国のために戦うのだという考えなど、みじんもなかった。そう思っている人もいるだろう。とにかく戦争を始めたからには、勝つことが国のためなのだ、そう思っていた人が多かったのだろう。

私は、自分にはそれだけの才覚はないし、第一、逃げるよりは楽だから、ここにいるのだ、と思っていた。体は逃げられないから、考えでだけ逃げていた。つまり、そういう場所にとらわれていたのだった。将来や現在を直視してみてもどうしようもない。国も軍部も肯定できない。しかし、否定してみても、そこから脱け出すことができるわけではない。

マンダレー街道で、一度、飯盒炊爨をした。あのときは、粉味噌と野生の唐辛子を油で炒めて辛子味噌を作って菜にした。

マンダレーの兵站でも、一晩か二晩泊まったのだ。マンダレーからラシオまでの道をラシオ街道と言う。マンダレーを出ると、すぐシャン高原に入った。山中の道で、他の部隊のトラックとすれ違うと、そのたびに私が載っていたトラックの運転兵は、馬鹿野郎と叫び、まるでぶつかって行くような運転をした。そして、相手がその気勢に圧倒されたはずみにハンドルを切りそこねて、道脇の溝に車輪を落としたりすると、ざまあみやがれ、と言うのだった。その声を、荷台の上で私は聞いた。軍隊には、輜重輪卒が兵隊ならばチョウチョトンボも鳥のうち、などという言葉があったが、わが三九部隊の輜重隊には、荒らくれて強そうな兵がいた。カッとするとゴボウ剣を抜く。営倉になんざいつだって入ってやらあ、という感じで、やっている。彼らを見て私は、体を張って生きると言うが、あの連中は、そういう生き方をしているのかも知れないな、と思った。

私は、義勇奉公の精神もなく、おとなしく、しかし同調せず、体力のない、もっぱら、空想と追憶にふけってばかりいる一等兵だったのだ。私は、軍隊では、トラックの荷台で揺られるのを好んだ。衛兵隊は、ときどき、護衛という勤務に就き、師団長や参謀の乗用車の後にトラックで随いて行く。私は、勤務の中では、護衛が最も好きだった。師団長や参謀を護衛する気などない。護衛に就いていて、もし襲撃されたりなどすれば、私も撃ち返しただろう。自分を護衛するために。しかし、敵の銃口が、自分にではなく、もし師団長に向いていたら、敵が撃つ前に敵を撃ったかどうかわからない。

とにかく私は、護衛であれ、野菜の買い出しであれ、トラックの荷台で揺られるのが好きだった。荷台で揺られながら、ぼんやり物を考える。トラックの荷台の上なら、周りに人がいても、それができたのだった。

歩哨に立っているときや不寝番に就いているときは、一人でいるのに物想いにふけってはいられないところがあった。不意に人が現われる。それが前線で、敵であれば殺られるし、味方であれば迂闊を咎められるので。

トラックの荷台の上なら、そんな気の遣い方はしなくてもいいのであった。おそらく、私は、ネーパン村を出発して芒市に到るまで、たっぷりと甘い思いにふけっていたはずだ。

ラシオから滇緬公路に入ったのだ。途中の町の名をいくつか班長が教えてくれた。私は龍陵の西の山で師団長の顔を見るまで、師団長がどこにいるのか、軍司令部がどこにあるのか、といったようなことは何も知らず、また知ろうともしなかった。

マンダレーから芒市までは、どれくらいの時間をかけて行ったのだったか。ラシオからはどうだったのか。その他の地点からはどうだったのか。茫々然として思い出せない。トラックの荷台から見上げたシャン高原の厚く重なっている樹葉の感じは憶えている。芒市に着いたのは、朝だったような気がする。朝着いて、ひと休みして、すぐ龍陵に向かって出発したのだったと思う。トラック行軍は、芒市のちょっと先までで、そこから徒歩になったのだ。

トラックの同乗者は誰だったか思い出せない。一人、名前は忘れたが、輜重隊の兵士の顔を、ぼんやり憶えているだけだ。その兵士が、あれから、即死したからだ。

放馬橋で、迫撃砲で撃たれたのだった。放馬橋ではなく、放馬峡と言うのかも知れない。別名、殺人峠と呼ばれていたところだった。あの山腹の道には、数秒おきにか数十秒おきにか、しきりに迫撃砲弾が撃ち込まれていた。その着弾の間隙を縫って駆け抜けろ、そういうのであった。馬蹄型のその道の手前の一部を駆け抜けて向こう側に着きさえすれば、山腹に護られて被弾の危険はなくなるというのであった。

私たちは、二十メートルぐらいの間隔を取って、一人ずつ、岩のかげから飛び出し、危険な区間を駆け抜けようとしたのだったが、私の前を走ったあの輜重隊の兵は、私が岩かげから飛び出したときには、道の真ん中で俯せになっていた。私は彼の横を駆け抜けながら、真紅の血の広がりを見た。即死だ、と思った。私は、立ち停まることができなかった。もし、あれが即死ではなくて負傷であったとしたら——私は、彼を助けようとしただろうか？　もし彼が負傷で歩けない場合、私は弾薬箱を置き、被弾の危険のない場所まで、彼を肩にすがらせて運んだかどうか。私の体力では、彼と弾薬箱とを同時には運べない。私はまず人を運び、それから弾薬箱を取りに行かなければならない。そうしたかどうか。もし、そうした場合、私の体にも迫撃砲弾の破片が突き刺さったかも知れない。一気に駆け抜けなければならぬところをノロノロと歩き、しかも再びその危険な場所に物を取りに行くようなことが、果たして私にやれただろうか。

私は自分に、死ね、と言い続けていた。私は自分の将来に絶望していた。聖戦だの、八紘一宇だの、現人神だのと言い、軍人や軍人に追従する者が国民に生き方を強いる国で、生きていたいとは思わぬ。と言って、自殺ができないので、弾《たま》よ当たれ、と思っていた。

だが、私は、本当に弾が落ちるところに行くと、被弾が怖くて、もし、彼がまだ生きていた場合でも、放置してあの場を駆け抜けたのではないか？

だが、こんなことは、後になって考えたのだった。あのときは、ただ夢中で死角になっている山かげに走り込んで、昂奮していたのだった。

私がそこに着いたとたんに、先に駆け抜けていた輜重隊の古兵の一人が、倒れている後輩の名を大声で呼んだ。そして、彼を運ぶために引き返して行った。古兵は死体の両脇に後ろから手を差し入れて引きずった。他の兵士たちが、危ないからやめろ、と叫んだ。また迫撃砲弾が落ちて来て、道の上の山肌で炸裂した。鉄片は古兵には届かなかったが、古兵は十メートルほど引きずって、諦めて駆けもどって来た。死んでいた、夜になったら収容すっぺちゃ、と古兵は言った。

もし彼が死んでいなかったら、あの古兵は、諦めてもどって来たりはしなかっただろう。そして、次の弾で、あの古兵もまたやられてしまったかも知れないのだ。

どこから撃っているのか。遠征軍の砲撃は正確であった。日本軍がそこを通らなければ前進できないことを知っていて撃っている。もしかしたら遠征軍は、どこかから、私たちを見ていて撃っているのかも知れない。誰かがそこで殺されるのを防ぐ手だてはない。殺人峠は、運にまかせて、駆け抜けるしかないのだ。私は、もし、もう何秒か早く、出発の号令がかかっていたら、やられたのは俺だったのだ、と思った。

長い道のりを、同じトラックに載って来た人が、一瞬にして、死んでしまう。動きのないものになってしまう。彼の死は、私が見たはじめての死であった。私は、母が死んだときも、妹が死んだときも、それを電報で知らされた。死の瞬間を見ていない。小学生のころ、友だちが、プールで泳いでいて、心臓麻痺で頓死した。魚釣りに行って河にはまって死んだ友だちもいた。そのほかにも、死んだ人はいる。だが、それらはみんな、死んだ、と知らされた死であった。ひとつだけ、私が幼児であったころ、私を可愛がっていた祖母が死んで、あれは眼の前の死であったわけだが、そのころの私は幼なすぎて、幼児なりに、ただ、あっけにとられただけであった。死については、私はそういう経験しかなかったので、彼が突然死体になってしまったことが、現実だとは思えないような気持だった。

だが、現実だ。そして、彼のような死が眼の前で何回起きたとしても、そのたびに私は、現実ではないような気持になり、しかし、これは現実だと思う。それを何回か、その後、私は経験したわけであった。

あのとき、私は、何を考えたのだったろう。彼の死を悼む気持がなかったわけではあるまい。しかし、戦場だから、珍しくないことだと思っていたのではないか。自分も彼のように一瞬のうちに死んでしまうかも知れないのだ、と思ったはずだ。あのときは、歯は鳴らさなかったが昂奮していた。全員の駆け抜けが終わるまでの間に、私は落ち着こうとして、飯盒の飯をひと口、口に入れてみたのだった。だがそれは、味がなく、ろくにのどを通らなくて、やっぱり俺は、かなり動転しているんだな、と思ったことを憶えている。

その先が、進めなくて、あの山かげで夜まで待ったのだった。

ずっと滇緬公路を歩いたのではなかったような気がする。公路でないところも歩いたような気がする。だが、山を上ったり、降りたりした記憶はない。道のりがどれくらいだったか思い出せない。私が憶えているのは、例によっていち早く私の足が上がらなくなり、おくれてしまったことだ。

私は自分が釘になって、地面に突き刺さり、一歩も前に進めなくなってしまう。——そんなイメージを抱いた。またぞろ、やっぱり死んだほうがよさそうだ、と思った。苦しさを紛らせようとして、声を出さずにラ・クンパルシータを歌った。今にも倒れてしまいそうな俺にはタンゴが似合う。タンゴのリズムで歩きましょう。強い皆さんはワルツだ。皆さんは、チンダッタ、チンダッタ、と調子よく歩きなさい。俺は、スローとクイックを取り混ぜてよろめきながら歩きます。苦しくなると私は、自分を茶化して紛らせようとしたのだった。そのうちにそんな余裕はなくなるかも知れないが、茶化せる限り茶化してみようと思ったのだった。

最初の行軍は、みんなからおくれはしたが、迎えに来てもらったりはしなかった。おくれて着き、おくれて壕掘りをした。着いた場所では、まず壕を掘る。地形によっては、分隊全員が一緒に入ることができるような大きな横穴をみんなで掘ったこともあったが、普通は、タコツボと呼ばれる自分一人用の縦穴を掘った。私はいつも、おくれて着いて、おくれて掘り始め、おくれて掘り終えた。掘り終えたのも束の間で、あるいは、まだ掘り終えないうちに、別の場所に移る。するとまた新たに掘らなければならない。私は人並に歩けず、人並に掘れなかった。

小松山、分哨山、双坡、雲龍寺。当時、班長に教えられて私が知った龍陵周辺の地名は、この四つだけであった。その他の地名は、戦後、帰国して、戦史や手記を読んで、はじめて知った。

放馬橋の先、滇緬公路は、分哨山と小松山の間を通って、龍陵に向かう。おそらく、私は、放馬橋から分哨山の麓まで歩き、そこで砲声を聞きながら休んだのだ。岡崎師団長の手記「天国と地獄」によると、分哨山は、分哨山と旧分哨山とに分かれていて、あのとき戦闘司令所は、旧分哨山の中腹にあったのだ。分哨山、旧分哨山は、滇緬公路沿いにその西側にあり、小松山は旧分哨山の東南にあった。小松山には四聯隊が陣地を作り、その向こうの高地には遠征軍の陣地があった。師団長は四聯隊に、九月二日にその遠征軍の陣地の占領を命じ、三日から攻撃が始まったというのである。

平松参謀が死んだのは四日だという。してみると、私が旧分哨山に着いて、砲声を聞きながら、行軍が停まってほっとしていたのは、四日だったのか。平松参謀の死は、そのとき聞いた。あれは確か、私たちが着いて間もなくであったような気がする。

頂上にいた平松参謀が味方の誤射で吹き飛んだと聞いた。友軍には十五榴が一門あって、その山砲に背後から撃たれてしまったというのであった。

当時の私はなんにも知らなかったが、あのとき、四聯隊の攻撃開始と並行して、二十九聯隊は一山攻撃を、十六聯隊は二山攻撃を開始したのだ。

分哨山から龍陵の町までの距離は、七、八キロぐらいのものだろうか。分哨山を過ぎるとすぐ双坡と呼ばれるところがあった。ここはソウハつんだ、と班長が言った。双坡の東方に一山、二山があり、その東北方に、三山、四山、五山、六山、七山が連なる。双坡というのは元来の地名だろう。分哨山だの、小松山だの、一山だの、二山だのというのは、日本軍がつけた呼称である。日本軍はあのあたりの地図を持っていなかったという。十七年以来この地区にいる龍兵団は一応の地図を作っていたはずだが、それを救援に来た勇兵団は一枚もわけてもらえなかった、と戦後、元勇兵団の高級将校から聞いたが、当時は、班長から、地図も何もねえんだと、と聞いただけであった。岡崎清三郎の「天国と地獄」によると、中国軍の使用した地図はあったが出鱈目で、一里あるところが三里くらいにのびていたり、三里もあるところが一里に縮められていて、ほとんど役に立たなかった、とある。それで現地で地形を見て指揮するしかなかったが、師団の全正面が見える地点は、限られており、司令所で見える地点が第一線では見えず、第一線で見える地点が司令所からは見えなくて、それが先々のいろいろな失敗の原因になった、と書かれている。

岡崎将軍は、だから、手書きの大まかな地図でも作らせて、それを見ながら、一山を攻略せよ、二山を攻略せよ、と命令したのであろう。一山、二山の呼称は、分哨山方面から見て、眼で見える峰に手前の方から順次一、二、三……と名づけたのだそうである。ところが実際には、それらの山と山の間に、分哨山方面からは見えない山があって、第一線の思う山と、師団長が思う山とが違っていた、というようなことがあった、という。岡崎将軍が書いている〝いろいろな失敗〟とは、そういうことなのかも知れない。

双坡の北、公路の西側に雲龍寺がある。雲龍寺からは、龍陵の町が、距離は二、三キロもあったが見下ろせた。

距離があるから、あそこが龍陵だと言われて、ああそうかと思うだけで、どこが屋根やら塀やら、見てもさだかでない。遠くにぼんやりと町らしいものを感じていただけであった。

あるいは、家屋などは、もうほとんど破壊しつくされていたのかも知れなかった。龍陵では、互いに声が聞こえるぐらいの距離で友軍と敵が対峙していて、壕から頭を出せないだとか、守備隊の兵士はみんな脚気になっていて、小石やちょっとした木の根にも足を取られて、コロリコロリと転んでいるだとか、そんな話を聞かされた。

私は、あのころ、双坡から雲龍寺にかけての山中をウロウロしていたらしい。

龍陵の向こう側については、地名も様子もわからない。いや、自分の状況も、まるでわからない。私たちが龍陵に向かって行軍していたころは、龍陵は遠征軍に包囲されていて、双坡から龍陵に至る公路も、遠征軍が占領していたのである。その遠征軍の包囲から守備隊を救出するのだと聞かされてはいた。イラワジデルタのネーパン村を出発してから、どこかで、私たちがこれから参加する作戦は「断作戦」と言い、拉孟、騰越、龍陵で遠征軍に包囲されて危機に瀕している守備隊を救出するのがわれわれの役目だ、と聞かされた。だがそう聞かされただけであり、私たち下級兵士には、軍の作戦がどのようなものなのか、知るよしもない。少しばかり、班長から話を聞かされるだけであった。班長は、それを教えなければならぬと考えて話すのではない。知ったことを話題にしただけのことだ。もし班長が無口であったら、私はもっと何も知らずにいたわけだ。もう拉孟も騰越も間に合わない、救出するのは龍陵の守備隊だけになったと聞かされたのは、龍陵の南の山の中のどこかだったはずである。拉孟が全滅したのは九月七日であり、騰越が全滅したのは九月十四日である。してみるとあれは九月の十四日以後だったのだろうか。いや、あれは、もっと早かった。分哨山に着く前に、どこかで聞いたような気がする。拉孟も騰越も全滅は必至であり、その救出は不可能だと判断して、実際に両守備隊が全滅する前に軍は、戦闘の場を龍陵だけに絞ったということではないのか。それを班長は、拉孟も騰越も間に合わなかった、と言い、私たちは、それを、すでに全滅したと思い込んだということではないのか。

あの時期のあの戦況では、確かに、拉孟も騰越も、救出することはできなかったのだ。もし、援軍が、遠征軍の包囲を割って拉孟や騰越に入ったとしても、結局は、援軍も全滅するしかなかったのである。日本軍は、形勢不利、勝ち目はないとわかっていても、巧みに退却して、戦いやすい場所で戦おうという戦法は考えなかった。それより、名誉の死守を選んで、死んだのだ。兵隊は、好むと好まないにかかわらず、その環境から逃げ出すことはできなかったのだ。

あの年の五月に、連合軍は反攻作戦を開始したのである。連合軍は、随所で怒江を渡河して攻め込んで来たのだ。そのときの連合軍の最初の攻撃目標は、怒江の西に、怒江と並行してそびえる高黎貢《こうれいこう》山系中の日本軍陣地であった。拉孟は、高黎貢山系の南端にあって、眼下に怒江を見下ろす日本軍の最も強力な陣地であった。滇緬公路は、芒市、龍陵、鎮安街、拉孟を通り、恵通橋で怒江を渡り、昆明に至る。怒江は、ビルマに進攻した日本軍の最前線で、日本軍は拉孟の他に、高黎貢山系中にいくつも小陣地を作って、河を隔てて中国軍と対峙していたのである。

中国軍は、まずそれらの陣地を攻撃突破して、続いて騰越、龍陵を攻略しようとしたのである。中国軍の反攻作戦に対して、日本軍は反攻撃砕作戦を立てて迎撃したわけだ。最初は、公路の北側が主戦場であった。第一次反攻軍が日本軍の頑強な抵抗にあい、進出を阻まれると、中国軍は、六月一日、再び大軍をさし向けた。今度は、主力を恵通橋の下流で渡河させ、拉孟、鎮安街、龍陵、芒市等を目標に、公路の東側から攻撃したのである。

そのとき、龍陵では、熾烈な攻防戦が繰り返されたが、玉砕寸前に中国軍は、いったん退いた。そして、それから一月ほどして、中国軍は再び龍陵に激しい攻勢をかけて来たのである。

私が龍陵に行ったのは、その第二次の戦いの最中だったのだ。

そういうことは、しかし、あの山の中の私は、何も知らなかった。雲南の友軍の主戦力が久留米編成の龍兵団だということを知ったのも、現地に着いてからだった。龍陵守備隊に、勇兵団が参加していることも知らなかった。守備隊の兵隊は、みんな、龍かと思っていた。

龍の兄弟師団の菊のことも、京都の安《ヤスシ》のことも、私は、南ビルマでは知らなかった。勇の一部が龍の指揮下に入ったり、狼《ロウ》兵団が勇の指揮下に入ったり、龍の中に菊の兵隊がいたり、そういうことがいろいろとある。それを感じてはいたが、そんなことは私にとっては、どうでもいいことだった。

私は、軍隊で言う〝やる気のない〟兵隊であった。やる気など、私が持てるわけがない。私は、軍隊を、監獄よりはマシだとも考えなかったのだから。

強い者につかまって逃げられない。だからここにいるだけだ。行動や態度で反抗すると、ひどい目に会わされるから、猫をかぶっている。怖いから命じられたことはやるさ。弾薬箱を担いで歩け、と言われたら、歩けるだけは歩くさ。飯を炊けと言われりゃ、飯を炊くさ。歩哨に立てと言われりゃ歩哨に立つさ。しかし、俺は、戦争をする気があってここに来ているのではない。逃げられなくてここにいるだけだ。

雲南の山の中でも、私はそう思っていた。近くに迫撃砲弾が落ちると、歯をカスタネットのように鳴らしたりするくせに、こんな国で生きていたってしようがない、と思っていた。そんなふうだったから私は、やる気のない兵隊だっただけでなく、無気力な人間であった。なにもかもどうでもいいような気持でいた。しかし、必死になってやったこともある。飯を炊くために、小雨の中で木を燃やすには、どうすればいいか。農家出身の兵隊にはそれができるのに、私にはできなかった。

よく雨が降った。しばしば豪雨に見舞われた。朝、迫撃砲弾を撃ち込まれて、沢を伝って後退したことがあった。そのとき私は、どうせすぐまたここに戻って来るのだと予想して、その場に背嚢を置いて山を下った。思ったとおり、その日のうちにもとの場所にもどったのだったが、私の背嚢から、つけていた外被（レインコート）が盗まれていた。

外被を着ていても、豪雨がやって来ると、褌までズップリと濡れた。外被はレインコートとしては役に立たなかったが、保温と軍衣の汚れを防ぐのに有用であった。それを盗まれたので、私は寒い思いをし、泥まみれが目立った。私は、敗残兵というあだ名をつけられた。

タコツボの中に、突然、泥水が流れ込んで来て、一瞬のうちに首まで漬かってしまったことがあった。

分哨山から雲龍寺のあたりを、迫撃砲の砲撃を避けて、しょっちゅう場所を変えながら、私たちは何回タコツボを掘っただろう。あの山肌の感じを山の土にまみれた自分の姿と共に思い出す。あの疲れ果てた感じ、絶えず濡れていて、乾く間のなかった感じを思い出す。それでも私は、あの山の中で出会った、〇三（歩兵第二十九聯隊）の兵士よりは、恵まれていると思ったのだった。

沢に行く途中、〇三の兵隊に声をかけられたのだった。上半身裸の体格のいい兵士が、山の斜面に腰をおろしていて、

「あんたは勇か？」

と言った。

「そうだ、三九だ。あんたも勇か？」

と問い返すと、

「んだ、〇三だ」

と答えた。

その兵士の横腹を見ると、赤い肉が露出していた。

「そこ、どうしたんだ？」

と訊くと、

「鞍傷だ」

と言う。

馬の肌が、鞍ずれで皮膚がはがれて、肉が露出してしまうのを鞍傷と言う。〇三の兵士は、何で皮膚をはがしたのだろうか。私は、

「そうか、じゃ」

と言っただけで、彼から離れたが、兵士の赤い肉は、司令部の兵隊は楽だと語っていたのだった。

しかし、私は、体力の差で、弾に当たらなくても、そのうち疲労困憊して、一番先に倒れてしまうかも知れないな、と思っていたのだった。

3

滇緬公路は糞だらけであった。私たちは、あるときはあの道を、龍陵に向かって少しばかり進み、あるいは少しばかり退いたのだった。山に入ったのは、龍陵から数キロの場所まであの道を歩いた後であった。おそらく、分哨山あたりまでは、他の部隊の将兵も、あの道を進み、あるいは退いたのだろう。そして、みんな、路傍で排泄したのだ。糞を踏まないように気をつけながら、私たちは路傍の草むらでしゃがんだのだ。

私はあの戦場で、飯盒炊爨と穴掘りと、あの糞公路の往還をしたのだった。迫撃砲弾が、公路にも、山に入ってからも、ときどき近くに飛来し、けたたましい音を立てて炸裂した。

衛兵隊の最初の戦死者は吉田であった。吉田は上等兵であったか、一等兵であったか憶えていないが、私たちは、いわゆる同年兵であった。吉田は、中隊は違うが、確か、私と同じく十月一日に入隊し、幹部候補生の試験に落ちて、歩兵第四聯隊から司令部に転属になり、私と同じ輸送船で南方に送られたのである。

吉田がやられたというので行ってみると、彼は仰向けになっていた。光のない眼をぼんやりと開いていて、そのうちに、口から多量の血を吹き出した。迫撃砲弾の破片が胸に食いこんだのだという。間もなく吉田は息を引き取った。

あれは、山に入ってからであった。私が外被を盗まれた後であった。外被を盗まれた後、たまには滇緬公路上に出たこともあったが、私たちはもう、ほとんど、龍陵の南西の山中にいて、雲龍寺の界隈で、小刻みに場所を変えていたのだ。司令部は部隊の頭脳だから、敵は場所を知って砲弾を撃ち込みたいだろう。だが場所はわかるまい。で、見当で撃って来る。そういう砲撃をしているように思えた。司令部が、頻繁に在所を移したのは、その見当をはぐらかすためだったのだろう。あのあたりから龍陵までは、二キロか三キロぐらいあって、司令部はそれ以上龍陵に近寄りもせず離れもしないで場所を変えていたのだ。

あの小刻みな移動が、すでに疲れ果てていた私にはつらかった。吉田は体つきからは体力がありそうに見えたが、そうではなかったのだ。殺られる前の吉田には、もうさほど高くもない崖をよじ登る力も残っていなかった。山肌を進んでいたとき、背丈ほどの高さの崖を這い上がろうとしたのだったが、それができなかったのは、私だけではなかった。吉田にもそれができなかったのだ。私にその力がないことは、私にも仲間にもわかっていて、だから私は、先に登った者に、上からまず弾薬箱を引き上げてもらい、その後で、私の体を引き上げてもらったのだったが、吉田は、弾薬箱を背負ったまま崖を登ろうとして、登ることができなかったのだ。吉田はずり落ちては情けない顔をして、だめだあ、と言って溜息をついた。

その翌日であったか、翌々日であったか、あれからすぐ吉田は死んだのだ。遺体は、埋めた。盛った土の上に蚊取線香と数本のタバコを立てた。遺体を埋めたとき、私は吉田の着ている外被をほしいと思った。けれども私は、吉田の遺体から外被を剝ぐことはできなかった。その思いを口にも出せなかった。外被なんかなくてもいいじゃないかと私は思い直した。

龍陵の寒さは、耐えられないほどのものではなかった。それに、もしそれが耐えられないほどのものだったとしても、どうしようもないのである。ただ、寒さが耐えられないほどではなかったというのは、幸運であった。こんな国に生まれたことは幸運だとは言えないが、師団司令部に配属になったのは幸運だった。私には、すべてが偶然であり運だと思われた。自分の出生からして偶然であり、運だ。日本に生まれたことも、男に生まれたことも、父が宮城県の出身であることも、私が大正九年の生まれであることも。

歩兵第四聯隊に召集されたことも、司令部に転属になったことも、砲弾に当たるか当たらないかということも……なにもかも。

その偶然と運のまにまに、死ぬまでは生きて行くしかないのだ、と私は思っていた。

死にたい、と思っても自殺はできないし、生きたいと思っても、生きていられるかどうかわからない。気持では、弾よ当たれ、死んでしまえ、と思いながら、近くに砲弾が落ちると歯を鳴らしている。誇りもなく、自負も自信もなく、戦う気もない。戦う気はなくとも、場合によっては、私は人を殺すだろう。たとえば、思わぬところで敵と遭遇したりすれば、私はとっさに手榴弾を投げるだろう。死にたいのなら、こちらからは攻撃せずに殺されてしまえばいいわけだが、私は殺される前に相手を殺そうとするだろう。

あの山では、行軍と言っても、二キロを越えて歩いたことはなかったのだ。だが、一キロの行軍でも、私はみんなと同じ足取りでは歩けなかった。毎回みるみるみんなから引き離され、私は一人でトボトボと歩いた。

——落伍したら、敗残兵に殺られっかんな。知《す》んねえぞオレ。

と班長から何回か言われて、そのたびに私は気の抜けた声で、

——はあ。

と答えた。

なるほど、逃げおくれて日本軍の地域に取り残されている敵兵が、私を襲うということはありうるわけだ。取り残された敵兵ではなくて、遠征軍が、私たちの背後に侵入していることもありうるわけだ。彼らと出会って、彼らが私を襲ったとしたら、私は手榴弾を投げる前に殺されてしまうかも知れないし、相手の数や、どちらが先に気がつくかで、私のほうが彼らを殺すことになるかも知れない。

そう思いながら、私は、いつもみんなからおくれて歩いたのだった。

龍部隊の下士官に、気合をかけられたことがあった。

――どぎゃんした。

――はあ。

――お前ひとり、おくれとるのか。

――はい。

――はよ行け。お前がおくれとると、おくれとる分だけ友軍が死ぬんじゃ。

――はい。

そう言われても、私のヨチヨチ歩きは変わらない。司令部の機関銃分隊は、私がおくれたらおくれた分だけ戦死者が出るような切迫した状況にはなかったが、あのころ第一線では、龍部隊の下士官が言っていたように、弾薬手の到着がおくれればおくれた分だけ戦死者の出る戦闘をしていたのである。

後になって考えてみると、私たちがあの山でタコツボを掘っていたということは、戦闘司令所を、つまり、師団長や参謀たちを、護っていたわけである。私たちが近くにいようがいまいが、被弾は阻めるものではない。タコツボは自分を被弾から護る壕である。けれども衛兵隊は、師団長や参謀たちを護るために、彼らのまわりにいたのである。

私はそのうちに、タコツボを掘るのが、いやになって来た。体は死を怖れていても、観念では死を求めている者が、疲れ果てた体で壕を掘り、さらに疲労困憊する必要はないではないか。と言って、班長や仲間の手前、全然掘らないでいるわけにも行かないので、私はタコツボではなく、寝棺型に土を掘った。長方形の浅い溝を、体を横たえることができるだけ掘るほうが、縦に深いタコツボを掘るよりはずっと楽であった。

そんな壕でも、とにかく壕を掘れば、一応仲間たちと調子を合わせていることになる。私の寝棺形の壕は、咎められはしなかった。そのころは私に較べれば体力に恵まれている仲間たちも、自分の壕を掘るのが精一杯で、私の壕を見て笑ったり咎めたりする余裕はなくなっていた。

そこに横たわっていると、雨が降り、泥水が流れ込んで来た。寝棺が浴槽になった。泥水を掻い出してみたところで、またすぐ流れ込んで来る。私は泥水の浴槽につかったまま眠った。

地名は、班長が教えてくれたいくつかを知っているだけ。戦況も大まかに感じていただけであった。班長が口にしなくとも、遠征軍には日本軍とは比較にならないほど多量の弾薬があることは明らかであった。

なにしろ日本軍は撃たれる一方で、日本軍の方からは、私の知る限りでは、師団長が、旧分哨山で、撃て、今だ、撃て、と昂奮した声で叫んだときと平松参謀が死んだときの二回だけであった。

私たちは司令部の衛兵だったわけだが、私が龍陵界隈で師団長を見たのは、あのときだけであった。

旧分哨山の戦闘司令所で、岡崎師団長が、撃て、今だ、撃て、と叫んだのは、九月三日だったのだろうか。

師団長の手記に従えば、私たちが旧分哨山に着いたのは九月三日で、着くと間もなく師団長は、十五榴を撃たせたのである。

日付や時間の前後関係や、撃ったのが何発だったか、などという点については記憶が曖昧だ。しかし、撃ったら何十倍ものお返しがあるだろうに、師団長はそういうことは考えないのだろうか、と思ったことを憶えている。

たった一門の十五榴が役に立つとは私には思えなかった。戦闘経験のない一等兵がそう思うのは、遠征軍がまるでふんだんな量を誇示しているような撃ち方で撃って来るからであった。撃たれるだけ撃たれるよりどうしようもないのだと思っていた。それまでの遠征軍の撃ち方から、こちらが撃てば何十倍も撃ち返して来そうに思えた。ならば撃たないほうがいいのだ、と私は思った。その予測は当たっていた。あの後、遠征軍はたっぷり撃ち込んで来たのだった。

撃つことは自滅を早めることにしかならないのではないか、私はそう思っていた。しかし、陸軍大学出の師団長には、そんな私の思いなどとは次元の違う専門的な構想や考え方があったのだろう。だが、私は、なんだ、はしゃぎやがって、と思いながら師団長を見ていたのだった。

小松山の敵の陣地に通じる道が、旧分哨山から見えて、師団長は、その道上の遠征軍を十五榴の目標にさせたのである。そこに撃ち込ませることがうれしくてたまらないような声を出した。

師団長や参謀たちが何だというのだ。彼らは私にとって、面と向かっては反抗できない存在だ。その点では班長や下級将校も同様だが、班長や下級将校は、私たちと同様に彼らに使われているのだ。あいつらやあいつらよりもっと上の連中たちが、こんな馬鹿げた戦争をしているのだ。ああいう連中になりたがっている連中もいるわけだが、しかし、私は、結局は、あいつらに使われる状態から逃れられないのだ。私は、彼らに対して、そう思っていた。挙国一致だと。糞食らえだ。尽忠報国だと。糞食らえだ。心中ひそかに悪態をついてみたところで、もうどうなるものでもない、と思いながら、私は悪態をついていたのだ。

気力なし、体力なし、プライドなし、自信なし、希望なし。悪態はついても、恨みも不平もなかった。私は、もう、なにがどうでもいいような気持になっていたのだ。

龍陵の雨を、寒さを、漆黒の闇を、草を、木を、土を、空を、星を、運を、思い出す。その中で、常時、死と体のつらさに付き合っていたことを思い出す。歩けないのに歩かなければならないときの苦しさを思い出す。五十センチ先も見えない闇の中を歩き、タコツボに落ちて、やっとのことで這い上がり、仲間が進んだと思われる方向に、見当で歩きだしたら、またタコツボに落ちた。日がたつにつれ、あのあたりにはタコツボの数がふえたのだ。誰かが掘っては、他の場所に移り、またタコツボを掘る。誰かが掘ったタコツボが私を待ち受ける落とし穴になっていた。私は落とし穴にはまるたびに、貧弱な体力を一段と消耗した。そして、なぜか、私だけが落とし穴にはまったのだった。

あの自分を私はどう言えばいいのだろうか。私は、召集されて軍隊に入ると、たちまち、ないないづくしの人間になったのだ。一度あのようになった人間は、もはや失ったものが取り返せないのである。

私は、生還した。だが、何かを失ったままでいるのだろう。

戦後三十八年たった今でも、その私の思いは続いている。そして、私が軍隊で失ったものは何かと自問してみるのだが、うまく答えられないのである。そのうまく答えられないものは、無理にうまく言わずに、墓場にまで持って行くよりしようがない。得るとか失うとかいうことは、そういうものかも知れない、とも思う。

そういうことを思っているうちに私は、吉田満さんの言葉を思い出す。「これほどしたたかな捨て台詞《ぜりふ》を吐けるとは、余程の自信ではないか」吉田さんは私についてそう書いた。あのころ私は、無知であり、身勝手であった。立派でも正しくもなかった。戦争嫌悪を口にする勇気もなく、ただうんざりしながら、諦めていただけだ。そう私は、戦地再訪の旅行記「兵隊蟻が歩いた」に書いたのだ。それについて吉田さんはそう書いたのだ。

だが私には、自信は、ない。そしてあれは、捨て台詞などではないつもりだ。私は自分をそうだと思っているだけだ。しかし、自信のない者が、自信のなさをあけすけに表現すれば、自信がある者のように見えるのだろう。吉田満さんとは、十年ほど前に知り合った。そのころ私は、季刊の芸術雑誌の編集をやりながら、小説を書いていた。その雑誌への執筆を、私は吉田さんに求めた。吉田さんは、「臼淵大尉の場合」という題で、戦艦大和で知り合った臼淵磐海軍大尉のことを書いたのだった。

吉田さんも臼淵大尉も、共に大正十二年生まれで同年だが、吉田さんは学徒出身の少尉であり、臼淵大尉は海軍兵学校出で、吉田さんの上級者であった。吉田さんの代表作とされている「戦艦大和ノ最期」に、吉田さんは、

「ワレ乗艦当初、臼淵大尉ニ鉄拳ヲ見舞ワレシコトアリ」と書いている。

艦内で、ある兵が吉田さんに欠礼する。訓練中や作業中はどうなのか知らないが、通常、兵は将校と顔を合わせたら、敬礼しなければならないのが艦内のきまりなのだ。「通常鉄拳五発ニ値スル不埒ナリ」と吉田さんは書いている。だが吉田さんは、その兵を呼び止めるが殴らないのである。そして欠礼していやな後味を残すより、後姿を見ても敬礼してみろ、そうしたほうが気持が楽ではないかと説教するのである。臼淵大尉がそれを見ていて、吉田さんを殴るのである。

「待テ」振リ向ケバ臼淵大尉ナリ、ト思ウ刹那、鉄拳ワガ左頬ニ一閃　虚ヲツカレテヨロメク

「不正ヲ見テモ殴レンヨウナ、ソンナ士官ガアルカ」ムシロ蒼ザメテ間近ニ立ツ「スッカリ見テ居ッタ　貴様ノ言ウコトモ一応ハ分ル　恐ラク自分ノ場合カラ考エテ、コノ際ハ殴リツケルヨリモ、説教ノ方ガ効キ目ガアルト考エタンダロウ」

「ソウデス　自分ノ場合ダケデナク、兵隊ニ対シテモ正シイト思イマシタ」

「貴様ハドコニイルンダ　今裟婆ニ居ルノカ」

「軍艦デス」
「戦場デハ、ドンナニ立派ナ、物ノ分ッタ士官デアッテモ役ニ立タン　強クナクチャイカンノダ」
「私ハソウハ思イマセン」シバシ睨ミ合ウ
「貴様ニモ一理ハアル　ソレハ分ッテル——ダカラヤッテミヨウジャナイカ　砲弾ノ中デ、俺ノ兵隊ガ強イカ、貴様ノ兵隊ガ強イカ　アノ上官ハイイ人ダ、ダカラマサカコノ弾ノ雨ノ中ヲ突ッ走レナドトハ言ウマイ、ト貴様ノ兵隊ガナメテカカランカドウカ　軍人ノ真価ハ戦場デシカ分ランノダ　イイカ」

昭和二十年の、二十二歳の大尉と二十二歳の少尉との会話である。私は吉田さんより三歳年長だから、当時二十五歳である。もしそのころ、私が臼淵大尉や吉田少尉の兵隊であったとしたら、思っただろう。「俺ノ兵隊」だと、いい気なもんだ。「鉄拳五発ニ値スル不埒」だと、いい気なもんだ。

吉田さんは、翌年、太田少尉のことを、「祖国と敵国の間」という題で私の雑誌に書いた。太田少尉も大和に乗っていた学徒出身士官であるが、カルフォルニヤ出身の二世である。慶応大学に留学中に学徒兵として召集されたが、家族はアメリカにいて、二人の弟はアメリカ陸軍兵としてヨーロッパ戦線に出ている。太田少尉は醇朴《じゅんぼく》の好青年で、勤務に精励し、特に米軍の緊急信号の捕捉は独壇場であったが、二世であったがゆえに、少壮の現役士官より白眼視され、衆人環視の中で一再ならず罵倒されたと吉田さんは書いている。

沖縄沖で戦艦大和は沈没し、臼淵大尉と太田少尉とは短い生涯を終えたが、吉田さんは救出された。大和の最期は二十年の四月で、やがて終戦になる。吉田さんは、終戦直後に、まず「戦艦大和ノ最期」を書いた。吉田さんは、「執筆の動機は、敗戦という空白によって社会生活の出発点を奪われた私自身の、反省と潜心のために、戦争のもたらしたもっとも生ま生ましい体験を、ありのままに刻みつけてみることにあった。」と同書初版のあとがきに書いている。

「戦艦大和ノ最期」は、当初、戦争肯定の文学であり、軍国精神鼓吹の小説であると批判されて、不本意な形でしか発表できなかった。占領軍の検閲にひっかかったばかりでなく、終戦になって、とたんに反戦だの平和だのと言い始めた人々に批判された。

そういう批判に対して吉田さんは、激しい調子で反論している。

(前略)

戦歿学生の手記などよむと、はげしい戦争憎悪が専らとり上げられているが、このような編集方針は、一つの先入主にとらわれていると思う。戦争を一途に嫌悪し、心の中にこれを否定しつくそうとする者と、戦争に反撥しつつも、生涯の最後の体験である戦闘の中に、些かなりとも意義を見出して死のうと心を砕く者と、この両者に、その苦しみの純度において、悲惨さにおいて、根本的な違いがあるであろうか。(いうまでもなく、戦争の上にあぐらをかき、これに利己的に妥協し、便乗していた者は論外である)。

このような昂りをも戦争肯定と非難する人は、それでは我々はどのように振舞うべきであったのかを、教えていただきたい。我々は一人残らず、召集を忌避して、死刑に処せらるべきだったのか。或いは、極めて怠惰な、無為な兵士となり、自分の責任を放擲《ほうてき》すべきであったのか。――戦争を否定するということは、現実に、どのような行為を意味するのか教えていただきたい。単なる戦争憎悪は無力であり、むしろ当然過ぎて無意味である。誰が、この作品に描かれたような世界を、愛好し得よう。(後略)(「戦艦大和ノ最期」初版あとがきより)

「戦艦大和ノ最期」で吉田さんは、まず、体験をありのままに刻みつけてみた。続いて吉田さんは、戦争とは何であったか、自分たちのやったことは、どのような意味を持っていたのか、今後自分はどのように生きて行かねばならないか、を問うべく、「臼淵大尉の場合」を書き「祖国と敵国の間」を書いた。戦没した友への追悼としても書きたい素材であっただろう。その気持が、丹念で誠実な取材や筆致によく表われている。だが文章だけでは追悼にはならない、と吉田さんは考えていたのである。吉田さんは、戦死した仲間の死の意味を問い続けた。生き残った者の戦後の生き方はどのようなものであらねばならないか、と問い続け、生涯、自分の生き方で、戦中派としての責任を果たそうとした。

吉田さんは、戦中派世代とは、戦争のために死ぬことによって、ようやく後世への発言を認められる世代であった、と言う。したがって、戦中派世代の生き残りは、生き残ったことで存在を認められるのではなく、死んだ仲間の代弁者として生き続けることによって、初めてその存在を認められるのだ、と言う。戦中派世代は、では、死ぬことによって、後世に何を発言しようとしたのか。われわれを殺すものの実体。日本の目指すべき方向。日本人を支える拠りどころ。それを模索し、暗示するのが戦中派世代の死の意味である、と吉田さんは言う。

私は吉田さんのように、死者の身代わりとなって生きようなどとは考えたことがなかった。私は、極めて怠惰な、無為な、無責任な兵士であった。そういう自分を、正しかったなどとは思っていない。そしてそれは、戦争を否定する振舞としてそうしたのではなかった。結局、人は、歴史の流れに流されながら生き、あるいは死ぬしかないのだろうけれど、私は、吉田さんのように、戦争で死ぬことに意味を見いだすことはできず、見いだそうとする気もなかった。

吉田さんは、「祖国と敵国の間」の後、私の編集する雑誌にエッセイをいくつか書いた。そのうちの一つが、私の著書についての文章である。私は昭和五十二年に、「兵隊蟻が歩いた」という題の戦地再訪の旅行記を上梓した。私は戦争中、フィリピン、シンガポール、マライ、タイ、ビルマ、雲南、カンボジヤ、ベトナム、ラオスと歩いた。このうち、インドシナ三国と雲南にはまだ行っていないが、行ける土地には行ってみて、その旅行記を書いたのである。

そういう旅行記だから、戦争について語ることになる。吉田さんは、私の本を読んで、三十枚ばかりの文章を書いた。そして、こんな苦しい文章を書いたのは初めてだ、と言った。

前出の私についての言葉は、そのエッセイに書かれたものだ。

吉田さんは、私に疑問を呈しながら、はっきり否定もしない。それは、私の編集する雑誌に私を否定するものは書けないというようなことではなくて、自分と違うからと言って、しりぞけてしまえないものが、吉田さんと私との間にあるということだ。私は吉田さんの文章を読んでそう思った。

吉田さんの私に対する最も大きな不満は、私が死の意味について語らない点なのであろう。しかし、それは、私にはよくわからないのだ。そして私は、吉田さんのように深くは考えていないのである。

吉田さんはもしかしたら、私も吉田さんと同じように、戦中も戦後も、誇りや使命感を持ち、信念をきずいて生きて行こうとしている人間だと思っていたのかも知れない。だとしたら違うのだ。私は吉田さんのように、日本人として何を誇りとするべきか、などといったようなことは考えないのである。

繰り返すが、軍隊に入ると、とたんに私は誇りなどといったものは、見失ってしまったのである。下級兵士は人間であることを主張することもできない。そんな社会でも、誇りを失わない人がいるかも知れないが、私は失った。

下級兵士は屈辱に鈍感になり、意味のない死を覚悟することに馴れる。それでも、無意味な死では、あまりに自分がみじめなので、お国のためだと強いて己れに言い聞かせてみたりするのである。

下級兵士には、死は、不運であり、災難である。

吉田さんは言う。「死者、生存者を含めた無数の日本人の自己犠牲、あの善意は、まったく報いられないで終るのか。救われる余地はないのか。彼らの無念の思い、果たされなかった願いは、戦後の仮り初めの平和のなかで、どこに消え去ったのか」

私には、あの戦争に徴集された人々の不幸が、自己犠牲だとも善意だとも思えないのである。召集された下級兵士たちは、いわば、逃れるすべもないので、仕方なく参加したのである。お国のため、というのは、お国に押し付けられたのであって、兵士たちがそう思って望んで入隊したのではないのである。

しかし、吉田さんは、意味など考える気もなく死んで行った、あるいは生き残った人々のことも考えてみようとしていたようであった。

亡くなる前に、「大きな仕事を計画している」と言っていたが、大きな仕事とは、下士官や兵についても書くつもりなのだろう、と私は推察していた。死の意味など考えない、私のような者たちのことも書こうとしていたのではないかと思う。それとも、そう思うのは、それが私の願望だったということなのだろうか。吉田さんは五十四年の九月に肝不全で死去した。吉田さんが言っていた「大きな仕事」の内容を聞く機会もなく亡くなった。

私も、従来よりは「大きな仕事」をしたいと思っていた。私の場合は、吉田さんとは逆に、将校を知らなさ過ぎる。それだけではない。下級兵士も、実はろくに知らないのである。たとえば、望んで来たのではないにせよ、懸命に下級兵士を勤めた人を、私はもっとよく知らなければならない。農家出身の兵士について、私はろくに何も知らないではないか。私がこれまで書いて来た兵士は、自分だけであった。これまで考えてみなかった将校や兵士を書いてみたいと思った。

龍陵の戦いを長篇で書いてみたい。司令部の将兵だけでなく、第一線の将兵についても書いてみたい。そう思って一昨年、四月の初めから一ヵ月ほど、九州に取材に出かけたのだった。龍陵の戦闘には、勇兵団も参加しているが、私は、龍兵団の人々を書く気で九州に行ったのだった。

雲南地区の主幹部隊は、元来龍兵団（第五十六師団）である。龍は、福岡、佐賀、長崎三県の出身者で編成されていた師団である。福岡に、小室中佐のあと龍陵守備隊長をしていた石田徳二郎元大尉がいると聞いて、まず石田さんを訪ねてみることにした。

しかし、九州に行って、龍陵ではなく、騰越の龍兵団を書こうと考えが変わった。久留米の吉野孝公さんを紹介されたからである。

騰越の守備隊は拉孟守備隊と共に全滅した。吉野さんは、陥落の日まで戦って、最後に脱出して山中に入ったが、便衣兵に襲われて意識不明になり、俘虜になったために奇しくも生きて帰って来ることができたのである。

その吉野さんの家に泊めてもらって、毎日、話を聞いた。それをもとに「断作戦」という題の長篇を書いたが、結局、将校については、思っていたようには書けなかった。「戦艦大和ノ最期」に、特攻出撃の前夜、艦では無礼講が開かれる。翌日の死を予期しての最後の宴である。そういう状況で、江口という少尉が、最後まで精神棒をふるい、入室態度の魯鈍《ろどん》な老兵を打擲《ちょうちゃく》するくだりがある。

海軍では、兵が士官の部屋に入るとき、足の動き、敬礼、言辞、順序等のすべてに難くせをつけられ、精神棒と称する棒で、思いきり殴られるもののようだ。江口少尉に殴られた親子ほども年の違う老兵は、横ざまに倒れ、床を撫でまわった、と書かれている。

吉田さんは、それを見て「イイ加減ニヤメロ」と叫んだ友田という学徒出身の中尉と同じように、やめろ、と思ったに違いない。しかし、吉田さんは、そのときの自分の感想をあからさまには書かない。ソノ気負イタル面貌ニ溢ルルモノ、覇気カ、ムシロ稚気カ、と書くのみである。精神棒などという欺瞞のリンチ棒が恥じられていないことを、日本人は恥じなければならないのではないか。陸軍にも、精神棒に比肩すべき恥ずべきものがいろいろあった。陸軍にも、江口少尉のような人は大ぜいいた。

軍隊で、もし私に誇りのひとかけらが残っていたとしたら、洪水に流される家畜のような自分を無気力に自覚し諦めながら、恥ずべきものを恥じない同胞の姿を、ひそかに恥じていたことぐらいであろう。

しかし、私は、そういう同胞を非難するのではなく、自分と同じく欠陥の多い人間として、自分と同じ場所に置いて見直してみなければならないのである。将校であれ、兵であれ、一様ではない。彼らに、好みで等級をつけてはならない。兵士にも、天皇なんて糞食らえと思っている者もいたし、へにこそ死なめと自らに厳命していた者もいたのだ。

一昨年、九州に取材旅行に出かけたとき、私は龍陵界隈で同じ雨に打たれ、同じ迫撃砲におびえた仲間たちのことより、故吉田満さんや故戸石泰一のことを思うことのほうが多かった。今もそうである。

4

八月に、福島と宮城に行った。

「今度は、東北の兵隊さんに話を聞かせてもらう。それと、福島の安斎さんや仙台の一平さんのところにも行って、お詣りをして来るよ」

と私は妻に言った。

「そう、何日ぐらい行くの?」

「さあな。二十日ぐらいかな、多分、それぐらいだろうと思うが、行った先の都合で、延びるかもわからないし、あるいは早く帰って来るかもわからない」

「あなたのことだから、早く帰って来るわね、きっと。二十日と言えば十日だわね」

と妻は言う。

「そういうケースもあり得るな」

「あり得るのではなくて、いつだって、そうじゃない」

「そうかな」

「そうですよ、いつだってそうですよ。ま、お好きなようになさってください」

妻は、私より四つ下の大正十三年生まれである。真珠湾攻撃の年は十七歳、終戦の年は二十一歳である。妻が高等女学校を卒業した年、四月に私は徴兵検査を受け、十月に入隊したのである。

妻は、十九年の秋、二十歳で海軍技術大尉であった前夫に嫁ぎ、二十一年の暮に死別した。妻は、私が訊かない限り、自分からは戦争中の追憶を語らない。それを語ると前夫の話につながるので避けている、ということもあったのだろうが、それだけではなくて、妻は元来、過去を語ることの少ない性質なのである。もちろん、妻も、たまには過去を口にする。しかし、いつも彼女の言葉は短いのである。

考え、考え、しみじみ、ながながと話す性質ではない。だが、今の妻は、当初に較べれば、多少言葉も長くなり、何でも遠慮なく言うようになった。揶揄や冗談を口にするようになった。しかし、戦争体験は依然として妻とでは話題にはならない。

今の私は、妻に戦争の追憶を語らなくなっている。それでも私は、戦争を扱った小説を書いているし、その取材に出かけたり、かつての戦友のお詣りをするなどと言うので、

「あなたって、戦争の思い出から離れられないのね」

と妻は言う。

「そういうことになるな。薄れたけどね、結局は、離れられないんだね。お前だってそうだろう、薄れても、すっかり忘れてしまうことはできない、だろう」

「でも、あなたほどじゃない」

「そうかな」

「と思うわ」

だが、それはどうかわからない。私の心の中と妻の心の中とは較べようがないのである。戸石泰一は生前、「おれは生涯戦争（あるいは軍隊）から離れることができない」と言ったが、彼は「離れまい」と思っていたのだと思う。私は「離れまい」とは思っていないが、やはり「離れることができない」のである。

いや、あるいは私も、「離れまい」と思っているのかも知れない。離れまい、と思っているのに薄れてしまうので、私たちは、自分の経験した戦争を書いておこうとする。そういうことかも知れない。

それにしても、妻とでは、話題にならないとしても、同じ世代の者が共有する何かがあるはずだが、それは何であろうか？　そう言えば私は、妻と見合結婚をして、当初、私のほうは、戦地の話や、軍隊の話をしたものだった。内務班のリンチの話をした。戦場の話もした。最後に戦犯容疑者としてほうりこまれたサイゴンの刑務所の話もした。悲惨を語るのではなくて、妻の知らない、奇妙な面白い話を聞かせて笑わせようとした。人間が溜息をついているような声を出す雲南の鳥の話や、頭を狂わせてしまう悪性の高地マラリアの話や、刑務所の中の水浴の話などをした。

雲南の鳥や、悪性の高地マラリアや、刑務所の水浴は、私には忘れられない追憶である。サイゴンの中央刑務所では、週に一度、シャボンの使える水浴があった。角砂糖ほどの石鹸を一つずつもらって、裸の群衆が中庭に立つと、係の看守が消防自動車のホースほどもある太いホースの先を空に向けて、私たちの頭上に雨を降らせた。私たちは手早くシャボンを体にこすりつけて、二度目の雨を待ったのだった。何十人もの人間が全裸で集まってホースの水を浴びている光景は、映画の一場面にでもして見せてやりたいところだ。全裸でガス室に送り込まれればアウシュビッツだが、戦犯の水浴びは悲惨を感じさせるより、笑いを誘うだろう。たとえ、そこに、父や夫の姿が加わっていようとも。その父や夫が生きて還って来さえすればだが……。

生還と言えば、雲南の野戦病院で、マラリアに脳を冒された二人の兵士は、おそらく、その後、死んだに違いない。野戦病院でも、兵站病院でも、重症のマラリア患者は、たいてい死んで行ったのだった。あの二人のうちの一人は、便所を捜しても見つからず、そのうち耐えられなくなったのか、それともどこもかしこもが便所に見えたのか、そこらじゅうに下痢便を垂れ流してまわった。もう一人は、小振りの立木にむかって、一晩じゅう話しかけていた。木が人間に見えたらしい。もしかしたら彼は家族に会っていたのかも知れない。誰も彼にはかまわなかった。下痢便を垂れ流す兵士にはかまわないわけには行かなかった。寝ている顔のすぐそばでしゃがみこむからである。「この、何すんだ」と怒って、起き上がって下痢便の兵士を蹴飛ばした兵士がいた。下痢便の兵士は悲鳴を上げて、尻を出したままでわずかに場所を移し、またしゃがみこんだ。

溜息のような声でなく雲南の鳥については、私自身が道化を演じたのであった。あれは雲龍寺のあった山ではなかったかな。夜、歩哨に立っていると、近くの草むらからハーハーと息も絶え絶えのような、溜息のような声が聞こえたのだ。敵軍か友軍か。負傷して動けないのではないかと思われた。しかし、もし敵の兵士だとすれば、最後の手榴弾を投げつけてこないとも限らない。

「誰か」

私は声を殺して誰何《すいか》してみたが、相手は答えず、ただ、ハーハーと言い続けた。

「誰か」

私は、おそるおそる数回声を殺して草むらに誰何してみたが、依然として聞こえるのは溜息だけで、返事は返って来なかった。

歩哨は定められた位置から二十メートル以上移動してはならぬというきまりがあったのだった。声の主は、二十メートル以内に倒れているのか、以外にいるのかわからなかったが、どっちにしろ近づいてみようと思った。そこに班長が来た。私は、

「異常ありません」

と、きまりの文句を言い、それから、そこに人がいるようだけど、負傷兵ではないでしょうか、と言った。

「ほら、ハーハーと言ってます」

「馬鹿。あれは鳥だ」

と班長は言った。

しばらくすると、溜息は聞こえなくなった。信号弾が上がったのは、あのすぐ後だったような気がする。赤吊星だったような気がするが、それとも青吊星だったか。赤であったか青であったか、はっきり憶えていないが、漆黒の闇空に突然打ち上げられ、ゆっくり降下するきらびやかな信号弾は、殺し合う戦闘がゲームででもあるかのように感じさせる。もちろん、私などには、信号弾の意味はわからなかった。打ち上げたのは中国軍なのか日本軍なのか。それも私にはわからなかった。

私がそんな話をしても、だが、妻はさほど関心を示さなかった。少しは笑ったが、私の話は妻の笑いを誘うというほどのものでもなく、かと言って、悲惨を感じさせるというものでもなかったのだった。

同じ時代を経験しても、結局人はそれぞれに違う。共有するものもあるだろうが、違う部分もあり、私と妻とでは、その違う部分のほうが大き過ぎて、共有する部分は少ないようだ。それはしかし、他の人とならそうではないか、と言えば、五十歩百歩であろう。戦中派と呼ばれる世代の者、焼跡派だの疎開派だのと呼ばれる世代の者は、自分の世代の者たちだけが共有する〝時代の経験〟に対する意識が、他の世代の者たちより強かろうが、共有の意識は、何かを明確にするのに役立つどころか、かえって何かを見えなくしてしまうかも知れないのである。どんな時代に生まれ、どんな時代を経験しようと、人はそれぞれに過去を引きずって生きて行くわけだし、人が引きずってまわるその過去とは、その人にしてみれば自分の中で消しようもない過去であろう。その過去はその人だけのものなのだ。

だが、共有の意識は、何かを見えなくしてしまうことで親しみをつくる。そこに効用があるわけかも知れないな、と私は思う。

二十代の私は、それに気がつかなかったのだった。何かが見えなくなったまま、もっとのんきに流されて行ってもよかったのかも知れない。ところが私は、そうではなかった。私は、私だけに見える何かを見ようとすることに自分を押し込めていた。軍隊で、他に何があっただろうか。屈辱と体の辛さに押しつぶされないために私はそこで息をついていたのかも知れない。どっちにしろ、不運な人は死んだ。死ねば無だ。今すぐ無に帰してしまいそうな場所で、精一杯自分を主張することが虚しかった。疲れ果てて、なにがどうでもいいや、といった気持になるまでは、立派、という言葉を私は嫌った。こんな国や、こんな軍隊に褒められる人間であってはならぬ、と私は自分に言い聞かせていた。しかし、今思えば、常時もっとのんきに流されていればよかったような気がする。

今ごろになって、二十代の私の稚なさを自覚する。若い時は、狭量で純真だったということだ。国や社会に対しても、妻に対しても、そうだったのだ。しかし、年を取って、私もかなり変わった。身勝手で、立派でない点は相変わらずだが、あのころのようには、虚偽や狡猾などが気にならなくなっている。

東北自動車道で、最初に郡山に行ってみることにした。郡山から福島へ行き、それから宮城県に入って、父の故郷の七ヶ宿村に行ってみよう。それから仙台へ行って、一平さんにお詣りして、仙台から会津若松に行き、それから国道49号線でいわき市に抜けて、同市から国道6号線で帰って来よう。私は一応、大略のコースを決めた。

郡山では、元第二十九聯隊第二大隊長原田久則氏と、元第二大隊機関銃中隊長遠藤正氏とを訪ねてみるつもりであった。

今回も私は、「週刊新潮」の「掲示板」という欄に、龍陵での戦闘体験を私に話してくださる方がいらしたら、お訪ねしたい、と出してもらった。

今回も、というのは、私は一昨年、元龍兵団の方の話を聞きに九州に出かけるに際しても、その前に「週刊新潮」の「掲示板」の欄で、雲南で戦った元龍部隊の方で、どなたか話を聞かせてくださらないかと、呼びかけたのである。

そして何通か返事をもらったのだが、返事をくれた方のうち、訪ねたのは、元龍陵守備隊長であった博多の石田徳二郎氏だけであった。それに、さきに述べたように私は、そのころまでは龍陵の龍部隊を書くつもりでいたのだったが、九州に行って、久留米の吉野孝公さんと会い、龍陵を騰越に変えたのであった。そして、龍陵については、私を含めて勇部隊を書いてみようと思ったのであった。

今回も、早速数人の方が書簡をくれた。横浜の玉木さんという方から、福島県安達郡本宮町に在住する遠藤正元曹長に会ってみたらと聞いた。原田久則元陸軍少佐のことは、福島市在住の浜島崇氏が教えてくれた。京都で内科医院を開業しておられる元第二大隊付軍医川本脩二氏からも書簡をもらった。川本氏からは以前、同氏の著書「龍陵日誌」を頂戴している。川本氏からは、元大隊副官新田目正夫氏、〇三の第二大隊から龍陵守備隊の直轄に転じた久保木茂宜氏、第六中隊長大畑兆寿氏の名と住所をうかがった。「勇〇三部隊戦史」が刊行されていることも教えられた。

そうだったんだ、原田さんが〇三の第二大隊長だったのだ。原田さんの名は、戦後、何回も活字で見ただけでなく、サイゴンの中央刑務所の中で顔を合わせている。親しく付き合ったわけではなかったから、原田さんのほうでは、おそらく私を憶えていないだろう。原田さんも私と同様に、最初サイゴン郊外のチーホア刑務所に拘置されたのだった。俘虜収容所に配属されたために、私と一緒に拘置された羽田上等兵が、チーホア刑務所で、あれがおれたちの大隊長の原田少佐だよ、と教えてくれたのだった。チーホアの刑務所では、四階の四つの雑居房の一つに私は羽田と共に収容されていて、隣りが将校の雑居房であった。チーホア刑務所では、私たち戦犯容疑者たちは一日一回、中庭に降りて、ドラム罐にたたえてある水をコンビーフの罐で汲んで体にかけて、水浴をしたのだった。あのコンビーフの罐は、水が二リットルも入るほどの大型のもので、入獄した者が、炊事係に頼むと、針金の柄をつけたものを持って来てくれたのだった。隣室の将校たちは、褌一つになって、銘々一つずつコンビーフ罐のバケツを手に下げ、私たちの雑居房の前を通って水浴に降りる。看守が細い棒を手にしていて、アレ、アレ、と言いながら尻を叩いて急かせる。隣室の元将校たちは、先を争って、私たちの雑居房の鉄格子の外の廊下を通り過ぎる。彼らが上がって来ると、今度は私たちが同じ恰好で、アレ、アレ、と追い立てられながら、中庭まで階段を駆け降りたのだった。

その後、私たちはサイゴン中央刑務所に移されて、十三号室でしばらく原田さんと起居を共にしたような気がするのだが、それともあれは八号室であったのか。そのへんのことを私ははっきり憶えていないのだが、中央刑務所では、将校も兵も分けずに同じ監房に入れられていたのであった。

私は一度、刑務所から街中の探偵局という所に連れて行かれて、体の大きなフランス人に、頬を殴られ、胸を蹴られた。探偵局は、私たちを連れて行っても、取り調べなどはせず、只今から復讐をする、と宣言して、殴ったり蹴ったりしてはまた私たちを刑務所に返したのだった。

原田さんに探偵局の呼び出しが来たときのことを憶えている。原田さんは、痛い目に会うのは嫌だから、何でもしゃべってしまうぞ、と言って探偵局に行ったのだった。

勇猛な大隊長の感じではなかった。原田さんがどんな容疑で拘置されていたのか知らない。私は羽田に教えられて、中老のそのおっさんが、羽田の原隊の勇第一三〇三部隊第二大隊長であった人だと知っただけであった。

そう言えば、瀬川さんも、〇三の第二大隊の将校だったのだ。瀬川さんは羽田の直属の上官だった。瀬川さんは羽田と共に俘虜収容所に転属になり、パクソン分遣所長になったのだった。チーホアでは別室だったが、中央刑務所では、私が裁判の翌日に釈放されるまで、ずっと同じ雑居房で顔を合わせていたのであった。

瀬川さんは金沢に住んでいるので、滅多に会えないが、復員後も交際が続いている。瀬川さんも今は、定年退職の年齢だが、当時は二十代の幹候少尉だったのだ。瀬川さんは龍陵で、〇三の第二大隊の何中隊かで小隊長をしていて、右眼を失った。龍陵周辺の陣地争奪戦で、遠征軍が投げ込んだ手榴弾を拾って投げ返そうとして負傷したのである。

遠征軍の手榴弾には、長さ二十センチほどの木の柄がついている。瀬川さんは壕の中に転り込んで来た遠征軍の手榴弾を炸裂する前に投げ返そうとして、柄を握って振り上げようとした。とたんに手榴弾が炸裂して、顔じゅう血だらけになった。龍陵市内の野戦病院に担送されたが、当初は両眼ともに見えなかった。右の鼓膜が破れていた。顔面にいくつか鉄片が刺さっていた。よく、死なずに済んだものである。仏印俘虜収容所は、二十年三月の明号《めいごう》作戦で生じたフランス人俘虜を収容するために急遽設けられ、だから通称号を、臨時の臨を取って、臨部隊と言ったのだった。臨部隊の要員には、勇のいくつかの部隊から、いわゆるお荷物の将兵が集められていたのだった。〇三から来たのは、みんな戦傷兵であった。瀬川さんは隻眼になっていたし、羽田は左肱が曲がらない体になっていた。鈴木軍曹の体には三十いくつかの鉄片が入ったままになっていた。原兵長は片方の膝が動かなかった。私たち師団司令部から転入した者には、戦傷兵はいなかった。もともと司令部の将兵は、隷下の戦闘部隊に較べれば、戦死者も戦傷者も少なく、私の所属していた衛兵隊には、軽症の戦傷兵が何人かはいたが、まとめて放出するほどはいなかった。だから衛兵隊では、役立たずの私たちを抽出して、臨部隊に送ったのである。

戦犯裁判で、私と羽田と、私と一緒に転属になった梅本の三人はそれぞれ禁錮八ヵ月、瀬川さんは禁錮一年六ヵ月の判決を受けた。将校であった分だけ、瀬川さんの刑は高くついた。しかし私たちは、二十二年の十一月に、同じ日本丸で帰国したのだった。

裁判の日まで、私たちはすでに、ほぼ一年収監されていたのだった。だから私と羽田と梅本とは、未決通算というやつで、裁判の翌日に釈放されて、キャンプと呼ばれていた日本人の抑留所で、いつ来るのか見当のつかない復員船の入港を待っていたのだった。日本丸はおそらく、二十一年の二月以来、一年九ヵ月ぶりに来た復員船だったのである。私たちがチーホア刑務所に投ぜられたのは、二十一年の三月であった。チーホアからサイゴン中央刑務所に移されたのが、その年の八月で、翌年の四月に、フランス軍の法廷に立たされたのである。

瀬川さんは、二十二年の八月か九月に釈放され、私たちは、キャンプで合流したのである。キャンプには、残留軍司令部というのがあって、敗戦後二年たっても、なお一応は、軍隊の組織が残っていた。階級の昇進があり、使役だの不寝番だの、勤務があった。司令官には当番がつき、将校たちの部屋は下士官兵たちの大部屋とは別に仕切られていた。だがさすがに、敬礼しなければ殴って当然式の軍律などはなかった。かつての高級将校たちが、私が作って配っていたガリ版刷の週刊新聞の記事が気に入らなくて、私の上に元外交官を据えて管理しようとしたことがあった。そうしてもらえないかと申し入れて来たので理由を訊くと、キャンプの新聞が、一下級者に壟断《ろうだん》されていては、フランス側に対して具合が悪い、と言うのであった。そう言ったのは、元参謀将校であった。彼らは命令ではもう従来のようには私を動かせないと知りながら、それでもなおかつての階級の効用をある程度は信じていたようだった。私は彼らの申し出に応じなかった。そしてその件はそのままになったのだったが、効用は薄れたとは言え、一応、階級はあったのだった。

元の階級の意識が、今でも生きている場所がある。たとえば元軍人の集会では、順不同にはならないのである。元の階級によって就くべき席や、スピーチの順が決められる。集会に限らず、元上官と元部下の意識を持ち合った人と人との組合せがある。無法松――富島松五郎もどきの人がいるかも知れない。また中には、「元」にまったくハナもひっかけない元部下に、そのことだけで不快を感じる元上官だっていないとは限らないのである。

原田さんは、本当に、気さくな人なのだろうか。私の突然の訪問を迷惑に思わない人なのだろうか。元部下たちと親しく付き合っているのだろうか。原田さんはもう古稀を越えているわけだ。終戦時は何歳ぐらいだったのだろうか。見た感じでは四十代に思われたが、あるいはもう今は、八十ぐらいになっているのかも知れない。

私は東北自動車道を走りながら、サイゴンを思い出したり、雲南を思い出したりした。戸石泰一氏のことも思い出した。この道の先には仙台がある。私は仙台まで、戸石泰一氏と一緒にこの道を車で行ったことがある。私が運転して、隣りの彼と話しながら。あれは、五十一年の一月だった。今は五十八年だから、あれからもう八年にもなるのだ。仙台に戸石泰一氏と同道した事情については、私は「退散じゃ」という題で短篇を書いているが、この道で私は彼に、「まだ十年ぐらいは生きていようよ」と言い、戸石さんは、「そうだな、せめて十年はね」と言ったのだった。そんな話になったのは、あのとき戸石さんが、まだ十分に健康を恢復していなかったからだったのだ。その前に戸石さんは、心臓の病気が一時重症になって入院したのだった。そしていったん退院はしたものの、再発を警戒しなければならない状態にあったのだ。

寒いと具合が悪いんだ、と戸石さんは言った。

それでこんな寒い時季に旅行をしてもいいのか、と訊くと、まあ大丈夫だ、と戸石さんは言ったが、それから二年目の秋に死んだのだった。戸石さんと一緒に仙台に行った年には、武藤一平さんも板垣徳さんも、安斎清吉さんも高橋盛さんも吉田満さんも、みんな元気だったのだ。

せめて十年は生きようなどと言ったが、戸石さんはあれから二年目に死に、他の人たちも、あれから八年間に、みんな死んでしまった。気がついてみると、私だけが残っている。年を言えば、一平さんや徳さんは、早死にということにはならないかも知れないが、なにか、みんなで私を置いて、死に急いだ。そんな感じではないか。

あれは戸石さんが「民主文学」という雑誌に連載していた「私の軍隊」が完結した直後だった。前年末に連載が終わって、あの年彼の「私の軍隊」は、「消灯ラッパと兵隊」と題を変え、ＫＫベストセラーズという出版社から、単行本で出たのだ。

車の中で、彼の「私の軍隊」についても話をした。

「よく憶えているね。いちいち、ああそうだったんだな、そうだったんだな、と思い出しながら読んだよ」

と私が言うと、

「いや、いろいろ、曖昧なところがあるんだ」

と戸石さんは言った。

「退散じゃ」は、あの仙台旅行から帰ってすぐ書いたのだったが、あの短篇で私は、戸石さんの「私の軍隊」の一部を引用して、私の軍隊を書いたのだった。

「消灯ラッパと兵隊」には、序文がついていて、そこで戸石さんは言っている。

私は、軍隊にとられるのはいやだったし、もちろん、戦争はごめんだった。が、だからといって「反戦的」だったわけでもない。そういう、いわばただの青年が、軍隊の中で、いつか「その気」になっていた。弁解なしに、そのなりゆきをたどってみたかった。（後略）

戸石さんはもしかしたら、「民主文学」という雑誌が「反戦的」なので、こういうことを言わずにいられなかったのかも知れない。あるいは周囲とは無関係に「反戦的」であるべきだったなどと思っていたのかも知れない。だが、「反戦的」だったなどということは、自慢にはならない。私は、「反戦的」だったが、私も、ただの青年だったのだ。

郡山に着くと、原田さんの電話番号を調べてかけてみた。だが、コール音が伝わって来るだけで通じない。時間をおいて何度かかけてみたが、依然として通じない。いきなり住居を捜して訪問する気にはなれなかった。そのうちに訪問する気持が薄れて来た。大隊長の話は、強いて聞くこともないような気がして来た。それに原田少佐は、考えてみると龍陵では戦っていないのではないか。確か、原田さんは、モウルで負傷して、藤木大尉に代わっている。〇三の原田大隊は、〇一（歩兵第四聯隊）の増永大隊と林旅団長の指揮下に入り、十九年の四月、英印軍空挺旅団が北ビルマのモウルに構築した陣地を攻撃する。原田さんはその戦闘で負傷して入院し、一時、第二機関銃中隊長古在由一大尉が大隊長を代行するが、五月半ばに藤木隆太郎大尉が後任大隊長として赴任した。五月二十六日、第三十三軍が新設されると、〇一は菊師団の、〇三は龍師団の指揮下に入ることになった。かくてインドウにあった藤木大隊は龍陵に移動し、小室鐘太郎中佐の指揮する守備隊に加わるのである。

藤木大隊の兵力は四百四十名ほどであった。大隊が龍陵東南方三キロの一山東側に着いたのは、六月五日であった。

私は原田さんの訪問はやめて、本宮町の遠藤正元曹長を訪ねることにした。本宮町は郡山市に隣接する国道4号線沿いの町である。

電話を入れて、これから訪問したいと意向を述べると、遠藤さんは、どうぞ、と言って道順を教えてくれた。

遠藤さんの家は、田圃を一面に見渡す台地に建っていた。農家風の大きな家であった。遠藤さんのくれた名刺には、本宮町議会議員、総務文教常任委員長、議会運営協議会委員、本宮町社会教育委員、と肩書が刷り込まれていた。

「わたすら、ずっとこう原田大隊で、最初はクアラルンプールから空輸でほれ、ビルマさ行って、こう、やったもんで。龍陵も一番最初から行ってね、やられてね」

と遠藤さんは言った。

私が、自分も師団司令部の兵隊で、龍陵に行ったのだと言うと、

「ああ、断作戦で」

「そうです、断作戦で行ったのです」

「わたすらそのころ、一回わたすもやられてね、龍陵の野戦病院に収容されて」

「そうだったんですか。ところで、遠藤さんが龍陵に入ったのは、いつごろだったんですか」

そう私が訊くと、遠藤さんは、スクラップブックを持って来て、これに書かれていると言った。

スクラップブックには、福島民友新聞に連載された「郷土部隊戦記」の切抜きが貼られていた。切抜きには、「郷土部隊戦記」のほかに「死闘・ビルマの土」という通しタイトルもついていて、〇三こと歩兵第二十九聯隊のビルマでの行動が書かれていた。ビルマ進攻作戦からずっと書かれているので、かなりの量である。六十一回に及ぶ連載である。〇三は白虎隊の会津若松の部隊だから、郷土では白虎部隊と呼んでいたらしい。読んでみると、郷土自慢ふうに書かれている。見出しのつけ方も、郷土自慢ふう、皇軍自慢ふうである。通しタイトルのほかに、毎回、さらに見出しがついている。二十六回の「雲南に重慶軍襲来　龍兵団増援のため藤木大尉ら急行」からあとが、白虎部隊の雲南戦記である。

見出しには、いかにも新聞らしいものがある。「龍陵の守り〝勇み龍〟龍兵団と勇兵団がっちり握手」などというのがある。勇み龍は勇みたつと読むのである。

遠藤さんの名がときどき出て来る。遠藤さんが龍陵に入ったのはいつかなど、改めて訊くま

でもない。一番最初に行ったのなら、六月上旬ということになる。遠藤さんは藤木大隊第二機関銃中隊所属の曹長として龍陵に行き、周辺陣地の防備に就いたのである。

藤木大隊がインドウから龍陵に向かったときの第二機関銃中隊の隊長は阿部隆夫少尉である。遠藤さんは阿部隆夫少尉の代行で中隊長をやったことがあるわけだろう。なにしろあの戦場では、戦死しないまでも、誰も負傷は免れなかった。上級者が傷ついて後退すれば、次級の者が代行するわけだが、その引継ぎは頻繁であったに違いない。

しばらく私は遠藤さんと対《むか》い合い、龍陵の戦闘について借問したが、遠藤さんは饒舌ではなかった。

なにしろ、あまりに古いことなので、詳しくは憶えていないというのであった。私は、自分を省みて、そうであろう、と思った。

「日が重なったり、場所が重なったりしているでしょうね。私もそうですよ」

「ん、だね、忘れたな、もう」

と遠藤さんは言うのであった。

5

遠藤さんの宅を一時間ほどで辞して、郡山のホテルに帰り、借りて来た「郷土部隊戦記」のスクラップを読んだ。

「郷土部隊戦記」の「死闘・ビルマの土」の章は、連載の五七四回から六三四回までである。「死闘・ビルマの土」の前は、ガダルカナルの戦記が連載されたのであろう。ガダルカナルの章の前には、ジャワ島攻略戦の章があったのだろう。

「死闘・ビルマの土」の最終回の文末には、◇あすからは「仏印・独立の夜明け」です。と書かれている。一回、四百字で四枚ほどの分量である。「仏印・独立の夜明け」は、何回ぐらい掲載されたのか知らないが、おそらくは、ビルマの章の三分の一か四分の一の分量であろう。だとしても、福島民友新聞の「郷土部隊戦記」は、全体で二千五、六百枚の長篇である。

執筆したのは、福島民友新聞報道部の阿部輝朗記者だという。

福島民友新聞社からは、「ふくしま・戦争と人間」という題で全八巻のシリーズが刊行されていて、同シリーズの執筆者も阿部輝朗氏だという。全八巻となると、二千五、六百枚どころではない。聞けば同書は、一巻四百ページほどのものだという。してみると全体では、ざっと七千枚ぐらいにはなるだろう。

阿部氏はそれを書くために、まめに資料を集め、また、まめに足を使って取材してまわったのだろう。取材にも執筆にも、膨大な時間をかけたに違いない。掛値なしの五年がかり十年がかりの作品が、阿部氏のような人によって作られているのである。

私は「異域の鬼」を書いた福岡の品野実氏を思い出した。品野氏は龍の兵士としてビルマに送られた。品野氏は同書で、自らの戦場経験を書いて第一部とし、拉孟守備隊の全滅戦を第二部としているが、拉孟の全滅戦を同書ほど詳細に伝えている著書はない。品野氏も、「異域の鬼」を書くのに五年余りの歳月を費している。

品野氏は、あのような戦争をした日本の高級将校を厳しい口調で弾劾している。そう言えば品野氏は、私が書いた小説「断作戦」では、権力者への弾劾や告発が書かれていない点が疑問だと何かに書いていた。品野氏には私の生ぬるさが不満であり、しかしそういう私の言葉が、一方吉田満さんには、ときに過激に感じられるのである。

「郷土部隊戦記」は、ホテルに帰って読み直してみると、遠藤さんのところで一部を早読みしたときに感じたほど、郷土自慢ふう、皇軍自慢ふうではなかった。むしろ穏かな筆致だ。ここには弾劾もなければ告発もないし、思い入れもない。最初私は、新聞好みの見出しに迷わされたのであろう。

ビルマの章は、出兵第二十九聯隊（勇第一三〇三部隊）が新軍旗を受ける話から始まっている。〇三は、ガダルカナル島で軍旗を失ったために、十九年一月、聯隊長大島大佐が新軍旗をもらいに行く。ところが、軍旗と大島聯隊長らを乗せて南に飛び立った輸送機が、雲仙の山腹に衝突するのである。

そのとき〇三はマレーにいてビルマに転進しようとしていた。聯隊本部はセレンバンにあった。遭難した大島大佐に代わって、三宅大佐が聯隊長に任命され、あらためて遭難現場から回収修理した新軍旗を取りに行くのである。

第二師団（勇兵団）は、ガダルカナル島で潰滅する。ガ島に上陸した〇三の兵員は二千四百五十三名、そのうちブーゲンビル島に撤退した生存者は二百五十三名に過ぎなかった。〇三は、ブーゲンビル島からニューブリテン島ココポを経て、ルソン島のゴンザレスに移駐し、補充兵を迎えて聯隊の再建をはかった。

ガ島から撤退した勇は、〇三のみならず、各部隊それぞれにフィリピンの各地に移駐して部隊を再建したのである。

司令部はカバナツアンで、〇一（歩兵第四聯隊）は、ダウとサンフェルナンドで、〇二（歩兵第十六聯隊）はタルラックで。私はその再建要員の補充兵として、カバナツアンに送られたのである。

カバナツアンで私は、生還した古兵からたっぷりガ島の話を聞かされた。饑餓の話。艦砲射撃の話。勇はガ島から撤退すると、師団長以下、高級将校の顔ぶれがすっかり新しく変わったのである。新師団長に、岡崎清三郎中将が就任した。参謀長は木下武夫大佐。高級副官で、私の所属する管理部の部長が岸本宗一中佐。○一、○二、○三の聯隊長も変わった。輸送機の墜落で死んだ大島聯隊長の名を、そのころの私は知らなかった。大島聯隊長に限らない。○一の聯隊長の名も○二の聯隊長の名も、そのころの私は知らなかったし、知ろうともしなかった。それらはみな、私には関係のない名前であったから。いや、関係があってもなくても、自然に覚えてしまう名前は覚えたのだ。師団長の名前、管理部長の名前、班長や仲間の名前は覚えた。だが、師団長とは、管理部長とは、班長とは、戦友とは、私にとって、何だったのだろうか。

これも、人の出会い、ということなのだろうか。しかし、親しみのひとかけらもない人間の出会い、とは何だろうか。人の関係は、偶然によって作られる。肉親の関係からしてそうだ。すべてそうだ。昭和十七年の十月一日に、私が歩兵第四聯隊に召集されたということはどういうことなのか。人はみんな、何かに縛られ、動かされる。それから逃れることは誰にもできないのだ。

人が軍隊に召集されるということは、もしかしたら、自然なことかも知れないし、奇妙なことかも知れない。あるいは奇妙なことも自然のうちだということかも知れぬ。私は軍隊という組織を何にもまして嫌い、私と同じように軍隊を嫌わない者とは親しまなかった。

軍隊や戦争が好きな人はいない、という。だが、軍隊や戦争が好きな人もいる。軍隊には、人の嫌がる軍隊に志願で来るようなバカもいる、というざれ歌があったが、志願で来た人もいた。その人たちは、嫌いだが志願した、のではあるまい。

将校を志願した人たちは、陸軍士官学校だとか海軍兵学校だとかに入って、出世を競った。彼らは、嫌いだのに、陸士や海兵に入ったわけではない。

彼らが嫌ったのは、軍隊や戦争ではなく、不遇や不運や劣等の自覚である。順調に昇進する者は、得意であっただろう。遅れを取った者は、さらに遅れを取っている者に自らを較べたりして、不得意を和らげようとしたのだろう。

だが、九月二十日組の召集兵は、嫌だがやむなく勤めたのだ。十月一日組の幹部候補生要員の学卒たちも、もちろん、好きで軍隊に入ったのではない。ただ、彼らは、嫌悪に固執して自らを閉じ込めるより、できる限り順応して、少しでもましな場所を得ようとしたのである。学卒が、陸士や海兵出身とは差のある将校になりたがったのは、少しでもましな場所を手に入れたかったからだろう。

人はみな、いじましく生きていて、だがそこから眼をそらせようとしたわけだろう。尽忠報国とでも思い込まなければ、やって行けない気持になっていたのだ。

私はあのころ、どんなふうに生きていたのだったろう。あのころの私には、何があっただろう。確かなことは、私には、誇らかなことは何もなかったということだ。

雲南の山の中で私は、乾燥野菜やジャングル野菜と言っていた食える草の醤油煮、塩干魚と言っていた塩味だけの魚肉、烏瓜の淡味の塩汁以外のものを口に入れたいと思った。せめて私も、他の兵士のように、山芋を食ってみたいと思いながら、ついに一度も手に入れることができなかった。

あれが、私の欲しかったものである。あれと、私は、体力が欲しいと思ったのだった。死を、気持では歓迎しながら、本能では怖れた。だが気持だけでもそうであれば、現に砲弾の下にいないときには、砲弾より、移動の命令の方がこわかった。場所を変えろと言われて荷物を背負って歩くことが、思いの中でだけの比較では、私には被弾よりずっと苦痛だった。移動の命令は、間違いなく来る。すぐ来るか、ゆっくり来るかの違いがあるだけだが、せめて、ゆっくり来てほしいものだと願っていた。

少しでも苦しさから逃れるために、なにか方法はないものか。私はその方法を考えたが、せいぜい自分を茶化して気散じをすることぐらいしか思いつかなかった。だが、そういう気散じには限度があった。この苦しさのもとは、背負っていた重量だった。その重量を少しでも減じたくて、私は被甲（ガスマスク）を谷に投じ、編上靴を捨てたのだった。編上靴より、地下足袋の方が軽いから、それだけ楽になるだろうと思い、私は編上靴を地下足袋にはきかえたのだった。ところがそれが失敗であったことがすぐにわかった。地下足袋は歩きにくい履物であった。雨に濡れた山肌では滑るのだ。よけいな力を使わなければならず、かえって体力を消耗した。

しかし、捨てた編上靴を取りもどすことはできなかった。

上官とは、私に反抗できない命令を下知する存在であって、共同生活者だから、たとえどういう経緯でそうなったにせよ、とにかく関係がある。彼との出会いは私の運命だ。だが、私は、彼らのために何かをしようとは思わない。岡崎清三郎の当番をやれと言われたら、やらないでは済まない。だが、済まないからやるだけの話である。一人の将軍の意向で、何万もの兵が死ぬ。牟田口廉也が他の人物であったら、インパールは違ったものになっていたかも知れない。将軍と兵とには、そういう関係があると言えるだろう。そして、同じ関係が、もっと小さな規模の組織の中にもある。それが軍隊であり、戦争であろう。あるいは、それが国であり、社会だとも言えるだろう。

だが、私にとっては、師団長も衛兵隊長も分隊長も、私には反抗できない命令を出す存在である以外に関係はない。そう私は思っていた。

私が落伍すると、彼らはもどって来て、弾薬箱や背嚢を持ってくれた。私が、そういう人間であることを知らなかったからであろう。それをいいことにして、私は持ってもらった。だが、あのまま放っておかれてもよかったのだ。私は、しかし、あのとき、彼らの迎えを期待する気持は持っていなかった。しかし、私は、彼らが来て、持ってやると言えば持ってもらった。

軍隊に召集されて以来、私には、やたらに空想に逃げ込む癖がついた。いわゆる現実逃避というやつだ。この私の逃避については、前にも言ったが、軍隊には空想にふけることのできる時間が少なくなかった。その気になれば、どんなとき、どんな場所でも、それはできた。隊長が訓示を垂れている最中でも、私には、その場所から動くことはできないが、訓示を、音としてしか聞かないでいることはできた。手で耳をふさぐことはできなくても、いわば馬耳東風と聞き流しながら、あらぬことを考えることはできたのだった。

たあいのない空想にばかりふけっていた。釈放と逐電の空想が多かった。軍隊からの釈放と、現地の女との道行きである。そのどちらも現実に起こりうることではなかった。釈放よりはまだ逐電のほうがありうることに思えたが、ありうると思うこと自体が空想であった。

前出の私の戦地の再訪記「兵隊蟻が歩いた」に書いたフィリピン娘のオニヤン、ビルマ娘のウァインセイン。二人は、私が片想いに懸想し、何回となく空想の中で駈落ちをした娘であった。

雲南の戦場でも、私には、空想にふける時間はたっぷりあった。迫撃砲弾を撃ち込まれているとき、穴を掘っているとき、飯盒で飯を炊くとき、そのための薪を捜しているときなどは、空想にふけっている余裕はなかったが、タコツボの中に一人でいるときや、立哨中や、行軍中など、しょっちゅう空想にふけっていた。

私は、死の意味だの、生の意味だのといったことは、考えなかった。意味や意義など、どうでもよかった。立派な死や立派な生など、私は考えてみる気にもならなかった。死ぬのに、立派だの、みじめだのということを思ってみても、むなしい。そんなことより、どうせ死ぬなら、楽な死に方をしたい。即死がいい。放馬橋で死んだあの輜重隊の兵士のように。そう思い、そうなることを怖れていたのだった。

龍陵では、しかし、時間はありあまるほどあったが、駈落ちの空想はしなかった。駐屯地に較べると、空想は時間が短く、断片的であった。あれは空想と言うより、幻影とでも言ったほうがいいかも知れない。ふとなにかを思い浮かべる。たとえば親子丼を。親子丼であれ、何であれ、食い物を思い浮かべ、それは過去の追憶につながる。将来、再び親子丼にありつく光景を思うのは空想だ。私は何度親子丼を思い浮かべたかわからない。だが、空想は長くは続かず、それは追憶に変わって行った。そうだ、龍陵では、空想よりも追憶にふけったのだ。

私は、タコツボの中でも、立哨中も、恵まれていた自分の幼年時や少年時のことを思い出した。母が元気であったころの新義州の追憶。旧制中学を卒業して、朝鮮から東京に来て、二年後に京都の高等学校に入ったが、一年で退学して、また東京にもどって来た。高等学校を辞めるまでは恵まれていたのだ。そしてそれは、終わってしまったのである。

憂鬱に生きている環境で、恵まれていたころのことを追憶すれば感傷的になるのだ。私は感傷に浸った。あれも気散じだったのだろうか。行軍中、ラ・クンパルシータを口ずさんで、茶化すことで苦痛を紛らわせようとしたように、私は感傷に浸ることで憂鬱を薄めようとしたのであろうか。むろん、恵まれた環境が崩れた後のことも思い出した。京都から東京にもどって来て、牛込から柳橋、浅草、新宿と居を変えた。母が死んだのは、十六年の七月であった。そのころ私は、柳橋に間借りして、明日を考えずに暮らしていた。飯を食う金もないのに、親しくなった薬研堀のコーヒー店で、つけで、高価な闇コーヒーを飲んでいた。多少でも金が手に入ると、玉の井の馴染みの女に会いに行き、たちまちに費消した。妹の千鶴子は、翌年十一月、私が仙台の聯隊に入隊して一ヵ月後に死んだのだ。

そのころのことも、繰り返し思い出した。そして、俺ももうすぐ死ぬからね、などと呟いていたのだった。

司令部の私に較べると、本宮町の元曹長遠藤さんは、物を思う時間も僅かだっただろうと私は想像する。遠藤さんの体力と私の体力とでは、比較にならぬほど私の方が劣等である。しかし、遠藤さんたちの疲労は、私との体力の差以上だっただろう。感傷にふける短い時間はなくはなかっただろうが、そんな時間があれば、即座に睡っただろう。壕の壁によりかかって、僅かの時間でも、ウトウトと眠る。そしてその眠りは、たちまち破られたのであろう。龍陵でも、最前線の将兵に較べれば、司令部の私たちは、ずっと楽な場所にいたのだ。

遠藤さんら、〇三の第二大隊が、北ビルマ、モウルでの英印軍との戦闘の後、龍陵に転進し、龍工兵第五十六聯隊長小室鐘太郎中佐の指揮下に入ったのは、十九年の六月初旬である。

そのころから龍陵は、雲南遠征軍の激しい攻撃を受けたのであった。

衛立煌《えいりつこう》将軍を司令官とする雲南遠征軍が、日本軍への反攻を開始したのは、十九年の五月十一日である。遠征軍は、滇緬公路の北方から第二〇集団軍を、南方から第一一集団軍を進出させ、さらに公路沿いに東方から予備軍を進攻させ、雲南地区の日本軍を三方から挟撃包囲する作戦を立てた。

まず怒江を渡って攻撃して来たのは、北からの第二〇集団軍であった。第二〇集団軍は、恵人橋以北栗柴《リッシバ》坝渡の間の数ヵ所で怒江を渡り、高黎貢山系の日本軍陣地を攻撃した。

それに呼応して、第一一集団軍が、滇緬公路南側の平戞《ヘイカツ》地区に進攻し、さらに南方のクンロン方面にも進出した。

それが遠征軍の第一次反攻作戦であり、日本軍の第一次反攻撃破作戦である。

遠征軍は、第一次反攻作戦では、日本軍を攻略することができなかった。第二〇集団軍は、第一一集団軍から三個師の増強を受けて、高黎貢山系中の日本軍陣地を撃破して、山系の西側、龍川江河谷に進出し、騰越方面を戡定《かんてい》しようとするが、冷水溝、大塘子、紅木樹、ピモー等の日本軍の主要陣地を奪取することができなかった。一部は山系内各間道の日本軍の小守備隊を突破して龍川江河谷に進出するが、遠征軍の作戦は、予定通りには進展しなかったのである。

滇緬公路の南方地区でも、平戞、クンロンで日本軍は攻撃を受けるが撃退した。

そこで遠征軍は、六月一日、再び大軍を渡河させて、第二次反攻をしかけて来た。

第二次では遠征軍は、主攻勢を滇緬公路の東北側に向けて、拉孟、鎮安街、龍陵、芒市の公路上の日本軍守備隊、そして平戞、上街にも、一斉に攻撃を開始した。

龍陵への遠征軍の攻撃は六月五日から始まった。そのころ龍の主力は、騰越方面で、第一次反攻で進出した第二〇集団軍と戦っていた。いずれ平戞方面からの攻撃があるはずと予想してはいたのだが、龍の兵力では、騰越地区の迎撃だけで手一杯であり、遠征軍の第二次攻撃に対しては、対策を講じるすべもなかった。

従って、第二次反攻では、手薄のところを衝かれたかたちになったのである。第一一集団軍の二個師が龍陵への攻撃を開始したとき、龍陵守備隊には、萩尾大隊（歩兵第百十三聯隊第三大隊）の残置者と、工兵聯隊の残置者を合わせて五百名、野砲一小隊（十榴一門、兵二十名）、野戦病院の要員と患者、若干名の従軍慰安婦、計約千三百名がいた。

○三の第二大隊が龍陵に到着したのは、遠征軍の攻撃開始と同時であった。○三第二大隊の四百四十名は、六月五日以降、相次いで到着するが、遠征軍の増強もさらに進展し、「勇○三部隊戦史」には、遠征軍の兵力は約三万と書かれている。○三の第二大隊は、モウルで負傷した原田久則少佐に変わって、藤木隆太郎大尉が大隊長として指揮を執っていた。「勇○三部隊戦史」には、また、藤木大隊が龍陵に到着したとき、龍の龍陵守備隊の兵員千三百名のうち、すでに死傷者四百余名を出し、残る九百名のうち、実戦兵力は三百名にも満たない実情にあったと書かれている。雲南戦線の彼我の兵力比は、十五対一だの二十対一だのと言われるが、三万対七百四十なら、四十対一である。

藤木大隊は龍陵に到着すると、龍の石田大隊から東方地区の守備陣地を引き継いだ。

滇緬公路は龍陵の町の中央を貫き、東山陣地に突き当たって三叉路になる。右方が滇緬公路でその先に、鎮安街、拉孟がある。三叉路を左方に折れて北上すると騰越に至るのである。

日本軍は、十七年の五月に龍陵を占領し、以後二年間、市街地の外側を複廓陣地とし、周辺の高地を本陣地として陣地を構築して来た。

陣地を築いた東方の山々には、南から北に、一山、二山……と七山まで番号をつけた。七山の北方にもうひとつ、イ山陣地がある。七山の西、市街地の間にある古沢山陣地は、石田隊の全滅した古沢小隊から名づけた陣地である。市街地のすぐ外側の陣地には、東側に、一文字山、中学校、丸山の各陣地があった。市街地の西側には、甲山陣地、乙山陣地を構築していた。石田隊は東方高地の守備を藤木隊に託すと、中学校に本部を置き、西側甲山、乙山高地の防御に就いた。龍陵守備隊が持っていた唯一の十センチ榴弾砲は、乙山陣地にすえた。

藤木隊は本部を五山に置いた。遠藤さんの機関銃中隊は、本部を護るよう、五山に陣地を作った。六山陣地には大畑兆寿少尉の第六中隊が、七山陣地には新城猪之助中尉の第七中隊が守備に就き、東山陣地は第七中隊の氏家小隊が分遣されて守った。

藤木隊は、龍陵に到着すると、ただちに遠征軍の攻撃にさらされた。それでも五日は、遠征軍は六山付近を砲撃した後、近くまで来るには来たが、突入には至らずに退いた。

翌六日、翌々七日も、砲撃と空襲は受けたが、遠征軍が突撃して来たのは八日だと書かれている。

戦闘場面になると、「郷土部隊戦記」は、通俗的な文章になる。

「よしッ、切ってくる」

大畑少尉が立った。

「お供しましょう」

広野芳蔵軍曹（東和町）が軍刀を抜いて立って来た。

「ウム。どうせ六山に消えるいのち。いってくれるか」

ふたりは、ありたけの声を張りあげながら敵中へおどり込んだ。敵は全戦線からの逆襲と思ったのか、後退しはじめた。が、月光に照らされながら走りくる影はふたつ。それとみて踏みとどまった。


大畑少尉は〝雲南の虎〟として異名をとどろかせた切り込み男、だなどと書かれている。大畑少尉は軍刀を水車のようにふりまわしながら、あたるをさいわいとなぎ倒した、などと書かれている。これじゃまるで、赤城の山の国定忠治じゃないか、と私は思う。こんなものであるはずはない。

しかし、大畑少尉は、強い人なのではあろう、と私は思った。どんな状態にあっても弱音を吐いたりなどせず毅然としている人が、実際にいる。私は、何人かそういう人を知っている。一昨年九州に取材に行って会った元龍の兵士辻敏男さんはそういう人であろう。辻さんとは、一度話を聞き、手記を読ませてもらっただけだが、逞しい感じの人であった。辻さんには、逡巡もなく気張りもない。辻さんは下級兵士であったが、下級兵士のやるべきことを、着実に、大らかにやって来たのであろうと思われた。

戦場では、自分が殺される前に敵を殺さなければ生き残れない。そうは言っても、いつもそれができるわけのものではない。飛行機の中の敵や、遠くから撃って来る敵の砲手を、殺される前に殺すことはできない。歩兵同士の近接した戦闘でも、強い兵士なら殺される前に殺すことができるというものでもない。しかし、近接した戦闘での撃ち合いや白兵戦でなら、辻さんは強い兵士であったに違いない。アメリカのTV映画に「コンバット」という戦争映画の連続物があって、ひところ、いわゆる〝茶の間の人気〟を得ていたようである。あれはアメリカの映画らしく、調子のいい娯楽物で、もちろん、戦争の実相を伝えるというようなものではない。西部劇映画や、日本のチャンバラ映画と同類であるが、あの映画を見ていて私は、逞しいベテランの下士官や兵は、日本軍にもいたのだ、と思った。

強さを見せようとする人には、めったに強い人はいない。強い人は、たいてい静かで控え目だ。死を怖れない人はいないが、強い人は、恐怖を紛らすために、はしゃいだり、反対のことを言ってみたりはしない。私は、もちろん、強い人ではない。しかし、はしゃぎはしなかった。ひそかに、死んでもいいじゃないかと自分に言い聞かせることで、こわさを和らげていたのである。

司令部の将兵には、強い人が見当たらない。熊谷軍曹は、強い下士官であったかもわからない。彼にはそう思わせる感じがあったが、あのころ私は、自分も含めて、人の強さより弱さばかりが眼についた。弱い犬ほどよく吠えると言うが、人は弱いほどいばりたがったり、強そうなことを言ってみたりするのではないか。だが、そんなことをしても、すぐにボロが出る。

軍隊では階級が絶対だと言って、人は階級を盾に自分の場所を作るのである。私は最後まで最下級の兵士であり、人の上に立った経験はないが、上級者は部下を何だと考えていたのだろうか。国が決めた召使い。それを上級者が当然のこととしていただけでなく、下級者もまた当然のことだと考えている。だが下級者の中には、当然ではなく、やむをえないことだとただ耐えて、年季が明くのを待っていた者が少なくなかったのである。そういう下級者にとって、上級者とは何だったのだろうか。

私たち衛兵隊の隊長は、二度変わった。三人の隊長の名を私は、一人も思い出せない。だが、最初の隊長が、自分は部下を可愛いと思っている、とみんなの前でスピーチをしたことを憶えている。私は、気持の悪いことを言う人だ、と思った。二人目の隊長は、いばった感じのない人であった。勇ましいこともキザなことも言わなかった。南ビルマで、匪賊討伐と言って、カレン族の部落を攻撃したことがある。下士官の説明では、カレン族は親英的であり、スパイである、だからやっつけるのだ、ということだったが、変な出動であった。あの討伐で、最初の部落を攻めたとき、突然銃声が一発聞こえると、私たちより数百メートル先を歩いていた隊長が、とたんに一目散に逃げもどって来て、「危ない、危ない」と言ったのを憶えている。三人目の隊長については、焼酎を飲んでフラフラと歩いている姿を憶えているだけである。あの二番目の、危ない、危ない、と言った隊長は、あのときは臆病に見えたが、あるいはああいう人が、本当は強いのかも知れない。

隊長ではなく、司令部のどこかの部の将校で、夜道を歩くのがこわくて、送ってくれと言った人がいた。南ビルマのネーパンという村でであった。あのあたりの夜道が危険だとは考えられない。しかし、あの将校は、送ってくれ、と言った。途中で野良犬に吠えられるとその将校は、軍刀の柄に手をかけ、体を屈めて闇を見すかし、犬の声の方向にむかって、「来るか、切るぞ」と叫んだ。

「来るか、切るぞ」と犬に向かって言った将校も、恰好をつけない、率直な人柄だということになるかも知れないが、あの人は、強い将校だとは思えない。

遠藤正さんは、強い下士官であったように思えた。

しかし、遠藤さんは、訪ねて行った私を、快く迎えてはくれたが、自分の龍陵での奮戦ぶりをろくに話さないのである。遠藤さんにとってあの戦争は、時間がたち過ぎて、かなり、もう他人事のような感じになっているのかも知れない、と私は思った。あれほどの経験でも、だ。私自身がそうだから、そう思うのだろうか。

それでも遠藤さんは、四百四十名の藤木大隊は、最後には四十何名になったのだ、と言った。そして、

「雲南に行ったときのものが、だいたいこれ、ここに出てますから。これを見てください。騰越までは行かないでしまったんです。龍陵から後退して……載ってますから。戦死したり、やられたりした人のことも、みんな載ってますから」

そう言って遠藤さんは、スクラップブックを貸してくれたのだった。

同じ四十年前の戦場体験を、九州の人たちは、まるで、ついこのあいだのことのように熱心に話してくれたものであった。久留米の吉野孝公さんがそうだった。やはり東北の人は一般に口が重いということなのだろうかな、と私は思った。

そう言えば、元三十三軍の参謀辻政信に「十五対一」というビルマ戦のことを書いたいい気な本があるが、その中で彼は、九州の「龍」「菊」と、東北の「勇」とを比較して、「龍」と「菊」の戦況報告は美辞麗句を並べたて、いながらにして戦場の活劇を見るようであるが、「勇」の報告は、平々凡々で誇張もなく形容詞もない、と書いてあった。

狭い国だが、確かに九州と東北とは気質は違う。私は、死んだ両親のことを思い出す。父は宮城県の出身で、だから私は勇に召集されたのだが、母は九州人であった。私は子供のころから、父の東北と母の九州とを較べていたのだった。

父には、ギクシャクして通じないものがあったまま死なれてしまった。父とは互いに、言葉が少なかった。しかし、私は東北より九州が好きだとも思わなかった。

仙台は、苦い追憶の多い街である。しかし、仙台は私の好きな街である。勇の戦況報告に形容詞がないのは、東北は醇朴で飾らないということではない。ごっつく重いのである。仙台は東北のそのごっつく重いものを感じさせる街である。

九州も好きだが、東北のそういうものにも私は惹かれるのである。だが、東北と言っても、宮城と福島とでは、かなり違う。福島でも、太平洋岸の浜通り、中央の中通り、会津地方では、またかなり違っているというのだが、仙台のごっつく重い感じは、福島にはないようだ。

仙台の聯隊で、宮城出身の下士官が言った。

「会った感じも悪く、人間も悪いのが宮城県人だ、会った感じは良いが、人間の悪いのが新潟県人だ、会った感じも悪くなく、人間も良いのが福島県人だて」

九州の人は、他県の悪口は言っても、自分の県をこんなふうには言わない。

雲南の野戦病院で、龍の兵隊が言っていた。

「九州男児にゃ、そぎゃん弱かもんはおらんたい」

勇の兵隊で、

「まんず、まんず、御身大切にすんべちゃ」

と言っていたのがいた。

だが、どっちがいいというものではない。どっちもいいのだ。

6

「郷土部隊戦記」を読んだ後、「勇〇三部隊戦史」の「ビルマ戦線」の章を読んだ。「ビルマ戦線」の章だけで二百三十ページもある。読み終えたときには夜が明けていた。

それからひと寝入りして、正午少し前にホテルを出て、福島に向かった。

チェックアウトの前にもう一度、原田久則元第二大隊長に電話をかけてみたが、昨日と同じようにコール音が伝わって来るばかりで、通じなかった。実は、「勇〇三部隊戦史」を読んで、やはり、原田元大隊長を訪ねてみようという気になったのだった。原田さんは、龍陵では戦っていないどころではなく、龍陵でも、すさまじい戦闘をした大隊長であることを「戦史」で知ったからであった。

モウルの戦闘で負傷して、メイミョウの第一二一兵站病院に入院していた原田少佐は、八月中旬に自己退院してラシオに到着し、八月三十日夜、芒市を出発して、小松山攻撃中の松井聯隊に追及し、同聯隊の予備隊となって公路上で待機した、と「戦史」に書かれている。

自己退院というのは、自ら求めての退院であろう。そう言えば、三分《ぶ》退院だとか、五分退院だとか、という言葉もあったようである。負傷して、三分直れば退院させなければならない。野戦病院では、そういう状況が珍しくない。それを求められて、軍医が三分の恢復で退院させることもあり、それを求める将兵もいたのだ。

思い出せば、私も、ラシオの兵站病院で、自己退院を願い出たことがあった。私は部隊が撤退したとき、マラリアにかかって高熱を発し、野戦病院に残されたのだった。野戦病院からラシオの兵站病院に後送されて、一ヵ月ぐらいもたったころ、衛生下士官に退院させてください、と言って殴られた。ここはホテルとは違うんだぞ、入りたいときに入り、出たいときに出られるところじゃないんだ。

私は、前線で死闘を続けている戦友のもとに帰らなくては、などという殊勝な思いや責任感から、退院を望んだのではなかった。ただ、もっとマシな環境に出て行きたくて、自己退院を願い出てみたのであった。入院中に私には、原隊の司令部がどこに行ったものやらわからなくなったのだった。部隊は、前進したのではない。後退したのである。後退した部隊が再び、龍陵に向かって反転するというケースもあるかも知れぬ。龍陵からは後退しても、それが他の戦線への転進である場合もあるかも知れない。――そういうことについての情報は、入院中の私には一切入って来なかったので、私は自分なりの状況判断や勘で考えるしかなかったのだったが、陸軍一等兵の私にすら、あのころのビルマは、日本軍はもう戦線を縮小して、防御に努めるしかない情勢になっているのだと考えられた。一時的な前進はあっても、大勢は退却である。前線に追及する者にとっては、あの病院は休養所であったのだろうが、後退する部隊の兵隊には、逃げ遅れた者の拘置所である。

私が自己退院を願い出たのは、逃げ遅れたくなかったからでもあったのだ。原田さんや〇三の追及兵たちとは、まるで気持が違っていたのだった。

「戦史」には、芒市に到着した勇の師団長岡崎清三郎中将以下参謀たちは、龍陵をめぐる攻防戦が予想外に熾烈なことに一驚した、と書かれている。師団長や参謀たちも、あるいは、現地に来てみるまでは、雲南遠征軍の戦力があれほどのものだとは思っていなかったのだろうか。守備隊があれほどまでに苦戦しているとは思っていなかったのだろうか。師団長が芒市に到着したときには、先に龍師団長の指揮下に派遣された勇〇三の第二大隊は、藤木大隊長以下八十数名に激減しており、守備隊の龍工兵聯隊と共に全滅寸前だった。

岡崎師団長が芒市に着いたのは、八月二十六日である。師団長は、前進中の各隷下部隊に集結を急がせる一方、芒市の野戦病院に入院している戦傷将兵たちに、なるべく早く退院して戦列に加わるように指示を出した。

原田少佐は、芒市の野戦病院ではなくて、メイミョウの兵站病院に入院していたのだったが、それより早く、全滅に瀕している原隊に復帰すべく自己退院していて、芒市には、師団長より一日早い二十五日に到着した。

原田少佐は、追及して来る兵士を掌握しながら、芒市の野戦病院に入院している負傷兵たちに、一刻も早く退院するよう呼びかけた。私の場合とは逆に、〇三の兵士たちは、三分の治癒であれ、自己退院しなければならなかったのである。原田少佐は、約八十名の追及将兵を掌握し、集成原田隊を編成して、芒市から龍陵に向かった。

集成原田隊が、攻防戦の弾雨の下で原隊の〇三部隊に復帰したのは九月三日であった。その日、私たちは、旧分哨山の中腹にいたのだ。

旧分哨山はその前々日までは、遠征軍が占拠していたのだが、そのようなことも、一等兵の私にはわからなかった。

記録によると、勇師団の戦闘司令所は、九月の初めから十月の初めまで、龍陵南方の山中にあって、旧分哨山や分哨山や雲龍寺あたりでこまめに移動していたのである。

今の私は、日付を書く。もちろん、これは、記録を引用しているのであって、龍陵の山の中の私には、日付もなく、曜日もなかったのであった。私は、時計も持っていなかった。あの山の中で、日付や曜日や時間は、私には、どうでもいいものであった。では私は、何に関心を持っていたのだったろう？　弾が自分に当たるか当たらないか。山芋が手に入るかどうか。飯盒で飯が炊けるだけの枯木が集められるかどうか。サックに入れたマッチが湿ってしまい発火しないのではないか。今日はどれぐらい歩かなければならないのだろうか。……

私は、タコツボの中で、毎日、マッチ売りの少女になったのだった。マッチを擦らないマッチ売りの少女だ。マッチは貴重であった。湿らないように、駐屯地で配給された衛生サック〝突撃一番〟に入れていたのだが、それでも湿ってしまったのだった。雨が上がって日がさすと、〝突撃一番〟の口をほどいてマッチを取り出し、軸を並べて日射しに曝す。あれも、司令部の兵隊だからできたのである。陣地を攻めたり守ったりしていた戦闘部隊の兵士たちには、そんな時間はなかっただろう。

だが、戦闘部隊の兵士たちも、たまにはマッチ売りの少女にはなっただろう。戦闘がどんなに激しくても、のべつ幕なしに続くわけではない。必ず、たとえ短くとも静かな時間がある。そういうとき、戦闘部隊の兵士たちは、何も考えずに、ただただ眠ったのだろうか。

マッチ売りの少女がマッチの炎の中に見たのは、暖かい煖炉や豪勢なご馳走のある空想の光景だが、私は、恵まれていた過去の光景を、漆黒の闇の中で思い浮かべたのだった。マッチ売りの少女が見たのは手の届きようのない憧れであり、私も、二度と還らぬものを思い出して、感傷に浸ったのだった。空想でもいいし、感傷でもいい、ある思いに浸り込んで、その間だけでも現実から逃れられるのであれば……。

兵士たちは、それぞれに、浸り込む思いを持っていたのだろう。衛兵隊の兵士で、家の井戸の水っコのことばり思い出すのしゃ、今一度、あの水っコ飲んでみたいもんだなや、と言ったのがいた。彼の思う冷めたくて旨い水には、家族や村の生活の追憶がキリなくつながっているのであろう。

私は、母が生きていたころの、朝鮮新義州の家庭を思い出した。あの小さな植民者《コロン》たちの町で、父は医者をしていた。父もその家族も、その町ではエリートだった。インテリで、大金持ではなかったが一応裕福な家庭であった。そして私は、いわゆる、できる子だったのだ。小学校では、毎年学芸会で主役をもらって得意だった。全甲の通信簿をもらって得意だった。中学では、首席で卒業して得意だった。二年浪人をしたが、京都の高等学校に入って得意だった。ずっと得意だったコースから、高等学校ではずれてしまったのである。母が脳溢血で倒れると、とたんに恵まれていた家庭が崩れ始めた。私がエリートコースから転落したことを知らずに母は死んだ。まるでそれを知りたくないために死に急いだような死に方をした。母に続いて妹の千鶴子が死んだ。父は、病院を続ける気力がなくなったようであった。母に先立たれると父は、終日ベッドの上にいて、滅入っていた。父はさらに私の転落を知らなければならなかった。

母が死んでから後のことも思い出さないでいるわけには行かない。それを思うと、マッチの炎が消えるわけだ。思いがそこへ来ると、私は、終わったのだ、と思う。もう終わったのだ。未来には何もないのだ。それが私の現実なのだ。――マッチの火が消えると、私は現実の自分にもどらなければならないのであった。泥だらけになって、生きていたってしようがないと思いながら、実は死を怖れている私。私はここにいる。私は軍隊から逃げ出せない。今後、生きている限り、ずっとそうなのだ。これが私の現実だ。そしてあの山で私は、何にもまして、山芋を掘り当てたいと思っていた。断作戦という言葉は、聞いて憶えた。しかし、それがどんな作戦なのか、は無論詳細はわからない。班長が、全滅に瀕している拉孟、騰越、龍陵の守備隊を救出する作戦だと言った。そう聞いたので、そう憶えた。それ以上に知ろうとはしなかった。地名も、班長が言ったものを憶えただけだった。龍陵南方の山中で、私は、今自分のいる場所で、これまでに何があったのか、知らなかった。知ろうともしなかった。木の柄のついた雲南遠征軍の手榴弾が置き去りになっているのを見て、あ、雲南遠征軍がこのあたりにいたこともあったんだな、と思ったが、一瞬、そう思っただけだった。作戦や戦況については、何もわからない。知ろうとも思わない。私は、分隊の一人として、号令に従ってヨタヨタと歩き、停まれ、と言われるとホッとしながら停まり、ここで壕を掘れと言われると、掘れるだけの穴を掘り、歩哨に立てと言われれば歩哨に立ち、何もしなくていいときには、過ぎた昔を思いながら、母が死んだ後の父のように、悄然としていたのだった。

あのころの自分を思うのは愉快ではない。自分のつまらなさを自覚しないわけには行かない。もう少しマシな人間でありたかったと思う。だが、私はあの程度の人間でしかなかったのだ。今だって、五十歩百歩だろう。六十三歳の今の私は、二十四歳の四十年前の私とは、違って来ているものもあるだろう。あのころよりはムキにならなくなっている、とか、二者択一的な考え方をしなくなって来ているとか……。だが、根は変わっていないわけだろう。

車を走らせながら、私はまた、そう思った。

ところで、ムキにならなくなって来ているということは、どういうことなのか。

あのころの私は、純真で、狭量で、自分の思う正しさや理想を、なんとか主張しようとしていたのだ。だが、もちろん、自分の思う正しさだとか、理想だとかは、いつだって通用しない。あのころだって、それぐらいのことがわからなくはなかったわけだが、やはり私は、自分を世間に合わせて行くことができなかった。

あれが、若さというものなのかも知れぬ、と思う。だが、若さだけではない、それが変わりようのない私の性質なのでもあろう、とも思う。今の私は、あのころなら私を非国民と言って糾弾したかも知れないような人々に対しても、垣を設けまいと努めている。そういう人たちも、おそらく根は変わっていないのだが、私はそういう人々にあって私にはないものを、好悪に走らずに考えてみたい、と思っている。

今の私は、もう四十年前のように、二者択一的な考え方はしない。世間のやる二者択一から漏れたものを考えてみようと努めている。正しいものと正しくないものとを分ける考え方もしなくなって来ている。四十年前の私は、正しくないと思うものには、夢中で反撥した。私には、日中戦争も、大東亜戦争も、正しくないものであった。自分の国は正しくない国であった。と言って、私は、一人でひそかにそう思うか、せいぜい、気を許した友人に言ってみるぐらいのことしかできなかった。何と思おうと、国民の義務とされているものに背くことはできなかった。

私は、無力感や屈辱感を、うまく扱う方法を知らなかったので、ひたすら空想や感傷に逃げ込んでばかりいたのだろう。

だが、今になって思えば、無力感や屈辱感は、私のような者は経験したほうがいいのである。軍隊で受けた屈辱感は、私がそれまで恵まれた家庭で甘く育ち、エリートのつもりでいただけに、一層強いものになった。エリートからは、入隊前に転落していたわけであるが、転落だなどと思うのは、依然としてエリートの意識を持っていたからだろう。私は当番にこだわる。だが、当番をつけられる立場にある者も、当番になる者も、大半はそれを当然に思い、私のようにこだわったりはしない。屈辱感を忘れ得ぬ者は、屈辱感を知らぬ人たちのことを考えてみなければならない。もし私があのまま恵まれた場所に居続けていたら、他人のことを考えてみようなどという気持は起きなかったような気がする。

だが、他人を知ることは、至難である。私に、〇三の人たちがどの程度に書けるだろうか。

福島では、サンルートという名の小さなホテルに泊まった。相乗りでオートバイを飛ばして来た若い男女が宿泊を申し込んでいた。若者向きの手軽な感じのホテルであった。

私はいったん部屋に入った後、早速、安斎清吉さんの家にお詣りに行った。

大体の道順は憶えているつもりであったが、このあたりだったはずだが、と思いながら、やはり迷ってしまい、行き着くのに手間をかけた。

安斎さんの家は、果樹園の中にある。地名は庭坂というのである。サイゴンの監獄で、私が安斎さんと知り合ったころには、そこは村であった。そのあたりは、確か、信夫郡というのであった。それが戦後、新市制で福島市に併合されたのだ。

福島駅から奥羽本線の二つ目に庭坂駅がある。庭坂駅の南東、いくらも離れていない場所に安斎さんの果樹園はあった。後で地図を見て気がついたが、私は最初から道を間違っていたのだった。福島駅の北の道を行かなければならなかったのに、南の道を走ってしまって、わからなくなり、何回か土地の人に道を尋ねながら到着したのだった。

入口に立って、

「あの、古山ですが」

と言うと、奥さんが、

「ああ、ああ、よく来たない」

と言った。

「まず、お詣りさせてもらいます」

「そうかい、ほんじゃ、どうぞ」

安斎さんの仏壇は、入口から上がった部屋の左手にあった。案内されるまでもない。私は、線香を立てて合掌した。

安斎さんとは、帰国してから三度ぐらい会った。一度は安斎さんの家に泊めてもらって、奥さんも一緒に、磐梯吾妻スカイラインをドライブした。あのころは、毎夏、一度ぐらいはテレビのゲストで福島競馬に来ていて、そのたびに安斎さんを訪ねた。果樹園も見せてもらった。庭坂のあたりは、一面に果樹園が続いている。桃と梨の果樹園である。戦後はじめて彼を訪ねたのは、何年前だっただろうか。季節は今ごろだった。今年の八月は雨が多いが、あの年は雨が降らなかった。雨乞いをしたんだ、と安斎さんは言った。雨乞いって、どういうことをするの？　と訊くと、合羽を着てバケツを叩いたりするのだ、ほだことしても、雨降るわけでもねえんだろうけど、と安斎さんは言った。

安斎さんは補助憲兵になり、そのために戦犯になったのだが、原隊は〇三である。彼が補助憲兵になったのは、勇がビルマから印度支那に移ってからであったのだろう。すると、その前、彼もビルマで戦ったわけだ。だが私は、彼が〇三の下級兵士としてどこを歩いたか知らない。安斎さんとは監獄で知り合ったので親しくしたのだ。私は、日本が降伏すると、籠っていた殻から這い出した。元気になり、率直に自分を表現するようになった。もはや、八紘一宇だの、大君のへにこそ死なめだのの信仰者のふりをしなくてもいい。生気を取り戻した。とたんに、監獄にほうり込まれたが、獄舎ではそれまでのように、ふりをしたり、殻に閉じ籠ったりしなくてもよかった。安斎さんとは、そういう環境で親しくなったのだが、彼とは、戦場の話はしなかった。

そう言えば、もう一人の獄友羽田も〇三から転属になって来たのだった。羽田とは、俘虜収容所でも、監獄でもずっと一緒だった。彼は戦傷兵で、左の肱が曲がらなかった。羽田とも、戦場の話はしなかった。彼が負傷したのは、北ビルマか龍陵かだろう。安斎さんは帰国後、羽田とは、何回か会ったが、そのうちに羽田の消息はわからなくなったと言っていた。

元少尉、収容所のパクソン分遣所長だった瀬川さんも、〇三から来たのだった。瀬川さんとも、パクソンで三ヵ月、サイゴン中央刑務所では八ヵ月、ずっと鼻を突き合わせて暮らしていたわけだが、戦場の話はしなかった。

瀬川さんとは、帰国してから一度会った。仏印俘虜収容所は、本所はサイゴンにあって、パクセに分所が設けられ、さらにパクソンにその分遣所があったのだった。そんなふうに俘虜たちを三ヵ所に分けて収容していたのは、俘虜たちの労働で、ラオスの山の中に防御陣地を作ろうとしたのだった。アメリカは、印度支那にも上陸する。日本軍は逐次追い詰められて、最後はラオスの山中で戦う。そう考えて、そのときのための陣地を作ろうとしたのだった。

金沢在住の瀬川さんが東京に出て来たとき、パクセで主計の見習士官だった吉田さんと、通訳に徴用されていたシビルの鈴木さんと、四人で会食したが、そういう席では龍陵は話題にならない。吉田さんや鈴木さんは、龍陵は知らないのだから。

パクソン分遣所で俘虜係というのをやっていた原兵長も、〇三から来ていたのだった。一等兵の私は、原さんの助手の役に就いていたのだった。原さんは足をやられていた。おそらく原さんも龍陵で戦ったのだろう。原さんは戦犯の容疑は受けず、二十年の八月に、私たちがそれぞれ収容所から原隊に復帰したときに別れて、それっきりになっているが、原さんとも戦場の話はしなかった。

　私たちは、補充兵として送られて、フィリピンでは古兵や班長たちから、随分ガダルカナルの話を聞かされた。艦砲射撃がどのようにすさまじいものであったか。饑餓がどのようなものであったか。米の配給、一日二勺だぞ。二勺ってどれぐらいがわかっか。盃一杯が一勺だ。それをお粥にして食ったんだ。

　ブーゲンビルに撤退してからも、マラリアと栄養失調で、病院に歩いて行くことができず、数百メートルを何時間もかけて這ったのだ、とある古兵は言った。少し這っては休み、少し這っては休みながら行くんだ。帰りも這って帰って来るんだ。

　あれは、私たちに戦場の経験がなく、古兵や班長たちにも、あれほどの経験は初めてだったので、聞かせたかったのだろう。龍陵の話は、龍陵の経験を共有する者には、する気になれないものなのだろうか。収容所や監獄で、龍陵が話題にならなかったことが、考えてみると不思議である。人によっては、雲南はガ島以上に苛酷な戦場だったと言うが、司令部のガ島帰りたちは、ガ島はこんな楽なものじゃなかった、と言っていた。

　おそらく、最前線の将兵には、そこはガ島より激しい戦闘の場であり、司令部の兵隊たちには、米の配給が一日二合であっただけでも楽だったのだろう。司令部の兵隊も、砲弾の投網の下の魚のような環境にはあったわけだが、しかし、私たちは、殺される前に殺すべく撃ち合ったり、手榴弾を投げ合ったりはしなかった。

けれども、ガ島との比較など、意味がないのである。そして、瀬川さんも、原さんも、羽田も、別に比較して話題にしなかったのではない。もしかしたら原さんはガ島の生き残りだったかも知れないが、瀬川さんと羽田はガ島には行っていないはずだし、——ではどうしてこんなふうになるのだろうか。

妙なものだなあ、と私は思った。他の部隊ではどうだったのだろうか。戦争から帰って来た人で、手記を書いている者は少なくない。いや、少ないかな、全体との比率からすれば。いずれにしても、ほんのちょっとしかしゃべらず、手記など書かない人の数は、膨大なのだ。九州で、吉野さんたちに取材して「断作戦」を書いたときには、こんなことは思わなかった。九州では、行く先々で話が弾んだ。これはたまたま、私がそういう人にばかりめぐり会ったということだろうか。九州にも、話好きの人、無口な人、戦場の話を好んでする人、したがらない人、いろいろな人がいるわけだ。だが九州では、たとえ、「戦場の話などしたくない」と言う人に行き当たったとしても、今度のように、しゃべらず、書かない人が膨大なのだ、などとは思わなかったような気がするのである。

東北では、私も、無口になりがちである。もともと私は、どちらかと言えば、口が重いほうだろう。それがさらに重くなる。安斎さんの奥さんとも、ポチリポチリと、僅かばかりの会話を交わしただけであった。

「今年は作物の出来はどうですか」

「まあま、平年並だない」

「清吉さんが亡くなって、仕事が大変でしょうね」

「ほだな、主人、生きてたころのようにはできねえな、けども、ま、いいあんべにやってっから……」

「そうですか、お体を大事にしてやってくださいね」

「ありがどない」

後が続かない。

しばらく無言でいて、今度は奥さんの方から、

「あと、どこさが行ぐのかい」

「あ、ここで何人か、元二十九聯隊の人に会って話を聞いて、それから仙台にでも行ってみようと思ってるんですよ」

「そうかい」

また、後が続かない。

安斎さんは、奥さんに、私のことはごく短い言葉でしか説明していなかったに違いない。安斎さんは短い言葉しか口にしなかった。安斎さんは、生前、短い言葉では、戦地のことをなにか口にしただろう。しかし、一度も、長い話はしなかっただろう。

世の中には、安斎さんのような人が多いのだ、と私は思う。私は長広舌をふるうのだ。吉田

満さんも、戸石泰一さんも、だ。書くということは、長広舌をふるうということだ。目立つのは、書いたり長話をする人だが、安斎さんのような人の方が多いのだ。そして、私は日ごろ、安斎さんたちが作っている社会のことなど、まったく思いもしないで過ごしているのである。こうしてやって来ると、そういうことを思うが、すぐまた思わなくなる。

ラーメンをご馳走になった。

「それじゃ、また、機会があったら寄りますから」

と私は言う。

「そうかい。どうぞ、またきてござい」

と安斎さんの奥さんは言う。

機会は、またあるだろう。しかし、安斎さんは死んだ。

浜島崇さんを訪ねた。訪ねると、滝沢市郎さんも来てくれた。浜島さんが連絡してくれたのである。

浜島さんは、「勇〇三部隊戦史」刊行会の代表であり、「戦史」を執筆したのが滝沢市郎さんである。滝沢さんは二年がかりで「戦史」全文を書いた。

聯隊長自筆の「第二師団歩兵第二十九聯隊歴史」、残されている「戦闘詳報」のほか、戦友会の〇三会で全員に呼びかけて、さらに手に入るだけの記録を集め、手記を集めて、滝沢さんが編集執筆した、と浜島さんが「発刊の辞」に書いている。「戦史」には、動員令の下った昭和十六年十月以来、終戦により復員するまでの聯隊の行動が詳記されている。

ビルマ戦線の章では、岩下巍主計中尉の日記、川本脩二軍医中尉の日記、そして滝沢さん自身の日記が引用されている。集めた手記もいくつかが紹介されている。筆者の名は出さずに、資料として滝沢さんがリライトをして使ったものもあるのだろう。

浜島さんは聯隊本部付の少尉であった。滝沢さんも聯隊本部付で、下士官であった。

私が浜島さんと滝沢さんとに、龍陵で戦った第二大隊の方々に話を聞かせてもらいたいのだけれども、と頼むと、早速、集まるように声をかけてみてくれると言う。

そのほか、浜島さんは、多忙中にもかかわらず。浜島さんの車で、私を二人ばかり、元第二大隊の兵士の家に案内してくれた。

飯坂町に住んでいる長谷部友吉さんに会った。長谷部さんは元第二大隊機関銃中隊の上等兵である。

長谷部さんは、最初から龍陵にいたのだそうだ。最初から、というのは、十九年の五月に雲南遠征軍の反攻が始まって、拉孟、騰越、龍陵の日本軍守備隊が包囲されて、〇三藤木大隊が第五十六師団長の指揮下に入るよう軍の命令を受けて、インドウを発って龍陵に入ったときから、ということである。藤木大隊は五月二十八日に列車輸送でインドウを出発し、マンダレーを経てラシオに到り、ラシオから芒市まではトラック輸送で行軍した。

芒市から先は、藤木大隊も徒歩で龍陵まで行ったのだろう。先発が到着したのは、六月五日であった。藤木大隊は到着するとすぐ、龍陵東方地区の守備陣地に入った。

龍陵は四方を山に囲まれた盆地の町である。その四方の山々に構築してあった陣地を奪われれば、市街は脆弱な姿をさらすことになる。だから守備隊は、周辺の陣地を守ろうとしたのだが、兵員十五倍以上、火力は何十倍もの遠征軍を撃退するのは容易ではなかった。

藤木大隊は五山に本部を置いた。第二機関銃中隊は、本部の周辺に陣地を作った。長谷部さんはその陣地で重機にとっついていたのである。

「先に行った組じゃ、機関銃じゃホレ、俺だけ残った」

と長谷部さんは言った。

「そうだべな、あと、中隊はどうなった?」

と浜島さんが訊くと、

「ほかの中隊かい?」

「ああ、たとえば五中隊もいたけな」

「五中隊もいたの、五中隊もほとんど死んだべちゃ」

「五中隊のほかは?」

「五中隊のほかはわからねえんだなあ」

長谷部さんは、それから、五山の陣地にいた顔と名前を思い出そうとしたが、心もとないようであった。誰がいた、誰がいた、とゆっくり一人ずつ名前を口にしたが……。

長谷部さんは、見るからに逞しい体をしていた。胸の厚さは、私の倍はある。腕の太さは私の腿ほどもある。腕も肩も、筋肉が盛り上がっている。長谷部さんなら、六十キロの重機関銃を一人で運べるかも知れないな、と思った。長谷部さんのような兵士なら、それでも、弾丸には勝てないが、隊長は頼もしく思うだろう。

私は長谷部さんに職業を訊いた。すると長谷部さんは、馬喰《ばくろう》だと答えた。

浜島さんは長谷部さんから、かなりいろいろと話を引き出した。しかし、長谷部さんの話も、活劇を聞かせるようなものではなかった。誇張も形容詞もなく、そして、長谷部さんは、なにしろ旧いことでよく憶えていない、と言って、何度か首を振った。

7

長谷部さんの次に高野満さんを訪ねた。

高野さんが住んでいる下野寺も一面に果樹園が広がっている地域だった。浜島さんは、確かこの道だ、と呟いて、鋪装道路から横道に車を乗り入れた。

高野さんは痩身の老人であった。おそらく高野さんも果樹園を経営しているのであろう。その住居の大きさや室内の調度などを見ると、高野さんは安斎さんよりはずっと大規模にやっているようであった。

浜島さんは、高野さんに、気さくで親しげな声をかけて私を紹介し、来意を告げた。私が、私も勇です、勇の師団司令部の一等兵で、龍陵では雲龍寺のあたりまで行きました、と言うと、高野さんは、ほうほう、と言ってうなずき、現役かね、召集かね、と訊いた。召集です、十七年に召集された補充兵で、十八年にフィリピンに行きましてね、と言うと、

「ああ、一回目の補充か」

「そうです」

「ああ、ゴンザレスだ」

「私は師団司令部ですから、ゴンザレスではなくて、カバナツアンに行ったのです。〇三はゴンザレスでしたが」

「ああ、そうかい。なるほど」

「そうです。そこからクアラルンプールに行って、それからビルマに入ったのです」

「ああ、ああ、そうかい」

私は高野さんに、自著「断作戦」を進呈した。浜島さんは、私の著書について説明し、「でね、当時の誰か知っている人いねえかってけど、誰も知ってる人いねえから……」

と来意を繰り返した。

「ああ、あんときね、当時と言うとあれなんだけんども、龍陵に行ったのは、……その前に二大隊は南の方にいたからね。……五中隊はほれ、北さ飛行機で行ったから、どこさ行ったかわかんねえ。六、七中隊はインパールの後方からまっすぐあっちさ行っちまっただ。俺、七中隊だっぺ」

「うん、うん」

浜島さんが相槌を打つ。

「七中隊あのとき、モウルというところへ行ったんだ」

「うん、うん」

「あそこでしばらくやって、あと安師団と交代して今度龍陵の方さ向かったんだ。ワンチンに六月一日だったかに泊まったんだ」

「うん、ワンチンでね」

「六月一日にワンチンを出発したのだったか……そこんところ、若干のズレはあるんだけんどもない、……そして、あそこを発って、……夜、トラックでシボウからずっと一挙に龍陵まで行っちまったんだ」

「はあ」

私も浜島さんと一緒に相槌を打つ。

高野さんは、不鮮明な記憶から、あのときのことをなんとか正確に伝えようとしている感じで、思い出し、思い出し、しながら、ゆっくり話した。高野さんも、日時や場所を詳細には思い出せないようであった。そうなんだ、私もそうだ、忘れられない光景を私たちはそれぞれに持ち続ける。しかし、すべてを記憶することなど誰にもできない。年月は、生々しさを消すだけではなく、記憶を変形させもする。二つのことが一つになったり、一つのことが二つになったりもする。固有名詞も間違えてしまうようになる。そう思いながら私は高野さんの話を聞いた。そして、私は最初、高野さんが言ったシボウとは、おそらく芒市のことであろうと、思ったが、そうではなくて、高野さんは、部隊の行動を少し前にもどして、そう言ったのかも知れないのであった。

マンダレーとラシオの間にシボウという町がある。〇三の第二大隊は、モウルからマンダレーに南下して、シボウ、ラシオ、ワンチン、芒市を経て龍陵に到り、龍の第五十六師団長の指揮下に入るのだが、高野さんは、マンダレーからシボウまでは鉄道で行き、そこからトラック輸送で龍陵まで行ったということのようだ。

「そして、朝に、龍陵さ来たんだすね。そしたら、飯盒炊爨だ、なんて……龍陵の町の、あれ、どういうふうになっているんだ……」

と高野さんは言った。すると、浜島さんが、

「ここさ、地図あるんだ」

と、私が高野さんに進呈した「断作戦」の見返しを開いた。「断作戦」の見返しには、北ビルマから雲南にかけての地図を刷り込んである。私はそれに添えて、持参した龍陵付近の陣地要図を開き、こういうものも持って来たんです、と言った。

高野さんは、また、ほうほう、と言い、地図を指でなぞりながら、

「ここが芒市だ、芒市からこう行ってね、龍陵のこの付近になんか廟みたいなものがあったんだよ、入って間もなくね。そして、この東の方は、だんだん低くなっているんだよ、ずっとね。よっぽど勾配あったたな。そしてここの高台みたいなところで、朝に、何時ぐらいだったかな、ここらなら六時。八時ぐらいだったかな、日本時間で……あのころ日本時間使ってたからない。

夜明け間もなくに起きて、飯盒炊爨となったんだ」

「うん、うん」

「そこで飯盒炊爨して、そのうち偉い人たちはほれ、すぐ龍陵の本部さ行って命令受領して……俺らは飯炊いて、ここでああ食うべえなんて言ったら、いや、陣地さ入ってから食え、というわけなんだ」

「うん」

「それで、俺、東山さ行ったんだ。七中隊の第二小隊だ。六中隊の一個小隊が、五山、六山、と古沢だかさ行ったんだね」

「うん、うん」

「七中隊は、七山とここと、この山は七山よりずっと低いんだが、東山とで、ここからこう入るようになっていたんだね」

「うん、それが六月の……」

と浜島さんが言うと、

「それは、六月の四日か五日、なんだよ」

「うん。到着してすぐ陣地さ入ったんだね」

「そうだ。だから、あとからのこっちのほうは全然俺わからねえんだ」

陣地要図を指で突きながら、そんな話し方で高野さんは、龍陵について話してくれた。

高野さんは十年徴集だというから私よりかなり年長である。十八年に再召集されて、階級は上等兵である。十年徴集なら下士官ぐらいになっていてもよさそうなものだが、〇三のように戦場を駆けめぐった部隊は、兵隊の昇級などにかかずらっているひまはなかったのであろう。

東山陣地に高野さんが入ったのと、雲南遠征軍が龍陵周辺に到着したのとは、ほとんど同時であった、と高野さんは言った。高野さんはまた、すでに遠征軍が大軍で怒江を渡河して拉孟守備隊を攻撃しているという情報は聞かされていたのだとも言ったが、高野さんもあのときの私と同じように、わずかな情報を耳にしていただけであったのだろう。雲南地区全体の戦況など、上等兵には知りようもない。雲南地区全体どころか、龍陵の友軍陣地がどこにどう配置されているのかといったようなことも、部分的にしか知らなかったのであろう。高野さんは東山陣地に入るとすぐ遠征軍の攻撃を受けたという。

「俺が陣地さ就いて、配備に就いてどっこいしょとして、あれしたらば、間もなくそのバンバン始まった。最初、五山だったかね、六山だったかね、そして、だんだんとこう攻撃して来てね、そして、六月八日だったか、ここさ東山さ、最後に攻撃して来た。そんだから、そのとき負傷したんだけどね。あと退がったから、あとこまっこいことはわからねえんだ」

高野さんは、そう言っただけで、高野さんもまた、東山陣地が遠征軍の攻撃にさらされたときの戦火の激しさや、応戦した日本軍の様子については話さないのであった。

高野さんが負傷したのは、陣地に入って四日目だったという。その四日間のことを、龍の人なら、吉野孝公さんに限らず、こまっこいことまで、熱っぽく話してくれそうに思える。あれから四十年もたっているのだから、どんなに苛烈な戦闘を体験しても、歳月はその体験から生々しさを消してしまう。それは、九州の人であれ東北の人であれ、変わりはない。だが、五十五年の春、私が北九州に取材に行ったときのことを思い出すと、一般に九州の人は、饒舌で、熱っぽくあの戦争について話してくれたものである。東北では、話が熱くなりにくいようだ。高野さんにも、誇張や形容詞はなかった。

そう言えば、先年、作並温泉で開かれた一三三九の戦友会に参加したときも、何人かの人とは戦後三十何年ぶりかで会ったのに、ろくに戦地の話は出なかった。戦地の話より、会の欠席者についての消息が話題になったが、しかし、そんな話もろくに続かなかった。喜多方市在住の梅本清さんが来ていた。梅本さんは、私と共に師団司令部から仏印俘虜収容所に転属になり、共に戦犯容疑者としてサイゴンの監獄で過ごし、裁判、釈放、釈放後の抑留キャンプでの生活、帰国と、すべてを共にした元戦友だが、彼とも追憶を語り合うことはなかった。互いに簡単に現況を知らせ合っただけであった。

東北と言っても、福島は宮城ほどには口が重くないように思えるのだが、しかし、九州に較べると、やはり一般に無口である。浜島さんもそうだと私は思った。

浜島さんは、高野さんのところにも、長谷部さんのところにも、予告せずに私を連れて行ってくれたようであった。私にも、事前に高野さんや長谷部さんについて、説明などしないのであった。東北の人は確かに寡黙だな、と私は思った。

高野さんの次に、浜島さんは私を保原町の滝沢さんの家に案内してくれた。

車の中で浜島さんは、

「話を聞くのは、今がギリギリですな」

と言った。

「は？」

「これからみんな耄碌して忘れる一方です。思い違いもひどくなります。私たち、そのギリギリの年になっているんですよ」

と浜島さんは言った。


九州であれ、東北であれ、戦争がもう遠い過去の追憶でしかなくなっている人がいる。今もなおそれを身近に引き寄せている人もいる。そして、今もなおそれを身近に引き寄せている人にしても、過去は遠のいて行くわけだろう。慰霊祭や戦友会は、多少ともそれを引き止めているのだろうか。久留米の吉野さんは、今も毎朝夕、戦死者のために灯明をあげ読経している。吉野さんは、そうせずにはいられない人であり、そして、そうすることで過去が追憶でしかなくなってしまうことを防いでいるのかも知れぬ。

私はどうなのか。あるいは私も、戦争や軍隊の体験を、過去の追憶でしかないものにしてしまいたくなくて、こうして過去を書いているのかも知れない。私は、書くことで、遠のく一方の過去を引き止めようとしているのかも知れない。だが、過去は、遠のいて行く。けれども、遠のいても、その過去が現在につながる。人はそこからはずれることはできない。私が書くことも、吉野さんの毎朝夕の読経も、これが私たちの生活だとでも言ったほうがいいのかも知れない。それは遠のく過去を引き止めようというようなことではなくて、人はみんな、こんなふうに過去と関わりながら生きて行くものなのだ、と言ったほうがいいのかも知れない。

それにしても、あの龍陵の経験は、私に何を与え、私から何を奪ったのだろうか。龍陵の経験と言うより、軍隊の経験と言ったほうがいいかも知れない。それによって、私のある部分は変わり、それにもかかわらず、私の中のある部分は、変わりようもなかったわけだろう。それを識ることが自分を識ることなのだろう。けれども私には、それがよくわからないのだ。ただ、こうして書いていることが、何かを識ろうとするためだということは確かだが……。

私が識ろうとするものとは何か？　結局、それは、人間だとか、人生だとか、誰もが簡単に口にし、しかし、とらえようもないものなのだろう。

ものを書くということは、1を3で割るようなものだ、と私はいつも思う。今度は私は、私小説を書いている。自他共に、実名を使った私小説である。前作の「断作戦」では、下士官兵はすべて仮名にした。いわゆる架空の人物も登場する。そうすることで事実に拘束されない部分を作り、そしてそうすることで事実に拘束されていては言えないものを言おうとしたのだったが、あのような小説では、やはり土台となる事実からの離反には限界がある。人によっては雲南をモデルにして架空の場所を戦場にした小説を書くこともできるだろう。そのような小説なら、書きようによっては事実をどのようにでも扱うことができるだろう。また、場合によっては事実を知る必要さえないかも知れぬ。けれども私には、そういうものは書けないのだ。だから、とにかく、無計画で効率の悪い、行き当たりばったりのような取材でも、こうして話を聞いてまわろうとしたりするのだ。

架空の戦争小説と言えば、ノーマン・メイラーの「裸者と死者」があったな、と私は思い出した。あの小説の舞台は、太平洋のどこかにあるアノポペイ島であるが、そんな名の島は実在しないのだ。ノーマン・メイラーは、作品の冒頭で、この小説中の人物や出来事はすべてフィクションであり、生きている人物あるいは死去した人物に似たところがあっても、それは偶然の一致に過ぎない、とことわっている。ということは、おそらくメイラーは、あの小説に、いろいろと事実に近いことを書いているということなのだろう。

ノーマン・メイラーは、このあいだの戦争で、フィリピンに行っているのである。その経験がもとになって「裸者と死者」は書かれているのだろう。

なるほど、あのようなやり方もあるわけだ。アノポペイという名の島にして、メイラーは、生きているまたは死去した残酷な、あるいは狡猾な人物に似た人物を書いたのである。アメリカでも実名を出して、戦場の人間の残酷さや狡猾さを書くわけには行かないのである。

けれども、架空と言ってのがれるには、まず地名から変えなければならないのである。それをしなければ、人物の名前を変えても、似た人間が明らかになる。

私は、しかし、実名で、実名では書きにくいことも書けるだけ書いてみようと思っている。

戦争や軍隊について書かれたものには、公刊のものがあり、戦友会で編集し刊行されている聯隊史や部隊の記録がある。元将兵の文集というのもある。そのほか、いわゆる戦記作家の戦記がある。自費出版があり、あるいは出版社が売っている元軍人の手記や戦記がある。その中には、軍国主義や旧軍人の醜行を告発するものもあるが、旧軍を讃えているものもある。元将兵の文集などでは、やはり、表現が制約される。軍隊はなくなっても、戦友会の編集となれば、わが部隊の恥はさらしたくないという気持もあり、遺族に対する思惑もある。辻政信や牟田口廉也なら名前を出して糾弾できても、聯隊長や大隊長では、実名を出して、聯隊の文集で弾劾するわけには行かない。個人の著書でもその記述が戦友会から非難されることもあるという。けれども、きれいごとで済ましてしまうわけには行かない。実名で書くと、そこがつらいことになりそうだ。

私は「断作戦」に、二千数百名の騰越守備隊が、最後に六十名ほどに減り、その六十名ほどの将兵が、九月十三日の夜、騰越城の東面城壁の破壊口から、城外に脱出した経緯を書いた。脱出した将兵たちは、城から出ると近くの林に入るのだが、その林の中で、小隊長が中隊長とその当番を拳銃で射殺するのである。射殺した小隊長も、その後ジャングルを放浪したあげく手榴弾で自決してしまうのだが、こういう話は、聯隊史には載らない。だが、兵士にしてみれば、小隊長に殺されても当然だと思えるような中隊長の指揮下にある状態を、きれいごとを言って済ましてしまうわけには行かないだろう。

保原町の滝沢市郎さんの家には、大畑兆寿さんと鎌田義意さんが来ていて、滝沢さんと共に私を迎えてくれた。

浜島さんは滝沢さんと、そうするように打ち合わせてくれていたのである。

大畑兆寿さんは、滝沢さんが書いた「勇〇三部隊戦史」に勇猛の中隊長と書かれている元少尉で、鎌田さんは大畑第六中隊の元上等兵であった。年を訊くと、大畑さんは私と同じ大正九年生まれで、誕生日が私より四日後の八月十日だというのであった。鎌田さんは大正七年生まれで、十三年徴集の現役で、いったん予備役になって召集されたのだということであった。

大畑さんも鎌田さんも柔和な感じの方であった。しかし、龍陵では、滝沢さんが書いているように、勇猛果敢の中隊長だったのである。

「代理中隊長ですよ」

と大畑さんは言った。

大畑さんは、第六中隊第一小隊長だったが、中隊長の成田末太郎中尉がモウルの戦いで負傷したので、以後中隊長として第六中隊の指揮をとったのである。

モウルの戦いで、四十五名の戦死者と八十七名の負傷者を出した原田第二大隊は、ひと月ばかりインドウに駐屯した後、負傷した原田久則少佐に代わって藤木隆太郎大尉が大隊長となり、第三十三軍命令で、龍の第五十六師団長の指揮下に入って、龍陵に転進した。

鎌田さんは、私や高野さんとは違って、記憶がずっと確かであった。手記を書いていて後日それを見せてくれると言った。鎌田さんが龍陵に到着したのは、六月五日の朝であったという。

高野さんの話では、高野さんが東山陣地の配備に就いて、どっこいしょ、と腰をおろしたのと、遠征軍が龍陵周辺の山に到着して、どっこいしょ、と腰をおろしたのはほとんど同時で、その直後に攻撃が始まったと言ったが、「勇〇三部隊戦史」によると、兵力約四百四十名の藤木大隊が到着したとき、兵力約千三百名の龍の守備隊はすでに四百余名の死傷者を出していて、残る九百名が約三万の遠征軍と対峙していたとある。

龍陵守備隊長は、そのころは龍の工兵第五十六聯隊長小室鐘太郎中佐である。四百余の死傷者が出る前の守備隊の内訳は、萩尾大隊（歩兵第百十三聯隊第三大隊）の残置者と工兵聯隊の残置者を合わせて約五百名、野砲一小隊（十榴二門、兵二十名）、それに野戦病院、野戦倉庫および従軍慰安婦若干名と患者など約三百名であったと書かれている。

六月五日、藤木大隊が滇緬公路から龍陵の町をのぞんだときには、すでに殷々たる砲声が鳴り響き、地軸を揺るがせて落下する重砲弾の爆発音が轟き、周囲の山々に敵の大軍が布陣しているのが望見できた、と書かれている。そして、龍陵の町に入って藤木大隊の将兵が見たものは、血だらけの頭を包帯で包んだ兵士、腕を肩から吊った兵士など、負傷者の群れであったという。

遠征軍の本格的な龍陵攻撃が始まったのは、この日からだったのだ。遠征軍が怒江を渡って反攻作戦を開始したのは十九年の五月十一日だが、最初の反攻作戦では、龍陵は主攻勢の対象ではなかった。遠征軍は、騰越方面に対する第一次の反攻作戦に成功せず、六月一日に再び怒江を渡河し、今度は、主攻勢を滇緬公路東側地区に向け、拉孟、鎮安街、龍陵、芒市等を目標に、第二次の大攻勢をかけて来る。

もしかしたら、藤木大隊の龍陵到着は、遠征軍よりほんの一足遅かったかも知れないが、まあほとんど、同じころであったのだろう。そして着くなり互いに、ただちに戦闘を開始したのだ。

藤木大隊は龍陵に着くと、龍の歩兵第百十三聯隊第八中隊長石田徳二郎大尉の指揮下に入り、東方高地の陣地を石田隊から引き継いで守備についた。

大隊は本部を五山に置いた。六中隊は、大畑少尉以下主力は六山に、佐藤小隊は五山と六山の中間のコブ高地に、新城猪之助中尉の七中隊主力は七山に、七中隊の氏家小隊は北方高地の東山に、さらに七中隊の一部が古沢山に、それぞれ陣地配備に就いた。

龍陵東方の山は、龍陵から見て右から順に、一山、二山、三山……と七山まで番号で名づけられ、陣地が設けられていた。一山と二山の間の高地は中山、六山と七山の間の山を古沢山と呼んだ。七山の北方にイ山があり、イ山の北西方に東山陣地がある。

この五山から東山までの一帯が、藤木大隊布陣であるが、五日にはもう、すんなり陣地配備につける状況ではなくなっていた。彼我は互いに視界の届く距離にあった。七中隊が七山に向かって進んで行くと、その前方、右、左の山頂には、遠征軍が群がって陣地構築しているのが望見できた。敵は日本軍の前進を知り、ただちに迫撃砲を撃って来た。陣地に入って配備につく前から戦闘は始まった。七中隊は七山陣地に到着すると即刻山頂の敵に向かって前進を開始した。七中隊は山頂の敵陣地を突撃攻撃で奪ったが、遠征軍はいったん退いても、退きっぱなしではいない。すぐに奪還の逆襲をかけて来るのである。

六中隊も、その日から遠征軍の猛攻を受けた。なにしろ敵は砲弾の量が豊富である。六山には、ひっきりなしに迫撃砲弾が飛来し、炸裂した。

龍陵会戦は、周辺陣地の争奪戦である。盆地の町龍陵は、四方の山を制した側の手に落ちる。周辺の山を占拠されたら、擂鉢の底にある町は、守りようがないのである。

その周辺陣地を取っては取られ、取られては取ったのが、あの戦闘であった。夜襲は日本軍の専門のように言われているが、大畑さんや鎌田さんらが配備についた五日の夜、遠征軍は夜襲をかけて来た。敵の集中砲撃がやんだときには、突撃を警戒しなければならない。遠征軍の突撃というのは、肉薄して来て、手榴弾を投げ込んで来るので、壕の中で待ってはいられず、接近を察知したら、機先を制して、壕から飛び出し、こちらの方から逆襲突撃をするのであった。

五日は、月の明るい夜になった。まず敵は、しばらく、ふんだんに迫撃砲を撃ち込んで来た。

砲撃が熄《や》むと敵は突撃して来た。その敵を十分に引き寄せておいて大畑少尉は、一斉射撃をくらわせて撃退した。

すると六日は、敵は朝から間断なく迫撃砲を撃ち込んで来た。

砲撃は夜まで続いた。夕方になるとひときわ砲撃が激しくなった。砲弾は六山一面に落下し、半時ほどの間に、二十三個あった既設の掩蓋《えんがい》陣地のうち二十が破壊された。六日の晩も砲撃が熄むと遠征軍は突撃して来た。約五百人の敵が山を匍匐《ほふく》して登って来たのであった。この日は、白兵戦になった。

大畑少尉は高橋芳蔵軍曹と共に手榴弾を投げ、敵の中に斬り込んで行った。

この斬込みで、大畑少尉も、高橋軍曹も負傷した。

六日の六中隊は、激しい格闘を繰り返して、なんとか突撃して来た敵を退けたが、大畑少尉は負傷で後送され、代わって瀬川少尉が中隊の指揮をとることになった。

大畑さんは、そのときの格闘の模様をやや具体的に話してくれた。鎌田さんは大畑さんの隣りでニコニコとほほえんでいる。

その後鎌田さんも負傷して、龍陵の野戦病院に収容されるのである。

「負傷しなかったら、戦死したかも知れませんね」

と私が言うと、

「んだない」

大畑さんはうなずいた。

「そんな激しい戦場でも、ふっと何かを思う時間はあったでしょう」

「そうだない……」

「そういうとき、何を思ったか憶えていますか？」

私は鎌田さんに眼を向けて訊いた。

「やっぱ、おかだのことかね」

「奥さんをですか」

「んだない」

と鎌田さんは言った。

私が、大畑さんと鎌田さんに、また会ってもっと話を聞かせてもらいたいと言うと、それではそのときには、もっと他の人も呼ぼうというのであった。

「三、四日のうちにまた来ますから。これから仙台に行きますから、帰りにまた寄りますから」

「そうかい、ほんじゃそのとき」

「仙台から浜島さんに電話をさせてもらいますから、よろしく」

「ああ、そうしてください」

と浜島さんは言った。

8

仙台へ行く途中、父の故郷に行ってみた。

父の故郷の宮城県刈田郡七ヶ宿村渡瀬は、白石市から山形県に通じる国道113号線沿いにある。白石は、福島と仙台の中央に位置する小邑で、国道113号線の白石から山形県南陽市あたりまでは七ヶ宿街道と呼ばれているが、本来の七ヶ宿街道は、奥州山中七ヶ宿街道と言って、福島県の桑折から上戸沢を通って、下戸沢に至り、そこから今の国道113号線で、渡瀬、関、滑津《なめづ》、峠田、湯原を経て、山形県に入る街道であった。上戸沢から湯原まで七つの宿場があったので、七ヶ宿の呼称が生じたのである。この街道は、湯原の先の追分で、二井宿峠を経て米沢市に至る街道と、金山峠を越えて上山市に至る街道とに分かれている。今は、桑折——下戸沢の旧道より、白石市から小原温泉を経て、下戸沢に至る新道の方が利用されている。

江戸時代、出羽諸侯の中には、参勤交代にこの七ヶ宿街道を利用する藩があった。昔はこの街道は、裏日本と表日本とをつなぐ主要な交通路の一つであった。参勤交代の藩公が利用した街道だから、七ヶ宿にはいくつかの本陣があり、本陣は肝煎、検断、問屋を兼ねていた。父の生家は渡瀬宿の「糀屋《こうじや》」と呼ばれる旅人宿である。「糀屋」の向かい側の「会社」と呼ばれる親類は、父の姉の嫁ぎ先だが古山姓である。「会社」の古山は、江戸時代、代々、肝煎検断を勤めた系統である。向かい側の古山家が「会社」と呼ばれるのは、明治になって、運送、問屋、飛脚業などを内容とする陸運会社に変身したからだという。「会社」の当主は、私には、従兄の息子ということになるが、父の姉が嫁ぐ前の「糀屋」と「会社」のつながりはわからない。

そのようなことを私が知ったのは、この十年来である。それまで私は、古山という姓は、明治になって無姓の平民が姓をつけることになったとき、寺の住職あたりにつけてもらったものだろうと思っていたのだった。だが、そうではなく、父の郷里には古くから、古山姓の家系が、幾通りかあったのだ、と調べて知った。

そのようなことについては、父からは、一度も聞いたことがなかった。本家が旅人宿であったと知ったのも戦後である。戦前は、「糀屋」という呼称も知らなかった。父の生家は、よろず屋だと思っていた。

戦前私は、一度、渡瀬を訪ねたことがあった。仙台の聯隊に召集されて、南方に送られるまでの間、私は二度、休暇を与えられた。

一度は正月の休暇であり、一度は戦地に送られる前の休暇であった。どちらも、二泊か三泊の短い休暇であった。そのころ父は、九州の別府に住んでいた。私は、二泊か三泊の休暇では、別府の父のもとまで行く気になれず、正月の休暇は、それまで一度行ってみたいと思っていた渡瀬に行って過ごし、南方派遣前の休暇には、神奈川県の姉の家を訪ねたのだった。

私は、予告もせずに、いきなり、話に聞いていた渡瀬の本家を訪ね、泊めてもらったのだった。泊めてもらったのは一晩だったか、二晩だったか憶えていない。憶えているのは、あの街道が雪道だったこと。本家の前が、バスの停留所だったこと。そこが本家だということは、すぐわかった。私は「糀屋」の土間に立って、自分は佐十郎の次男で、聯隊から休暇が出たので訪ねて来たのだと言うと、そうかと言って迎えてくれたのだ。

何人かの親類に会って挨拶したが、相手が自分とどのようなつながりになるのか、本家の家族ぐらいしかわからなかった。あのとき会った親類は、誰だったのか、今となっては二、三人しか憶えていないが、向かいの親戚の家族たちも来たはずだ。

あのころ、渡瀬では、旧暦を使っていたのだ。だから、あのとき、渡瀬は正月ではなかったのだが、本家では、餅を搗《つ》いて馳走してくれたのだった。

東北の人たちは、よく餅を搗くのだ。正月に限らず、餅を搗く生活が日常的に東北にはあるのだ、と私は思った。仙台の聯隊に、私には面会に来る人はいなかったが、他の兵士には、面会日に餅を持参して面会人が訪ねて来る。餅は兵舎に持ち込むことはできなくて、兵士たちは面会所で餅を頬張るのだった。

私は、渡瀬の餅搗きを見て、聯隊の面会所を思い浮かべ、私が育った朝鮮新義州の餅搗きを思い出したのだった。

私は父からは、父の故郷に関する話は聞いていない。陸軍一等兵の肩章のついた軍衣を着て渡瀬を訪ねるまで、私は、母や姉の話で、想像していただけだった。父から聞いた渡瀬の話と言えば、あれは私が小学生のころだったと思うが、私は父に、お父さんはなぜ医者になったの？と訊いたことがあるが、その質問への答えぐらいのものである。

父は、父が子供のころ、父の父、つまり私の祖父が病気で寝込み、渡瀬から白石の医者のもとまで、薬を取りに行った話をした。雨が降ろうが風が吹こうが、片道四里余りの山道を往復しなければならず、そのとき、自分も将来医者になって、日本に一人でも医者をふやそうと決心したのだ、と言った。

私は、雨に濡れながら、人けのない山道を懸命に歩いている少年の姿を想像したものだった。私が父から聞いたのは、それだけだ。

父は、渡瀬から仙台へ出て、仙台二中から二高に入り、九州帝大の医学部に進学したのである。大学を卒業すると、九州女の母と結婚して、明治四十四年に、満洲の安東県に渡った。安東で開業していた大学の先輩に招かれたのである。その病院に一年余り勤めた後、父は大正二年に鴨緑江の対岸の新義州に渡って、古山医院を開業したのである。それから七年後に、私は生まれたのだ。

新義州の日本人たちは、あの町に内地の習俗をすべて取り揃えようとしたのだった。正月には門松を立てて、屠蘇、雑煮を祝い、女の子は羽根を突き、男の子は紙凧《たこ》を揚げた。桃の節句には雛壇を設け、菱餅や白酒を飾った。端午の節句が近づくと鯉のぼりを立てた。祭礼を催して神輿を担ぎ、山車を繰り出す。燈籠流しがあり、盆踊り大会があり、花火大会があった。内地にあるもので新義州にないもので、何があっただろうか。

暮の餅搗きも、新義州の日本人たちが作った内地の習俗だった。ただ、新義州では、餅の搗き手は、朝鮮人だった。今のようにマーケットで餅を買って済ます発想は新義州の日本人たちにはなかったし、さりとて個々の家庭では餅は搗けない。だから、菓子店が、臼杵蒸籠《せいろ》に搗き手を取り揃えて、注文を受けた家庭に赴き、その家の庭や、門前で搗いてまわったのだった。

平安神社という神社を作って、祭礼の日、御神体は公会堂で一泊したのだった。神輿は二日がかりで神社と公会堂との間を往復したのであった。子供たちは子供用の神輿を担ぎ、大人を真似た。御神体の宿泊地が、公会堂だったのは、他には、適当な場所がなかったからである。山車には桜町の芸者衆が料亭別に連を作って乗り、三味、太鼓を鳴らして踊りを踊ったのだ。山車の曳き手は朝鮮人たちと、朝鮮人の御者のついた赤牛とであった。新義州の日本人たちは、内地そっくりを再現するのに人手の手薄な部分だけ、朝鮮人を雇い入れて間に合わせたのであった。

日本人は、朝鮮人の言う日帝時代のころ、行く先々に神社を建てて、その土地の民族の反感を買った。神社は朝鮮人や中国人にとっては、彼らに対してふんぞり返っている者たちの奇態なシンボルだったのだ。だから、日本が戦争に敗けると、彼らはまず神社を破壊して〝解放〟

を祝ったのである。

日本人コロニーたちは、国策推進の旗印のつもりで神社を建てたのではなく、ノスタルジアから〝内地〟のコピーを作ったのだったが、日本は朝鮮人に神社参拝までさせた。〝皇化〟である。〝皇化〟は日本人たちには正義であった。そういう祖国を私は、狂信の国だと思っていた。日本人は神州不滅や八紘一宇を唱和した。あの戦争は、日本が生き抜くためにはやむをえないものだったと言うこともできようし、それに反論することもできるだろうが、そういうことより、私は、自分の国の体質にこだわり、鬱していた。

父は、神州不滅や八紘一宇を信じていた。私はそう思っていて、そのころ自分が最もこだわっていた思いを、父に対して口にしたことはなかった。

あのころ、私は父に対しても、頑くなに自分の殼に閉じこもっていて、いわゆる父と子の会話などのない息子になっていたのだ。

父は、私が召集された昭和十七年の暮に、新義州から九州の別府に引き揚げ、終戦の年に、郷里の渡瀬に還って、翌年衰死した。そのころ私は、戦犯容疑者としてサイゴンの監獄に入れられていた。

父とは、昭和十七年の夏に、私が東京から新義州に帰ったときに会ったのが最後になった。あの年、私は二十二歳で、父は六十歳であった。

母が死ぬと父は、病院を続ける気をなくした。

病院の買い手がついたと聞いたので、整理を手伝うという名目で、実は私は、別れを告げるべく新義州に帰ったのだった。近いうちに召集令状が届くという見通しがあり、それが届いたら、もう肉親と会う機会があるかどうかわからない、と思っていたのだった。

私は、旧制中学を卒業するまで、新義州の親元にいて、以後、東京に出た。東京で予備校に通い、京都の高等学校に入ったが、一年で退学してまた東京にもどって来ていた。

私が高等学校をやめたことを父が知ってから、父と私との間は気まずいものになった。父は私の退学を知ると、どこでもいい、とにかく学校だけは出なさい、と言い、私は、もう行く気はない、と言って、父の意向を受け入れなかった。

私はあのころ、親しい友人には、この国では偉くなってはいけないのだ、などと言っていた。この国で偉くなれば、中国を侵略する者のリーダーにならざるを得ない、それより落ちこぼれの道を歩くべきだ。それは、落ちこぼれた自分を鼓舞する言葉でもあったのだろうが、もうここから脱け出す途はないのだ、と思い込んでいた。

実を言うと、学校をやめるまでは、学校に未練がないわけではなかったが、落ちこぼれてもう這い上がりようもない私は、再び学校に行く気にはなれなかった。

しかし、友だちに言うような理屈や気持を父に言っても通じるとは考えられないので、私は、自分は劇作家になるつもりであり、そういう方面に進む者は、強いて学校に行く必要はないと思う、などと言ってみたり、今から再入学しても在学中に軍隊にとられることになるのだから、もう学校に入り直す気にはなれない、と言ってみたりした。だが父は、私がどう言おうと、とにかく学校にだけは行かなければいけない、と言って納得しないのであった。

結局、私は、父の言うようにどこかの学校に入ると言って東京にもどり、しかし、学校には入らず、就職もせず、それまでと同じように無為徒食の日々を続けたのだった。

そういう私は、父にはやりきれない息子であっただろう。だから、私に召集令状が来て、父はホッとしたのだ。軍隊に召集されることは、死ぬかも知れない、ということだが、誰も召集からはのがれられないのだから、父が、これでとにかく一安心という気持になったのは当然だろう。

そして、それっきり、再び会う機会はなかったのだ。

渡瀬には、戦前は一度行っただけだが、戦から還って来た後、数回行っている。別府からもどって来た父が住んでいた部屋を見せてもらったり、父が釣に行ったという池を見に行ったりした。

父は、別府で無一物になって、渡瀬に帰ったのである。新義州の病院を売って、その金を父は朝鮮の金融組合に預け、そのつど、必要な額を送ってもらいながら暮らしていたのだった。姉が、預金を内地の銀行に移すように勧めたが、父はなかなかその手続きをせず、やっとその気になったのが、終戦直前だった。終戦の前日の十四日に父は、預金の全額を内地の銀行に送金するようにと手紙を書き、実印と預金通帳とを同封して、新義州の金融組合あてに送ったのだそうだ。

別府では暮らせなくなり、父は生まれ故郷に帰って来て、寄食者になったのである。聞けば、本家の「糀屋」ではなく、父の姉の嫁ぎ先である「会社」でしばらく過ごしていて、その後、横川の高橋家に移って厄介になり、そこで二十一年の九月に死んだのだという。横川の高橋家も、親類筋らしいが、どういうつながりなのか、私にはわからない。

私は、二十二年の十一月に帰国して、姉から、別府に引き揚げて以後の父の様子を聞いた。渡瀬に出かけて行って、「糀屋」からも「会社」からも、横川の高橋のおばんつぁまからも、父の話を聞いた。「会社」で父が寝起きしていた部屋や高橋家の部屋、釣に行ったという池など、いちいち見てまわった。私は、私の消息も知らずに死んだ父の、渡瀬の日々を想像した。心中悄然としたものがあっただろう、と思った。父は、渡瀬で、新義州のことを追憶しただろう。母のことを思い出しただろう。生涯を振り返って、もう、すべて終わった、と思っていただろう。

その渡瀬が、近々、ダムの底に沈むことになるというのであった。

その前に私は、もう一度、父の故郷を見ておきたいと思ったのだった。

白石に着いたが、道路の様子が以前とまるで変わっていた。私は行き過ぎた道を引き返して来て、小原新道に入った。

激しい雨が降った。少年のころ父に医者になる決心をさせた道のりは、車ではいかほどもなかった。

来てみると、すでにダム工事は始まっていて、渡瀬は一面の砂利集積所になっていた。「糀屋」も「会社」も消えていた。昔の家は一軒も残っていなかった。そして代わりに、砂利の山と山の間に、飯場なのか、施工事務所なのか、いくつかのプレハブが建っていた。またひとつ消えた、と思った。何かが次々に消えて行くのである。

「糀屋」や「会社」の消えた渡瀬から引き返して、再び国道4号線に出ると、私は仙台に向かった。

仙台に着くと、まず、武藤精肉店を訪ねて、一平さんの位牌に合掌した。一平さんの奥さんは、高血圧で体が不自由になっているということで姿を見せず、娘さんが私を仏壇に案内した。

一平さんの店は、娘さん夫婦でやっているのだそうであった。

青葉通りのホテルに一泊して、翌日、福島に引き返した。福島を出るとき、私は浜島さんに、三、四日のうちにもどって来ると言ったが、次の日には、もうもどって来たのだった。それでも浜島さんは、私が福島を出るときに言った言葉どおり、大畑兆寿さんや鎌田義意さんのほかに、元六中隊の大友勝直さんと二瓶恭昌さん、七中隊の橋内弥一さんにも声をかけてくれて、保原町の滝沢市郎さんの家で私を迎えてくれた。

その日も、激しい雨が降った。

私は、三人に年齢を訊いた。大友さんは大正三年生まれ、橋内さんは四年生まれ、二瓶さんは鎌田さんと同年の七年生まれだと言った。みんな私よりは年長であった。三年生まれの大友さんは六十九歳、橋内さんは六十八歳、二瓶さんは六十五歳である。大友さんは九年召集の召集兵で階級は兵長だったと言った。

「随分早い召集だったのですね。九年召集なら、ビルマに行く前に、どこかに行ったわけですね」

と私が言うと、

「そうですね、行ったよ、朝鮮に……ほって、十八年の七月にこんどは南方さ行って……」

と大友さんは言った。十八年の七月に南方に行ったのなら、私と同じ輸送船団で送られたのかも知れないと思ったが、大友さんは七月に宇品を出て、フィリピンに着いたのは八月だったと言った。私より少しあとの船団で運ばれたのである。

「フィリピンはゴンザレスですね」

「そうです、ゴンザレスさ行った」

「じゃ、大友さんも師団の再建要員として送られたわけですね」

「ああ、再建要員だ」

橘内さんは元下士官だが、やはり召集兵である。橘内さんも大友さんも、いったん除隊になって予備役となり、再度召集されたのである。橘内さんは大友さんより一足先にゴンザレスに行ったのだそうで、橘内さんは私と同じ時期に送られている。いずれにしても、ガダルカナルで壊滅に瀕した勇師団は、フィリピンで私たち補充兵を再建要員として迎えて兵員をそろえ、一時マレー半島に駐屯した後、ビルマに行ったのだ。

勇は、ビルマでは、当初、主力はベンガル湾方面の警備に就いていて、断作戦で部隊を集結して雲南地区に転進したのだが、〇三の第二大隊は、ビルマに到着するとすぐ、北ビルマで独立混成第二十四旅団（武兵団）長の指揮下に入り、モウルに降下した英空挺部隊と戦うのである。さらに大隊は、モウルの戦闘の後、雲南地区の龍陵に転じ、龍の指揮下に入って、中国の雲南遠征軍を迎撃することになる。

下野寺の高野満さんが言ったように、雲南遠征軍が龍陵を攻撃すべく周辺に到着したのと、〇三の第二大隊が龍陵に到着したのは、ほとんど同時であった。そして、第一次の龍陵会戦が始まったのだ。

橋内さんも大友さんも二瓶さんも、六月の初めに龍陵に着くなり、六中隊の大友さん、二瓶さんは、六山で敵を迎え、七中隊の特設迫撃砲分隊長であった橋内さんは、七山の中腹高地に砲を据え、中隊の進出を援護した。

周辺高地を占拠されては、盆地の底の龍陵は守れない。攻める側にしてみても、龍陵を手中にするには、周辺高地の陣地を奪わなければならない。だから、周辺高地の奪い合いが繰り返された。

近接戦になった。手榴弾を投げながら肉薄し、肉薄された。奪取すれば、必ず逆襲がある。敵が退くと、間断なく迫撃砲弾や山砲弾が降って来る。

連日、雲南遠征軍は激しく執拗な攻撃を加えて来た。しかし日本軍は、七日までは、三山、五山、六山、七山、東山の主陣地を守り通した。だが、ついに保ちきれなくなって、八日、大隊は、龍陵市街付近の複廓陣地まで後退した。

だが東山陣地の配備に就いていた七中隊の氏家小隊四十五名と、氏家少尉が指揮下に入れた龍の機関銃分隊の四人とは後退のいとまはなく全滅した。氏家小隊が東山陣地に到着したのは五日である。その日は東山陣地は攻撃を受けなかった。雲南遠征軍の五日の夜の主目標は、六山と七山とに向けられた。

雲南遠征軍は夜を徹して六山の日本軍陣地を攻撃し、七山でも激しく陣地争奪の戦闘が続いた。ガスで暗さを深めた山の闇に、曳光弾のミドリやピンクの条光が流れた。砲弾の炸裂で舞い上がる火柱の饗宴が、六山、七山では朝まで続き、夜が明けても砲声や銃声は鳴りやまなかった。東山陣地に砲弾が落下しはじめたのは、六日の午後になってからだった。

六日は、砲弾が飛来しただけで、敵兵は近づいて来なかった。

ところが、七日になると、夜明けと同時にまず百人ぐらいの敵兵が鉄条網を潜り、手榴弾を投げながら突撃して来たのである。

無論、陣地の友軍は、敵を撃退すべく撃ちまくったが、迫って来る敵兵はふえる一方であった。敵が飛び込んで来て、陣地内で格闘が始まった。氏家小隊の兵士たちは、陣地から飛び出して行った。陣地の外でも格闘が始まった。乱闘の後、日本軍は、一度は雲南遠征軍を撃退したのだが、午後になると今度は、例の物量にものを言わせた砲撃が始まった。

砲撃は一時間ほどで終わったが、砲声がやむと敵軍は、再び人海を作って突入して来た。また白兵戦になった。

そして敵は、また、いったん退いたのだった。

それが雲南遠征軍の戦法であった。ふんだんに砲弾を撃ち込み、数にものを言わせた兵員で攻撃をかけて来る。それが繰り返されるたびに日本軍は死傷者をふやし、補充はできないので、戦闘力を失って行く一方なのである。それを考えての戦法である。

雲南遠征軍は、八日も朝から、その戦法を繰り返した。すでに氏家小隊の兵員は三十名に減っていた。その日の戦闘で、それがさらに減った。ついに氏家小隊は、支えきれなくなった。敵は数百人で攻めて来るのである。

藤木大尉の申し出に応えて、守備隊長の小室中佐ではなく、石田徳二郎大尉が、大崎中尉以下十二名の救援隊を出したが、数名が後退して来ただけで、氏家小隊はほとんどが死んだ。

橘内さんは、七山から、東山陣地を包囲する雲南遠征軍に何回も迫撃砲弾を撃ち込んだが、砲撃で氏家小隊を救出することまではできなかった。

「六月八日までは、これでほれ、ガタガタやられて、六月九日以降は龍陵市内の方にいたっけ」

と大友さんが言うと、

「はあ、はあ、九日かね」

と橘内さんは言った。

「六月八日が、東山陣地が玉砕したんだ。東山がやられたときだべ、橘内君が迫撃ぶっ放したのは」

「あのとき七山にいたんべ」

と大畑さんが言うと、

「古沢だ」

と橋内さんは言った。

「古沢山は、まだ、もっとこっちさだべ」

「古沢だったんでねえかな。八百の射程距離で、ちょうど命中したんだ」

橋内さんは、東山陣地が全滅しかかったとき、古沢山から迫撃砲を撃ったのだと思っており、大畑さんと大友さんとは、そのとき七山にいたはずだと思っている。滝沢市郎さんが書いた「勇〇三部隊戦史」では、そのあたりの状況については、「第七中隊戦史」が引用されているが、そこでは、七山から撃ったと書かれている。橋内さんは、八百の射程距離、と言い、これは橋内さんには忘れられない記憶のようにも思えるが、「第七中隊戦史」には、「七山から東山までは直距離で約二千メートル、迫撃砲の射程距離は四千二百メートルであったから、東山陣地は理想的な射程内にあったのである。砲撃は七山を包囲しつつあった敵集団の頭上を越えシュルシュル、シュルシュルという不気味な弾道音を発して東山の敵陣に次々と飛んで行った」と書かれてある。砲は位置を知られるので、ある程度撃つと陣地転換を行なわなければならない。「第七中隊戦史」には、橋内さんが、その砲撃の後陣地転換をして、試射のつもりで、前方三百メートルぐらいの松山に撃ち込むと、たまたま落下点に敵が潜んでいて、七、八人が空中に跳びあがった話や、その後、橘内さんの迫撃砲が敵弾を受けたことが書かれている。

「第七中隊戦史」によると、橘内さんの古沢山は記憶違いになるのだが、「第七中隊戦史」の記述も、必ずしも正確だとは言えまい。

〇三に迫撃砲分隊があったとは知らなかった。あのあたりでは、迫撃砲は使う方では重宝で、使われる側では怖い武器であった。陣地に配備された兵士たちには、ロケット砲や火炎放射器や、あるいは付着したら取れない火を散らして火傷で人を傷つける黄燐弾などの方が、迫撃砲以上に怖い兵器であったかも知れないが、司令部の兵隊だった私には、迫撃砲ぐらい嫌なものはなかった。山砲なら死角になる場所にいても、迫撃砲弾は高く上がって垂直に近い角度で落ちて来る。飛行機は、爆音で方向を知ることができるので対処のしようもあるが、迫撃砲弾はいつどこで降って来るかわからないのだった。

実際、司令部の戦死者は、ほとんどが迫撃砲にやられたのだった。古兵の山田兵長も、同期の補充兵だった吉田も、放馬橋で即死した、名前は忘れたが、あの輜重隊の兵も。

それにしても、私は司令部に転属になる前は、歩兵第四聯隊の機関銃中隊の兵隊だった。歩兵の聯隊は普通、歩兵中隊三と機関銃中隊一で構成される大隊が第三大隊まであり、他に歩兵砲中隊と通信隊とがあった。機関銃中隊には三つの機関銃小隊と一つの大隊砲小隊があったが、迫撃砲はあるいは歩兵砲中隊が扱っていたのだろうか。それとも私は知らなかったが、機関銃中隊の大隊砲小隊が扱っていたのだろうか。私は訊いてみた。

「橋内さんは機関銃中隊ですか?」

「いや」

「じゃ、普通の歩兵中隊ですか?」

「機関銃も得意だけど……」

「歩兵の聯隊に、迫撃砲というのはありましたかね」

「そういう兵種はないんだけど、特設迫撃砲小隊というのを作ったんです。それまで、見たことも、触ったこともなかったんだけど」

「はあ」

大畑さんが橋内さんに訊いた。

「どこで作ったの?」

「ビルマで作ったの」

と橋内さんは言った。

私は、龍陵に着いたばかりの勇の師団長が、双眼鏡で戦闘司令所から敵の動きを見て、今だ、撃て、撃てと昂奮した声で叫び、一門か二門しかない師団の山砲を撃たしたことを思い出した。下級兵士の私でさえ、撃つだけ損だ、と思っていた。撃てば何十倍かのお返しを招くだけだ、と思っていた。橋内さんの迫撃砲と師団長の、撃て、撃て、とでは違うだろう。しかし、師団の山砲がまるで役に立たなかったように、一門や二門の迫撃砲では、さほど役には立たなかったのではないだろうか。

私は、大友さんに訊いてみた。

「陣地では、何を食べたのですか。飯盒炊爨はできなかったでしょう」

「乾パンばかり食ってた。飯は食えなかった」

「なるほど。で排泄はどうしたんですか？　壕から出てするわけには行かなかったでしょう」

「んだ。壕の中でするんだ」

「大きい方もですか？」

「んだ。壕の壁さ、穴掘って、塗り込めてしまうんだ。それが崩れて、落ちて来ることあるんだ」

と大友さんは言った。

9

滝沢さんの宅からホテルに帰って来た後で、歯が痛みだした。忘れたころにぐずつきだす。これも、老化現象というやつであろう。そして、おそらく、私の歯は、戦地で健康を損ねた分だけ、老化が進んでいるわけだろう。

旅を打ち切って、いったん、東京に帰ることにした。

激しい雨の中を、近くの薬局に行き、鎮痛剤を買って来た。鎮痛剤の函に、服用後眠くなることがあるので自動車の運転をしてはいけない、と書いてある。明日は痛みが残っても、薬は飲めない。

東京に帰ったら、いつまたこうして出かけて来るかわからないな、と私は思った。私は、このところ、とみに不精になっている。不精になったということも、老化現象ということかも知れない。私はすべてに不精になっているのだが、旅行にも、ひところのように身軽には出かけなくなっている。昨年は五月に、中国東北地区こと旧満洲に一週間ほど行って来たし、一、二泊の旅には何回か出かけているが、旅行好きのつもりでいて、旅行も億劫に思うようになっている。

やはり衰えて来たのだと思う。あるいは歯痛は、気の衰えと無縁ではないのだ。病いは気からと言うが、歯が痛みだしたのは、気の衰えが一段と進んだということかも知れないのだ。気の衰えだとか、不精だとかを、軍隊式に言うと、「やる気がない」ということになるのかな、と私は思った。軍隊では、よく、やる気があるのないのと言われたものであった。そして私は、まるでやる気のない兵隊だったのだ。

戦争中私は、何回かマラリアに罹った。デング熱もやった。あのころ、東南アジアでは、マラリアもデング熱も、罹るのが当たり前で珍しくもない。しかし、私は、マラリアで二度も入院した。仲間の兵士たちは、たいてい、入院するほどまでには悪化させずに直したのだった。

マラリア、デング熱のほかに、私は、最初の上陸地であったフィリピンと、フィリピンから移動した先のマライでは、皮膚病で、医務室に治療を受けに行った。マライのクアラルンプールでは、皮膚病で入室した。軍隊には、入院のほかに、部隊の一室で治療専一の日々を送らせられる入室というのがあった。フィリピンに上陸してどれぐらいたってからだっただろうか、私の両脚は膿み、爛《ただ》れた。膝から下、踝《くるぶし》までが、南国の湿しい黴菌に取りつかれた。臑《すね》を剝き出しにして半ズボンで草原を歩いたのが失敗だった。草で切れた、眼に見えないほどの臑の傷が、たちまち一斉に膿みだしたのだった。クアラルンプールからビルマに移動したころには、皮膚病は直っていたが、ビルマでは、イラワジデルタと呼ばれる地区のネーパンという村に駐屯していたとき、マラリアで野戦病院に入院した。龍陵でも発病して、野病に入院して、南下した部隊に取り残された。そのころ、私と同期の補充兵だった鈴木上等兵が病死したのだ。管理部衛兵隊の下級兵士で、雲南で病死したのは鈴木だけである。入院したのは、私だけである。鈴木の命を奪った病気は何だったのだろうか。彼と最後に会ったのは、勇兵団が龍陵の守備を龍兵団と交替して、南下しはじめたころであった。私は、自分がどこで誰に、入院を言い渡されたのだったか思い出せないが、多分、班長の誰かから言われたのだろう。とにかく私は野病行きのトラックに乗ったのだった。その直前に、双坡であったか、分哨山であったか、あるいはもう少し退がった地点であったか、場所は憶えていないが私は、道端でしゃがみこみ、ぼんやりしていた鈴木と顔を合わせたのだ。私も放心したような様子をしていたに違いない。あのとき鈴木は、私に、「下痢が止まらなくてなや」と弱々しい笑顔を向けて言った。私は、そう言う鈴木にただうなずいて、微笑を返したのだった。

あのとき、鈴木は、私よりは軽症の患者ということだったのだろう。だから私と一緒に野病に送られなかったのだろう。その後の鈴木のことはわからない。あれから私は、野戦病院に送られ、さらにラシオの兵站病院に後送されたのだ。野戦病院があった場所の地名はわからない。中国とビルマの国境のあたりではないかと思うが確かではない。私たちを積んだトラックは、龍陵に背を向けて走った。途中で飯の配給があった。タバコ畑のある所でトラックが停まり、私たちは飯盒を差し出して、飯と一切れの塩干魚をもらった。どこの部隊の者か知らないが、飯盒を持っていない患者がいた。その患者に、わりと軽症のような他の患者が、リンゲルの空箱に飯をもらって来てやり、「おい、リンゲルだ、食え」と言って渡したが、飯盒のない患者は、それを受け取りはしたが食う気力もなく、ただぼんやりと持っていただけだった。立って歩けなくて、裸の尻を出したまま四つん這いでタバコ畑に排便に行った患者がいた。

そこからまたトラックに積まれて、野戦病院に運ばれたのだった。

野戦病院は雑木林の中にあった。そこで私たちは地面にじかに割竹を敷いて、その上にメザシのように並んで寝た。ニッパ葺きの小さな屋根が足もとから斜めに支えられていて、その下で私たちは寝ていたのだった。シラミにたかられたのは、野戦病院からであった。

野戦病院には幾日ぐらいいたのだっただろうか。一週間か十日ぐらいいたような気がするが、曖昧だ。そこからラシオの兵站病院に後送されて、翌年一月の中旬であったか下旬であったか、そのころ退院したのである。

鈴木が死んだと聞いたのは、ラシオの兵站病院を退院して、南ビルマのピンマナに駐屯していた原隊にたどり着いた後であった。私が野病に送られた後、間もなく鈴木は死んだというのであった。

私のマラリアは、いったん、ほぼ直ったわけで、だから、退院させてもらえたのである。しかし、ピンマナの原隊にたどり着くと、とたんにまた、私は熱を出した。

いつもやる気のない私だったが、やる気のなさが高じると、まるで仮病でも使っているように、私はマラリアなどになったのだった。そんな私に、司令部の軍医は、お得意さん、という渾名をつけた。私が部隊の医務室に行くと、軍医は言った。「お得意さん、また来たか」穏和な人柄の軍医さんだった。私が苦笑しながら「はい、またお願いします」と答えると、「今日は、どこなんだ？」と軍医は言うのだった。

皮膚病は、やる気では防げないが、私のマラリアは、私のやる気と呼応して調子を合わせていた。そんな感じであった。私にはそういう狡《こす》いところがある。企んで、やる気とマラリアとを呼応させることなどできるわけではない。それに後になって考えれば、私も、すんでのところで戦病死するところだったのだ。脚は腫れ上がって、押すと窪みができたし、あばらも背骨も飛び出していた。あれは栄養失調の体形である。だが、死なずに済むと、私はなにか、休むために、自在にマラリアになったかのような気がするのだ。

それは、私の気持の中でだけの自虐的な思いでもあろう。比較して、より楽なところに立ち回るというようなことは、できた者にはできたかも知れないが、そうしてみたところで戦争を休むことなど、誰にもできなかったのが、あの時代であったのだから。

それにしても、戦地では、私は一度も歯は痛まなかった。そう言えば、司令部の医務室に歯科の設備はなく、歯科の軍医もいなかった。だいたい、歯科専門の軍医などというのがあったのかどうか。考えてみると、旧軍隊では、軍医の数はひどく不足していて、部隊に配属になった軍医たちは、おそらく、専門だなどとは言っていられなかったのである。部隊の軍医は、内科も外科も皮膚科も、その他、あらゆる科をやっつけなければならなかったはずである。部隊の軍医は、ときには、道具もないまま、歯の治療までしたかも知れない。

衛兵隊の兵士の中には、戦地で歯痛を起こした者もいるはずだが……しかし、私には、そういう仲間の記憶がない。

龍陵で、陣地を死守していた兵士が、歯痛に苦しんだというケースはなかったか。死ぬか生きるかの瀬戸際にいて、少々の負傷はおして戦っていた人たちには、歯のうずきぐらいはさほどのことではなかったのかも知れない。痛みも飢えも、すべてただ耐えるしかない。わずかばかりの乾パンと水だけしか口にすることのできない日が、何日続こうと、それを口にするだけで戦い続けなければならない。〇三の将兵が乾パンばかりで過ごしたということは、つまり、龍陵守備隊には、騰越守備隊のような炊事班はなかったということだろうか。騰越では、城内に炊事班があり外廓陣地に入っていた兵士たちは、城内に飯をもらいに行った。騰越でも、陣地によって、また時期によって、事情は一様ではあるまい。城外と言ってもすぐそばの飲馬水の陣地と、南に離れた来鳳山陣地とでは様子が違っていただろう。来鳳山の諸陣地に入っていた兵士たちは、ある時期からは、城内に飯をもらいには行けなくなっただろう。飯も炊けなかっただろう。龍陵の外廓陣地で戦った兵士たちと同じように、少量の乾パンばかりを食って、そして、全滅したのだ。

あのころ私たちは、乾パンとは言わずに、乾麵麭《かんめんぽう》と言っていた。戦争中、英語やフランス語は、敵性用語だと言って排斥された。戦後の為政者も、ご都合で言葉を変えて国民に押し付ける。その無神経さは戦前の軍人と変わらないが、今はそれを批判することができる。戦前、戦中は、朕だけでなく朕の股肱《ここう》と称する軍の指導者たちは、絶対の権力者であった。彼らは、スポーツ用語まで外来語を使わせず、野球のストライクを正球、ボールを悪球、だなどと言い替えさせた。だが、乾麵麭は、パンが敵性用語だからという理由での言い替えではなく、それ以前からの軍隊用語であったようだ。私たち司令部の兵士たちは、乾麵麭は非常の場合の食糧として、一人あて二袋ずつ手渡されていたが、龍陵では、最後まで飯盒で飯を炊き、乾麵麭には手をつけなかった。乾麵麭の袋には、幾粒か、金米糖が入っていて、金米糖だけは乾麵麭が手渡されるとすぐに抜き出して大事に食ったのだった。

龍陵での飯盒炊爨は、つらい仕事であった。私は、薪集めと雨中で火を燃やす能力が劣っていた。私はよく分隊の飯炊きをやらされた。一個分隊は十人余りで、損傷の少ない司令部だったから、人数が揃っていた。その全員から飯盒と米を預かり、沢に行って米をとぐ。沢にも、ときどき迫撃砲弾が飛んで来るが、沢は割と安全な場所だった。雲南の水は透明だった。渓流に行くと、軍馬が倒れこんで、眼を開いたまま死んでいた。マテ(死体)の匂いを発しているのは、その馬なのか、その辺のどこかに、ほかに別のマテがあってのことなのか、わからなかった。

山中だのに、薪がない。枯枝はたちまち拾い尽くされた。燃える生木というのがあり、それを見つけなければならなくなった。私には、見分けがつかなかった。どれが燃えるのか燃えないいのか。誰かと二、三人で分隊全員の分を炊くのだが、農家出身の相棒は、選別できるのだった。

「これは、どうかね、燃えるかね」

私が、やや褪色を帯びた枝を見せて相棒に訊くと、いつも、

「それは、わかんね」

と言われてしまうのだった。わかんね、というのは、ダメだ、という意味の東北弁である。

私は、褪色は、枯れかけということだと思った。枯れかけの枝は、枯れかけている分だけ燃えそうに思えた。だが、枯れかけでは燃えないのであった。緑色の燃える木があった。しかし、燃える緑色と燃えない緑色とを、どこで見分ければいいのか、私にはわからなかった。

大雨ではどうしようもないが、小雨の中でなら、私たちは、枝を燃え上がらせなければならないのであった。煙が出ないように。それも、ひとにはできて、私にはできないのであった。枝の組み上げ方にコツがあるのだ、とはわかっていたが、そのコツがわからないのである。

マッチが貴重で、私たちは、駐屯地で配給された〝突撃一番〟という名のコンドームにマッチを入れて、湿気を呼ばないように気をつかったものだったが、私は、ひとより多くその貴重なマッチを使わなければならなかった。時間がひとよりかかった。そして、あげくのはてに、私が炊いた分は、芯のあるメッコ飯になるのだった。

飯盒一杯の飯が一日分で、それを三分の一ずつ三回に分けて食ったのだった。一回に三分の

二ほど食ってしまい、

「俺たち、地方では一升飯食ってたかんな。一回で、これ全部ぐらい食ってたもんな」

と言って、量の不足をかこった兵士がいた。だが私には、量は足りた。量の不足をかこつ兵士は、絶えず飢えているわけだ。それに較べれば私は、楽をしているのである。そして、彼も私も、司令部の兵士は、乾パンしか食えずに、執拗に肉薄して来る遠征軍を撃ち、手榴弾を投げ合い、また状況によっては、壕から飛び出して行って、切ったり突いたりした外廓陣地の将兵たちに較べると、楽をしているわけである。

しかし、あれから、すでに四十年がたった。四十年前のあれは、今の私たちにとって、いったい何なのだろう？　あのとき、ひとに較べて、楽をしようが、つらい目に会おうが、それが何だっていうのだろうか？　あのとき、乾パンを食おうが、メッコ飯を食おうが、そんなことはもうどうでもいいのではないか。だがあの戦争は、私から何かを奪い、何かを教えたのである。何を奪い、何を教えられたのか、私は、いまだによくはわからないが、軍隊というところは、人間を家畜に変える巨大で強力な組織である。そういう環境で人が、よき何かを得るとすれば、それはどういうことなのだろうか。

翌日も雨であった。まっすぐ東京に帰った。

また、仕事部屋と称する青山の一室に閉じこもりきりの生活が始まった。南青山五丁目のこの一室を設けて、もう七、八年になる。

床面積七坪半ほどの、いわゆるワンルームマンションと呼ばれているやつである。その七坪半の一部がバスルームになっている。晴れた日には、窓から東京タワーが見える小部屋である。

そこは青山通りの表参道の交差点から目と鼻の所にある。表参道は明治神宮の正面の大鳥居に至る道で、原宿通りともいう。原宿通りは若者たちの集う盛り場になった。並木の緑が美しい、散歩に快適な通りだが、近くにいても私は行く気にならない。若者たちの盛り場を歩くのは億劫だ。原宿通りと明治通りの交差点は神宮前と言うが、神宮前あたりの一帯も賑かな若者の街になっている。

青山通りは、原宿通りや神宮前、あるいは代々木公園ほどには若い人たちが集合する街ではないが、土、日曜や祭日などには、若者たちがふえる。原宿通りの先は、代々木公園である。ここでは、日曜や祭日には、竹の子族だのロックンロール族だとか、そのほか、なんとか族と呼ばれる十代の男の子や女の子たちが、奇妙な衣装をおそろいで着て、ラジカセを鳴らして、集団で踊る。そして、それを見におびただしい数の見物人がやって来る。

私の仕事部屋は、そういった環境にあるが、私の部屋は一応静かである。窓を閉めていれば、デモ隊の、なんとか反対、なになにするぞ、のシュプレヒコールだとか、右翼の宣伝カーが鳴らす軍歌だとか、児童なんとか会館とかで鳴らしているらしい夕方五時の「夕焼け小焼け」のオルゴールの音だとか、スピーカーを使った音は防げないが、通りの騒音は伝わって来ない。私はその、一応静かな部屋に閉じこもって、おおむね、ぐうたらに寝起きしながら、ときどき、戦時を思い出している。そして、これまでに私は、いくつか、戦争や軍隊を扱った小説を書いた。「断作戦」を書き始めて以後は五年来、熄むことなく、戦争や軍隊を扱った小説を書き続けているような気もする。それにしても、前作とは違って今回のように、自分が登場するものを書き始めてみると、記憶に曖昧なものや欠落があまりにも多いと、いまさらのように思う。あれほどの経験であっても、過去というものは、元来そういうものなのだろうけれど。

戦記や手記が、あれから四十年たった今でも、次々に出版されている。出版には結びつかない手記を書いている人もいる。それらの数量はおびただしいものである。記憶力に傑《すぐ》れた人も、いるだろうし、記録も多少は残っているが、手記を書くとはどういうことなのだろうか。

福島では、滝沢さんの宅から、私は、鎌田義意さんを福島駅前まで送ったのだった。私は滝沢さんと鎌田さんの手記のコピイと、そして、あのとき滝沢さんの宅には来なかったが、第九中隊の佐藤和夫さんの「戦線日誌」のコピイをもらって帰って来た。滝沢さんのは「戦塵」という題の日記で、十九年七月二十一日から同年末日までのことが書かれている。鎌田さんは、日記と「龍陵の赤い土」と題する手記とを書いている。佐藤さんの「戦線日誌」は、佐藤さんが昭和十七年八月一日、歩兵第二十九聯隊に召集されて以来、昭和二十一年五月五日までの簡潔なメモふうの記述の日記である。龍陵の戦闘についても、

九月
二日　一ノ山攻撃　十中隊千葉隊長戦死　死傷続出
三日　二ノ山攻撃　高橋曹長外負傷兵死傷続出
四日　二ノ山攻撃　雨の為寒く風邪引出る
五日　夜三ノ山攻撃ノ為（ウカイ）道ニ迷フ
…………
といったふうに書いているだけである。
滝沢さんの「戦塵」には、同じころのことが次のように書かれている。
二日夜、各部隊の小松山分哨山攻撃を遥かに谷より見る
三日　昨夜分哨山を占領に併せ部隊は暁に出る
月は皎々として照り雲南の山々は脈々として、雲界に連なる
突然、小松山方面より敵の砲撃に忽ち一大戦場と化す　原田隊は尖兵となり夜襲を決行せり
夜明と共に敵は退却を開始　直ちに之を追撃す
滋野少佐戦傷　多田中イ戦傷　班員の緒方一ト兵戦死す
原田部隊原隊復帰す　大畑少尉に逢す元気なり
夜一山を奪取　一挙に一山北側に進出す
重迫のさくれつ音の山峡に轟く中の初秋の朝

敵兵の動く様見ゆ山頂に観測鏡の暫しうごかす
漠々と続く山脈今日も越え今雲南にみいくさはゆく
野菊咲く路傍に伏して暫し待つ分隊長の前進の声
今雨降る夜半なり敵の（五字読めず）のごとく頭上かすめる
深傷負ひし兵今も尚分隊長の名を連呼しつつ這ひて行くみゆ
敵陣に迫りて暫し動かさる弾丸なき今を如何せん
米あれど燃す薪もなく今日も又冷雨にぬれつ進む山路
飛行機の爆撃さけつ壕に入り焼米かぢり暫しうごかす
天幕の穴より洩り来雨水を中盒に汲みて夕餉焚く哉
鉄帽も背嚢もすでに泥まみれ洗ふ間もなく今日も敵追ふ
編上靴の泥を落しつ装具干す敵機来ぬ間に兵と語りつ
夕食の焼米はみつ両親の写真出しみむ泥まみれの手
逆襲と告げ来る兵の顔青く白兵せんと隊長は笑ふ
ぬばたまの山につんざく機銃音すは敵襲と銃を握りしむ
生も死も今すでになく敵火の中ひたすらすすむ兵の姿は
さくれつす迫撃弾のさまなかに母を呼ぶ声かすかにもきこゆ
俺は行くと言ひつつ行きし戦友の声我くりかへしつつ敵を追ふかかな

重迫の集中弾に身を伏せてほゝに野菊の白き香りに
四日
砲撃も遠くになりぬ麦（一字不明）天幕を打つ雨音ききつも
突撃の喊声山に木魂して敵大奔流となりて狂ひぬ
日の丸の翼見上げて涙ぐむ敵火の中に伏して（二字不明）我
ひとしきり砲声止みし野に立ちて朝陽に映ゆる草花をつむ
…………

滝沢さんの日記には、五日から七日まではなくて、八日の日付で、また二十首ほど右のような短歌が書かれている。ところどころ判読できない個所のあるコピイだが、読むと、当時を思い出す言葉に出会う。焼米という言葉が出て来る。そうだ、米を煎って持っていたのだ。一度、友軍機が飛来したことが書かれている。あの友軍機はおそらくほんの数十秒ほどのわずかな時間、私たちの頭上に在っただけで去ってしまったのだ。あのときは司令部の兵隊たちも感激して涙ぐみ、バンザイ、バンザイと叫んだのだ。

しかし、あの戦闘は、今日も敵追ふ、といったものだったかどうか。滝沢さんの〇三第二大隊本部は、九月二日には、分哨山南方の、小松山、分哨山攻撃隊といくらも離れていない場所にいたのだ。佐藤さんの日誌も、滝沢さんの日誌も、第二次龍陵会戦からのものである。軍では、十九年五月の雲南遠征軍が反攻を開始して以来、断作戦が始まるまでを、怒江反撃作戦だとか雲南遠征軍反撃撃破作戦だとか言っている。怒江反撃作戦では、日本軍は、最初に怒江を渡って反攻して来た遠征軍の攻撃を一応食い止める。公刊戦史や、日本軍の強さを強調したがる戦記などでは、撃破、という言葉が用いられているが、苦戦の末、なんとか撃退した、といったところであろう。だが、遠征軍にしてみれば、いずれにしても反攻に失敗したわけで、これを日本軍は第一次反撃作戦と言っている。遠征軍は、一ヵ月後、再び大規模に反攻作戦を開始する。その迎撃が、日本軍から言えば、第二次反撃作戦である、第一次反撃作戦時は、龍陵は、遠征軍の攻撃の主目標にはなっていない。ところが第二次では、たちまち、大軍に包囲され激しい攻撃を受ける。これが第一次の龍陵会戦で、このとき、大畑兆寿さんや鎌田義意さん、そして金沢在住の瀬川雅善さんたちは負傷したのだ。

遠征軍は、この第二次の反攻で、拉孟を奪回し、騰越を奪回する。日本軍は、龍陵、芒市、平戛では、防禦を続けるが、遠征軍は、芒市の近くまで進出し、龍陵守備隊は包囲の中に取り残されるのである。

断作戦は、簡単に言えば、その遠征軍を押し返す作戦である。最初日本軍は、進出した遠征軍を押し返し、拉孟、騰越の守備隊も救出しようと考えたが間に合わず、救出は、龍陵に集中する。これが第二次の龍陵会戦である。

十九年六月の第一次龍陵会戦から、九月以降の第二次会戦の間に、龍陵周辺の陣地はすべて遠征軍に奪われていて、第二次会戦で日本軍は、またそれを奪い返そうとしたのである。

第一次会戦で負傷した大畑兆寿さんも鎌田義意さんも、再び第二次の死闘に加わる。そして鎌田さんは、またすぐ負傷するのだ。

最初に鎌田さんが頭部に負傷し、龍陵の野病に入院したのは、六月十四日である。鎌田さんも、ほかに龍陵以前のことについても書いたものがあるのだろうが、私がもらった日記のコピイは、鎌田さんたちが龍陵に着いた六月五日からのものである。手記の「龍陵の赤い土」もそうだが、龍陵に到着して、勇に転進命令が出て十月にあの地を去るまでのことが書かれている。

鎌田さんは〇三の第二大隊、第六中隊、つまり大畑中隊の、佐藤小隊、阿部分隊の上等兵であった。佐藤小隊は六月の五日に龍陵に到着すると、五山、六山の中間高地陣地に就いた。鎌田さんたちは配備に就くと間もなく遠征軍から激しい砲撃を受けた。

「其れと同時に六山には敵迫撃砲の砲弾がさく裂し始める。時を過ぎるにつれ敵の砲撃は強烈なる集中砲火となり、見る〳〵中に六山は砲弾のため赤土の山と化して行く様が、我が陣地より目の当り。敵迫撃砲のさく裂で戦友が次ぎ〳〵と倒れ傷き鮮血が流れ、敵集中砲火も或る時間静かに成ったと思った時、月光下の六山に敵の逆襲突撃が有るも、大畑隊長以下全員激闘奮戦、敵を破退する。

六月六日、夜が明けると朝から又も間断なく敵の迫撃砲の砲撃が続き、特に夕刻の集中砲火は物凄く砲弾が六山一面に落下してさく裂、掩体壕《えんたいごう》は直撃弾を受け、又掩蓋壕も砲弾で潰され、塹壕は全滅模様で有る。壕の外に出て勇戦奮闘する戦友達の姿が有り〳〵と目に入ります。

我が方の高地陣地より六山への掩護射撃をするにも、敵、味方入り乱ての激闘、乱戦のため一発の援護も出来ず残念無念で有つた。

激戦の末昼間の敵襲を撃退す。

其の夜敵は警戒線を密かに潜入、六山へ又々逆襲の突撃でなぐり込んで来た奴を大畑隊長以下全員は白兵突撃と手榴弾のさく裂音、機関銃弾の唸り物凄く死闘、激闘、筆には書き現せぬ。激突、勇戦、奮闘の末、敵は恐れをなした処を此を尚も追撃、優勢なる敵を撃退す。」

と鎌田さんは書いている。

七日に、東山陣地が全滅するのである。鎌田さんの佐藤小隊は、五、六山の中間高地の陣地を放棄して、四山の守備に就けと命ぜられる。敵との遭遇が予想される移動であり、途中、四山と五山の中間の山腹に掩体壕を掘って一夜を過ごし、夜明けと共に四山へ向かった。鎌田さんたちが出発した後、昨日まで佐藤小隊のいた高地陣地を通過して、おびただしい数の敵兵が、喚声を上げて五山に突撃するのを見たと「龍陵の赤い土」に書かれている。

四山に陣地を掘り、鎌田さんたちは、そこで三晩を過ごすのだが、五山、三山、二山、一山はすでに奪われて敵の陣地になっていて、四山の友軍陣地はそれらの敵陣地から丸見えである。敵に見つかると、量を惜しまぬ集中砲撃を受けることになるので、昼間は身動きができない。だが、山は日に何回か、濃い霧に包まれるのである。昼間はその霧に閉ざされた時だけ、本部との連絡や飯上げ、あるいは用便のために壕から出ることができたのだった。

壕から出て、手足や背筋を伸ばしたりしたのも、霧が来た時だけであった。敵の大軍が四周に満ちていたわけだが、鎌田さんたちは四山では敵に気づかれず、霧の中で、内地の食い物の思い出を語り合ったという。ボタ餅、大福餅、マグロの刺身、煮魚、白菜の漬物、ホーレン草の浸し、……。私もそうだったが、戦場での欲望は、何にもまして、食うことと寝ることであった。だが、もちろんいつまでもその状態でいるわけにはいかぬ。霧の晴間から、三山陣地に続々と兵器弾薬を押し上げている敵の動きが見えた。本部にその敵の動きを報告すると、龍の石田隊の大隊砲が一門やって来て、三山陣地と陣地へ移動中の敵に砲撃を加えた。

佐藤小隊は、その夜、三山を肉薄攻撃した。

その夜襲について鎌田さんは、次のように書いている。

「出撃の軍装は銃剣、手榴弾各人三発、外に軽機一銃、雑嚢には乾パン三食分と水筒といふ軽装にて、夜半三山攻撃に出発する。出撃に当り指名された人員は、記憶にある戦友は次の通りです。

小隊長は佐藤准尉、軽機は斎藤元久殿と憶えて居ります。

鈴木藤喜男氏、自分(鎌田義意)と前田虎雄、櫛田藤一氏。外に三、四名位は同行した事と思います。

小隊長を先頭に四山を下り谷間を越えて暗闇の中藪と雨期のため軍靴はヌカルミに取られ、龍陵特有赤土の泥でベト〳〵と重く、思ふ様に前進できず、三山の敵陣に到達する前に夜が明けて、敵に察知されたか銃撃と手榴弾の攻撃を受け、銃撃戦となり、敵三山陣地に突撃せんとするも敵の銃撃と手榴弾が激しく、我が方も此れに応戦するも突撃の機会を失し、止むなく四山の我が陣地に帰着す。」

結局、佐藤小隊の夜襲は成功せず、しかも七山、古沢山方面から回り込んだ遠征軍が、龍陵東北方一キロほどの文学村に迫って来た。ために佐藤小隊は、危くなった龍陵市街を守るべく、四山から、龍陵市街から西南へ一キロほどの乙山陣地に移るのである。乙山は龍の唯一の重砲陣地であった。

乙山陣地からは、龍陵の街の彼方に、東山陣地が見えた。東山陣地は、すでに敵に奪われている。滇緬公路は、龍陵の街を貫いて東山の前方に延び、そこで三叉路になる。右へ行けば拉孟に至る。左が騰越へ行く道である。乙山の北方正面に文学村が見え、その向かって左に白塔の立つ白塔山陣地があった。白塔山陣地の左手前の林の中に、白雲寺陣地がある。龍陵の北側一帯には水田が広がっていた。その中に五、六戸ほどの集落があり、そこは遠征軍の前進陣地になっていた。遠征軍の主陣地は、その後方の山地にあったのだった。

東山陣地と公路東方に連なる高地陣地を奪った遠征軍は、直ちに市街周辺の複廓陣地の攻撃に移った。日本軍は、市街周辺の、丸山、中学校跡、一文字山、中山、乙山等の陣地に後退して応戦した。

鎌田義意さんが守備に就いた乙山陣地は、早速、集中砲撃を受けた。遠征軍は、奪取した高地陣地から、野砲と山砲と迫撃砲をふんだんに撃ち込んで来た。負傷兵を、龍陵の野戦病院に後送することもできないぐらい、敵は間断なく撃ち続けた。

砲撃は、日が暮れてもやまなかった。夜になってもやまなかった。結局、飛来する砲弾の中を、鎌田さんたちは数名で、負傷した佐久間上等兵を野戦病院まで担架搬送したが、危険で難儀な道中になった。ときどき、壕に入って敵弾を避けなければならない搬送であった。担架が揺れると佐久間上等兵は苦痛がこたえるらしくうめいた。

鎌田さんたちが、その搬送を終えて、再び砲撃の中を乙山陣地にもどったのは翌朝だったが、その日、前夜佐久間上等兵を入院させた野戦病院に、遠征軍が侵入して来たのであった。そのために、鎌田さんの属する阿部分隊は、乙山陣地から野病の守備地区の寺山陣地に移動したのである。

鎌田さんたちが寺山陣地に到着したとき、野病の衛生隊員が応戦していた。

敵は銃剣で退けねばならないぐらいまで侵入して来たが、やがて後退した。

だが、それで攻撃が終わったわけではなかった。敵の突撃隊が引き揚げると、迫撃砲の猛撃を受けたのだった。寺山陣地の周囲にあった杉の木立も、陣地の中央に建っていた鐘楼も、崩され、飛ばされた。鎌田さんは、後退したといってもまだ目の前から去らないでいる敵を軽機で撃っていたとき、迫撃砲が近くで炸裂して破片を頭部に受けたのである。

その負傷で、鎌田さんは野病に入院したのだ。野病に送られて、気がつくと、手当を受けていた。頭がズキンズキンと痛み、右の眼のまわりが腫れ上がって瞼が下がり、右の眼はあけることができなかった。そばに、鎌田さんの穴のあいた鉄帽があった。誰かが持って来てくれていたのだった。穴はあいたが、鉄帽が鉄片を食い止めたのであった。鎌田さんは、戦死を免れた。鎌田さんはそのときのことを、話してもくれたし、手記にも書いている。

「鉄帽をかぶっていても、破片の勢いや角度がちょっと違っていたというようなことで、助からないということもありますよね」

と私が言うと、

「そうだない」

「しかし、鉄帽がなかったら、助かっていなかったでしょうね」

「そうだない。だから鉄帽に感謝しました」

と鎌田さんは言った。

戦場では、鎌田さんのような運もある。そう言えば、大畑さんも、瀬川さんも負傷したのだが、戦場には、負傷のおかげで死を免れる運もある。「負傷しなかったら戦死したかも知れませんね」と言ったら、「んだない」と大畑さんもうなずいたのだった。しかし、死を招く負傷というのももちろんある。負傷が悪化して死に到るというようなことだけではなくて、後送されたために、不運な道を歩くことになる、ということもあるわけだ。そのようなことは、戦場に限らず、どこであろうと人生にはついてまわることだとも言えるだろう。しかし、何かにつけそれを痛感させられるのが戦場である。

「そんな、司令部の私などとは違った緊迫の中にいても、嘘のように静かな時間があったでしょう。ポカッとそういう時間がやって来るようなことはありませんでしたか」

と私は訊いた。

「そうだない」

鎌田さんは、うなずいた。

「そういうとき、どんなことを考えたか、憶えていますか。内地の食べ物のほかに……」

「んだな、ほかには、私は、かあちゃんの名前を唱えていましたね」

私には、唱える名前がなかった。独身だった。空想の物語の中にしか、恋人はいなかった。それでも私は、龍陵では、内地の食べ物を思い出したほかに、亡母や亡妹に語りかけたのだった。戦場では、考えるより、思い出す。恵まれていた過去を思い出すのだ。内地の食べ物を思い出すことは、恵まれていた過去を思い出すことだ。どのような過去であれ、戦場では、恵まれていない過去は、戦場の兵士にはないのである。

龍陵を見下ろす雲南の山で、私が思い出したのは、恵まれていた少年時代だったのだ。母や妹が生きていたころの朝鮮新義州だ。

そのころのどんなことを、私は思い出していたのだろうか。母とのこと、妹の千鶴子とのことを思っていたのは確かだが、母や千鶴子の登場する追憶には、どんなことがあっただろうか。

母が京都にやって来て、その母と共に、京都から東京まで行ったことがあった。東京には兄がいて、三人で銀座を歩き、レストランで食事をした。あれは母が倒れる数ヵ月前だった。その前の年だったか、私が東京で予備校に通っていたころ、夏休みに帰省する私を、母が釜山まで出迎えに来てくれたことがあった。新義州から釜山まで、特急に十八時間乗って迎えに来てくれたのだった。妹とは、中国の青島へ行ったことがあった。そんなことを思い出して、甘い感傷にふけったのだ。

つらく悲しい追憶にもふけったのだっただろうか。母が最初の発作で倒れたという知らせを受けて京都から新義州に帰った私が、しばらく生家にいて再び京都にもどったとき、私が発つと言うと、母は、病床で体を起こして、もう高麗雄とは会えないかも知れないね、と言って泣いた。なにを言ってるんだい、春休みにはまた会えるじゃないの、と私は言ったが、そのあと、私が母と会ったのは、母が二度目の発作を起こし、口もきけず、意識もどの程度に持っているのかわからない状態になってからだった。

妹の千鶴子とは、千鶴子が入院していた京城医専附属病院の病室で別れた。妹とは、もう会えないことがはっきりしていた。妹は、どう思っていたかわからないが、私にははっきりしていた。妹の奔馬性の結核は、恢復の見込みがなく、あと数ヵ月の命だと診断されていた。妹の病室に通っていた私に召集令状が来て、私は妹と別れたのだった。入隊すれば、私も死ぬかもわからない。だから両方で、もう会えないかも知れないね、とは言えなかったのだった。

けれども、つらい追憶もまた龍陵のタコツボでは、大甘に甘いものだったのではないか。

実は、なにを追憶したか、正確には憶えていないのだ。しかし、あのタコツボの中で、死んだ母や妹を追憶したことは確かだ。タコツボの中で、お母さん、千鶴子、僕ももうすぐ行くからね、と一度ならず呟いていたことは、憶えているのだ。

あの山では、俺も死ぬかも知れぬ、という思いが、いつも胸中にあったのだ。それは、数分後なのか、数時間後なのか、数日後なのか、いつ来るかわからない。だが、遅く来ても数日後だ。その思いと、俺だけは助かるかも知れぬ、という思いの両方があったのだった。あんなに大甘になれたのは、しかし、俺も死ぬかも知れぬ、と思っていたからだろう。

私は甘い思いで死を薄めようとしたのだろうが、死を意味づけることでそうすることもできたわけだ。そうとでも思わなければ死にきれませんから、俺は国のために死ぬんだ、と自分にそう言い聞かせていました。元兵士の何人かがそう言った。国に与えられたその死の意義は、大方の国民が、国民であるという理由で素直に受け入れ、自分の意義にしていたのだ。与えられ、従わなければ糾弾される死の意義など、無論、私は、自分の意義にはできなかった。私は、死の意味だの意義だのといったことは考えなかった。意味だの意義だのっていうようなことは、どうでもいい、こうなったからには、もうどうしようもないのだ、と思っていた。死んだっていいじゃないか、と思ったり、仕方がない、と思ったり、死にたい、と思ったりした。そして、近くで迫撃砲弾がはじけると、歯を鳴らしていたのだった。

10

時がたつのは早い。すぐまた大畑さんや鎌田さんを再訪する気でいて、そのうちにそのうちにと思っているうちに、一年たった。

東京勇一三三九会の集会にも、出席したいと思いながら、行かないでいる。

東京勇一三三九会は、第二師団司令部の戦友会である。二ヵ月に一度、ささやかな集会を開いている。その会に先年一度出かけて行ったことがあるが、私のような元下級兵士は出席していなかった。

第二師団司令部の戦友会は、地元の会があり、東京の会があり、三県合同の会がある。地元の会や三県合同の会には、元下級兵士たちも参加する。

第二師団は、宮城、福島、新潟三県の出身者を徴集した師団で、将校は出身地に関係なく配置されたようだが、第二師団司令部の下士官兵は三県の出身者である。だから三九の戦友会は、幹事も開催地も、順繰りに三県の回り持ちでやっていると聞いていた。しかし、三県のほかに東京の三九会があり、今年は東京で合同の会が開かれた。

私は、六、七年前に仙台の近くの作並温泉で開かれた会に出かけて行った後は、戦友会には一度も出席していない。やはり、場所が福島だの新潟だのということになると、万障繰り合わせて出席するほどの気にはなれない。

合同の戦友会は、作並温泉での会の後、福島県で一度、新潟県で一度、戦友会が開かれたようだ。確か、隔年ごとに開催されているようだ。前回は新潟が当番で、新潟県のなんとかいう温泉で開かれたのだが、あれは一昨年だったのだろう。福島の会にも、新潟の会にも私は出席しなかった。

今年は東京が開催地だというので、出席した。代々木のサンルート東京というホテルが会場であった。受付で、名札と戦友会名簿と当日の出席者名簿とが手渡された。戦友会名簿には二百人ほどが載っていた。出席者名簿には六十人ほどの名が載っている。二百人中六十人が参会したのだから盛況である。しかし、作並温泉のときに較べると顔ぶれが寂しくなっている。あの後、馬奈木師団長も板垣徳さんも死んだ。一平さんも死んだのだ。東京での会となると、宮城県在住の元衛兵隊の兵士仲間は出て来にくい。元衛兵隊の兵士仲間は、大半が宮城県に住んでいるので、作並のときは、会場が近かったから、今回よりは顔が揃った。あのとき、戦後何十年ぶりかで、七、八人の元衛兵隊の仲間と再会したのだったが、そのうち、今回出席したのは、仙台の結城勝治さんだけであった。

元衛兵隊の者では、岡正人さん、佐々木謙三郎さん、大内栄治さん、橋本淳さんが来ていた。岡さんと佐々木さんは、元下士官で、岡さんは以前は大場という姓であった。岡さんとは戦後間もなく、偶然、確か上野の池之端で出会って、少々立話をして別れたことがある。

岡さんは、管理部衛兵隊の大場班長であったころ、その温和な人柄に、兵士たちは好感を持っていた。みじんも意地の悪さがなく、いばらない、童顔の軍曹であった。戦後邂逅《かいこう》したのは、もう三十年以上も昔のことだ。童顔の感じはのこっているが、すっかり老爺になっている。養子に行かれたんですね、と言うと、岡さんは、んだ、と答えた。

勇の元班長や元戦友には、復員後、姓の変わった人が少なくない。先般物故した高橋盛さんは、旧姓は小池だった。鈴木武良さんは坪田武良さんになり、加納栄義さんは佐藤栄義さんになり、峯岸春治さんは中村春治さんになっている。他にも、何人もが姓を変えている。東北の人たちは、家系の存続ということを大事に考えているのだろう。それは東北に限ったことではなく、その他の地域でもそうなのかも知れない。それが私にはないのだ。朝鮮育ちの私には郷土がない。私は父の生地が宮城だったので、勇に召集されたのだが、勇は、宮城、福島、新潟で育った人々には郷土の部隊だが、私には、父の郷土の部隊であって、私は他国者なのである。

地域でまとめた組織の指揮者は、その地域の出身者であるほうがいい、と軍は考えて、なるべくそうなるように将校たちを配置したわけだろう。が、将校となると、必ずしもそうは行かなかった部分もあったわけだろう。特に、上級になればなるほど、そうは行かなかったわけだろう。

海軍は、郷土で仕切った組織ではなかっただろうが、陸軍は、地域住民のつくるピラミッドの上の部分で、官僚がぐるぐる回りをしながら出世を求める組織であった。旧軍人官僚も、旧下級兵士も、しかし、その組織の中にいた過去を、ほとんどの人は懐しんでいるのだろう。憎しみや、嫌な追憶は薄れてしまうのだ。苦いものがいくらかは甘いものに変わる。そういうことはあっても、日増に憎悪が濃くなるということはありそうになく、私には思えた。

戦友会はそういう人々の集いということなのだろう。

それにしても、佐々木謙三郎さんも、大内栄治さんも、好々爺になったな、と思った。私もそうなのだが、みんな年を取り、老人になった。佐々木さんは私に対して、不快な顔を見せてもいいはずだ。もし、佐々木さんが私の小説を読んでいたら、だが。私の書いた小説には、佐々木さんが、これは俺ではないか、と思うものがあるはずだ。岡さんをモデルにしたことはないが、故高橋盛さんや、佐々木さんのことは書いた。それを読めば佐々木さんは、不愉快に思うはずである。しかし、佐々木さんは、多分そういう私の小説を読んでいないからなのだろう。私の隣りの席で、楽しそうな顔をして話しかけて来た。

三時間ほど私たちは顔を合わせていた。元戦友たちとの会話の量は少なかった。岡さんとも、佐々木さんとも、大内さんとも、結城さんとも、橋本さんとも、短い言葉をかわしただけであった。戦地の思い出話など、まったく出なかった。佐々木さんは、戦友会に出たのは戦後三十九年目の今回が初めてだが、これまでは忙しかった。だが最近やっとゆっくりした時間が持てるようになった。今後は、これまでに作った俳句を整理しようと思っている。それにしても、書くということは大変だね、と書くことを職業にしている私に言う。私は、まあね、と答えた。

橋本淳さんが、突然、

「知ってる？　俺、精神分裂」

と言った。

「そうだったね。戦争が終わって、サイゴンにいたころ、そうだったね。参ってたんだね、あなたは」

と私が言うと、

「んだべな」

と橋本さんはうなずいた。

瞬間、私は、終戦直後、橋本さんがサイゴンの兵舎で、放心して、夜フラフラとやって来て、東條首相逮捕、と呟いたのを思い出した。私たち下級兵士には、そのころ、内地の様子はまったくわからなかったのだったが、橋本さんはそう言い、そして橋本さんが呟いたとおり東條首相は占領軍に捕えられたのだ。

橋本さんは、あの後、入院した。あれは、昭和二十年の九月だろう。私が転属先の仏印俘虜収容所から、原隊の勇一三三九に復帰したのは、九月の上旬だったのだろう。日本が降伏して、数日後に、私はフランス人たちとまずトラックでラオスのパクセから南下し、クラチエで船に乗り換えて、メコン河を下ったのだ。パクセの分所からサイゴンまで、それまで俘虜であったフランス人や安南人を送ることが、あのときの私の役目だった。サイゴンの本所で何日か過ごした後、原隊に復帰したのだが、間もなく三九はライチョウに移り、さらにバリヤに移ったのだ。三九は、サイゴン中央停車場の西方に在った。そのさらに西に華僑の町ショロンが在ったのだ。

仏印俘虜収容所は、停車場から東の方、植物園の近くに在った。マルタンと呼ばれていたところだった。ライチョウは、サイゴンから少しばかり離れたプノンペン街道沿いの小さな町であり、バリヤは、サイゴンから言えば、ライチョウとは反対の方角の、海岸に近い村の名だった。ライチョウもバリヤも、そこが占領軍に指定された私たちの部隊の抑留地だったのである。

私たちがバリヤで、タロ芋やカラシ菜を栽培しながら復員船が来るのを待っていたときに、私はフランスの戦犯局から、出頭せよと言われたのだった。私はまたサイゴンに行くことになった。そのころ、もと司令部があったあたりは兵站になっていて、その兵站に、衛兵隊から、金井伊作さんや柴田久治さんが転属になって、炊事をやっていたのだった。

私は兵站から、戦犯局に出頭した。翌日、サイゴン郊外のチーホア刑務所に入ったのだった。俘虜収容所の関係でフランス戦犯局に出頭を命ぜられたのは、下級兵士では、司令部からは、梅本清兵長と私。〇三から来た羽田上等兵と、三人だけであった。

梅本兵長と羽田上等兵とは、出頭したその日にチーホアに送られたが、私は聴取の順番が二人の後だったために、今日はいったん兵站に帰り、明日、チーホアに入ってほしいと言われたのだった。その日は、もう刑務所の事務が終わったから、と言うのだ。

明日刑務所に収容する人間を、前日逃亡の容易な兵站に帰すというのは、のんきな話である。それも私が戦犯容疑者として、小物だからなのだろう、と思ったものだった。いや、小物にも価いしない。おそらく無罪だろう。私は戦犯局で、聴取が終わった後、フランスの取調官に訊いてみたのだった。で、私は罪になるのでしょうか？　すると取調官は、ならない、と言った。しかし、一週間か十日ぐらいは入ってもらわなきゃならない。だが、それで釈放ですよ、と言ったのだった。その言葉を私は、言葉通り信じていた。ところが入所して、自分がかなり大物にランクされていることを知った。雑居房の鉄格子に、収監者の名を列記したプレートがかかっていて、名前の上に、ある者にはN、ある者にはTNとついている。フランス語のNOIR（黒）、TRES・NOIR（非常に黒）の略なのだが、私の名前にはTNとついている。チーホア刑務所は四階建だった。私が入れられた雑居房は最上階にあった。フランスは私たちをTN、N、B（BLANC＝白、の略）、TBの四段階に分けて、容疑の濃い者ほど上の階に収監したのだ。

一週間か十日で釈放されるつもりが、まる一年入れられていて、一年目に釈放はされたが、さらに半年、日本からの復員船の到着を待って、私は仲間より一年半以上も遅れて復員したのだった。橋本淳さんは、みんなと一緒に帰国したのだろうか。とにかく、あれっきりなのだ。

入院してから後のことを、聞く時間はなかった。結城勝治さんとも、また会おうよ、と言っただけで、話らしい話もしないままで別れた。

あれから四十年ぶりだというのに、橋本淳さんは、まるで年を取らなかったように、昔そのままの顔をしていた。だが彼も、もう六十を越えているのだ。

例によって、二、三の人が歌をうたった。「暁に祈る」と「誰か故郷を想わざる」と。四十年前に、兵隊たちが愛唱した歌である。

会がお開きになると、私は真っ直ぐ青山の仕事部屋にもどり、もらって来た戦友会名簿を見た。名簿には、近況を伝える欄があって、そこに欠席の返書に添えられた言葉が転載されていた。鈴木忠男と佐々木三男のところには、病気のため欠席すると書かれている。柴田久治のところには、58・8・25死去とある。衛兵隊の仲間で、何人か、名前を見ても顔を思い出せないのがある。名前も顔も憶えている仲間で、名簿から欠落しているのがある。針生松吉、小野泰男、升谷泰治、佐藤弥太郎、佐藤菊三郎、沢内勇治、佐久間長松らが載っていない。……姓だけしか憶えていないが、門村、高島も載っていない。……顔は憶えているが、姓名を忘れてしまった仲間もいる。

ふと、以前にも一度、三九の戦友会名簿をもらったのだった、と思い出した。捜してみると出て来た。こちらは活版刷で、今回欠落している名前が、かなり載っている。昭和四十四年十一月於仙台市と書かれている。私は載っていない。門村、佐久間長松の名は、こちらにも載っていない。この四十四年現在の戦友会名簿はおそらく、私がその後、作並温泉の会に出席したときにでも、武藤一平さんからもらって持ち帰ったのだろう。

佐久間長松の消息を知る者はいないが、門村とは、仙台で会っている。ホテル・サンルート東京の戦友会の会場で、隣りの席の結城さんに、

「勝ちゃんと戦後会うのは、二度目かな」

と言うと、

「三度目だべ。あと、一平さんとこで会ったべ」

と結城さんは言った。そう言えば、私は、作並温泉の会の前に、戦後初めて、思い出の多い仙台に行ってみたのだ。感傷旅行である。そのときのことを「水筒・飯盒・雑嚢」という題で書いている。四十八年に書いている。仙台に来たからには訪ねなきゃと、私は板垣徳さんを訪ねたのだった。すると板垣さんが、一平さんのところに私を連れて行ってくれて、一平さんは、急なことにもかかわらず、仙台在住の元戦友たちに、次々に即座に電話をかけてくれて、須藤邦一さんや門村さんや結城さんたちが集まってくれたのだ。四十四年現在の名簿は、そのときもらったのだろう。そして、その次が、作並温泉なのだ。

門村さんは、私と一緒に司令部から仏印俘虜収容所に転属になり、一緒に原隊に復帰した同僚であった。一平さんには門村さんの住所も電話番号もわかっているわけだが、なぜか彼の名前は名簿から抜けている。理由はわからない。単に偶然なのかも知れないし、もしかしたら門

村さんは、住所が変わっても通知する気もなく、元戦友の親睦など煩しく思っているかも知れぬ。戦友会になど、全然出席する気にならない人もいるはずだ。いずれにしても私たちは、もう次々に死んで行く年配だ。戦友会も、年ごとに衰えて行くことになるのだ。そして、やがては消滅するのである。

軍隊で知り合って、それが縁でその後ずっと付き合っている人たちがいる。私は〇三の大畑さんや鎌田さんたちを思い出した。三九でも、一平さんが健在であったころは、私たち下級兵士だけの仲間の集いがあった。一平さんは、特に世話人を務めるというふうではなく、元戦友たちを集めた。しつこく人を誘ったりはしない。面倒な役を淡々とした様子で引き請けていた。その人柄が元戦友たちを集めていたのだ。

しかし、一平さんは死んだ。今後は、衛兵隊の元兵士たちが、あんな感じで集まることはないだろう。今後も、戦友会の開催は繰り返されるわけだが、元戦友の大半の人々とは生涯会うこともないだろう。

この淡い関係をあるがままにして、もう気ばったことは考えずに死ぬまで生きていればいいのだ、と私は思った。

戦場では、無論、死が身近にあったが、今は、年齢で、かなり、死が身近になっている。今、六十代の私には、老人には違いないが、老人の中ではまだ若い部類だと思う気持がある。戦前の六十代ならもっと老《ふ》けた気持になっているのだろうが、今は、死が身近な年齢と言うには、ちょっと早いかな、という気がしなくもない。しかし、実際には、同世代の人たちが、年々、死んで行く。やはり、死は私たちの身近なところに来ているわけなのだろう。

生き方だの、生きざまだのという。しかし、生き方が立派でなくてもいい。少なくとも、他人の生き方を、とやかく言うことはないのだと私は思う。水上少将のような、立派な人がいる。ミートキナで自決した水上源蔵の名は、山本五十六や山下奉文のようには知られていないが、旧帝国軍隊で、水上少将ほど、尊敬と愛慕の言葉だけで語られている将官はいないだろう。水上少将については、水上兵団本部付の軍医として少将と共にいて、少将が自決したとき介錯をした丸山豊さんが鮮明に書いている。私は読んで、日本の軍隊に、かくも完璧に美しい将官がいたのかと驚き、感銘を受けた。少将は、尊敬と愛慕の言葉だけで語られるのが当然の人であったようだ。

しかし、私は、同時に、立派でない将兵の姿にも、感銘を受ける。ミートキナが敵の攻撃に抗しきれず全滅に瀕したとき、水上少将は、部下をイラワジ河を退路に脱出させ、自らは自決したのだが、闇の中を隠密に乗り出した小舟の上で、突然兵士の一人が発狂して、上野駅から九段まで、と大声で歌いだしたというのだ。その兵士は、もしかしたら、友軍の手で殺されたかも知れぬ。ミートキナからの脱出は困難をきわめた。舟が足りない。船舶工兵が急造した一、二隻と、徴発した丸木舟と、工兵隊が作った筏とが各隊に配給されたが、青竹で組んだ筏は水に浮かず使えなかった。かといって丸木舟だけでは、残存将兵は、一度に渡河ができないのである。丸木舟を往復させなければならなかった。ところが、舟はもどって来ない。ある者は渡河中に敵の掃海艇に掃射されて死に、ある者は渡河を諦めて、後衛隊の陣地に引き返した。元菊兵団の三浦徳平さんは、「一下士官のビルマ戦記」と題する著書を出しているが、同書には、そのときの地獄図がつぶさに書かれている。泳いで来て、乗せてくれと舟べりに取りすがった兵士の腕を切り落とした同僚の話も書かれている。そんなふうに味方に殺された兵士もいる。

もし、その場では殺されなかったとしても、発狂して「九段の母」を歌った兵士は、おそらく生還してはいないだろう。

無名戦士、という言葉があるが、戦場では、特に負け戦の戦場では、どこでいつ、どのように死んだのか、下級兵士には、皆目様子もわからずに死んだ者が少なくない。

そういえば、龍陵で、いきなり迫撃砲弾を撃ち込まれた朝、しばらく壕の中で身をちぢめていて、砲撃が途切れたとき壕から這い出たら、目の前で、見たことのない人が死んでいた。司令部の兵士なら、衛兵隊の者でなくても、たいてい顔は知っている。あれは他の部隊の者がたまたま何かの用事であの辺に来ていて、被弾したのだろうか。だとすると、あの人については、「龍陵で戦死」という言葉が、遺族に伝えられるだけだろう。

龍陵守備隊長の小室鐘太郎中佐についてはどうなのだろう。公報ではやはり、戦死と表現されるだけなのだろうか。遺族が、自決と知ったのは、おそらく、かなり後になってからだろう。そしておそらく、自決に追い込まれた事情などは、知りようもないわけだろう。

小室中佐の自決は、水上少将の場合とは違って、賞讃の言葉では語られない。それほどあからさまには書かれていないが、公刊戦史叢書でも、中佐の龍陵からの独断退却は批判的に扱われている。中佐は、十九年九月十七日に龍陵から撤退すべく決意するが、その報告を受けた第五十六師団参謀長や第二師団長から戒められ、退却命令を取り消して自決するのである。

公刊戦史には、自決した、とは書かれていない。「龍陵城頭の露と消えた」という表現を、元歩兵第百十三聯隊長松井秀治少将の著書「ビルマ従軍波乱回顧」から引用しているのみである。

自決の事情については、小室中佐の副官であった土生甚五氏が書いた「魂は甦る」によると、軍司令部から、小室中佐を軍律違反で軍法会議にかけるという電話がかかって来て、中佐は、軍法会議にかけられるのは武人の恥だ、と言って土生氏に介錯を頼んで切腹したとある。

小室中佐が自決したのは九月十八日の夜である。そのころ私は、龍陵南方の高地にいたのだが、もちろん、何も知らなかった。龍陵守備隊が撤退しようとしたことも。守備隊長の名前も。守備隊長が自決したことも。

戦況も、いつものことながら、陸軍一等兵の私にはわからなかった。

龍陵に関しては、あのころの戦闘は、いわゆる第二次というやつだったのだが、そういうことも私は知らなかった。私は、彼我の甚しい物量の差と自分の体力のなさを識っていただけだった。

小室中佐が自決したのは、まさに第二次龍陵会戦がたけなわだった時期だ。

六月から雲南遠征軍の攻撃が始まって、龍陵守備隊は結局、周辺高地の陣地を確保することができず、後退して市街周辺の複廓陣地で遠征軍を迎撃する態勢をとったのだが、包囲する十数倍の敵を撃退する戦力はなかった。

六月十五日、遠征軍はまたも早朝から、激しい攻撃を加えて来た。例のとおり、まず、ふんだんに砲撃し、それに空襲を加えた。

守備隊は、複廓陣地の一部を奪われ、市街戦が始まった。遠征軍は中央部の野戦病院にまで侵入して来た。軍医も軍属も手榴弾を投じて戦ったが、いよいよこれまでかと思われたとき、敵は撤退を始めた。

総攻撃を、どうにかもちこたえた翌日の十六日、砲撃はこの日も朝から行なわれたが、第五十六師団主力の松井部隊が、騰越方面から敵の抵抗を排除しつつ進出し龍陵北西高地に到着したのである。一方、この日、シャン高原シポーに在った〇三の第五中隊も、ラシオ方面から到着した。両救援部隊が到着して、守備隊は生き返った。

騰越から龍陵に至る街道は、見返山を過ぎて東山で滇緬公路につながる。松井部隊は、見返山で敵の迎撃に会うが、その日、遠征軍の主力は、龍陵北西方から南東方に移動していた。そのうち見返山陣地の敵も退却し、いったん龍陵に入った松井部隊は、十八日早朝から行動を起こし、六、七山、東山の敵を攻撃した。敵は、しばらく抵抗するが、そこからも後退し、主戦場は、龍陵周辺から、北東方面にいったん移るのである。

龍陵守備隊は、このころから、ごく短い期間、やや一息つける状態になり、その間もっぱら、周辺高地陣地のみならず複廓陣地も補強した。しかし、再び龍陵付近に進出して来た遠征軍は、七月十三日にまず東山陣地を奪取し、さらに東方高地の諸陣地にも攻撃をかけて来た。

かくて、第二次龍陵会戦が始まるのである。

龍の工兵第五十六聯隊長小室鐘太郎中佐が、龍陵守備隊長として赴任したのは、七月上旬である。

守備隊の兵力は、工兵聯隊主力、歩兵第百十九聯隊第一大隊、歩兵第二十九聯隊第二大隊、歩兵第百十三及び同第百四十八聯隊の残留隊、及び第二野戦病院の入院患者も合わせて、約二千五百名であった。

奪取された東山陣地の守備に配置されていたのは、工兵二個分隊であった。小室中佐は、歩兵二個小隊で夜襲をかけ、奪回を試みたが成功しなかった。両小隊長以下二十七名の戦死者が出た。

第二次会戦の遠征軍の攻撃のかたちは、第一次のときとは違っていた。まず、ゆっくり、徹底的に砲爆撃を加えて日本軍の戦力を消耗させた後に、陣地奪取の歩兵が進んで来る。

攻撃の準備にも、あせらず、じっくりと時間をかけ、鉄の量も惜しみなく使った。

八月十四日、遠征軍は、戦爆連合三十四機の支援下、猛砲撃を開始した。

そのような攻撃で、八月十九日、まず六山陣地を奪われ、二十三日、五山陣地を奪われた。四山陣地、三山陣地の守兵は中学校複廓陣地に後退したが、そこもすぐ、砲爆撃で破壊された。

龍陵は、たちまち、また危機に瀕した。その危機に処すべく、まず騰越から、宮原大隊（歩兵第百四十八聯隊第三大隊）が抽出されて戦力に加わった。

辻政信大佐が支那派遣軍参謀から第三十三軍参謀に転補されて、メイミョウの軍司令部に着任したのはそのころである。そして、彼が、着任して直ちに立案したのが「断作戦」である。十九年の四月に新設された第三十三軍に、それまで第二十八軍の指揮下に在った勇が移され、龍（第五十六師団）と共に基幹の兵力として、雲南地区における連合軍の反攻を封じる作戦に使われたのである。

だが、当時、勇の主兵力は、イラワジデルタからベンガル湾方面にかけての広い範囲の警備についていたので、その転進集結は容易ではなかった。勇の司令部が龍陵周辺の高地に到着したのは、九月の三日だったという。

あのころ、龍陵守備隊は、勇の指揮下に入っていたのだ。岡崎清三郎第二師団長は、堺聯隊（歩兵第十六聯隊、一大隊欠）に一山、二山を、三宅聯隊（歩兵第二十九聯隊、一大隊欠）に雲龍寺の高地から、西山を経て、龍陵西方高地の陣地を占領させ、龍陵守備隊に対しては現陣地の確保を命じた。軍の「おおむね龍陵南方高地線を確保し持久せよ」という命令を、岡崎師団長は、龍陵守備隊を敵方に突出させたかたちで果たそうとした。

そのようなかたちでは、敵の攻撃は、当然、最も強力に守備隊に集中する。小室中佐にしてみれば、「おおむね龍陵南方高地線」とある命令に龍陵が本陣地に組まれたことは納得しかねるやり方だと思えただろうし、岡崎中将にしてみれば、龍陵を撤退させては、勇の戦力では、南方高地線を確保し持久するのは困難だから、攻撃を龍陵に集中させようとして、そのような陣地の組み方をしたのだという。

小室中佐が、軍律違反を問われることを承知で、退却を決意したのは、岡崎中将へのレジスタンスであったのかどうか、そういうことはわからない。

岡崎中将は「天国から地獄へ」と題する戦記で、

「龍陵は、陣地の前の方に長く突出し、しかも三方は高地上の敵から見下ろされている。普通の戦術なら大変な弱点をなしていて、落第である。しかしこの場合、この餌で敵を釣るしか、持久の方法はない。またこれには、相当の陣地も作ってあるし、持てる、と考えたからである。」

と理由を述べている。また、小室中佐については、

「龍陵守備隊長が、勝手に退却を命じ、重要資材を破壊し始めた、との報告に接し胆を潰した。これは、大変なことになった、と、直ぐに参謀井上清少佐を派遣し、退却の中止を命じたが、すでに貴重なレントゲン器械まで破壊されてしまった。玉砕を期して、数ヵ月も敵の重囲の中にあったものが、ようやく助かって、自分以外の友軍が後退するのであるから、自分も退きたくなるのは人情であろう。しかし、いやしくも軍隊指揮官が、命令に反し、勝手に後退するが如きは、許さるべきではない。軍では、大分問題になっていたが、この隊長は、翌日戦死してしまった。」

と書いている。岡崎中将も、自殺を戦死と言っている。

土生甚五元副官の著「魂は甦る」では、もちろん、小室中佐は、別の感情で語られている。

「小室部隊長が独断撤退決意をされるまでに水上少将の後を追う様な気心があったのではないかとは、後日水上閣下の副官執行種治大尉の小室部隊長に対する追悼の辞にもうかがわれた。」

「『工兵五十六聯隊長戦死』の報告にがく然としたのは龍兵団参謀長川道富士雄中佐だ。軍首脳部の間で大きな誤りがあったのを悟ったからだ。」

その川道参謀長は書いている。

「小室中佐はすぐ退却命令を取り消した。そして『私はなぜこんな弱気になったのだろうか』と副官に述懐した。」

本当のところは、私にわかるはずはない。私は想像するだけだ。私には、小室さんの切腹は、水上少将の自決より、浅野タクミノカミに似ている印象を受ける。小室中佐の切腹は、浅野タクミノカミと同じように、仰せつけられたようなものだ。後先のことを考える余裕もなく動いてしまい、気がついたときには、取り返しのつかないことをしてしまっていたのである。私は、水上少将のような人にはなれないが、小室さんのようなことには、ならないとは限らないような気がするのだ。

それにしても、軍隊というのは恐ろしいところだ。一人の人間が一つの守備隊を餌にすることができるのだから。

11

小室中佐の自殺後、勇の工兵聯隊長高瀬克己中佐が二週間ほど守備隊長を勤めるが、高瀬中佐は新任務のために後方に転じ、龍の石田徳二郎大尉がその後、龍陵の守備隊長になるのである。

そのころには、勇の〇一（歩兵第四聯隊）も〇二（歩兵第十六聯隊）も龍陵に来ていたのだ。〇三（歩兵第二十九聯隊）の兵士とは、私は山で会ったし、龍と共に龍陵を守っているのだと班長から聞かされたが、〇一と〇二については、私はあの山では、来ているとは知らなかった。

狼部隊が来たとき、朝鮮編成の狼師団の一部が来て、勇の指揮下に入ったということを班長から聞かされた。夜、滇緬公路のわきで小休止していると、二十人ぐらいの部隊が通り過ぎた。

「あれが狼だ」

と班長が言った。

「狼って、どこの師団ですか」

と訊くと、

「朝鮮から来たんだと。半分は、朝鮮人だと」

と班長は言った。

それぐらいのことは、班長が聞かせてくれる。勇が雲南に来たのは、雲南遠征軍に包囲されて全滅に瀕している拉孟、騰越、龍陵の龍の守備隊を救出するためだ、と班長から聞かされた。この作戦は、断作戦と言い、断とは、インドから中国に通じる援蔣ルートを断つ、ということだ。

そういったことを、私は、佐々木班長や鈴木班長から聞かされたのだ。

司令部管理部衛兵隊には、班長が六人いた。十八年の六月に私は、宇品から輸送船で運ばれて、マニラに上陸して、マニラから汽車で北方百キロほどのカバナツアンという町に行ったのだ。勇は、ガダルカナルで壊滅した師団だが、一部がかろうじて撤退し、フィリピンで再建された。私たちは、その再建要員として輸送されたのである。

フィリピンでは、カバナツアンに司令部があって、そこへ私たちを引率したのが熊谷班長である。カバナツアンには、当時は小池姓であった高橋班長、当時は大場姓であった岡班長、遠藤班長、佐々木班長、鈴木班長の五人の班長がいたのだ。班長とは下士官のことだが、あのころ、鈴木さんだけが伍長で、他の五人は軍曹だった。そして、先任班長と呼ばれる序列最上の班長が、小池さんだった。

部隊がビルマに移動し、断作戦の命令が下る前であったか下った後であったか、その六人の班長のうち、小池さんと大場さんは、〇一に転属になって司令部を離れた。だから龍陵での班長と言えば、残りの四人ということになるが、熊谷班長については記憶がない。遠藤班長、佐々木班長については、一つか二つの光景を憶えている。鈴木班長については、二人よりもう少し多く憶えている。ということは、あの山で私は、鈴木分隊に所属していた期間が、遠藤分隊や佐々木分隊に所属していた期間より長かったということだろうか。

なにしろ、もう四十年の昔のことだから、事細かには思い出せないが、多分、最初私は遠藤分隊にいたのが、佐々木分隊にトレードされ、さらに鈴木分隊にトレードされたのだ。そんなことは、三人の元班長に確かめてみても、憶えてはいないだろうが、私は分隊が変わるたびに、ああ、また追い出された、と思ったことを憶えている。序列最下の鈴木班長は、最終的にいわゆるお荷物だった私を押し付けられてしまったわけだろう。

龍陵守備隊の兵士は、みんな脚気になっていて、小さな石や木の根に足をとられて転んでいると言ったのは、鈴木さんではなかったか。断作戦の断の意味を講釈したのは、佐々木さんではなかったか。そんな気がするが、確かではない。拉孟、騰越の全滅を知ったのは、鈴木さんの口からだったと思うが、これも確かではない。しかし、佐々木さんが、このへんは海抜四千メートルだと言い、四千ならメートルじゃあるまいフィートだろうと思ったことを憶えている。龍陵では、雲が眼下を流れることがあった。高地には違いない。しかし、自分のいる場所が富士山の頂上より高い場所であるとは考えられなかったのだった。復員した後に知ったことだが、龍師団は、雲南遠征軍の反攻を高黎貢山系の陣地で迎撃し、高黎貢山系には万年雪の積もっている場所があったという。だが龍陵には万年雪などはなかった。九月から十月にかけて、私は乾く間もなく雨に濡れていた衣服を着て冷めたさにふるえていたが、あれは海抜四千メートルの寒さではなかった。もし私が、戦争で行ったのでなければ、あのあたりは高原の爽やかさを満喫させてくれたわけだろう。

それにしても、援蔣ルートなどと言っても、その蔣が、蔣介石の蔣だということを、今の中学生や高校生あたりの子供たちは、もう知らないわけだろう。若い人たちに、旧軍隊の話をするには、いちいち注釈をつけながらでなければ、通じない時代になっている。

捧げ銃というのは、銃をこうして、手をこうして……内務班というのは、兵営における中隊の中の居住区のことで……そういうことを言ってみても、わかりにくいに違いない。

大東亜戦争と言っていたあの戦争を、戦後は、アメリカに対する思惑からだろう、太平洋戦争と言い換えているが、大東亜戦争で日本軍と戦った中国軍に、蔣介石を総統とする国府軍と、毛沢東が組織した共産軍とがあったことぐらいは、戦後生まれの人たちでも知っているだろうか。

雲南遠征軍は、蔣介石軍で、あのころ私たちは、米式重慶軍と言っていたのだった。

友軍については、自分の師団の部隊については、第二師団だの四聯隊だのという呼称も口にしたが、他の部隊については、すべて通称号で呼んでいた。龍、菊、狼、安……

第二師団は勇だが、私たちは自分の師団を勇師団と言ったり、勇兵団と言ったり、勇部隊と言ったりした。そういう言い方は、よその部隊についても同じだった。龍師団、龍兵団、龍部隊。あるいは、勇の兵隊だの、龍の将校だの、そういう言い方もした。

勇の兵隊の私は、龍についてはもちろん、勇についても、部隊の所在をまるで知らなかった。雲南の戦況についても、私はなんにも知らなかった。

ビルマ方面軍というのがあって、その通称号が森だということは知っていたが、その下に第十五軍だとか、第三十三軍だとか、第二十八軍だとかがあるということを私は知らなかった。それを知らないぐらいだから、もちろん私は、自分の所属する勇兵団が、はじめ第二十八軍の隷下にあり、後に第三十三軍に移ったということなど知らなかった。ビルマ方面軍の上に南方軍というのがあって、南方軍の司令官が寺内寿一大将だということは、これも多分、班長から聞いたのだろう、それだけは知っていたが、ビルマ方面軍の軍司令官の名も、第三十三軍の軍司令官の名も、あの山の中では私は知らなかった。あのころの私は、召集令状が来れば、のがれようはないのだし、軍隊に入れば、連れて行かれるところに連れて行かれるしかない、どこに連れて行かれて、どんな目に会おうがどうしようもないのだと思っていたのだった。死ぬかも知れないが、だからと言って、どうしようもない。とにかく、生きている間は、自分の思いで生きるだけだ。……

国のために命を捨てる。どれだけの兵士がそう思っていたのだろうか。名誉の応召だの、名誉の戦死だの、どれだけの国民がそう思っていたのだろうか。名誉とはどういうことなのだ。雲南で殺したり殺されたりして、国のために戦っているのだと思え、と言われたら、そう思っているふりをしていなければならない。しかし、あれが国のためだったのか。雲南遠征軍の兵士たちは、国のために戦っているという気持が持ちやすかろう。自分の国に攻め込んで来た異民族と戦うのだから。

日本軍の兵士たちは、雲南くんだりまで運ばれることが拒めなかった。あの兵士たちのうちには、私のように、拒めずに運ばれたからには、運ばれた場所で、とにかく死ぬまでは自分の思いに閉じこもって生きていよう、などと思っていた者もいたのだろうか。無力感に捉われるより、大東亜共栄のために戦っているのだと、教えられたとおりに思おうとした人も無論、いただろう。だがそういう人たちにしても、戦場では、〝国のため〟という実感は薄れがちだっただろう。〝ため〟の観念が、悲惨な状態の中で、どれだけ、どのように兵士たちの気持を支えたのだろうか?

戦場では、先に殺すことが生きるみちだ。そして、いつかは先に殺される。それまでは先に殺そうとし続ける。だがその状態が熄んだ時間に、国のために俺は死ぬんだ、と自分に言い聞かせていた兵士もいたのだろう。

そして、そういう兵士でもなく、私のようでもない兵士もいただろう。

しかし、戦場の将兵たちは、国とは何か、軍隊とは何か、天皇とは何か、日本人とは何か、人生とは何か、運とは何か、死とは何か、——そういったことを、どんなふうに、どれだけ考えただろうか？

戦時中、〝バスに乗りおくれるな〟という、国製の標語があった。全国民が国の号令で、国が求める熱心さで、国の求める流れを作れ、ということであった。それがどういうことなのかを考え、納得できなかった人が、少なからずいただろう。しかし、考えて、納得できなかった人で、バスに乗りおくれまいとした人が少なくなかったのだ。

いちがいに、戦時中と言い、戦地と言い、戦場と言っても、私たちの環境は一様ではない。自分にとって国とは何か、などといったようなことを、考える余裕のある戦場もあり、そんな余裕のない戦場もある。そして、環境がどうであれ、そういうことは考えようとしない人も少なからずいたのである。そしてそういうことを、しきりに考える人が、ただただバスに乗りおくれないようにしている人より傑れているわけでもなく、その逆でもないのだ。

私は、みんなと一緒にバスに乗っているふりを一応はしていて、同じバスに乗るまい、と思っていたのだった。どう思おうと、徴兵を拒むことは私にはできなかった。軍隊に出頭し、階級をつけられ、雲南くんだりまで運ばれて、命令のままに動いている。それは私がどう思おうと、私はバスに乗っているということだろう。だが私は思っていた。こういうことになっても、バスに乗りおくれまいなどと思う人間にはなるまい、と。

そういう私を他人がどう考えようと、私にはどうしようもない。私は、自分を卑下しなくてもいいだろう。だが、そう思っても、多少は卑下しないではいられない。あのバスには、乗りおくれないわけにはいかなかったのだ、とは今でも思うが、私が偏狭に固まり過ぎていて、もっと他にも考えなければならないことを、まったく考えてみようともしなかったことが否めないからである。

今の私は、あのころの私より、少しはマシになっているだろうか。私は、ときどき反省する。そして、べつにマシになどなってはいない、と思う。年の功だと言えるものはないだろうか。そう思ってすぐ、ないさ、そんなものは、と思う。狭くなった分だけ、二十代ほど単純で生一本ではなくなっている。それを、向上だの堕落だのに結びつけることもないだろう。

私は、結論は出ないだろうと予想しながら、そういったことを思う。そして、予想どおり、結論は出ないのである。結論とは、かくあるべし、ということだが、そういうことは、具体的なことに行き当たり、とっさにその場で決めるというケースはあるが、それぐらいのことだ。

龍陵の山中で、私は、軍司令官が誰なのか知らなかった。知ろうともしなかった。軍の防諜号が森だということは、自然に憶えた。しかし、軍司令官が誰であろうと、師団長が誰であろうと、彼らが何を考え、何を命令しようと、私たちはどうしようもない。彼らの名前が何であろうと、戦況を知っても知らなくても、私たちの状態は変わらない。だから私は、そんなことは知らなくてもいいのだ。私は、この貧弱な体力で、今度はいつ、また三十キロの弾薬箱を背負い、どれぐらい歩くことになるのかということばかり気にしていた。苦しいことは少しでも先に延ばしたいので、私は移動と移動の間の時間が、少しでも長かれ、と祈っていた。ところが、すぐまた移動させられたことが多かった。すると私は、わずか、数百メートルかそこらの行軍でしかないのに、行軍の停止を祈るばかりだった。

そんな私に、どのような〝かくあるべし〟があっただろうか。私の俘虜に対する気持の持ち方には、それがあったと、言えば言えそうでもある。俘虜には、もし、してやることができるならば、してやりたいものだ、と思っていた。私が知っている限りでは、一人ずつ、二度、捕えられた雲南遠征軍の兵士が、戦闘部隊から司令部に後送されたのだった。班長の話によると、俘虜は、その日に殺してしまうのだという。最初は、昼間、両手を前で縛られた俘虜が、公路脇に蹲《うずくま》っているのを見た。視線が合うと俘虜は、縛られた手を首のあたりまで上げて、タバコを吸うしぐさをし、うなずくような辞儀をした。タバコをくれと言っているのだとわかったが、私は視線をそらせた。龍陵では、タバコはわずかしか与えられず、大事にはしていたが、私は一本吸わせてやりたかった。しかし、仲間の眼を無視して彼にタバコを与えることはできなかった。こいつにやるタバコがあるなら、俺によこせ、と言われるだろう。あるいは、出しゃばるな、と言われる。思われるだけではない、何か言われる。それを避けて、私は眼をそらせたのだった。

もう一人の俘虜は、顔を見ていない。夜、誰かが、連れて来たのだった。分隊長が、明日、殺すのだ、と言った。だが、私たちの分隊は、翌朝、あの俘虜をどこかに引き渡すまで預かれと言われただけのようだった。あの翌日、俘虜は、分隊長が言ったように、どこかに送られて殺されたのだろうが、どこに送られたのか、私は知らない。私は、俘虜を預かった、監視に立て、と、闇の中で言われたのだった。古兵が私を俘虜のそばに連行し、逃がさないように見張ってろ、と命じた。見張ることはできない。眼の前五十センチほどのところに挙げた自分の手が、まったく見えないほどの黒い闇の中だったから。その闇の中に、俘虜が素裸で、後ろ手に縛られて蹲っていたのだった。アイヤー、アイヤーと言っていた。彼が素裸であることも、後ろ手に縛られていることも、蹲っていることも、私は、眼ではなく、手で知ったのだった。言われたように私は、何回か手で、縄の縛り目が緩んでいないかと触れてみた。俘虜を縛った縄は、樹につながっていた。私は彼のそばに、一時間か二時間かいただけで、顔だけではなく、彼の姿も見ていない。そばに彼がいることは、気配では感じられたが、見えないのだ。彼は、アイヤー、アイヤーと言い続け、所在を示していた。

彼が素裸だと知って、寒かろうと思った。龍陵の九月は夜の冷える季節だった。軍衣を着ていても寒かった。軍衣は、乾くひまもなく濡れてはいたけれども。俘虜から衣服を剝いだのは、逃走を防ぐためでもあったのだろうが、いたぶりでもあったのだ。少しでも寒さがしのげるようにと思って、私は彼の背中をさすった。すると、彼の泣き声が高まった。

「アイヤー、アイヤーってうるせえじゃないか」

近くの壕から、古兵が飛び出して来た。

私は俘虜から手を離して立ち、

「なんですか」

と言った。

「うるさくて眠れないじゃないか」

「はあ」

「黙らせろ」

「私は、中国語を知らないので」

「馬鹿、こうすりゃいいんだ、憶えておけ」

と古兵は言い、裸の俘虜を何回か、蹴り上げた。とたんに俘虜は黙った。

「どうだ、わかっただろう」

と、古兵は私に言った。

古兵が引き揚げると、私は俘虜に言った。彼には通じない日本語で、

「余計なことをして、痛い目に会わせてしまったな、ごめんよ」

私に、〝かくあるべし〟という思いが、なくはなかったのだ。だが、私は、それを他人に見せることはできなかったのだった。

あの俘虜は、日本軍の中に取り残されてしまっていて、捕えられたのである。

私たちが龍陵に行く前、雲南遠征軍は、あのあたりの守備隊をすべて包囲していたのだ。そ

して、私が到着したころの龍陵では、互いに入り込み、入り込まれて戦っていたのだ。そういう戦場では、不運な者は敵中に取り残されてしまうことになるのだ。

十九年三月、ビルマ方面軍がインパール作戦を開始したのは、あのころビルマが、インド、中国の両方から総反攻を受けようとしていたので、その機先を制するための進攻だったのだという。インパール作戦を成功させるために、フーコン方面には菊（第十八師団）、アキャブ方面には壮（第五十五師団）、雲南方面には龍（第五十六師団）を配置して、少ない兵力で連合軍を引き寄せて戦わせ、主戦場のインパールに集結する連合軍の戦力をそのぶんだけ弱めようとしたのだという。

しかし、インパール作戦は、惨憺たる敗戦となり、連合軍の一斉反攻を迎えることになった。インパール作戦が失敗すると、方面軍は、中国軍が総反攻を開始した雲南方面に主作戦を転じたが、五月初旬に怒江を渡って攻めこんで来た中国の大軍は、たちまち芒市のあたりまで浸透して来たのだ。

最初、雲南遠征軍という名の中国軍は、恵人橋以北で怒江を渡り、高黎貢山系を突破して騰越方面から南下しようとしたが、日本軍の陣地を奪うのに難渋して、六月、主攻勢を滇緬公路東側地区に向けた第二次反攻を開始した。遠征軍は今度は、恵人橋以南で渡河して東方から攻撃して来た。そのころ、第五十六師団主力は、騰越方面で、第一次反攻で進撃して来た雲南遠征軍を迎えて激戦中であり、雲南遠征軍の第二次反攻を、日本軍は手薄な態勢で迎撃することになる。

迎撃と言っても、日本軍には、もはや、遠征軍を怒江の東に追い返す戦力はない。遠征軍の攻略目標は、拉孟、鎮安街、龍陵、平戞、芒市等の日本軍陣地である。陣地の守備隊は重囲の中で孤立した。孤立した守備隊がそれぞれ、もちこたえられるだけもちこたえる。守備隊の将兵たちは、際限なく攻撃を繰り返す遠征軍との死闘を続けながら、結局自分たちはどういうことになると思っていたのだろうか?

多分自分も死ぬだろう、と思いながら、なにか、自分だけは死なないような気がしている。特攻機や人間魚雷に乗ってアメリカの軍艦に突っ込んで行った人たちは、〝自分だけは死なないような気〟など持ちようがなかっただろうが、野戦で戦う者は、どこかでそう思っていて、しかし、拉孟から生還したのは、せいぜい、千三百人のうち、多く推定しても、二、三十人ぐらいである。騰越からの生存者も、二千余名中、やはり、それぐらいの数が考えられるばかりだ。死んだほうが楽だ、と思ったり、死んでもいい、と思ったりもしただろう。それでいて、どこかで、自分だけは死なないような気がしていて、しかし、根こそぎに死んで行ったのだ。

拉孟や騰越からの生存者の数は、推定の域を出ない。拉孟守備隊からは、全滅直前に、野砲兵第五十六聯隊の木下昌巳中尉が、戦況を報告すべく命令を受け、兵二名と共に脱出していて、そのことは、本人も手記を書き、戦記作家にも書かれ、「公刊戦史」にも書かれているが、脱出して生還した者は他にもいる。そして俘虜となって戦後送還された人がいる。拉孟や騰越からは、そのようなかたちで若干の人々が帰国したが、詳細はわからない。拉孟については、元歩兵第百十三聯隊に召集されて、十九年十一月に雲南に追及した品川実さんが書いた「異域の鬼」に詳しいが、品川さんが尋ねあてた拉孟生存者は、木下元中尉のほかに七人である。その八人の生存者のうち四人は俘虜となって重慶経由で帰って来た人々だが、脱出者や捕われて俘虜となった元帝国陸海軍の将兵には、いまだにその事実を隠そうとする人がいて、実相は調べ難いのである。

現在残されている戦争についての記録には、公刊であれ私刊であれ、事実と違う記述が多い。かと言って私は、雲南の戦況についてはそれらをもとに知るしかないのだが、十九年六月に第二次反攻を開始した雲南遠征軍は、その圧倒的な兵力で、拉孟、鎮安街、龍陵、平戛の日本軍の拠点を一斉に包囲して、攻撃を加えたのである。

鎮安街は、滇緬公路上、拉孟と龍陵の中間にあるが、龍師団は、反攻が開始されると、鎮安街の守備隊をいち早く龍陵に転進させようとした。しかし、転進の命令を受けたときには、すでに鎮安街は遠征軍の重囲の中にあり、鎮安街から脱出して龍陵守備隊に合流した将兵は、百五十名の守備隊兵員中、十数名に過ぎなかった。

その時期の龍陵攻防戦を、私たちは第一次龍陵会戦と言っている。

第一次龍陵会戦で、守備隊は周辺高地の陣地を守りきれず、市街周辺の複廓陣地に退いて抵抗を続けていたが、松井部隊が騰越方面から進出して、占領されていた六山、七山、東山の敵を攻撃して後退させた。そのころから三週間ほど、遠征軍の龍陵攻撃は途切れる。このことは前に書いたが、遠征軍は第一次会戦ではいったん退き、兵力を補強して次の攻撃への態勢を整えていたのである。

この間、松井部隊は、滇緬公路に沿って黄草垻方面に出撃し、〇三の藤木大隊は東方、長嶺崗方面の敵を攻撃した。この間に、龍陵には、菊（第十八師団）の猪瀬大隊、安（第五十三師団）の奥仲部隊が到着し、龍第五十六師団長松山中将は、両部隊を松井部隊の正面に増強し、拉孟守備隊の救出をはかるのだが、攻撃は進展しなかった。蚌渺《ホウビョウ》方面を攻めた藤木大隊も頓挫した。師団は、しかし、騰越守備隊から抽出した宮原大隊と蚌渺方面を攻撃中の藤木大隊の主力を松井部隊に増強して黄草垻《こうそうはい》方面の攻撃を続行した。

そして、松井部隊は、二十八日、遠征軍の最高峰陣地をいったんは攻略するのだが、鎮安街一帯に構築中の敵軍陣地を突破できる見込みが立たず、龍陵に退くのである。

第五十六師団主力は、さらに芒市付近に後退する。

第三十三軍が設けられたのは、十九年四月であった。インパール作戦に失敗するとビルマ方面軍は、作戦の重点を第三十三軍が担当する雲南地区に置き、それまで第二十八軍の隷下にあった勇（第二師団）と、新たにビルマに輸送されて来た狼（第四十九師団）の一部を第三十三軍に増強し、一方、それまで指揮下にあった安（第五十三師団）、厳（独立混成第二十四旅団主力）を、作戦地境の変更に伴って、第十五軍の隷下に移した。

そのころまで第三十三軍は、フーコン方面の戦況が緊迫していたので、雲南遠征軍に対する反撃作戦は、ほとんど龍（第五十六師団）に任せていたが、師団主力を芒市付近に後退させた後、断作戦を企画し、龍と勇とを並列使用して、拉孟、騰越、龍陵等の守備隊を救援し、巻き返そうとするのである。

断作戦を立案したのが、十九年七月、支那派遣軍参謀から第三十三軍作戦参謀に転勤した辻政信大佐である。

「公刊戦史」によると、断作戦計画の要旨は次のようなものであった。

方針

一　軍ハソノ主力ヲ芒市周辺ニ集結シ　雲南遠征軍主力ヲ龍陵方面ニ撃滅シテ怒江ノ線ニ進出シ　以テ拉孟、騰越守備隊ヲ救援スルト共ニ印支連絡路ヲ遮断ス

攻撃開始ノ時期ハ九月上旬トス

指導要領

二　第五十六師団ハ概ネ現態勢ヲ確保シテ持久シ　雲南遠征軍ヲ抑留シツツ爾後ノ攻勢ヲ準備ス

三　第二師団ハ先ツ「ナンカン」周辺ニ集結シテ工事ヲ実施シ　敵ヲ欺瞞シツツソノ主力ノ集

中ヲ完了スルト共ニ夜間ヲ利用シテ一挙ニ芒市方面ニ躍進　第五十六師団ト共ニ爾後ノ攻勢ヲ準備ス

四　第十八師団ハ「インドウ」附近ニ後退後　主力ヲ以テ「カーサ」—「バーモ」—「ナンカン」道ヲ「ナンカン」方面ニ　一部ヲ以テ鉄道ニ依リ「マンダレー」「ラシオ」ヲ経テ「ナンカン」方面ニ集中シ　第二師団ト「ナンカン」附近ノ守備ヲ交代シ　爾後「ミイトキーナ」方面ノ敵ニ対シテ印支連絡路ヲ遮断ス

五　「バーモ」附近ハ先ツ第二師団ノ一部ヲ以テ之ヲ確保シツツ第十八師団ノ転進ヲ掩護シ「ミイトキーナ」方面ノ敵ノ前進ヲ勉メテ遅延セシム

六　「ミイトキーナ」ハ努メテ永ク之ヲ確保シ　敵印度遠征軍ト雲南遠征軍トノ連繋ヲ遮断ス

七　龍陵周辺ニ於ケル攻撃ハ第五十六師団及第二師団ノ準備完了ト共ニ勉メテ速ニ開始ス

八　龍陵周辺ニ於テ敵主力ヲ撃破セハ一挙ニ拉孟附近ニ急進シテ拉孟守備隊ヲ解囲救出シ　次テ騰越方面ニ攻勢ヲ執リ同地守備隊ヲ解囲救出ス

平戛守備隊ノ救出ハ第二師団又ハ第五十六師団ノ有力ナル一部ヲ以テシ　騰越救出後又ハ之ト同時ニ敢行ス

九　「ミイトキーナ」鉄道線方面ノ後方ヲ勉メテ速ニ整理シ「ラシオ」—「マンダレー」鉄道方面ニ重点ヲ形成シテ軍ノ補給ニ遺憾ナカラシム

又「ゴクテーク」—「ラシオ」—「センウイ」—「ワンチン」—芒市道ノ防空ヲ強化シ且

橋梁ノ補修、確保ノ手段ヲ強化ス
十　「ワンチン」「ナンカン」周辺ニ堅固ニ築城シ　軍爾後ノ作戦ヲ準備ス
十一　雲南遠征軍主力ヲ撃破シテ第一期ノ作戦目的ヲ達成セハ　第二師団及第十八師団主力ヲ以テ敵新編第一、第六軍方面ニ攻勢ヲ執リ「ミイトキーナ」及「バーモ」守備隊ヲ救出シ第五十六師団ト相俟テ印支連絡路ノ遮断ヲ強化ス
十二　「モンミット」方面ハ適宜ソノ守備ヲ強化ス
十三　軍司令部ハ速ニ「センウイ」ニ　次テ　芒市ニ進出シ　戦場統帥ニ遺憾ナカラシム

読んでみると、骨子は戦場で班長から聞かされたとおりのものである。しかし、日本軍は、拉孟、騰越守備隊を救援することも、印支連絡路を遮断することもできなかったのだった。
攻撃開始ノ時期ハ九月上旬トス
勇兵団は十九年の初めにマレーからビルマに入り、イラワジデルタ地帯からベンガル湾沿岸にわたる広範な地域に部隊を分散して警備についていたのだが、ナンカン付近に集結せよ、というのである。ラングーンに出張していた勇の参謀長が、怒江戦線に転進し、昆集団の隷下に入るべし、という第三十三軍の命令を持ち帰ったのは、七月の半ばであった。昆は第三十三軍の通称号である。通称号を私たちは防諜号だの、部隊符号だのと言っていたが、昆の参謀部では、と言うより、辻政信は、勇師団の集結に要する最短日数を、二ヵ月足らずと計上して、攻

撃開始の時期を九月上旬としたのだろう。

しかし、あのころの雲南戦線は、日がたてばたつほど、彼我の戦力の差は広がって行く一方だったのだ。

龍の師団長は、攻撃開始を九月まで待っては間に合わぬ。勇を待っていては、戦機を逸する。拉孟、騰越の守備隊は龍部隊だ。まず龍兵団が出撃するから、勇は龍に続行させよ。龍は龍陵を解囲した後、拉孟まで突破するから、勇には残敵を掃蕩させ、後方の警備を担当させよ、と軍に意見を具申したが、受け容れられなかった。

だが、たとえ、龍師団の意見具申が認められたとしても、雲南戦線の様相は変わりはしなかったであろう。拉孟からの生存者の顔ぶれや数は変わっただろうが、救援部隊の戦死者の顔ぶれや数も変わる。何がどうなったかわからない。いずれにしても、日本軍には、あの戦力の差では、雲南遠征軍を撃破して、作戦目的を達成することはできなかったのである。

それとも辻政信たちは、あの状態でも、遠征軍を撃破できると思っていたのだろうか。勝利の見込みはあったのだろうか。もちろん、あの必勝の信念というやつはあっただろうが。

勇に限らないが、ある師団のある部隊が、抽出され、移動させられ、他の部隊の指揮下に入れられる。そういうことも、当時の私は知らなかったが、私がイラワジデルタ地帯から雲南に向かっていたころ、勇一三〇一(歩兵第四聯隊)一三〇二(歩兵第十六聯隊)一三〇三(歩兵第二十九聯隊)とも、一部は他師団の指揮下に配属されており、一部が、断作戦のため、集結し、龍陵の解囲戦に加わったのである。雲南に集結した勇師団は、師団と言っても実数は、一個聯隊ぐらいのものだったのだ。それでも第二次龍陵会戦には、第一次以来の〇三のほかに、〇一の一個大隊と〇二の二個大隊が加わったのである。

龍陵が雲南遠征軍の攻撃を免れていた期間は束の間だった。七月五日、龍陵北方の鞍形山陣地を守備していた小山小隊四十七名の玉砕から、第二次龍陵会戦が始まった。

遠征軍が第一次の包囲を解いて退いた後、松井部隊は、いったん滇緬公路を黄草垻まで進出したが、芒市に退き、龍陵守備隊は敵の大軍の中に取り残されるが、戦闘の束の間の休止の間に、守備隊は、敵の退いた周辺陣地を取り戻して、複廓陣地と共に、遠征軍の再度の攻撃に備えてできるだけの補強を施すと共に、拉孟方面から滇緬公路を南下する敵を迎撃するのに絶好の位置にある鞍形山陣地に進出、藤木大隊第六中隊の小山一郎少尉以下五十名が守備についていた。

まず、この鞍形山陣地が猛攻撃を受けた。遠征軍は、日が暮れると、照明弾を打ち上げて、陣地を白光のもとに浮かび上がらせ、次に赤吊星と呼ばれる信号弾を打ち上げた。それを合図に、山が形を失うほどのロケット弾、さらに迫撃砲弾を打ち込んだ。

すさまじい弾量の砲撃の後、遠征軍は、北側から突撃を繰り返した。ついに支え切れなくなった小隊の生存者は、北側から五百、南側から八百人ほど攻め上って来た遠征軍に斬り込んで全滅した。脱出したのは三人の兵士だけであった。ついで、七月七日、遠征軍は龍陵周辺に進出し、高地陣地への攻撃を開始した。

第二次会戦では、遠征軍の攻撃法は、第一次のときとは違っていた。性急な肉薄攻撃を避け、まず、前回の何倍とも知れぬ多量な砲爆撃を加え、友軍がすっかり戦力を失うのを待って、陣地を占拠するというやり方であった。

七月半ばから、敵の猛撃は一段と激しさを増した。そのようにして奪われた陣地を奪い返すのに、日本軍には、夜襲切込みしか戦法がない。

その繰り返しが、日本軍の戦力を消耗させる。敵はそれを狙った攻め方をしているのであった。

七月十三日、東山高地陣地を奪われた。第一次会戦で、〇三の氏家小隊が全滅した陣地である。守備隊は歩兵二小隊で奪回の夜襲をかけたが、両小隊長以下二十七名の戦死者を出して退いた。

敵機の銃爆撃もこのころからとみに激しさを増した。市街は瓦礫の山となった。

鎌田義意さんは、第一次会戦で、頭部に負傷、以来龍陵の第二野戦病院に入院していたが、第二次の攻撃が始まると、自ら退院を申し出て、戦列にもどるのである。鎌田さんは、頭に包帯を巻いたままの姿で、文学村にあった大隊本部に行き、六中隊の所在を聞いた。六中隊は、現在、丸山陣地の守備についており、平山中尉が中隊長として指揮をとっているという。早速、丸山陣地に行って退院と中隊復帰の申告をした。

だが、久しぶりに中隊の戦友と顔を合わせても、ろくに言葉を交わすひまもなかった。

鎌田さんは、その場からすぐ、藤木隊の遊撃隊に加わり、白塔山陣地の救援に向かった。白塔山は、龍陵の北西にある白塔の建つ高地、北山のことであり、その西方にすぐ小松山があり、東方に文学村があった。丸山陣地は龍陵東側の複廓陣地で、その南隣りに中学校陣地がある。中学校は小学校とも呼ばれていた。鎌田さんは平山隊長に従って、白塔山陣地の救援に駆けつけたわけだが、到着したときには、すでに、陣地は砲爆撃に破壊されていて手のつけようもないありさまになっていた。

白塔山陣地の左方にある白雲寺陣地も、これまた砲爆撃に破壊され、撤収するしかない状態になっていた。

遊撃隊は、七人だったか八人だったか、やむなくまた落下する砲弾の中を丸山陣地にもどった。龍陵の街は、家屋は破壊され、方々で燃えていた。無論、もう龍陵市内には住民はいない。しかし、文学村の民家には、砲撃から逃げずに住んでいる老人がいた。老人は、動きもせず、じっとしていた。隣接する馬小屋には貧弱な馬が繋がれていた。馬は砲声に驚いて、いなないていたという。

鎌田さんは、白塔山陣地から帰って来ると、中学校陣地の救援に行ったという。してみるとそのころはすでに、周辺高地の陣地は、遠征軍に奪われていたのである。月はすでに八月に入っていたはずだ。遠征軍が、準備を整え、周辺高地の各陣地に、一斉に猛砲爆撃を加え、大軍を向けたのは八月十四日であった。この日、連合軍は六回にわたり戦爆連合三四機を繰り出して雲南遠征軍を支援した。

12

「公刊戦史」によると、八月十四日に全面的な攻撃を開始した雲南遠征軍は、十九日に六山陣地を奪っている。六山陣地の失陥により、守備隊は五山、四山、三山など一連の陣地も支えきれず、五山を二十三日に捨て、四山、三山の守兵は、撤退した。五山の守兵は中学校陣地に後退するが、中学校陣地も、たちまち集中する砲爆撃に破壊された。鎌田さんが龍陵西北の白塔山陣地から龍陵東南の複廓陣地である中学校陣地に到着したときには、中学校陣地も白塔山陣地と同様に、すでにほとんど持久不能の状態になっていた。

白塔山陣地で戦っていた大竹伝右衛門さんは、白塔山撤収以後、鎌田義意さんと共に、中学校で戦い、中山陣地で戦い、中山から官邸山に退がった六名の六中隊の兵士の一人である。白塔山の戦闘や、中学校、中山陣地の戦闘については、「公刊戦史」には書かれていない。

「公刊戦史」には、右のうち中学校陣地について、

五山の守兵はその西方中学校陣地に後退したが、同陣地も間もなく、砲爆撃を集中されて火

災を起こした。守兵はいたたまれず陣地を捨てた。

中学校陣地の攻防で、五山の守備隊長永末純一大尉（召）は鉄兜もろとも頭部を射貫かれて即死した。


と書かれているだけである。

保原町の滝沢市郎さんが執筆編集した「勇〇三部隊戦史」にも、白塔山陣地の戦闘については書かれていない。

それは白塔山に限らない。他の陣地の戦闘についても、活字にならないものが多いのだが、大竹さんたち、そこで戦った人たちには、忘れられないものであるに違いない。

私は福島に、大畑兆寿さんたち元〇三第二大隊の人々を訪ねたとき、生憎、大竹伝右衛門さんとは会わずに帰って来た。しかし大竹さんは、その後、鎌田義意さんから私のことを聞き、参考になればと手記を送ってくれた。その後私は、大竹さんを訪ねるつもりでいて、まだ果たせないでいるけれども、大竹さんの手記は、鎌田さんの手記と共に、龍陵に行きながら、撃たれるばかりで撃つことなく、体力のなさから疲労困憊して野病に送られてしまった私が、想像していた以上のものを伝えるのである。

大竹さんの手記によると、藤木大隊（〇三第二大隊）は、そのころ白塔山を中心に、右に重機関銃分隊、そのさらに右方に分哨。左には加藤軍曹外七中隊の者が四、五名、その左に、大竹さんたちが兵長以下兵ばかり六名という配置で白塔山陣地を守っていた。

正確にはわからないが、全部で七、八十名ぐらいの兵力であったように思うと大竹さんは書いている。してみると、白塔山の本隊には、四、五十名ぐらいいたのかも知れぬ。

陣地が占領される数日前、大竹さんの分哨の前方、約五、六百メートルの地点に、遠征軍は陣地を構築した。大竹さんたちは、影山少尉の指揮の下、その陣地に夜襲をこころみたが、龍陵の戦闘も、拉孟、騰越と同じように、結局は全滅しかない戦いだったのである。

その夜襲で、影山少尉が死んだ。援護射撃をした友軍の擲弾筒の弾に当たったというのであった。

やがて遠征軍の全面攻撃が始まった。敵機の急降下爆撃、そして銃撃。迫撃砲弾の飛来が激増した。一分間に十五発から二十発ぐらいがけたたましい音を立てて炸裂した。十榴や十五榴も撃ち込まれた。数えてみると、その日、四千発ぐらい撃って来た。

大竹さんの入っていた掩体壕に、そのうち四発が命中したが、負傷者は出なかった。だが間断なく降って来る鉄片の雨の中には出て行かれない。撃てば所在を知られて、ふんだんにお返しが来るので、こちらからはまったく撃たず、鳴りをひそめて敵が近づくのを待っていた。引きつけられるだけ引きつけておいて、薙ぎ倒す戦法しかなかった。

大竹さんたちの分哨には、以前、龍部隊が構築した掩体壕が四つあって、大竹さんたちはそのうちの一つの、敵に見えにくい壕に入っていたのだったが、わざと、まる見えの他の三つの壕に出入りしてみせて、砲撃を空の壕に導いたりした。

だが、やがて、主力陣地に約三千の敵が押し寄せた。喚声を聞いて、壕から飛び出してみると、白塔山の友軍陣地に、敵が手榴弾を投げ込んでいた。大竹さんは、主力陣地に迫る遠征軍に側方から軽機で撃った。百メートルほどの距離があった。はじめ膝撃ちで撃ったが、膝撃ちでは銃身がはね上がって連射できないので、腰だめに変えて撃った。約七百発撃って、かなりの敵を倒したが、しかし、敵は退かず、友軍は、主陣地も、他の分哨も反撃しない。三十メートルほど右下方の加藤軍曹の分哨では、出るに出られぬ様子なので、大竹さんの方から分哨に近づき、撤退してはどうか、と怒鳴ると、加藤軍曹が、今は出られない、援護射撃してくれ、と怒鳴り返した。よしわかった、と援護射撃をしているうちに、主陣地は敵に占領され、敵はそこから大竹さんの分哨に向かって撃ち始めた。

遠征軍は、目標を大竹さんたちの分哨に定めて、激しく砲撃した。

後で知ったが、白塔山陣地が簡単に奪われたのは、敵の大軍が攻め込んで来たとき、陣地には数名の守兵しかいなかったからであった。主陣地の藤木隊の将兵は、敵の猛砲爆撃が始まると、白塔山陣地から、後方、文学村の掩体壕に退いていて、だから敵は容易に占領することができたのであった。

大竹さんたちは、そうとは知らなかったのである。そのことについて何の連絡もなかったのだ。いずれにしても、主陣地が占領されてしまっては、主陣地に肉薄する敵を側面から攻撃することが任務の分哨は役目を失ったわけで、だから大竹さんは、こうなったからには自分たちも後退して大隊本部に行き、次の命令を受けた方がいいのではないかと、分哨長に言ったのであった。分哨長は最初は、命令なく陣地から退くことはできない、と言って反対したが、大竹さんもゆずらず、結局、分哨長は大竹さんの意見を容れ、大竹さんたち六名も文学村に撤退した。ところが分哨長が懸念したとおり、藤木大隊長は、六人の撤退を、大声をあげて咎め、陸軍刑法により死刑に処すと言って、軍刀を抜いた。

それを壕から飛び出して来てとめたのが平山中隊長であった。平山中尉は藤木大尉に、今の状況で、兵力がこれ以上減ったら、戦闘ができません、この者たちの処置は平山にまかせてください、と言った。中尉の顔は蒼白であった。

大竹さんの手記には、そのとき、もし藤木大隊長が分哨長に斬りつけたら、軽機で隊長を射殺し、自分も死ぬつもりであった、と書かれている。

藤木大尉は大竹さんには、好ましい人間ではなかったようだ。部下に対して軍刀を抜く上官なら、他の部下にも嫌われただろう。大竹さんは、藤木大尉はまったく壕から出たことのない大隊長で、大便も壕の中でやり、それを兵に円匙で壕外に捨てさせたと戦友に聞いた、と書いているが、その話をした戦友も、おそらく、大尉に反感を抱いていたのであろう。

その日、藤木大隊は文学村を撤退して中学校陣地に移るのである。

大竹さんたち六名は、無断撤退の罪により、大隊の撤退援護を命ぜられたのだという。移動は、いくつかのグループに分かれて行なわれたようだ。

大竹さんの手記では、大隊撤退の援護についた夜半、敵は撤退を察知し、重機と迫撃砲とで激しい攻撃を加えた、という。そして六人が撤退する大隊の最後尾で、軽機を腰だめにして、後ずさりするかたちで撤退したのは、白々と夜が明けてからだ、という。

鎌田さんの手記には、白昼、迫撃砲弾やロケット弾が頻繁に落下し、機関銃弾が飛来する中を、六中隊の約半数、五中隊の一部と七中隊の一部が、西尾少尉の指揮下中学校陣地に救援に行った、と書かれている。六中隊の半数と言っても、十人ぐらいの兵力であったと書かれているが、すると鎌田さんのグループは、二十名にも満たない部隊であったのだろう。

鎌田さんたちは、もしかしたら、大竹さんたちが撤退する前日に、文学村から中学校に向かったということかも知れない。鎌田さんは、丸山の裾を回って中学校前の畠に出たとたんに、五山方面から機銃掃射を浴びた。遮蔽物のない平地を二、三百メートルほど、敵に姿をさらして、各個前進で駆け抜けた。敵弾が足もとに、音を立てて突き刺さった。幸い、全員、門内にたどり着いたが、中学校の一部は火災に包まれていた。砲撃を受けて火災を起こしたのである。友軍は、消火しながら、攻め込んで来る敵と戦っていた。

敵は、眼の前まで来ていた。互いに手榴弾を投げ合っていた。中学校の左端の一室には、すでに敵が入っていた。鎌田さんたち六中隊の数名は、その敵を排除せよ、と少尉に命じられたが、下士官がいなかったので、先任上等兵の阿部上等兵を中心に攻撃の方法を打ち合わせた。

敵の侵入している室の前には、五十坪ほどの空地があった。空地のふちに高さ一メートルほどの石垣があり、そこに室の入口があった。敵はその入口を、二枚の毛布で蔽っていた。内部を窺わせないためにカーテンを吊ったのである。鎌田さんたちには、室内にいる敵兵の数はわからなかった。とにかく、石垣まで全員で前進して、入口の両側から、二人が着剣した銃で毛布をまくり上げ、とっさに三人が、めいめい一発ずつ、室内に手榴弾を投げ入れた。手榴弾が炸裂すると同時に鎌田さんたちは全員室内に突入した。ところが敵は、間髪を入れず室外に脱出していた。

鎌田さんたちは、もしかして敵が残ってはいないかと、他の部屋も検《あらた》めたが、もう建物の中には敵はいなかった。日本の軍票を詰めたトランクのふたがあいていて、床にも軍票の散っている部屋があった。中学校には大隊本部があったのだ。本部が捨てて行ったのだろうと思われた。軍票などを拾う兵士はいなかった。

そのうちに今度は、敵が外から接近して来て、手榴弾を投げ込んだ。鎌田さんたちも、手榴弾を投げ返し、攻撃して来る敵をそのたびに撃退した。そのようなことを繰り返して夜まで保ったが、そこまでであった。暗くなってから、鎌田さんたちは中山陣地に退いた。

大竹さんの手記にも、中学校の戦闘について書いた個所がある。

中学校の戦闘については、現在、京都で医院を開業している川本脩二さんの「龍陵日誌」にも書かれている。鎌田さんの手記、大竹さんの手記、川本さんの「龍陵日誌」、私には、この三つだけが、中学校の戦闘の様相をうかがう資料だが、鎌田、大竹両氏の手記も、川本さんの日記に書かれている文章も、短文である。

川本さんの「龍陵日誌」には、次のように書かれている。

八月二十三日

中学校ニテ、一番奥ノ教室ニ大隊本部ヲ置ク。床ニアグラヲカイテ雑談中、突然頭ガガーントスル様ナ轟音ト共ニ、目ノ前ガ黄色クナル。濛々タル土埃リガ静マルト、幅数十糎《センチ》モアツタ土壁ガ約十米突吹キトンデ、外ニ緑ノスロープガ身近ク見エル。ソコニ敵ガ‼　機関銃弾ガ待ツテヰタ様ニトビ込ンデ来ル。大尉ノ階級章ヲ千切り捨テ、銃ヲ持ツ。畜生畜生ト呪文ノ様ニ唱ヘル。横ニヰタ田村衛生伍長ガ五米程横ノ柱ノ蔭カラ射チマクツテヰル軽機ノ方ヘ這ツテ行ク。「田村、何シニ行クンダ」ト呶鳴ツタ途端、手榴弾ノ炸裂スル様ナ凄イ音ガ天井ニ響イテ、田村ガヤラレタ。一度ノケゾツテ、ガクツト倒レタ。狙ヒ射ツタ十五、六歳ノチヤンガ土壁ノ蔭カラ首ヲ伸シテ覗イテヰル。ソノトボケ面。「チヤンダ。射テ射テ」ト軽機ヲ射チ込ンダガ、スーツト隠レタ。畜生奴！　田村ハミルミルウチニ左大腿ガ腫レアガツテ、血ガ吹キ出シテヰル。骨折貫通ダ。止血シテ後送ス。生キテヰテクレヨ。（十六時）

川本さんの日記によると、藤木隊が中学校から中山陣地に退がったのは、翌日の二十四日である。「龍陵日誌」には、八月二十四日は書かれていなくて、二十五日のところに、昨夜龍部隊ト交代。中学校ヲ撤退シ、中山ノ反斜面ノ壕ニ入ル、と書かれている。

鎌田さんは、二十四日に中学校に到着し、その夜、中山陣地に退いたのである。「龍陵日誌」によると、藤木隊が白塔山陣地から撤退したのは、八月二十一日である。おそらく本部は二十一日の夜撤退し、二十二日の夜か、二十三日の払暁《ふつぎょう》に中学校に入ったのであろう。鎌田さんは二十二日に救援隊として白塔山に向かったが、もう手のつけられない状態になっていたので、迎撃の援護を撤収の援護に切り換えて、殿《しんがり》をつとめた大竹さんたちより、いくらか早い時刻に引っ返したのであろう。二十二日の夜、鎌田さんがどこで過ごしたかは、鎌田さんの手記には書かれていないが、丸山陣地あたりのどこかで一晩過ごし、翌日、明るい時間に、敵の迫撃砲弾、ロケット弾、機関銃弾の飛び交う中を、中学校に到着したのであろう。中学校に入ったのは、あるいは大竹さんの方が、鎌田さんより早かったかも知れない。大竹さんの中学校の戦闘についての手記は、中学校から外部の敵陣地を突撃占領しようとして果たせなかったことを書いたものだ。

中学校とは、どんな建物だったのだろうか。学校というのはたいていそうだが、間取が簡単で、同じ形の部屋が無愛想に並んでいるだけだったのだろう。龍陵の学校では、規模はこぢんまりとしたものだったのだろう。石と土壁の建物だったのだろう。石と土壁の建物だということだけで、最後には瓦礫になってしまったのだろうが、陣地として役に立ったのかも知れない。

川本さんの「龍陵日誌」は、八月十八日から二十三日までの間は書かれていなくて、その部分には、次のように書かれている。

（自註）茲ニテ日誌帖ハ書キ尽シ、次カラ新シイ日誌帖トナル。

八月二十一日ニ馴染深カリシ、白塔ノソビエル北山陣地ヲ退リ、二十三日中学校に激戦ヲ交へ、中山ニ一週間ドン底ノ生活ヲス。ソノ間死ヲ決スル事幾度。日誌帖モ何回土ニ埋メタ事カ。不思議ニ命永ラヘテ、小山陣地ニツキテ、来シ方ヲ省ミテ感無量！　前ノ日誌ハ小生、生ヲ受ケテ以来ノ感深キモノナリ。コノ新シイ日誌ツケント筆ヲモチテ、コノ先如何ナル運命我ヲ待ツヤラン。期待ニ震ヘツツ、幸アレカシト祈リツツ筆ヲ進メン。未ダ身近ク銃砲声熾烈ニシテ、敵機ノ轟音又盛ンナリ。筆取レバ、亡キ戦友ノ面影忽然ト現ハレ来ル。嗚呼！　冥福ヲ祈ルノミ。

これは川本さんが、中山陣地から官邸山陣地に退いてから書いたものを、二冊目の日誌帖の冒頭に掲げたものではないかと思われる。

「勇〇三部隊戦史」のビルマの部では、川本さんの「龍陵日誌」が、「川本日誌」と呼ばれてしきりに引用されている。

川本脩二軍医大尉は、陸軍軍医学校を卒業後、歩兵第二十九聯隊付となり、十九年五月十七日、第二大隊付に任命され、以降、藤木大隊長と行動を共にした人で、「龍陵日誌」は、赴任直前の五月六日から、龍陵から撤退した十月五日までの陣中日誌である。川本さんはこの日誌を、五十一年に私家版で上梓した。これが、川本さんにとって意義深い記録であることはもちろんだが、龍陵における藤木大隊本部の貴重な陣中日誌にもなっている。
中山陣地の守備についていた一週間のことを、川本さんは次のように書いている。

八月二十五日
昨夜龍部隊ト交代。中学校ヲ撤退シ、中山ノ反斜面ノ壕ニ入ル。壕ノ中ニハアノ第二大隊ガ僅カ総員四十名足ラズ。忽チ敵ニ包囲サル。壕ノ中ニ手榴弾ヲ投ゲ込マレルト全滅ダ。大隊長ハ突撃ヲ決意ス。俺モ軍刀ヲ抜イテ壕ヲ出テ、皆ト一緒ニ斜面ニ伏シテ、突撃命令ヲ待ツ。斜メ上ノ方カラ平山中尉ノ乾イタ引キツル様ナ声ガ聞エテ来ル。「エエカ、突ッ込ムゾ。エエカ、突ッ込ムゾ。エエカ、突ッ込ムゾ」中々突ッ込メノ声ガ出ナイ。俺ハ顔ヲ地面ニツケ、上ノ稜線ヲ睨ミ乍ラ、畜生畜生ト軍刀ヲ握リシメテキタ。突然青イ青イ空ヲバックニ、敵ノ柄付キ手榴弾ガ三ツ四ツクルクル廻リ乍ラ飛ンデ来タ。一瞬美シイト思フ。頭ヲ伏セルト凄イ爆発音。赤土ヲバサットカブル。「敵ハ後退シタ。迫ガ来ル。スグ壕ニ戻レ」大隊長ノ声デ再ビ壕ニ入ル。途端劇シイ迫ノ集中。危イ所ダッタ。（十二時）
公用兵ノ佐藤ガキナイ。俺ノ傍デ今迄一緒ニ伏セテキタ佐藤ガキナイ。夕方近ク渡辺少尉ガ「ヤラツチヤ。ヤラツチヤ」ト叫ビ乍ラ壕ノ内ニ飛ビ込ンデ来ル。胸ニ下ゲタ眼鏡ガ吹キトンデヰル。倒レルト同時ニ手当テノ暇モナク戦死。生前ノ人柄ノ良サガ胸ヲシメツケル思ヒ。瞼ガアツクナル。壕ニ横穴ヲ掘リ、遺体ヲ埋メル。（十八時半）

夕グレガ近付イタ。敵ハ夕食ダラウカ。急ニ攻撃ガヤンダ。ソロツト壕ヲ出テ、佐藤ヲ探ス。壕ヨリ二、三十米下方ノ斜面デ、前頭部ヲ一発貫通サレテ、戦死シテヰタ。合掌後、軍刀ヲ抜キ、遺骨ニスル為、肘関節カラ腕ヲ切リ離サウトスルモ、刃コボレガシテ切レナイ。佐藤ノ短剣ヲ抜イテ、叩キ切ル。親身ノ世話ヲシテクレタ佐藤ノ片腕ガズシリト腕ニ重イ。迫ガ又来ハジメタ。急イデ壕ニ帰ル。

八月二十六日

壕ノ入口ニ立ツ歩哨ガ次々ト狙撃サレテ斃《たお》レル。壕ノ横穴モ遺体デ一杯。モウ埋メル余地ガナイ。遺体モ腐リ始メ、横穴カラハミ出シタ腕ニ銀蠅ガムラガル。然シ臭イハ余リ気ニナラナイ。アトノ遺体ハ毛布デ巻イテ、壕ノ入口近クニ置ク。用便ハ夜半壕外ニ這ヒ出シテ済マセ、飲ミ水ハ飯盒ヲ壕外ニ出シテ、雨水ヲ溜メタモノヲ飲ム。夜中デモ、時々壕ノ入口目ガケテ機関銃ヲ射チ込ンデ来ル。恐ラク明ルイ中ニ、壕ノ入口ニ照準ヲアワセテ、銃ヲ固定シ、交代ノ度ニ射ツノダラウ等ト話シ合フ。

夕方、平山中尉ガヤラレタノ声ニ壕ヲトビ出ス。稜線ニカケ上ルト平山中尉ハアグラヲカイテヰル。「大丈夫デスヨ。軍医サン」ト言フ中尉ノ左肩カラ呼吸ノ度ニ血泡ガ吹キ出シテ

ヰル。肺ガヤラレテヰル。咄嗟ニゴムバンドデ傷口ヲオサエル。（十九時半）

八月二十九日

中山ニ立籠リテ既ニ五日。田村ナク、佐藤ナク、又平山中尉、渡辺少尉モナシ。援軍来ル見込ミ又ナク。既ニ三日飯ヲ食ハズ。コレ苦痛ニアラズ。水一日飲マズ。何処ニモ水気ナシ。コレ又苦痛ニアラズ。唯「勇」トウタハレシ名声ノ失ハレ、コレノ挽回出来ザルガ苦痛ナリ。此処ノミニテ死ヲ決スル事幾度ゾ。死ハ一歩一歩近付キツツアリ。大悟徹底セヨ。死モ難ク、生モ亦難キヲ。（十八時半）

八月三十日

丸一日以上水ヲ飲マナイト頭ガヲカシクナル。口ガ乾イテ唾モ出ナイ。日ガ暮レルノヲ待ツテ、水ヲ汲ミニ行クト言フ兵アリ。決死ナリ。皆ノ水筒ヲ何本モ首ニブラ下ゲテ、外ノ様子ヲ窺フ。ソノ時伝令帰リ来リ、撤退セヨト告グ。ソノ時ノ気持。ハタト困リシハ、コノ重囲ノ中ヲ果シテ撤退シ得ルヤ。平山中尉以下ノ遺骸ニ頭ヲ下ゲツツ下ル。壕ヲ出テ闇ヲスカシテ見レバ、三十米位サキノ稜線上ニ立ツ敵影ガ、夜空ニシルエットヲ作ツテヰル。途中見付カリシカ。照明弾ヲアゲラレ、猛烈ナ銃砲弾ヲ受ク。西尾少尉他一名ノ負傷ヲ出ス。中山、一文字ニテ戦死十五、戦傷三十一名ナリ。死ヲ決スル事幾度ゾ。遂ニ生キ抜イタ。ガツクリス。直チニ官邸山ニタドリツキ、又守備ニック。

藤木隊が中学校に本部を置いたころには、龍陵周辺高地の陣地は、第一次会戦のときと同じように、すべて遠征軍に占領された。

周辺高地の陣地を奪われると藤木隊は、中学校陣地から中山陣地に本部を移し、一文字山、中山、丸山、小山の各複廓陣地に守兵を配し、その線で遠征軍の侵入を食い止めようとした。しかし、複廓陣地も、次々に危機に瀕し、結局、中山陣地に集結することになったのだった。まず、小山陣地と一文字山陣地が、守りきれなくなり、両陣地の将兵が、敵の重囲を突破して中山陣地に後退した。

全員、と言っても藤木隊の兵力は三十七名である。うち六中隊は平山中尉以下十一名であった。大隊と言っても小隊にも満たず、中隊と言っても分隊にも満たぬ兵員であったが、とにかく全員中山陣地に集結して、ここが最後の陣地だと覚悟した。

中山陣地は、龍陵市街に隣接する丘上にあって、さきに龍兵団によって構築されていた。頂上陣地には、掩体の機関銃座が二ヵ所にあり、その掩体壕も他の掩体壕も、すべて交通壕で通じていた。頂上には、中国特有の石の墓があって、それも掩体壕に利用していた。頂上陣地の下方十五メートルほどのところに、十坪ほどの掩体壕があって、藤木大尉はその壕に入っていた。鎌田さんと大竹さんは、小山陣地では共に平山中隊長の指揮下にあった。大竹さんの手記によると、六中隊が小山陣地から中山陣地に退がったのは、小山陣地が支えきれなくなったからではなく、藤木大隊長が入っていた中山陣地が危うくなり、大尉に応援に来るよう命じられたのだという。

龍陵では、前進も至難だが、後退も至難であった。どこにいても、鉄片が降って来る。拉孟、騰越、龍陵等、雲南の守備隊はみな、遠征軍の反攻が始まって以後は重囲の中に孤立して、陸の孤島と呼ばれたが、龍陵の陣地は、孤立した龍陵の中で孤立している。移動することは、孤島から孤島へ、敵の海の中を、小舟で渡ることである。

小山陣地から中山陣地に退くことは、目的地に着くまで重囲を突破し続けることであった。平山中尉の指揮する六中隊と、渡部少尉の指揮する一文字山陣地の隊とが、またまたそれをやることになった。

大竹さんたちは、中山陣地まで五、六百メートルの地点まで来たところで、敵の激しい銃砲撃にさらされ、動けなくなった。絶え間なく撃って来る銃砲撃の下では、遮蔽物のない平地では動きようがない。しかし、平地と言っても凹凸がなくはない。大竹さんたちは窪地を見つけて這い込み、へばりついていた。

しかし、一文字山から退がって来た渡部少尉は、大隊長が困っているから行くべえ、と促した。平山中隊長も大竹さんも、今出てはだめだ、と止めたが聞き入れず、渡部少尉は数人の部下と共に行った。

平山中隊長が、我々ももうこれが最期だ、ある物は全部食ってしまえ、と言ったので、大竹さんは、取って置きのカニ罐をあけて食い、持って回っていた少量の砂糖を舐めた。隊長が言うように、ここが最期だと思われた。ふと見ると、中山陣地のすぐ近くで、渡部少尉が飛び上がり、それから倒れた。

平山中隊長は、渡部少尉もやられ、これまで多くの部下も失った。俺もこのままではいられない。俺と一緒に来る者は来い。来たくない者は来なくともよい、と言った。それで、中隊長が死ぬ気でいるものを黙って見ているわけにはいかない。だったら俺たちも行くべ、ということになって、大竹さんたちはやみくもに飛び出して行って、陣地にたどり着いたのであった。

途中、数名の戦死者を出したが氏名不明、と大竹さんは書いている。そんなふうにして中山陣地に集結した六中隊の将兵は、鎌田さんの記憶では、平山均中尉、七海慶治、阿部忠義、上田幸次郎、櫛田藤一、二瓶泰昌、鈴木康司、森田喜八、佐藤勇、大竹伝右衛門、遠藤義明、鎌田義意の十二名である。

中山陣地では、六中隊は、頂上陣地の守備を命ぜられた。配備についたときはまだ明るかったが、間もなく日が暮れた。夜は、壕からはまったく敵の動きが見えないので、壕から出て配備につき、敵襲にそなえた。

その夜は、敵の襲撃は受けなかったが、夜半、中学校のあたりからざわめきが聞こえて無気味だった。夜が明けると、中学校を占領した敵兵の動きが見えた。一部の敵兵は、朝の炊飯をしているのかなと思われた。何頭もの駄馬が眼に入った。駄馬で荷物を運び込んでいるのか、これから荷を背負わせてどこかに移動しようとしているのかわからない。ただ友軍は、兵員も足らず、武器弾薬も乏しく、眼下にまる見えの敵がいても、こちらからは攻撃のしようもないのである。

そのうちに、敵兵が中腹まで這い上がって来ているのに気がついた。手榴弾と銃撃で撃退したが、敵兵が退くと、砲撃が始まった。惜しみなく砲弾を降らせた後で、兵力をふやして歩兵が来る。それが遠征軍の戦法で、成功しなければ成功するまで、そのたびに量をふやして繰り返す。

小室守備隊長は、我一人ニテ敵兵三十人ヲ殺サザレバ斃ルベカラズ、と訓示した。しかし、そう決意しても、膨大な砲爆撃には抗しようがないのである。

六中隊は、何回か数十倍の敵を撃退したが、いったん山頂陣地を敵に渡し中腹の掩体壕に退がった。

日中の奪還はできない。頂上陣地は周辺の高地陣地からまる見えで、たとえ奪い返しても、また集中砲撃を浴びることになる。

日本軍の戦法としては、夜間または払暁の斬込み攻撃しかない。それが成功しても、夜が明けるとまた集中砲撃を浴びて撤退せざるを得ないことになるのだが、日本軍はそれを繰り返した。

しかし、最初に頂上陣地を奪われたときには、日本軍は、日中すぐ、奪還の攻撃に出たようだ。その戦闘で、平山中尉と上田上等兵が戦死した。

鎌田さんの手記では、その戦闘は、集中砲撃で奪われた頂上陣地を取り返すための昼間の攻撃と書かれているが、大竹さんの手記には、大竹さんたちが中山陣地に着いたとき、頂上陣地にはすでに敵がいて、藤木隊長から攻撃を命ぜられて、二度攻撃し、二度目のときに平山中尉と上田上等兵が戦死したと書かれている。

大竹さんは、いったん稜線上の敵陣地を占領したが、撤収し、再び突撃したが、失敗した。さらに三度目の突撃をするがこれも失敗した。その二度目の攻撃で上田上等兵が戦死し、三度目の攻撃のときに平山中尉が戦死したと書いている。

上田上等兵は、頂上陣地まで、五、六メートルのところまで肉薄した地点で、額に手榴弾の破片を受けて即死した。平山中尉は、三度目の攻撃で左肺をやられ、壕にもどって死んだ。

「龍陵日誌」では、戦場であぐらをかき、「大丈夫ですよ、軍医さん」と川本さんに言った平山中尉は、壕にもどって来たときには自分の死を知っていて、俺の命はあと何時間もつか、と川本さんに訊いていたという。川本さんは、大丈夫だ心配するな、と答えたが、一時間半ぐらい後に息を引き取ったという。

中山の頂上陣地と中腹の掩体陣地とは、三、四十メートルぐらいしか離れていなかったという。壕から、体を出さずに手榴弾を投げて届く距離である。息の詰まる対峙をしていた。

友軍は、昼間は、壕の入口に二人哨を立てて、頂上陣地の敵の動きを監視したが、「龍陵日誌」

にも書かれているように、歩哨は次々に狙撃された。

頂上陣地は、なんとか確保したい陣地であった。だから、藤木隊は、執拗に奪取を試みたのだが、しかし、前述のように、たとえ一時は占領しても、明るくなれば手放さなければならないのであった。

平山隊長、上田上等兵が戦死した翌日、櫛田藤一上等兵が戦死した。櫛田上等兵は、迫撃砲弾にやられた。大竹さんと交替して、櫛田上等兵が立哨した直後であった。飛来した迫撃砲弾が櫛田上等兵のすぐ前で炸裂し、櫛田上等兵の左首筋から血が噴き上がった。破片は、心臓にも食い込み、即死だった。

櫛田上等兵を即死させた迫撃砲弾の破片は、そのとき壕の外にいた鎌田さんのところにも飛んで来て、左眼の下と鼻の下に刺さったが、鎌田さんの傷は軽傷であった。刺さった鉄片は、鈴木康司衛生兵にピンセットで抜いてもらった。

13

断作戦で、勇の岡崎師団長が龍陵南方の高地旧分哨山に到着したとき、戦闘司令所には龍陵の地図がなかったという。岡崎師団長の手記「天国から地獄へ」には、次のように書かれている。

この方面には、支那軍の使用した地図があったが出鱈目で、一里あるところが三里くらいにのびていたり、三里あるところが一里に縮められていて、ほとんど役にたたない。空中写真もない。何年もこの土地にいた龍兵団は、熟地であるから地図の必要もあるまいが、新来の兵団はそれでは実に困る。現地で地形を見て指揮をするにも、師団の全正面が見える地点は極めて少数である。師団司令部で見える地点も第一線では見えないし、第一線で見えるところも、師団司令部では見えない。この事が、これから先の、いろいろな失敗の一つの原因でもあった。

熟地というのは、軍隊語なのだろう。熟知した土地という意味であろうか。しかし、熟地だとて、地図は必要だろう。そして、「公刊戦史」には、数日後、岡崎師団長は第五十六師団（龍師団）が実測した龍陵付近の二万五千分の一の地図を借りて、二山から四山の間に断崖があるのを知ったと書かれている。

「天国から地獄へ」が書かれたのは戦後であるが、岡崎中将は、右のように書いているだけで、龍から借りた地図については一言もふれていない。

二年もそこにいた龍が地図を作っていなかったはずはない。にもかかわらず、龍は、勇が救援に駆けつけたとき、地図を頒けようとはしなかった。日本軍同士が、それじゃおかしいじゃないか。

私は、勇の元将校から、そういう言葉を聞いたことがあるが、師団長は旧分哨山に着いて何日かたってから、龍が作った地図を手に入れたのではなかったのだろうか。しかし、その地図はかなり杜撰なものだったのだろう。杜撰というか、大まかなものというか、地図というより、地形の略図とでもいったほうがいいようなものだったのではないか。「公刊戦史」にも、「勇○三部隊戦史」にも、その他の印刷物にも、龍陵および龍陵周辺の大まかな地図が載っているが、これは、龍が作った二万五千分の一の地図を土台にしたものなのだろうか。この書物に刷りこまれている地図では、二山と四山の間に断崖があるとはわからない。

私が見たいくつかの略図ふうの地図の中では、「公刊戦史」に所載の一つが、最も詳しく地名を記載しているけれども、書中三ヵ所に挿入されているどの龍陵の地図にも、中山の文字は見当たらぬ。しかし、「勇〇三部隊戦史」所載の地図には載っている。中山陣地は官邸山陣地の北にあった。

鎌田さんたちは、中山陣地に一週間ぐらいいて、何回となく山頂の敵陣地への攻撃を繰り返したのである。そのたびに鎌田さんは、これで最期か、と思い、出撃の前に、フィリピンのゴンザレスで受け取った妻からの手紙と、妻と長女糸子の写真を中山陣地の土中に埋め、生還してはまた掘り出して、胸のポケットに収めた。それを何回繰り返したことか。手紙も写真も、そのうちに龍陵の赤土の色になった。

藤木隊は、攻撃のたびに死傷者を出し、乏しい兵員をさらに減らした。しかし、こちらから攻撃しなければ、敵のほうから攻撃して来る。どっちにしても殺し合いが繰り返され、そのたびに兵員を損じる。兵員が減るだけではない。弾薬も食糧も、乏しいものがますます乏しくなった。鎌田さんの水筒は、三日間、空であった。水が飲みたくて、罐詰の空罐を、掩蓋の庇の下に据えて、滴りを溜めた。大竹伝右衛門さんが送ってくれた手記にも、同様のことが書かれている。朝露がポトポトと三十分から一時間ぐらいで空罐の底に約一センチぐらい溜まる。それが溜まるまで待てなかったという。鎌田さんはその水を舐めるようにして喉を潤した。

中山陣地で鎌田さんが持っていた食糧は、乾パン三食分と携帯罐詰二個だけであった。中学校攻撃のとき、それだけを携帯したのであった。一週間、それだけの食糧で戦った。

藤木隊長は、弾薬と食糧の補給を求めて、石田隊本部に連絡兵を出した。任務についたのは信夫郡出身の兵長であった。兵長は、水を汲んで来てくれと頼まれると快く引き請け、両肩に十個ぐらいの預かった水筒を掛けて、石田隊本部に向かった。

連絡員の兵長は、敵中を潜行して、龍陵守備隊本部との連絡を果たし、数時間後に、中山陣地にもどって来た。そして弾薬、食糧の補充はできない、兵員の増強もできない、敵陣地を攻撃して兵器弾薬食糧を奪い、戦闘を続行して、中山陣地を死守せよ、という守備隊本部の命令を伝えた。

死守することは、全滅することである。ならば最後の斬込み攻撃を行ない、なお命ある者は官邸山に集結するようにと藤木隊長は言った。

鎌田さんの手記には、死守せよ、と命令があった、と書かれているが、最初、守備隊本部はそう言い、その後、すぐ撤退命令を出したのである。

いずれにしても、陣地は守りきれない。雲南の戦闘は、斬込みで形勢を逆転することができるようなものではなかった。それによって、自陣地の陥落までの時間が、多少は伸びるかも知れない。いったん敵の一部は後退するかも知れない。しかし、斬込みによって、逆にその時間が縮まったかもわからない。その時間が多少伸びても、あるいは縮まっても、敵の一部が一時後退しても、それはそれだけのことで、結局日本軍には、連合軍の反攻を阻止することのできる戦力はなかったのである。

その戦力の差は埋めようがない。小室守備隊長は、我一人ニテ敵兵三十人ヲ殺サザレバ斃ルベカラズと訓示した。タトヘ重傷ヲ負ヒ、又ハ病ニテ身ノ自由ヲ失ヘ共断乎トシテ、日本男子ノ面目ヲ発揮スベシ。両腕失ハバ足、足失ハバ、咬ミツキテモ敵ヲ斃スベシ。斃レシ友ヲ思へ、仇ヲ討テ。そのような気概を持っても、両腕を失った重傷者が三十人の敵を斃せるわけがない。重傷者や重病人でなくても、寡兵で大軍に拮抗するには、地の利を得、圧倒的に優勢な火力を有しなければならぬ。ところが、火力は、兵員の差にもまして、雲南遠征軍の方が優勢であった。敵には空軍の援護があり、日本軍の五十倍も百倍もの弾薬を使う。

所詮勝目のない戦闘である。小室守備隊長の訓示には、敵陣ニ斃レ、死シテ神トナル。男子無上ノ光栄ナリ。とある。しかし、兵士たちは、死して神になる、と思っていただろうか。それを男子無上の光栄だと思っただろうか。

中山陣地からの撤退について、大竹さんは次のように書いている。

私が夜小便に壕左側の入口にでた時、壕の下のクボ地から、会津、会津と合言葉で呼ぶ者あり。私が若松と答えると、又会津と言いながら這い上って来た。友軍の伝令で兵長であったと思う。

この壕まで来るのに三日間かかったとの事。昼間は死体のそばで死んだふりをし、夜間のみ匍匐前進でここまで来たと泣きながらその伝令は、藤木大隊長に撤退の命令を伝えていた。

その夜我々は中山陣地を撤退する事になった。撤退するに当り、大隊長より、私と二瓶泰昌上等兵に、撤退援護せよとの命令で、私が一番最後に中山陣地を撤退す。

途中、水のある沢で、腹いっぱい水を、ガブガブと夢中で飲んだ。何日ぶりか、そのうまい事。生き還ったようだ。敵の激しい銃砲撃も気にならず、私は戦闘中、こたえられず、内地の米を腹いっぱい食って、内地の水（特に生れた村の清水）をガブガブ飲んで死にたいと、それればかり考えておった。できる事ではないのだが、夢の中で。

友軍の陣地に着いた時は夜が明けてしまった。すぐ速射砲陣地の防禦にあたる。我々が撤退した壕を、毎日速射砲隊より眼鏡を借りて見ておった。約一週間後、ちょろちょろと中山の壕の入口を見ながら、敵兵が入っていった。放棄した陣地でもなかなか入れないのである。川本日誌に、八月三十一日、壕ヨリ昨日迄キタ中山ノ壕ヲ見ルト、既ニ敵兵アリ、と書いてあるがこれはあやまりと思う。

藤木隊が、中山陣地を脱出して、官邸山陣地に集結したのは、八月三十日の夜である。川本日記こと川本脩二さんの戦中日誌にも、飲み水のない苦痛が書かれている。川本さんは、皆の水筒を何本も首にかけて、夜、決死の水汲みに出ようとする兵士について書いている。川本さんの日誌に出て来るその兵士は、鎌田さんの手記に出て来る連絡兵とは、人物が違うのだろうか。もしかして、鎌田手記の兵長と、大竹手記の兵長と、川本日誌の伝令とは同人物かも知れないが、三人のその人物についての記述には、重ならない部分がある。川本日誌には、ソノ時伝令帰リ来リ、とあるが、大竹手記の兵長は、帰って来た感じではないし、鎌田手記の兵長は、撤退せよ、ではなくて、死守せよ、という命令を伝えるのである。

私たちにはみな、多かれ少なかれ、記憶違いがあり、それに気がつかずに、それぞれ確かに記憶しているつもりでいるわけだろう。確かに記憶しているものと、曖昧なものを、めいめい分けて記憶しているつもりでいて、確かに記憶しているものの中にも、思い違いがあるわけだろう。しかし、確かだと思う記憶は、本人には確かな記憶なのだ。

中山陣地から官邸山陣地までの距離は、おそらく数百メートルぐらいのものだったのではあるまいか。それとも、一キロぐらいもあったのだろうか。どっちにしても、そのころは、両陣地の間は、遠征軍に占められていたのである。だから、中山陣地を撤収して、官邸山陣地に集結するためには、敵中を突破脱出しなければならないのであった。藤木隊は、そのための斬込み突撃をした。

龍陵盆地に闇がおりると、出撃順序を大隊長が指示した。まず五中隊、次に大隊本部、大隊砲、機関銃隊、七中隊、最後に六中隊と決められた。こう書くと大部隊のようだが、このとき藤木大隊の兵員は、総員約三十名でしかなかった。

撤収することになったので、ひそかに交通壕に横穴を掘って、平山中尉と櫛田上等兵の遺体を埋葬した。動きを敵に察知されないように要心しながら作業した。だが、出撃を開始して、六中隊が陣地を出たころには、友軍の動きに気づいた敵から、激しい攻撃をうけた。自動小銃を乱射し、手榴弾を投げて来る。当たらぬものは闇夜の鉄砲と言うが、敵は何回か照明弾を打ち上げた。そのたびに闇が、昼の明るさに変わった。

大竹手記にも、沢の水にありついた件が書かれているが、鎌田さんも、敵の一角に突入して、そのとき沢に転げ落ちて、水にありついた。

敵の間断のない銃撃の音を聞きながら、渓流に顔を突っ込んで、久しぶりに存分に水を飲んだ。そのとき背後に足音がしたので、銃剣を構えて、会津、と誰何すると、若松、と答え、お前は誰だ、と言う。俺は六中隊の鎌田だ、と答えると、相手は、俺は、大隊砲の石井少尉だ、と言った。

少尉と二人になり、心強く思った。渓流から上りかけたとたんに、機関銃の乱射を浴びた。石井少尉と小声で話したが、その声を聞かれたのかも知れない。銃撃と同時に照明弾が打ち上げられた。しばらく集中銃撃を浴びた。そのとき、至近弾がはねた土砂が右眼に入って、物が見えなくなった。左眼は、中山陣地で迫撃砲弾の破片を瞼に受けて、包帯で覆っていたので、両眼共見えなくなった。

眼が見えなくて動けません、と言うと、石井少尉が、俺の軍刀につかまって歩けと言った。

しばらく、少尉の軍刀に導かれて、藪の中を歩き、それから龍陵の街はずれの集落を通り、市内に入った。やっと右眼が見えるようになった。石畳の通りを歩いていると、土壁の塀に囲まれた屋敷の中から、砲撃で崩れ落ちた屋根瓦を踏む足音が聞こえた。数名の足音である。

鎌田さんは石井少尉と道路の両側に分かれ、足音に向かって三度、会津と誰何したが応答がなかったので、塀越しに手榴弾を投じた。敵が飛び出して来たら、と銃剣を構えて待ったが、出て来なかった。手榴弾が炸裂すると、馬が嘶《いなな》いた。それきりで、塀の中の音は消えた。瓦を踏む音をたてていたのは、敵ではなくて馬だったのかも知れないが、あのころは、龍陵市街にはすでに、敵が入り込んで来ていたのである。

昼は、敵に自分の姿が見えるわけで、動きにくいし、夜は、道や方角がわからなくて動きにくい。だが、石井少尉と鎌田さんとは、夜が白むのを待って、あれがそうだと見きわめて、八月三十一日の朝、官邸山に辿り着いた。

六中隊の八人の戦友たちの七人がすでに到着していた。八人ではなく九人であったかもわからない。十人であったかもわからない。鈴木康司、遠藤義明、森田喜八、佐藤勇、二瓶泰昌、佐川文吉、馬問大、もう一人か二人誰だったかがいたような気がする。が、はっきり憶えていない。阿部忠義、七海慶治についての記憶がない。もちろん、他の人々についての記憶にも曖昧な部分が多いが、確か官邸山に先着していて、鎌田さんと大竹さんの、無事到着を待っていてくれた戦友たちの中に、馬問大がいたのだったと思う。馬問は中山陣地にはいなかったような気がするが、彼はどこから官邸山に来たのだったのだろうか。阿部忠義は、戦死したのだが、どこで戦死したのか。多分、中山陣地ではなかったか。と鎌田さんは書いている。

鎌田手記によると、中山陣地を脱出した六中隊の戦友たちは、あのとき全員、途中で斃れることなく官邸山に集結したのである。官邸山陣地に到着した六中隊の兵士は、鎌田さんが最後から二番目で、大竹さんが最後であった。官邸山に集結した六中隊には、将校も下士官もいなくて、皆、兵ばかりであった。

それから藤木隊は、官邸山陣地守備と龍陵城内守備の二手に分かれたのである。藤木大尉以下、何名ぐらいが城内守備にまわったのか。藤木大隊は中山陣地では、約三十名ぐらいになっていて、そのうち半数ぐらいが城内守備につき、半数ぐらいがそのまま官邸山陣地に残って守備についた。

官邸山には、石井少尉が指揮をとり、以下、大隊砲、機関銃、六中隊の数名と七中隊の数名とがいた。六中隊には、鎌田義意、二瓶泰昌、鈴木康司、森田喜八、遠藤義明、佐藤勇がいた。大竹伝右衛門は、官邸山下の三叉路トーチカにいた。佐川文吉と七海慶治については、鎌田さんには記憶がない。

官邸山陣地は、山頂に、北東に向かって構築されていた。イ山、七山方面を正面として、滇緬公路の東側の周辺陣地からの攻撃に対峙する陣地で、西側は、無防備に作られていた。右側端、つまり陣地の南端の掩蔽壕が、官邸山守備要員の基地になっていて、そこから、北の掩体壕、さらにその北の掩蓋壕に、交通壕で通じている。掩体壕と掩蓋壕には、各二名の監視が立ち、左側端に掩蓋銃座があって、そこに重機を据えていた。

龍陵は雨期に入っていた。彼我の陣地の距離は約百メートルほどで、そこには畠が広がっていた。畠の中にはよく育った梨の木が一本立っていたが、視線を遮るものはそれだけである。敵の陣地は丸見えである。だがそれは、こちらも敵に丸見えだということであった。

敵は占領した周辺陣地から下りて来て前進し、五山の裾に攻撃の拠点である散兵壕と掩体壕を構築し、その前に鉄条網を張っていた。

雨期になると、敵兵にも風邪をひく者がふえたようだ。雨に濡れて冷えるからだろう。敵兵の咳が聞こえた。

雨期には、龍陵盆地、そしてその周辺の山々では、けたたましい豪雨が日に何回もやって来る。それを浴びると、着衣のまま川に落ちて這い上がって来たような姿になる。私は乾期の龍陵は知らないが、あの、いわゆるバケツの水をひっくり返したような雨を忘れることができない。山を包むガスが、私がそれまでに経験したことのない黒く濃い闇をつくったが、乾期には、あの闇は、いくらかでも色が薄れたのだろうか。しかし、龍陵の雨期は、南ビルマのそれとは違って、多少は晴れ間をのぞかせたのだった。私は、雨のやんでいる時間に飯盒炊爨の火を燃やそうとしたのだったが、結局、炊き上がらないうちに、再び降りだして、なけなしの火を消されてしまうことが少なくなかったのだった。

鎌田さんの前方百メートルにいた遠征軍の兵士たちは、晴れた時間にはシラミを取っていて、その様子がよく見えたという。私がシラミにたかられたのは、後日、野戦病院に入院したときからだったが、鎌田さんたちは、龍陵の陣地で、すでに敵さんと同じように、夥しいシラミにたかられていたのだそうだ。鎌田さんたちは、首にタオルを巻き、そのタオルにシラミどもを移させて取った。

畠に立っている一本の梨の木に、三人の敵兵が梨を取りに来たことがあった。狙撃すると、二人は逃げたが、木に登っていた一人は撃ち落とされて死んだ。

遠征軍も飢えていたのである。川本日誌の八月三十一日の記に、汁粉作ツテ食ベル。ウマイ。とあるが、川本さんたちが汁粉を食べたのは、官邸山から城内に移ってからであろう。そのころの城内には、すでに敵の一部が潜入していたのだが、汁粉を作ることができるような場所もあったのだ。汁粉を作るには、飯を炊くより、ずっと時間もかかるだろう。私たち司令部の兵士は、近くに砲弾が落ちることはあっても、機銃や自動小銃の乱射を浴びたり、手榴弾を投げつけられたりしたことはなかった。僅かな量の乾パンだけで何日も過ごしたり、何日も水筒を空にしたりはしなかった。うまく炊けなかったにしろ、菜は、少量の塩干魚か、乾燥野菜の粉醤油煮にきまっていたにしろ、毎日、米の飯にありついていたのだった。一日に二合であったか三合であったか、炊き上がると飯盒いっぱいになるほどの米をもらったのだった。飯盒いっぱいの飯を一日分ということで、それを毎日二回か三回に分けて食った。もっとも、農家出身の兵士で、これはおらいの一食分だもんな、分けて食えと言っても、食い始めたら止まらねえんだ、と言って、一回でほとんど食べてしまう戦友がいた。このへんでやめようと思っても、どうしてもやめられない、結局、腹を空かしながら明日を待つしかない、そして、翌日もまた同じことを繰り返してしまうというのであった。

鎌田さんや大竹さんたちに較べれば、司令部の兵士は、ずっと楽だったのだ。しかし、毎日、飯盒いっぱいの飯が食えても、毎日、飢餓感に捉われていた兵士がいた。その数は少なくても、機銃や自動小銃で撃たれなくても、運に恵まれない者は死んだ。

陣地の兵士より楽だったの、較べれば恵まれていたのだのと言ってみても、どうしようもない。それは片腕を失った者が、両腕を失った者より恵まれていると言ったり思ったりするようなものかも知れない。あるいは、平手打ちを食らった者が、棒で殴られるよりは楽だったと言ったり思ったりするようなものだろう。死んだ人間や怪我をした人間が少なかったから、較べれば恵まれていたなどと言ったり思ったりしてはいけないのである。数は少なくても、人があのような場所へ連れて行かれ、あのようなことをさせられ、あのような思いをし、あのように死んだ、ということは、思うだにいまいましい。しかし、お前が悪いからだ、と食ってかかる相手もいない。戦争が終わると、戦争指導者を糾弾するといきりたった言葉を口にする人が、少なからず出て来たが、どういう仕分けで戦争指導者を決めるのだろう。国を恨むと言う人もいるが、国は機構であるから、食ってかかる対象にはならない。所詮、人は、どんな目に会っても、そして、食ってかかりたい気持になっても、いつも対象が曖昧でとまどってしまうのではないか。とまどってなどいないつもりで、理屈をこねてみても、どこかでとまどっているのではないか。個人と個人の喧嘩とは違い、糾弾するの責任を問うのと言ってみても、結局、人は、何匹かのスケープゴートを選び出して胸を晴らそうとすることしかできないのではないだろうか。私たちには、好いたり、嫌ったりすることしかできないのかも知れない。

日本男子の面目、だの、大和魂、だの。人は振り返って、その言葉の使われ方を批判するが、その思い自体は、今もなお、多くの日本人に好かれているし、往時が語られる場合、とかくその思いに包装されて紋切型になりがちである。紋切型の美化は、紋切型の反戦と同じように、欺瞞ではなく、好悪であろう。そして、紋切型の美化を欺瞞と感じ憎むのも、やはりその人の好悪であろう。

美化だの欺瞞だのということについて考え始めると、私は、底なし沼にはまり込んだような気持になる。結局、わからなくなってしまうのである。日本男子の面目や大和魂を大事にしている人がいた。今もいる。そういう人たちの美化や欺瞞とはどういうことなのか。日本人のそのころの傾向や趨勢を語ることも無意味ではないだろうが、それはそれだけのことである。

戦争指導者と呼ばれる人々、トップを目ざしていたエリート軍人たちに限らず、多くの人々が、考えとしては、大君のへにこそ死なめ、と思っていたのではないか。国民がそのように導かれたことは確かだろう。しかし、鰯の頭を信心する者には、鰯の頭は尊い。美化でも欺瞞でもない。信心していない者には、信心を強制されるのはたまったものではないが、彼我の是非などを論じる気持は、私にはない。

そういう気持の中に、私の建前と本音とが、おそらく同居しているのだ。そこに、私の欺瞞があると言えば、あるのかも知れないのだ。気持がないのではなくて、あるのに持つまいとしているのかも知れないのである。人はみな、そのように、曖昧模糊としたものをかかえていて、しかし、自分の中から一つの線を引き出して、そうではないような物の言い方をするのではないか。

私が敬愛して付き合っていた吉田満さんが書いたものを読むと、吉田さんの求めるものは明白である。吉田さんの言は筋が通り説得力がある。吉田さんの真摯や誠実を私は、美しいと思う。吉田さんにも、と言うより誰にもだが、もちろん、私の想像の及ばぬものがあるわけだが、私は吉田さんが書いたものを読み、私には想像の届かぬものの一部を突きつけられたような気がした。

吉田さんは、生還した自分に、戦没者の代弁者としての生き方を課して生涯を生きた。吉田さんは、「戦後日本に欠落したもの」という論文を書いているが、戦後の日本に欠落したもので放置できないものの一つは、アイデンティティーの喪失だという。

戦中は、日本人および日本の国家という枠だけが強調され内容は空虚なアイデンティティーが過剰な時代であった。それが敗戦によってまったく消滅してしまい、今度は、奇怪でいまわしい戦時下のものに対する反動のように、戦時中口に出せなかった言葉が声高に叫ばれる。平和、自由、個人の尊重。心情的なその叫声に、抹殺してはならないものまでが抹殺されているのではないか。その抹殺してはならないものの第一が、日本人のアイデンティティーだと吉田さんは言うのである。

敗戦によって日本人はそれを捨てたが、中身を吟味し直して、戦後世代に引きつがなければならないのである。中身が肝腎なのであり、にもかかわらず、アイデンティティーそのものを無用、あるいは障害と錯覚した戦後の愚を回復することが、戦争経験世代の生き残りたちの使命であり、それをすることが、戦死した仲間の死の意味を解明することになる、と吉田さんは言うのである。

そうだ、と思う。もちろん、敗戦によって日本は、正しくなかったものが正しいものにもどったというようなことにはならなかったのだ。確かにそれまでの奇怪でいまわしいものは、多量に消えた。しかし、心情的な叫声で、抹殺してはならないものまで、これまた多量に抹殺したのである。

吉田さんはおそらく、戦時中から、日本人のアイデンティティーということについて、考えていたのだろう。私は、そんなことは考えなかった。戦後になっても、自分が生き残りだからということで、自分に何かを課す気持はなく過ごして来た。戦時中も戦後も、国のためだの、社会のためだのに、いかにあるべきかなどとは、考えない。そういう私だから、私は、自分が軽蔑されたり非難されたりしても、美化や欺瞞に気がついたからと言って、やたらに他人を非難する気にはなれない。

非難ではなく、しかし、嘘だと思えば、嘘でしょう、と言えばいい。どうかと思えば、どうかと思う、と言えばいい。一部を全てのように言えば、それは一部でしょう、と言えばいい。それすら言いたくなければ、言わなくてもいい。

青年のころはそうではなかったが、今の私は、感情的な喧嘩もよし、妥協もよし、などという気になって来ている。といって、もちろん、見え見えの美化や欺瞞に出会えば、愉快ではない。ただ、そのとき、いちいち、叫声をあげる気がなくなっているだけだ。

大竹伝右衛門さんは、今でも美化や欺瞞が嫌いで、それに出会うと、はっきり嘘だ、と言う人のようだ。

戦死は、死であって、名誉の戦死ではない。戦場に、名誉や面目が皆無だったとは言わないが、そうでないものまで、名誉や面目で包んで伝えようとする傾向が、通俗的な戦記物だけではなくて、死者を弔い、遺族を慰めようとする気持や、あるいは郷土や所属部隊の誇りを損いたくないために、根強くある。

しかし、大竹さんは、中山陣地で戦死した上田上等兵についても、大竹さんの所属した〇三部隊についても、隊長の藤木大尉についても、見たまま思ったままを、容赦なく書いている。

上田上等兵が戦死した三、四日前、他の中隊の者には砂糖が配給になったのに、六中隊だけは配給がなく、変だと思っていたら、上田上等兵の戦死後、その背嚢の中に入っていて、この野郎とみんなが非難し、だから、死体はそのまま放置されたのだ。

白虎隊の伝統に輝く我が歩兵第二十九聯隊は、常日頃非常に勇猛果敢であると世間から言われ、大竹さんが入隊したときも、毎日のように将校や下士官から言い聞かされたが、一兵卒として戦闘に参加して、そのようなことは嘘だと思った。大竹さんは、昭和十九年の四月から同年十月、龍陵を撤退するまで、雲南遠征軍と戦って、その間、二十九聯隊も自分自身も、勇猛だと感じたり思ったりしたことは一度もなかった、というのである。その間、大竹さんは、何人もの戦友に借問したというのである。

「お前、今、一番何を考えている?」

と、現役兵には、進級したい、とか、下士官になりたい、とか、答えた者が多かった。中には、金鵄《きんし》勲章をもらってみたい、と言った者もいた。しかし、補充兵や予備役で、妻子のある者は、一日も早く内地に還りたい、絶対に死にたくない、と答えた者が多かった。だが、戦闘が激しくなると、現役兵も、死にたくない、と言った。負傷してでも、後方に退りたい、と言った。

ガダルカナル島で戦って、運良く生き残り、今度は龍陵の戦闘に参加したある上等兵は、大竹、ここにおったのでは殺されてしまうぞ、どんな方法でも龍陵より退らねばだめだ、今のうちなら後方に退ることができる、しかし、包囲されてしまったら終わりだ、負傷すれば退ることができるから、今のうちに負傷すべい、と言った。

大竹さんが、しかしそううまい具合に負傷ができるか、と言うと、上等兵は、そんなことは簡単だ、左手を上に挙げればいい、必ず撃ち抜かれる、と言った。そういうことは、大竹さんにはできなかったが、その上等兵は、どんな負傷をしたのか知らないが、とにかく負傷して後送されたのであった。その上等兵は、龍陵のほうがガ島よりひどい、と言った。ガ島での敵さんの艦砲射撃やB29の爆撃も凄かったが、ガ島では、弾で死んだ者より、食う物がなくて死んだ者が多かった。砲爆撃は、こちらの方がずっとひどい、目茶苦茶だと言った。

しかし、六中隊の鈴木康司衛生兵と、五中隊の田代喜雄上等兵とは、何も考えておらん、と言った。進級したいとも、生きて還りたいとも、名誉の戦死をしようとも思っておらぬ。ただ、その日、その日を、せねばならぬことをするだけだ、と言った。

田代上等兵は、壕の中で、両足を壕の外に上げて眠っていて、つま先を迫撃砲弾の破片で飛ばされたのである。しかし、田代上等兵は、負傷するために足を出していたのではなかった。砲撃を浴びても、他の兵よりケロッとしていて、眠ってしまってやられたのである。田代上等兵は、強い兵士であったのかも知れぬ。しかし、勇猛果敢だの豪勇だのといった感じではなかった。大竹さんは、私は不思議に思うのだが、自分に命中する銃弾や砲弾が事前にわかるのです、と書いている。

一分ぐらいか五分ぐらい前に、はっきり私は心の中で知ることができたのです。そのせいか知らないが、私は一度も負傷した事がありません。恐らく歩兵中隊員で一度も負傷しなかったのは、藤木大隊では私一人だけだと思います。事前に知る事ができるから、その場所より五、六米ぐらい移動すればよいのです。事前に銃弾や敵砲弾が当たる事を知るには、一切の欲を捨てる事であると考えます。

大竹さんは、北山陣地から撤収したときも、中山陣地から撤収したときも、シンガリをやらされた。龍陵で戦った兵士には危険でなかった環境があったとは考えられないが、最後まで残って、撤退の援護をするのは、特に危険な役目であった。そういう任務に就かせられながら大竹さんが負傷もしなかったというのは、大竹さんに弾道の予知能力があったからなのか、それが運命だったのかわからないが、とにかく稀有のめぐりあわせである。大竹さんは、鈴木衛生兵や田代上等兵のような一風変わった兵もいたが、総じて、ほとんどの兵士は、負傷してでも後方に退りたいと願っていたと言い、また、藤木大尉が、命令という言葉だけで兵隊を動かそうとしたことは、あやまりであったと思う、上下の信頼感と戦友同士のいたわりがなくては戦えないのだと、批判、と言うよりは抗議をする。

守備隊の兵士たちは、マラリアや赤痢にかかり、連日連夜戦い続け、飢え、気力も体力も限界の状態にあった。眼は開いていてもよく見えない、自分ではせいいっぱい走って突撃しているつもりでも、実はヨタヨタ歩きをしているのであって、喚声を上げたつもりが、声が出ていない。そんなふうになっている兵士たちに、何時までにどこそこの敵陣地を占領せよ、と簡単に命令を出す上官が、不可解であった、と書いているが、許せないと憤っていたのではないだろうか。勝算もないのに攻撃命令が出され、そのたびに戦死傷者をつくった。肉薄攻撃をする敵なら、反撃するが、砲爆撃には手の打ちようもなく、ただ耐え忍ぶだけである。一兵卒には、防禦の方法も攻撃の方法もない。そのような状態が長期間続き、兵士たちは、外見が幽鬼のような姿になったばかりでなく、中身も異常になっていた。なぜ、そのような戦闘を続けなければならなかったのだろうか。

断作戦が発動されて、私が龍陵周辺高地に着いたころには、守備隊の苦痛は限界に達していたのだ。もうこれ以上はもちこたえられない。これが最期だと、守備隊の兵士たちが覚悟をしていたギリギリの状態だったのである。

私は、大竹さんとは違ったところのある思いからかも知れないが、同様に、勇猛果敢というような言葉では、〇三に限らず、どの部隊をも考える気になれない。しかし、たとえ、多くの将兵たちが、負傷してでも後退したいと願っていたとしても、それは自然であり、やはり〇三は強い聯隊であった、と思う。

だが、その強さが、何になったのだろうか、と考えるとむなしい。大竹さんが言うように、兵には、何もできず、どのように理不尽で愚かな命令であれ、死ぬまではそれに従うしかないのである。

私は、龍陵盆地の見える場所まで来たとき、陣地を守る兵士たちの悲惨な状態に、具体的には想像が及ばなかった。自分たちよりもっと危険な場所に自分たちよりずっと疲労困憊している隷下部隊の将兵たちが、その姿は見えないが、自分のすぐ前にいるのだ、とは思ったが、その様子は、今、鎌田さんたちに話を聞いたり、手記を読ませてもらったりして想像しているようには想像できなかった。

こんなどうしようもない戦争を始めて、すべて終わりだ、もうどうにでもなれ、と私は、徹底できない部分を残しながら、諦観と虚無に沈潜しようとしていた。

龍陵を見たとき、私はひそかに、ほらまた馬鹿なことをやっている、と思った。なぜ、擂鉢の底にしがみつくんだ、と思った。作戦については、無論、私は素人のわけだが、しかし、私はそう思った。その思いを私は、先年「兵隊蟻が歩いた」という、戦地再訪の旅行記を書いたときに繰り返した。すると、それを読んだ静岡県在住の、おそらく、元龍の人であろう、桑原さんという方から、便りをもらった。

擂鉢の底のような龍陵市街にしがみつかずに、擂鉢の縁にあたる周辺高地を確保し、敵を底に入れて戦ったほうがいい。実状も知らずに私は単純にそう思ったのだ。その周辺高地を確保できなかった戦況については、一等兵の私には知る由もなかった。

桑原さんばかりでなく、龍陵で戦った多くの人々が、私の単純で無知な疑問に、そんなものではなかったのだ、と教えたく思っただろう。

だが、周辺高地を確保できなかったなら、なおさら擂鉢の底にしがみつくべきではなかった、と思ってしまう。ところが、そうすることが敵を釣る餌であったということも、後日知った。そのことについては、私は前に書いたので繰り返すことになるが、やはり私は気分が悪いのである。

14

従兄が死んだ。十一月十八日の朝、宮永が電話で知らせてくれた。

その翌日の夜、旧友の守田協が死んだ。

従兄の前原裕は、私の亡母の姉の一人息子であった。子供のころから格別に親しんでいた従兄であった。従兄は私より九歳年長である。だから、私が小学生のころ、裕さんは大学生だった。裕さんは福岡の中学から、奉天の満洲医大に入った。私は小学生のころ、奉天の裕さんを訪ね、何日か遊んでもらったことがある。

子供のころ私は、裕さんを裕兄さんと呼んでいたが、裕兄の父は、陸軍の軍人であった。伯父は少将で退役して、郷里の鹿児島で恩給暮らしをしていたが、胃癌で死んだのだ。伯母は、伯父の死後、大学を卒業して研究室に残っていた裕兄の許に行き、裕兄と嫁の千鶴子さんと三人で暮らしていた。

私は、中学二年の夏休みに鹿児島へ行った。そのころは伯父は元気だった。伯母が裕兄夫妻と暮らしていた奉天に行ったこともある。そのとき私は中学の四年生だったか五年生だったか、そんな気がするが記憶が曖昧だ。

いずれにしてもそのころは、私の家は、朝鮮の新義州という町にあって、私は中学を卒業するまで、しばしば、汽車に乗って前原を訪ねたのだった。

裕兄の死の知らせを聞いて、そのころのことを思い出した。その追憶も、光景だけが残っていて、年だの月だのということになると、曖昧なものが多い。だが、鹿児島に行ったのが中学二年の夏休みだったということは憶えている。中学二年の年齢は、今流に満で言えば十三、四歳である。十三歳の少年が、いっぱし一人前のつもりでいて、一人旅をしたいと言いだし、母の懸念を押し切って、行かせてもらったのだった。そして私は、満十四歳の誕生日を鹿児島で迎えたのだ。私の誕生日は八月六日で、裕兄の誕生日は八月八日である。帰省中の裕兄の満二十三歳の誕生日と私の誕生日を併せた祝いということで、七日に、山形屋というデパートの特別食堂に連れて行ってもらったことを憶えている。

あの誕生祝いをしてもらったので、私は裕兄の誕生日を憶え、そして、初めて、手錠というやつをかけられた日付を憶えているのだ。

あれから十二年たって、終戦の翌年、私はサイゴンで戦犯容疑者ということでフランスの監獄に拘置されたが、郊外のチーホアという名の監獄から市内の中央監獄に移された日が、八月七日だったのだ。

あの日私は、今日は私の誕生日の翌日で、裕兄の誕生日の前日で、中学二年のときのこの日、山形屋で誕生祝いをしてもらったのだったな、と思った。母が高血圧で倒れるまでの恵まれていた過去を思い溜息をついたのだった。あの日、私は、中央刑務所への小型トラックに積まれる前に、手錠をかけられたのだった。チーホア監獄に入ったときには、手錠はかけられなかったが、いったん監獄の門の中に入ってしまうと、とたんに私は、重要な犯罪の容疑者になっていたのだった。

裕兄については、しかし、明確に憶えているのは誕生日だけである。戦犯監獄のことも、いちいち日付までは憶えていない。二十二年の四月に裁判があって、その翌日釈放されて、カンホイの日本人キャンプに移り、日本から迎えの船が来るのを待ったのだったが、日付となると、裁判は何日だったか、迎えに来た日本丸に乗ったのは何日だったか、佐世保に着いたのは何日だったか、憶えていない。

日付どころか、年月も不確かな追憶がある。裕兄にまつわる追憶にしても、中には年月のさだかでないものもある。季節も、憶えているものと、思い出せないものがある。しかし、あの年の鹿児島のことは、八月七日の合同誕生祝いのほかにも憶えていることがいくつかあるのだ。裕兄に、城山に連れて行ってもらったことも、忘れえぬ追憶の一つだ。麦藁帽子をかぶって、蟬の声を聞きながら私は、九つも年下の子供を、うるさがったりすることなくかまってくれた大人と、それが類のない優しい性格だとはそのときは意識せずに、遊んでもらったのだった。

最近の私には、追憶にふけるなどということがなくなっている。昔のことは、なにもかも、うとくなってしまった。少年時代も、戦争も、ろくに思い出さない。ひところと、なにか状態が違うのだ。そういうことを意識すると、そう言えば、戦争中は、死んだ母や妹のことを、泣きだしそうになるほどの思いで思ったりしたものだったな、と思い出すが、今は、そう思ったことを思い出すばかりで、感傷がない。

しかし、裕兄が死んだ日は、久しぶりに、恵まれていた昔をあれこれ思い出し、また一つ終わった、と思った。それにしても、ここ七、八年の間に、なんと多くの人に死なれてしまったものだろう、と思った。もう私がそういう年になってしまったということでもあるのだろうが、まるで薙ぎ倒されているような感じだ。ついこのあいだまで、言葉を交わしていた人が、もうどこにもいないのである。そういう死と、戦死と、どこが違うのだろうか。戦友の死をムダにしてはならぬ、などと、ついこのあいだまで言っていた人が、いなくなっている。

それにしても龍陵で死んだ吉田や鈴木と、戸石泰一や武藤一平や安斎清吉や裕兄や、戦後平和日本の病床で死んだ人たちと、どう違うのか。

十九日、裕兄の通夜に行って、九時ごろ、須田町から青山の仕事部屋にもどって来て、相模原の自宅に電話をかけた。妻に、

「お通夜から、今、青山に帰って来たところだ」

と言うと、

「守田さんが、七時半に亡くなったんですって。宮田さんが知らせてくださったわよ」

「そうか。やはり、そうか」

「肺炎を併発したんですって。宮田さんも肺炎で寝てらっしゃるんですって。電話をくださいって」

「わかった、すぐ、かけてみる」

そう言って、電話を切って、私は宮田さんのダイヤルを回した。宮田さんは、守田さんの遺体は、今、解剖にまわっていて、解剖が終わるのは、十一時ごろになるらしい。それから自宅に運ぶわけだが、今夜運ぶのか、明朝運ぶのか聞いていない。自分も肺炎で寝ているが、社員が連絡を取ってくれているから、通夜や葬式の日時が決まれば、早急に知らせる、と言った。

私は、順天堂病院に行ってみることにした。十時に着いた。新館の待合室に、妹さんと守田さんの会社の三人の社員がいた。妹さんが私を霊安室に案内した。守田さんの奥さんは霊安室で、守田さんの解剖が終わるのを待っていた。

明日は友引なので、明後日の二十一日に通夜をするという。葬式の日時は、通夜に行ったときに聞けばいい。霊安室で夫人から、十一月の初めに私が守田さんを見舞いに行った以後の病状について聞いた。昨年の十二月以来、守田さんは何回か入退院を繰り返したが、最後に私が見舞ったころの守田さんは、一段と憔悴していた。抗癌剤かコバルト照射の副作用なのか、頭髪が抜け、仰向けに寝たきりで、鼻孔食と点滴で保っていた。そんな具合なので、元気な声は出せず、発作が起きると時間の経過がまるでわからなくなってしまうという話をした。医者が病状について言った言葉なども守田さんは私に語った。発作が起きると時間の経過がわからなくなる話は、前にも聞いた。失った意識を取りもどしたとき、自分では意識を失っていた時間は数時間だと思っていたが、実際には、丸一日もそれ以上もたっていたのだ、と最初の発作については、守田さんは笑いながら話したが、今度はもう、笑顔をつくる体力はなかった。

発作について守田さんは、どのように聞かされていたのだろうか。私が宮田さんから聞いた話では、癌が脳に転移しているために、急に意識を失ってしまうのだということだった。守田さんは、自分の病気が肝臓癌であることは、知っていたようだが、不治だとは思っていなかったようだった。私も、今は、胃癌や肺癌や肝臓癌は、危険な病気には違いないが、治癒の望みがないとは思っていない。早期に発見すれば、直る確率はかなりのものだと思っている。守田さんに対しても、昨年の十二月に手術をしたと聞いた直後は、治癒の期待を持っていた。

しかし、守田さんの手術は、開いて閉じただけだったと宮田さんに聞いて、望みを失った。

守田さんが、肝臓を患って入院し手術したと聞いて見舞いに行ったのは、年が明けてからだった。その後、二度、順天堂に見舞いに行ったが二度とも会えなかった。一度は、守田さんが何日か自宅に帰っていた日にぶつかった。二度目は、退院した直後に行ったのだった。その後、守田さんは宮田さんと食事をしていて発作に襲われ、救急車でその場から運ばれたが、また退院した。

そんなふうな容態だのに守田さんは、通院日には駿河台下の会社に出て仕事をした。

守田さんが、それまで勤めていた会社を辞めて、協和図書株式会社という会社を作ったのは、昭和三十年代だったと思う。外国に図書を輸出する会社である。社長の守田さんのほかには、社員が二人ぐらいいるだけの小さな会社である。その後、私は守田さんから株主になれと言われて、二十万円出資した。当時私は芸術生活社という出版社に勤めていて、四万円の月給をもらっていた。以来私は、協和図書の取締役という肩書をもらったが、肩書をもらっただけのことである。守田さんの会社の内容については知らない。

仕事の面では、求めに応じて僅かな出資をしただけの関係だったが、守田さんとは三十年来の遊び友だちだった。元来守田さんは家内の弟のクラスメイトで、そういう関係で知り合ったのだが、すぐ、連れだって競馬に行ったり、飲みに行ったりする仲になった。

守田さんは、私より七歳若いが、私にとって、数少ない親友の一人になった。戸石泰一と同様に守田協は、まったく気取ったり構えたり警戒したりすることなく、何でも話せた友人だった。

病院に見舞いに行って、二度会いそびれた後、私は、電話で打合わせておいて、会社を訪ねて守田さんに会った。そのときには、すでに、守田さんの手術が、実際には手術をしていないということ。医者が、寿命は半年ぐらいだろう、と言ったということ。そういったことを宮田さんから聞いていた。宮田昇さんは、ユニエージェンシーという会社をつくって、版権などに関する代理業務を扱う仕事をしている。そのほかにも宮田さんは、外国相手の仕事を何かしているのだろうが、協和図書についてと同様に、ユニエージェンシーについても、私が知っているることは、そういう一応の外側だけだ。しかし、私は、宮田さんとも旧知であり、守田さんと宮田さんとが、仕事の上でも協力し合っていた間柄であることは聞いていた。

守田さんが再び入院し、その何日か後に退院してから、宮田さんから連絡があり、今後のことでいろいろ相談したいことがあるので時間を作ってほしいと言って来た。

私は宮田さんに会って、守田さんの病気や会社のことについて、私が知らなかったことをいろいろ聞かされ、その後で、守田さんに会った。

守田さんは、自分の病気の実体を知らず、発作が起きたときの話をして、首を振って笑った。

「どれだけ時間がたったのか、まったくわからない。変な感じだよ。それにしても、こんなに長びくものなのかなあ。古山さんが胃潰瘍の手術をしたときは、どれぐらい入院していたのだったかね。あれは、何年ぐらい前だったかな」

と守田さんは言った。

「あれからもう、十年以上たってるな」

「そんなに、たってるのかね」

「そうだよ。僕が手術したのは、横井庄一が出て来て、浅間山荘事件があって、川端康成が自殺した年だったよ。四十七年じゃないかな。あの年僕は、横井庄一のことを書くっていうんで、二月にグアムに取材に行ったんだ。胃潰瘍だ、ってんで薬を飲み始めたのは、四十五年の暮ぐらいからではなかったかな。はっきり憶えてはいないけど、いったんは薬で直った気でいたんだ。ところが、すぐまた痛みだして、痛い、痛い、と言いながら、グアムに行ったんだ。帰国すると、ホテルに直行して原稿を書いたのだけど、ひどい状態だったよ。体が冷えると息をするのも苦しいぐらいに痛むんだ。このあたりから背中にかけて」

そう言って、私は、左手で右の脇腹をなでた。

「それで、文藝春秋の人に、電気アンカを二つ買って来てもらって、それを胸と背中に当てて、紐でくくりつけてね。いい恰好さ。家内なんか、今でも、いい恰好だったわよ、って言って笑いやがる。文藝春秋の人、おかしかったでしょうね、笑いを押えるのに苦労なさったわよ、きっと、てんだな。まあ、そうだろうけど、僕にしてみりゃ、恰好どころじゃない、そうやって体が冷えないようにして、やったことないのに、横になったまま、まず口述筆記で一応原稿をつくって、それをゲラにしてもらって、それに、真っ赤になるほど手を入れた。書き直したも同然ぐらいにね。そんなふうにして、なんとか原稿を作って渡して、それから自宅に帰って、帰った日に相模原の国立病院に行った。そして、そのまま入院することになった。それから二ヵ月ほど、内科の治療を受けたんだけど直らなくて、結局、内科じゃだめだ、手術しようということになったんだ。手術したのは、川端康成が自殺した翌日か翌々日あたりだったよ。入院中は、毎日、朝から晩までテレビばかり見ていた。特に浅間山荘事件は眼が離せなかったな。あれがあった年だったんだ。僕は、手術した後は、退院まではそうはかからなかったけど、三ヵ月ぐらい入院したわけだ。しかし、胃潰瘍だと言っても一様じゃないんだよ。相模原の自宅の隣りの人も胃潰瘍で手術をしたんだけど、一年たってもまだ具合が悪いらしくて、寝たり起きたりしているといったふうだよ。ま、気長に、根気よく、治療に努めてください」

私が、そう言うと、守田さんは、

「そうするしかないな」

と言った。

従来とペースを変えて、電話をかけたり、会ったりしてはいけない。それが急に頻繁になると、守田さんは、そのことで自分の病状に、疑念を持つかも知れぬ。そう思って、しかし、従来よりは稍《やや》頻繁に連絡を取って、体調を訊いた。

かねてから、久しくそういう機会を持っていないから、一緒に飯でも食おうと言っていて、やっとそれを果したのは、八月だっただろうか。医者は、守田さんの寿命は、六ヵ月だと言ったと聞いていたが、医者がそう言ってから六ヵ月後も守田さんは、飯は普通に食えるんだ、と言っていた。そうは言っても、食欲は衰えていたはずだが、私たちは、新橋の朝鮮焼肉店に行って、焼肉を食いビールを飲み、そう長く間をあけずに、またこういう機会を作ろう、と約束した。だが、再度、守田さんと飯を食う機会はなかった。

自宅で二度目の発作に襲われてまた入院したと知らせがあって、私が順天堂の病室に会いに行ったのは、十一月三日の文化の日であった。

十一月八日から一週間ばかり、私は韓国に行ったので、文化の日に会ったのが、最後になった。もしかしたら、旅行中にも守田さんは息を引き取るのではないかと思われ、ソウルから二度ばかり、妻に電話をかけた。不慶の知らせは来ていなかった。今度の韓国旅行は、ソウルで、数人の知合に会って歓談しただけで終わってしまったが、一日だけ、帰る前日に、三井物産ソウル支店の太田泰司さんの奥さん詩生子さんに案内してもらって、水原に行った。詩生子さんとは、大阪万博の年、パビリオンのコンパニオンをしていて、そのとき一度話をして以来、十四年ぶりに会ったのだった。詩生子さんは、二人の子の母になっていた。

「どこか、行ってみたいところはありませんか」

と、詩生子さんに訊かれたが、日帰りで帰って来ることのできる範囲で、行ってみたいところはなかった。

「そうですね、特にないけど」

私が答えあぐねていると、

「水原には行かれました?」

と詩生子さんは言った。

「ああ、水原に行ってみましょうか。水原は、車で通過したことはありますが、それぐらいのものですから」

そう言って、私は、水原が守田さんの出生地であることに気がついた。

水原は、ソウルにほど近い、美しい町である。四つの大門を銃眼のある城壁がつないで囲繞《いじょう》している。城壁は、丘を上り、下り、下ってはまた上る。城外には山を背景に湖が光っている。守田さんは、この町で生まれ、育ち、引き揚げて来たのである。終戦の年、守田さんは十八歳だったわけだ。引揚げのときの話は、つぶさには聞いていないが、日本刀を土中に埋めて置いて来た、という話をしたことがあった。

十九日から二十二日まで、毎日喪服を着た。従兄の通夜と密葬に続いて、守田さんの通夜と葬式に出た。両方共火葬場に行き、御骨を拾った。

原稿の締切が、眼の前に来ていたこともあり、ソウルで歓待にあずかった太田夫妻に礼状を書くひまもなかった。電話ならかける時間がないわけではなかったが、電話にしても、もう少し落ち着いてから、かけたかった。

通夜、あるいは葬式から青山の仕事部屋に帰って来ると、もう従兄も守田さんも、何を思うことも、何を見ることもない。たとえば、私の、夢を見ないで熟睡しているときの状態にあって、しかも、それは永久に眼が覚めない状態なのだ、と思った。闇も見えない。完璧な無。やがて私もその状態になり、そのとき、従兄と共有していたもの、守田さんと共有していたもの、すべてが消える。従兄と共有していたものといって、ささいなものを挙げることしかできない。そしてそれは、おそらく、従兄の方では憶えていない、生き残った私だけの思いである。鹿児島で城山を歩いたとか、奉天で、豆タクと呼んでいた小型ダットサンのタクシーに乗せてもらったとか、もし、従兄にその話をしたら、おそらく、憶えていないと言うだろう。しかし、それは、私にしてみれば従兄と共有しているもので、私が死ねば、無になる。

通夜や葬式は、死者と生き残った者との交流なのだろうか。以前、私は、慰霊は、生き残った者の、哀しみを均《な》らす営みだといったようなことを何かに書いたことがあるが、哀しみだけでなく、生者は、葬うことで、自分の死を確認し、同時に生を確認する。均らす、ということは、紛らしたり、いわば、毒を以って毒を制するようなやり方で、耐えるのである。死を確認することで、死を避けることのできない生の虚しさを愛しむのである。お別れと言って、もう何も思わず、何も見えない死顔と対面することは、いずれお前もこうなるのだ、と思うためのものかも知れない。

「古山さんは、かなり吉田満さんにこだわってますね」

本稿を読んだ人から、そう言われたことがあった。

「そう言えるだろうね。吉田さんには、僕にはないものがあり、それを僕は、否定したり、無視したりすることができない。それに、吉田さんは、僕の『兵隊蟻が歩いた』を読んで、疑問を述べている。疑問というかたちで、非難しているとも言えなくない。吉田さんは、僕の死生観について、不満があったようだが、僕は、どっちにしても、吉田さんが納得できるような答えは出せないだろうけど、何か答えなければいけなかったような気がしているんでね」

そのとき私は、そう言ったが、しかし、私は、死生観と言えるようなものは、いまだに持てないでいるのではないか。

　いや、それを、論として述べることができないだけなのかも知れぬ。私は戦死というものとそうでない死とを、どう分けていいのかわからない。いや、分けて考える気がない。戸石君の死も吉田さんの死も一平さんの死も守田さんの死も、それは会ったこともない人の戦死より、私には事件であり、私の人生の中の痛切な何かなのだ。私には、国家や歴史の中に自己確認をしようとする気がない。私は、誇りに思う国の国民でありたかったが、大日本帝国を誇りに思うことはできなかった。私は、いろいろな点で、間違っていたかも知れない。しかし、自分が日本人であるということだけで、自分の国を誇りに思うことはできなかった。私は、邪教と言いたくなるような考え方を国民に押しつけて批判を許さぬ国の指導者たちやそれに同調して他民族に対していばりちらしている同胞の中では、国民としても民族としても誇りが持てなかった。名誉の戦死などという言葉は、私には、邪教を押しつける者の欺瞞でしかなかった。そういう私だから、死はすべて死である。ただし、親しい人の死は、知らない人のそれより、当然、深く関わって来るということだ。

　死は、どんな死であれ、ある瞬間に、プツンと人を物にする。戦場で、直撃弾を受けて即死する場合も、負傷して衰弱して死んで行く場合も、病気で死ぬ場合も、ある瞬間に、プツンと無になる。死とはそういうものだ、ということを、勿論、私は戦場でも思った。しかし、ひどいもんだ、とは思ったが、私は、さほど痛ましくは感じなかったのだ。

早朝、迫撃砲の砲撃を浴び、砲声の切れ間に、後退するために壕から飛び出すと、一人、知らない兵士が即死していた。おい、おい、と言って揺すってみたが反応はなかった。ラシオの兵站病院では、一晩中うわごとを言い、うわごとがやんだと思ったら冷めたくなってしまった患者がいた。あの患者は、急に病状が悪化して、重症病棟に移される前に死んだが、あの病院には重症病棟というのがあって、病状が悪化して恢復の見込みがなくなった者は、重症病棟に移されたのだった。近くに、長方形の巨大な穴が掘られていて、死体は、その穴にほうり込まれた。私は、死体をその穴に運ぶ使役に使われたものだった。使役には、どんな使役であろうと、進んで志願したのだった。使役に出ることで、病気が直ったことを示し、退院させてもらおうとしたのだった。

死体は、裸にして担架にのせ、軍用毛布をかけて、四人の使役兵で、穴の近くに運ぶのだ。すると、御骨係の兵士が小指を切り取って、よし、行け、と言うのだ。私たちは、毛布をはぐと、穴のほとりで担架を傾け、遺体を落とす。遺体が遺体にぶつかって、音を立てた。その上に土をかけたりはしなかった。ラシオの兵站病院では、名誉の戦病死者は、そんなふうにして、共同の長方形の穴に投げ込まれたのだった。

重症病棟には、死体係の兵士がいて、死者が出ると、使役に指示して、遺体を運ばせたのだった。

十九年の大晦日にも、私は、死体運搬の使役に出た。死体係の兵士は、私たちに、これを運べと死者を指し、それから一人の重症患者の顔をのぞき込んで、

「次はお前だな。しかし、明日は死ぬな。明後日死ねよな。元旦ぐらいは、俺を休ませろよな」と、言った。

患者は、まったく反応を示さなかった。

あの患者を運んだ記憶はない。他の使役が運んだのだろう。何回、死体運びの使役に出たかも憶えていない。しかし、あの大晦日の使役に出たとき、死体係が言った、明後日死ねよな、という言葉だけは憶えている。あの言葉のせいで、あの日が大晦日だったということを憶えている。翌々年、チーホア監獄から中央監獄に移された日が、八月七日であったことを憶えているように。

あんなふうにして死んで行った者も、設備の整った大病院で、家族に見とられながら死んだ人も、死んだとたんに平等になる。残った者に、生者の思いがあるだけで、しかし、その生者もやがて死ぬ。

通夜や葬式から帰って来ると、そういったことを思ったが、これが私の死生観ということなのかも知れない。

もう、そう遠い先のことではなく、私も死ぬわけだが、今のうちになどと急ぐことは何もない。死ぬまで、従来通りに生きていればいい。そのうちに、また誰かに先立たれるかも知れない。

土曜日に、やっと太田夫妻に簡単な礼状を書いた。それを出しに行こうとした矢先に、ソウルから電話がかかった。太田夫人からであった。

「あ、今、手紙を出しに行こうとしていたところでした。ソウルでは本当にありがとう。おかげで楽しい旅行になりました」

と言うと、詩生子さんは、

「いえ、こちらこそ、先生にお眼にかかれて感激ですわ。今、先生からいただいた『断作戦』を読んでいるんですけど、ちょっとわからないところがあって」

「はあ、どういうところですか？」

「あの、衛生兵が戦死した人の手首を切るところがあるでしょう」

「ありますね」

「あれは何のためなんでしょうか」

「ああ、そうですか、なるほど。あれはね、御骨を取るためなんですよ。戦場では、小指を切って御骨を取ったりしたんです。それすらできなかった場合もありましたけど」

「ああ、そういうことなんですか。わかりました」

と詩生子さんは言った。

だが、手首を切ったわけはわかっても、「断作戦」には、詩生子さんにはわからないことが、ほかにもいろいろあるだろう。

「断作戦」にしろ、本書にしろ、それを註なしで読んでもらえる世代の者がどんどん減って行く。しかし、どうしようもないことである。

15

龍陵の激闘を経験した〇三（歩兵第二十九聯隊）の元第二大隊の方々が、滝沢市郎さんの家で戦場の話を聞かせてくれたのは、昨年の八月であった。大畑兆寿さん、鎌田義意さん、大友勝直さん、二瓶恭昌さん、橘内弥一さんが集まってくれたのだった。浜島崇さんが、保原町の滝沢さんの住居に、私を連れて行ってくれたのだった。

あれからすでに一年が過ぎ、さらに三ヵ月が過ぎた。

あれ以来、あの元〇三の方々と、どなたとも、すっかり無沙汰でいた。再訪したい、と思っている。あの後、耶麻郡熱塩加納村の大竹伝右衛門さんが、岩代熱海で六中隊の集会があり、そのとき鎌田義意さんから私のことを聞いたので参考になればという手紙を添えて、手記を送ってくれた。大竹さんにも会ってみたい、と思っている。

「勇〇三部隊戦史」に、「川本日誌」としてしばしば引用されている川本脩二さんの「龍陵日誌」は、私も著者から頂戴している。川本さん宅の訪問も、私の宿題の一つになっている。川本元軍医大尉は、聯隊本部付から第二大隊付に転じ、龍陵会戦に参加した。「龍陵日誌」は、生死の境を彷徨しながら、戦場で書いたのだそうで、〇三に関する、あるいは旧陸軍に関する、数少ない、貴重な記録である。

敗戦の坂を転落し始めた軍隊では、記録などろくに顧みられないものになっていただろう。さらに終戦時、軍は記録の焼却を命じた。戦犯が追及されることを懼れての証拠隠滅のためだと聞いた。故意にも不本意にも乏しくなった軍隊の記録を、再び、できるだけ、防衛庁は資料室に収集したのだろうが、全滅に瀕した部隊の行動を把握するのに、どのような方法が講じられたのであろうか。その把握は末端にまでは、及ぶべくもないに違いない。川本さんの「龍陵日誌」は、昭和十九年五月六日から十月五日までの〝龍陵日誌〟〝龍陵回想〟昭和十八年五月から二十年八月までの〝第二師団歩兵第二十九聯隊衛生史〟の三部で構成されていて、著者は後記に、〝龍陵日誌〟は言わばプライベートな記録であり、〝衛生史〟は公式の報告書だと書いている。〝衛生史〟は、川本さんがフィリピンに上陸して以来、終戦までの軍医としての報告書である。〝龍陵回想〟は川本さんの歌集である。龍陵を詠んだ十七首の短歌が収められている。

その川本さんのプライベートな記録が、藤木大隊本部の日記になっている。本部の日記はないのだから。

川本さんも訪ねたい。しかし、そう思っているばかりで、未だに訪ねないでいる。川本さんは京都に在住、内科医院を開業しているのだが、福島であれ、京都であれ、行くのに時間はかからない。結局、私のずるずるとした切れの悪い性格が、時間を延引させているのである。

それでも、この十一月には、福島に出かけようとした。その矢先に、従兄と守田さんの訃報が伝えられたのであった。福島行きは、また、延ばすしかなかった。

それでも、十二月に入るとすぐに飛び出した。例によって、東北縦貫道路を車で行った。戸石泰一を思い出す道である。歩兵第四聯隊の兵舎は、終戦後はアメリカ軍が使用し、その次に警察学校として利用されたのだが、そこを公園にすることとなって、記念に一棟は残すが、他は解体されることになった。そのさい、私が四聯隊の兵隊だったころ、ひそかに兵舎に持ち込んで、床下に隠した文学書が出て来るかもわからないというので、私は、昭和十七年から十八年にかけて、私が起居した兵舎の私の寝台があった場所に行ってみたのだった。

その話を私は、昭和五十一年に「退散じゃ」という短篇に書いている。戸石さんが、俺も行くよ、と言って同行してくれたのだが、車を走らせながら、彼と交わした会話を思い出す。あの短篇に書いた彼との会話は、書いたことで忘れられないものになった。書かないでいたら、人と交わした会話など、ほとんど忘れてしまう。もちろん、忘れられない言葉というものが人にはある。一言、でなくてもごく短い言葉を、いつまでも憶えているということはある。しかし、ほとんどすべて、と言っていいぐらいに忘れている。

戸石さんに車の中で、私が、まだ十年ぐらいは生きていようよ、と言うと、彼は、そうだな、せめて十年はね、と答えた。あれは「退散じゃ」に書いたが、あの会話は、たとえ書かなくても、忘れはしないだろう。あれは五十一年の一月で、彼は健康を害していた。あの六年も前から彼は発病していて、二年前には一時重症となり入院したのであった。病名は、大動脈弁閉鎖不全というのだそうで、それは血液を心臓から動脈に送り込むときに作動する弁の締まりが悪く、そのために血液の中に澱のようなものが生じ、その澱のようなものが視神経に影響を与えて、視界を狭める。そういう厄介な病気であった。私と仙台に同行したときの戸石さんは、小康を保っている状態だったのだ。しかし、私は、その二年後に彼に先立たれるとは思わなかった。彼も、せめて、まだまだ十年ぐらいは、と思っていたのだ。

あれは一月、今は十二月だが、あれも冬、今も冬。あのとき、粉雪がちょっと降った。粉雪が舞ったあたりは、どのあたりだっただろうか。このあたりだったかな、いやいや、そうではなさそうだ。そんな思いを繰り返すばかりで、結局、粉雪が降った場所は、思い出せなかった。

あのときとは違って、よく晴れている。死者はもう、この明るさを知らない。明るさだけでなく、暗さも、その他すべてを知らない。急に、そうなる。身近な人々が、そのようになり、それっきりなのだ。信じられない感じだが、そうなのだ、と思う。

戦場では、こんな感懐に浸ってはいなかった。吉田が死に、山田兵長が死に、鈴木が死んだ。放馬橋で名前は忘れたが輜重隊の兵士が、眼の前で即死した。それまで、明るさも暗さも、その他すべてを見、何かを考え、言葉を口にしていた者が、突然、知覚のない死者となった。もちろん、彼らの死に、私は、まったく無感覚というのではなかった。吉田は、口から多量の血を噴き出した。彼は、私に較べれば胸幅も厚く、腕も太かったが、案外体力はなかったのかも知れない。彼が戦死した前の夜であったか、前々日の夜であったか、司令部は龍陵の山で、わずかばかり前方に移動した。山の斜面を登った。行く手を人の背丈ほどの高さの崖が遮っていて、吉田は、弾薬箱を背負ったままその崖を這い上がろうとして上がれなかった。ずるずると滑り落ちて、だめだ、とつぶやいた。二度失敗して、二度だめだ、とつぶやいた。結局、仲間たちの手を借りて、なんとか這い上がった。私は、最初から私には這い上がれないとわかっていたから、先に上がった者に、まず弾薬箱だけを引き上げてもらい、自分が這い上がるにも、仲間たちに押し上げてもらった。

そうだ、あの吉田の、だめだ、というつぶやき。あれも、戸石の、せめて十年はね、と同様に、私には、永遠に忘れられない言葉になっている。そして、あれが、私が聞いた最後の吉田の声である。

吉田も、山田兵長も、息を引き取る前、土の上に仰向けになっていた。吉田は、迫撃砲弾の破片が胸に食い込み、それが心臓に達したのだ、と聞いた。山田兵長は、どこをやられたのか知らない。それを聞いたかも知らないが憶えていない。けれども、仰向けになったまま微動もせずうつろに眼を空に向けていた姿を憶えている。山田兵長については、私は彼に、首の付根をつままれ、これじゃ重機は担げないな、俺の肩さわってみろ、と言われたのを思い出す。私は言われるままに、彼の肩をつかんだ。筋肉が厚く硬く盛り上がっていた。彼の筋肉をつかんだのが、フィリピンでだったか、ビルマでだったかは憶えていないが、テレビで力士の肩を見て、ふと私は山田兵長の肩を思い出すことがある。山田兵長の肩は、力士ほどではないが、同じ兵士と言っても、こんなにも違うのだ、と私は自分を彼に比較したのだった。

鈴木は、戦死ではなく、戦病死である。私は、マラリアで、部隊が龍陵から退がると決まってから、鈴木より一足先に野戦病院に送られたのだが、トラックに積まれる私を、彼はしゃがみ込んで見上げていた。俺、下痢が止まらねえのしゃ、と鈴木は言った。その後、かなりたってから、私は、鈴木の死を聞いた。鈴木が、俺、下痢が止まらねえのしゃ、と言ったときの、もうどうしようもないといったふうな笑顔を私は思い浮かべる。

彼らについて、なるほど、忘れ得ぬ追憶が少しはある。特に、吉田と山田兵長は、その生が眼の前で死に変わった。そのときの自分の気持は説明できない。ただ、死が平常化している戦場でも、死が何らかの思いを起こさせることは確かだ。しかし、その思いは、短く、鈍い。戦場では、人がいなくなることを気にしてはいられなかったのだ。人が、死んでいなくなろうが、生きていてどこかに行ってしまおうが——。

戦場では、死を悼む時間は短く、鈍く、そしてそれが薄らぐのが早い。吉田が崖から滑り落ちる光景や、彼の、だめだ、は忘れ得ないものになっているが、今は、吉田よりも、一平さんのことを思うことのほうが多い。それは、一平さんとは、戦後の長い付合があったからなのだ。吉田とも一平さんとも、軍隊で初めて会った間柄だ。もし一平さんが戦死したのであったなら、私はずっと少なくしか、一平さんについて思わないに違いない。もし一平さんが、鈴木のように戦病死して、その死を後になって聞いたのだったら、鈴木を思い出すぐらいにしか思い出さないに違いない。鈴木を思い出すぐらい、と言って、鈴木について思い出すのは、俺、下痢が止まらねえのしゃ、と言ったときの笑顔だけだが、そう言えば、戦場での一平さんについては、顔、だけしか思い出せない。笑顔は思い出せない。怒った顔も。彼はいつもキッとしていて、表情を崩さなかった。愛想はないが、取っ付きの悪い感じを与えない。そういう印象が残っている。そして、そういう印象が残っているだけだ。

だが、いずれにしても、死者への思いは、結局はやがて薄らぐのである。薄らぐのに時間がかかる死者への思いがあり、そうでないものがある。だが、すべて、いつかは薄らぐのである。その時間のかかりよう、自分の中の思いの濃さの違いということはあっても、そういうことも、死者には何もわからないのである。

ほかに、誰かが口にした言葉で忘れられないものに、どういうものがあるだろう、と考えてみた。

それを考え始めると、言葉を思い出すよりも、過去そのものがキリなく思い出されるのであった。言葉は、ろくなものを思い出すわけではない。私が忘れられない言葉には、たいそうなものは何もなく、いわば、吉田の、だめだ、のようなものばかりだ。そして、その言葉やそのときの光景を思い出すことで、甘い感傷を取りもどすより、過去にあった苦い思いを思い出すことのほうが多い。

苦い思い――軍隊の追憶に限って言ってもいくつかある。たとえば、師団司令部に転属になる前、私は歩兵第四聯隊の第一機関銃中隊にいたが、陸軍病院に退院患者を迎えに行かせられたことがあった。私は一等兵で、退院患者は上等兵であった。あの上等兵が、第一機関銃中隊に迎えられるまで、どのような経歴を経て来たか、私は知らない。彼の名前も忘れてしまったが、内務班に迎えてすぐ、彼が低能の人間であることに気がついた。

病院で会ったときには、そこまでは思わなかった。人なつこく、なごやかな感じの兵士で、しかし、互いに、口はあまりきかなかった。

榴《つつじ》ヶ岡の聯隊に着いて、営門を入るとき、彼のほうが階級が上なので、私は彼に言った。

「あんたが、号令をかけなさいよ」

二人で営門を通るときには、歩調を取って門内に入り、衛兵の控え所の前にさしかかると、控え所の最後列に構えている衛兵司令という名称の下士官に、カシラヒダリと言って、顔を向け、衛兵司令が答礼をしたら、ナオレと言い、さらに、歩調ヤメと言って、普通に歩くのだった。それを号令でやるのだった。ところが、号令をかける役であるはずのその上等兵の口から、一向に号令が出ないのであった。

「何だ、お前は、やり直し」

とどなられて、私たちは、門外に追い返される。

「おい、カシラヒダリと言わなきゃだめだよ」

と私が言うと、彼は、

「うん」

と言って、うなずくのだが、またまた彼は、ただオイチニ、オイチニと歩くだけで、号令をかけないのであった。

「やり直し」

五度ほど私たちはやり直し、結局、最後は私が号令をかけて通過させてもらった。殴られなかったのが不思議なくらいであった。それにしても、なんという奴だ、と思った。しかし、彼には、たったそれだけの号令をかける能力もないのだ、ということが間もなくわかった。その夜、彼は寝小便をして、ビンタを食らった。

病院に迎えに行ったのが私だったからだろう、彼は私に、親しげな様子を示した。私は彼に親しまれたくなかった。私が劣等兵であることは確かだが、彼とはだめ兵隊のコンビを組みたくなかった。

あのころ、体力検定というのがあったが、軍隊でもそれをさせられた。鉄棒にぶら下がって懸垂をさせられたり、俵を担いで駆けさせられたりした。懸垂は何回以上やれ、俵担ぎは百メートルを何秒以内で走れ、というようなことを言われていたはずだが、私は懸垂は一回きりしかできなかったし、六十キロの俵を背負うと、ヨチヨチ歩きで、百メートル歩ければまだいいほう、たいていは途中で俵を落としてしまい、自分で再び担ぎ上げることはできないのだった。中隊ではもう一人、あの夜尿症の上等兵だけが私なみに懸垂も俵担ぎもできなくて、だから、彼は、そのことでも私に親しげにした。彼は言った。

「俺とお前とは同じだなや」

私は、顔をそむけて答えなかった。

あのころの私には、そういう彼がわずらわしかった。私は、一人だけで狷介《けんかい》な殻の中に閉じ籠っただめ兵隊であろうとした。

私は彼に親しく答えなければいけなかったのだ。冷淡に斥《しりぞ》けてはいけなかったのだ。

あの「俺とお前とは同じだなや」も、私の、忘れ得ぬ言葉になってしまった。

いくつもあるんだ、そういう言葉や情景なら、と私は思った。生きている者は、生きている間じゅう、いろいろとそういう追憶を引きずって回るということなのだろうなあ。しかし、人は、古い厭な思い出にどっぷりと浸って生きているわけではない。たまに、チラッとよぎる。間遠になる。薄くなるのだ。そうでなければ、やって行けないものかも知れない。原爆忘れまじ、あるいは、戦争忘れまじ、と言っても、経験者自身が、間遠に、薄くしか思わなくなるわけだろう。

福島のビジネスホテルに部屋を取り、まず鎌田義意さんを訪ね、しばらく話した後、鎌田さんに案内してもらって、大畑兆寿さんの家に行った。川俣町の鎌田さんの住居は、国道114号線に面していて、長女の糸子さんが、そこで理髪店を開いていた。奥さんのトミさんは大正十年生まれだという。鎌田さんは私より二歳年長、奥さんは私より一年若い。奥さんは山形の人で、義意さんは、山形の聯隊に入隊してトミさんと知り合い、結婚したというのであった。

「あれ、どうして山形の聯隊に入ったんですか」

と訊くと、義意さんは最初本籍が山形にあって、現役は山形に召集されたが、後、福島に籍を移したために、予備役は〇三に召集されたのだということであった。

吉田は、小豆大の鉄片が一粒、心臓に達したために死んだが、鎌田さんは数度にわたって負傷し、一度は、頭に被弾したが生還した。私も、よく、運だということを言うが、鎌田さんも、運ですね、紙一重ですね、と言うのであった。

弾に当たるも当たらないも、当たったとしても、どんな当たり方をするか、まったく、運としか言いようがない。山形から福島に本籍を移したことが、幸運であったかも知れない。もし、籍を移さず、鎌田さんが山形の聯隊に召集されたとしたら、沖縄戦に投ぜられたのではないか。沖縄で戦って、生還できたかどうか。すぐ私はそんなふうに思ってしまう。とにかく、鎌田さんは生きて還って来ることができた。私もそうだが、鎌田さんは、幸運だったのだ。

鎌田さんの子たちは、女の子ばかり三人だ。長女の糸子さんは、鎌田さんが召集された年に生まれ、次女の祐子さんと三女の道子さんとは、復員後、年子で生まれた。祐子さんは小児結核を患い、そのとき服用したストマイの副作用で聴力を失ったというのである。

「そうですか」

と言ったきり、どう言葉を継げばいいのかわからない。

「鎌田さんが復員したとき、糸子さんは三つですね。お父さんだとわかるまで、時間がかかったでしょうね」

と私は言った。

「そうです、なかなか、なつかなくてね」

と鎌田さんは言った。

「龍陵で、トミ、糸子、トミ、糸子、と唱えていたんですね、口の中で」

鎌田さんは、笑みを浮かべてうなずいた。

「復員してから、ずっと大畑さんとは付き合っているわけですね」

「はい、大畑さんのところで作ったメリヤスを販売したりして」

大畑さんは、メリヤス衣料の製造販売をして来たが、今は仕事は息子さんに任せて、中隊史の編集に没頭しているという。そのために、元中隊員に手記を求めているのだというのである。

今はそのことで、鎌田さんは、大畑さんと話し合ったりして、不確かな記憶の中から、当時の中隊の詳細を再現すべく助力しているのである。

鎌田さんは、大畑さんと話しているうちに、鎌田さんが手記に書いた乙山は、甲山の誤りではないか、という話になった、と言った。あの陣地からは、東山陣地をはじめ、龍陵北方の高地が一望できた。乙山からは位置の関係で見えないはずである。ということは、あれは、乙山ではなくて、甲山であったに違いない、と言うのであった。甲山は乙山の北方にある高地である。

「なるほどね。乙山というのは、六月から始まった第一次会戦で、大畑さんが負傷した後、鎌田さんの分隊が周辺高地の陣地から後退して守備についた陣地ですね。そこから鎌田さんは寺山陣地に移って、そこで頭を迫撃砲弾で負傷したんでしたね」

「そうです」

「そうですか、あれは乙山ではなくて、甲山だったんですか」

「話し合ってみると、そうじゃなくちゃなんねえってことになるんですね」

「日時や地名は、私も記憶が曖昧です。日中であったか、夜であったかは憶えていても、それが何日であったか、どこだったかということになると、正確には言えません。日中と言っても、午前だったか午後だったか思い出せません。時間帯で言えば、払暁というのは割と憶えているけれど。それと、どこで自分のそばに誰がいたかということ、その人が戦死するとか、負傷するとか、何かくれたとか、何かやったとか、何かなければ憶えていませんね」

と私が言うと、自分も同様だ、と鎌田さんは言った。

おそらくは、誤記の多い資料ではあろうが、資料によって、私は日時や地名を書いている。

しかし、あの壕を掘ったのは、何という山であったか、あの雨に打たれたのは、何という所であったかまで教えてくれる資料はない。九月の初めから十月の初めまで、師団の戦闘指令所が、分哨山、双坡、雲龍山、桜ヶ岡あたりをこまめに転々と移動したことは確かだろう。そして、衛兵隊の兵士である私も、そこを転々と移動したわけである。それらの地名は憶えた。しかし、追憶のほとんどが地名と結びつかない。一個分隊をそのままそっくり収容できるような大きな壕をみんなで掘ったことがあった。その壕を掘り終えたか終えないうちに、移動の命令が出たのだったが、あれは桜ヶ岡だったのか雲龍山だったのか。あれは分哨山や双坡ではなかったことは確かだと思うが、もしかしたら、桜ヶ岡でも雲龍山でもない山であったのかも知れないとも思えて来る。

　私が、鳥の声を負傷兵のうめき声と間違えた山は、何という山だったのか。漆黒の闇の中を山の斜面を歩いていて、タコツボ壕に落ち込んで、這い上がるのに苦労したことがある。そのころになると、さほど深くもない壕から這い上がるだけの体力もなくなりかけていたのだ。あの山は何という山だったのか。闇の中で、裸の俘虜の番をさせられたのは、何という山だったのだろう。おそらく、あの俘虜の番をさせられたときの後で、私はタコツボに落ちて、自分の体力のなさを嘆いたのであろう。その後で、私は熱発したのだ。追憶の中のあることからあることまで、どれぐらい時間があったのか、わからない。しかし、私は自分の弱り具合を思い出して、タコツボに落ちたのは、九月も終わりに近づいたころであったのだろうと思うのだ。その後で、熱発したのだ。熱が出始めると、飯盒一杯の飯が、一日分の量として余るようになり、飯の足りなさをかこっていた戦友に半分わけてやったりしたのだ。あの飯を分けてやった山も、分けてやった戦友も、名を憶えていない。

私に較べれば、鎌田さんにしろ、大竹さんにしろ、あれだけの手記が書けるというのは、記憶がいいほうだ。

鎌田さんは、断作戦で勇の基幹が龍陵に到着するころのことを次のように書いている。

九月の始め頃、官邸山前面の敵は急に静かになり、今まで毎日の如くの砲撃も段々少なくなり、二、三日で敵の砲撃はなくなった。その頃守備隊本部より、わが勇兵団が龍陵の友軍を支援するべく、芒市を出発して敵を攻撃中なり。援軍が来るまで、いかなることがあっても、なにがなんでも龍陵を守るんだ、との命令があり、全員勇躍元気を取り戻して官邸山陣地の守備につきました。

そのうちに、友軍の重砲の砲撃が始まりました。官邸山守備の我等の頭上を、重砲弾がシュルシュルと弾道音を立てながら、わが陣地の目前にある敵陣家屋に命中、その白壁の家は一発で粉砕されました。目前の敵塹壕陣地も、二、三発のわが重砲弾によって、見事に爆砕されました。

今までわれわれが敵にやられたことを、ようやく今仕返しができて、仇を取ったような気分で、思わず「敵のバカヤロー」と大声をあげて絶叫しました。

友軍重砲の砲撃は、射程距離を延進し、三山、四山、五山の敵陣に砲弾を炸裂させました。爆発音が高地から気持よく伝わってきました。毎日々々、敵の砲弾に叩きに叩かれていた今までの鬱憤を晴らすことができました。

戦友と顔を見合せて、健在であることを喜び合いました。

いよいよ、勇兵団による断作戦の総攻撃が始まったのです。官邸山前面の敵は、三山、四山の方に退却しました。

九月三日であったと思います。突然、六中隊長大畑隊長殿が連絡兵（渡辺弥八君）と二人で官邸山陣地に来られました。大畑中隊長殿は、部下思いの心の暖い方で、われわれ部下の安否を気づかい、敵中を突破して来たのです。

現在聯隊は、一山、二山を攻撃している。三山、四山、五山も占領する。龍陵南方の雲龍山付近まで進撃中である。今しばし頑張るんだ、と隊長は元気をつけてくれました。

大畑隊長と再会できたことが、どんなに力強かったことか。また嬉しかったことか。涙がホホを流れました。

官邸山頂上陣地の戦友に大畑中隊長連絡のことを話すと、陣地の全員が、もうすぐ友軍がわれわれを迎えに来てくれるのだ、そのときまでは、何があっても生きているんだ、と激励し合い、生気を取り戻しました。

それから、激戦が始まりました。敵の砲爆撃も始まりました。突撃の喚声が朝霧を破って聞こえてきました。夜襲の情報もわが官邸山陣地まで伝わってきました。

鎌田さんの手記は、ここから、官邸山陣地の守備を龍兵団の部隊に申送った十月三日にとんでいる。この間、私は、龍陵南方の高地で、疲労困憊していたのである。

鎌田さんの文に出て来る、朝霧を破って聞こえて来た突撃の喚声は、あるいは、狼部隊の声であったかもわからない。だとすれば、そのとき私は、分哨山あたりにいたのではないかと思う。龍陵に来て、すぐのころであった。狼部隊の払暁攻撃を、別の山から見たことがあった。見た、ではなく、聞いた、と言うべきかも知れない。双眼鏡で見れば見えたであろうが、肉眼では兵士の姿までは見えなかったから。

しかし、私たちは、狼部隊が肉薄している山を見まもっていた。夜が白み始めたころ、その山から間断のない銃声が聞こえた。かなり高い山で、雲が頂上より低いところまで降りていた。機関銃と自動小銃とで、弾を惜しまずに撃っている。狼部隊のほうは撃たずに、敵の陣地ににじり寄っている。その様子が想像されるのだった。日本軍の兵士が這いつくばって少しずつ進み、それを拒んで撃ちまくっている遠征軍の兵士の様子が。

やがて、銃声がやんだ。日本軍が斬り込み突撃をやったのである。そして、バンザイを叫ぶ声が聞こえて来た。

「やった」

私のそばにいた誰かが叫んだ。

しかし、日本軍がそこを占領したのは束の間であった。すぐ、遠征軍は奪われた山に多量の砲弾を撃ち込み、その上、敵機が飛来して来て、爆撃した。いったん占領はしたものの、日本軍はそこに踏みとどまることはできなかった。

日本軍が、砲撃で遠征軍の陣地を粉砕したのも、当初の一瞬だけだったのだ。その一瞬だけでも、鎌田さんたち、それまで叩きに叩かれる一方であった守備隊の将兵たちは、鼓舞されたのだが、やがて、一発撃てば、その数十倍のお返しを覚悟しなければならないので、おそらくは守備隊の将兵も、撃たないでくれ、と思い始めたのではないだろうか。

と言って、撃たなくても、叩かれる一方、斬り込み突撃をやっても結局は奪い返される。

あの、狼部隊が攻撃した山は、何という山だったのだろう。

あの夜、狼部隊は、取り戻された山に、夜襲をかけたようであった。

夜襲部隊が、滇緬公路を黙々と歩いて行くのを私は見た。夜襲は成功するかも知れない。だが、また取り返されるだろう。成功するにせよ、失敗するにせよ、攻撃のたびに兵力を損い、遠征軍の反撃によっても兵力を損い、結局、最後には戦う力を失ってしまう。軍の参謀たちや、師団長たちは、そう思わなかったのだろうか。そう思っていながら、あのような戦闘を続けたのだろうか。

16

大畑兆寿さんの家に向かって車を走らせていると、隣席の鎌田さんが前方に見える小さな山を指して言った。

「官邸山というのは、あれぐらいの山ですよ」

あれぐらいの山は、山と言うより丘と言ったほうがいい。龍陵はかなりの高山に囲まれていたが、その底の龍陵盆地は、私の想像以上に起伏に富んでいたようである。官邸山のような丘が点在していたのである。

このあたりは海抜四千メートルぐらいだ、と言ったのは、佐々木謙三郎班長だ。あれは、芒市から龍陵までの間で聞いたような気がするが、場所はさだかではない。ただ、そう聞いて、とっさに、メートルではあるまい、フィートだろう、と思ったことを憶えている。富士山が、三千七、八百メートルぐらいのはずだ、それ以上だとは思えない、と思ったのだ。しかし、フィートでは少な過ぎる。龍陵は高黎貢山系の南端に在る。東の怒山山系と西の高黎貢山系がつくる渓谷を流れる怒江は、ビルマに南下するとサルウィン河になるのだが、高黎貢山系に標高四千メートルの山がある。山系中の最高峰である。佐々木元軍曹は、自分がそんなことを口にしたことなど、おそらく憶えてはいないだろうが、高黎貢山系の最高峰が標高四千メートルだという話を聞いて来て、それを私たちに、このあたりは、と言ったのかも知れない。

だが、龍陵のあたりには、万年雪はなかったが、しばしば、雲が、私たちの足もとより低い位置にまで下りていた。あるときは、上にも下にも雲があり、あるときは、私たちは雲の中にいた。雲に包まれているときには、それを雲と呼ぶべきか、ガスと呼ぶべきかわからない。多分、ガスとは雲のことなのだ、と私は思っていたが、雲は光を吸い取り、漆黒の闇を作る。

龍陵盆地は、海抜何メートルなのだろうか。「戦史叢書」の中の「龍陵会戦経過概見図」には龍陵周辺の山のいくつかに標高が記されている。一山が一七五七メートル。六山が一八五四メートル。東山が一五九三メートルだ。してみると盆地は、千何メートルぐらいのところだろうか。いずれにしろ官邸山も、標高で言えば、高い山なのだが、盆地の平面からは、数十メートルの高さに盛り上がっているだけのささやかな高地だ。しかし、そのささやかな傾斜と距離は、私には昇降できないものなのだ。

私には、高さ二メートルの壁も、五メートルの壁も、昇れないということでは同じである。しかし、そうでない人がいる。二メートルなら、昇ることのできる人がいる。そのような人にとってさしたるものではないものが、私には厄介きわまりないものとなる。あのころ、ある人にとっては、あるいは、くみしやすい地形を、私だけが怖れていたのである。

霊山町の大畑兆寿さんの家で、一時間半ほど雑談した。大畑さんは、中隊史を編集するために、再び、生還者の記憶を集めている。「勇〇三部隊戦史」を編むために、元〇三の将兵たちは記憶するものを刊行会に寄せた。その記憶には、欠落や思い違いが少なくなかったに違いないが、それがなければ戦史は書けない。「勇〇三部隊戦史」を執筆した保原町の滝沢市郎さんの、集めた資料から事実を抽出するための苦心は、並々ならぬものであっただろう。今度は、大畑さんがそれをしている。甲山が乙山と誤記されていれば、そのことに気がつかなければならない。寄せられた記憶の思い違いの部分に気がつき、本当はどうであったかを追究しなければならない。

記憶の心もとなさということについて、私は鎌田さんと話した。それは、架空の話としてでなく龍陵を書こうとしている私にも、中隊史を書こうとしている大畑さんにも、孫に遺すべく手記を書いている鎌田さんにも、前に立ちはだかる壁である。時がたてばたつほど、その壁は厚くなるわけだろう。私は昨年の八月に福島に来て、浜島崇さんに案内してもらって、元〇三の方々を訪ねたとき、浜島さんが、「話を聞くのは、今がギリギリですな」と言ったことを思い出した。「これからみんな耄碌してもう忘れる一方です。思い違いもひどくなります。私たち、そのギリギリの年になっているんですよ」

もちろん、これまでだって、記憶や追憶というやつは、増幅されたり、変質したりしているのだが、今の私たちは、従来は緩慢だったであろうそれが急激になる年配になっているということだ。耄碌が進行しているのだ。老人になると頑固になるというが、人は、老人に限らず、自分の記憶のある部分の不確かさは自覚しても、ある部分については、これだけは確かだと思いこんでいる。その思い込みは、時がたてばたつほど、頑固の度が加わるのだろう。

私も老化しつつあることは間違いないのだと思う。だが、私が、これだけは確かだ、と思いこんでいる記憶といったら何だろうか。四十年前の龍陵の追憶の中で、確かな記憶として呼びもどせるものは？　忘れられない光景がある。闇や明るさや雨の感触が、今も私の中にある。死体の匂いや迫撃砲弾の炸裂する音も、忘れてはいない。それらは、しかし、増幅されたり、変質したりしてはいないのだろうか。

私が忘れてしまっていることに、どういうことがあるのだろうか。それは、記憶喪失者が、何かのはずみに記憶を取りもどすようにしか、よみがえって来ない。そういうものもあるだろう。忘れていたことを誰かが口にし、そう言えば、と思い出すのだ。戦場の経験を共にした人々が、戦場の話をして倦《う》まないのは、はずみを出し合っているということかも知れない。私には、だが、倦まずに戦場の話をする友はいない。

大畑さんを訪ねると、挨拶を終えるなり、龍陵の話になった。大畑さんと鎌田さんとは、六山陣地の話を始めた。そこには誰がいたか、そこに行くのに、どこを通ったか。それは、私の訪問が、それを求めてのものであったからではなかった。大畑さんが中隊史を執筆中で、鎌田さんたちの追憶を収集しているからだけでもなさそうである。大畑さんと鎌田さんは、戦後もずっと親しく付き合っていて、数えきれないぐらい、龍陵の話を繰り返している。たまたま、今夜もまた龍陵の話になった、ということでもあるのだろう。戦場の話を繰り返して倦まない間柄というのがある。倦まない人がいる。私もかなり、自分の経験した戦場や軍隊について、これまで人に語った。しかし、大畑さんと鎌田さんのような付合は、私にはない。私は、元〇三の将兵の話を聞きに出かけて来て、郷里を持っている人と、そこが本籍地だという理由で郷土の部隊に召集された者との差異を、思った。もし私が、外地編成の部隊に召集されていたら、仲間たちに与えた異和感は、郷土師団の勇部隊ほどではなかったかもわからない。

私は、手書きの地図をゼロックスでコピイした「龍陵陣地要図」を取り出す。このコピイを私は、誰からもらったのだったろう？　久留米の吉野孝公さんからもらったような気がするが、確かでない。騰越、拉孟の陣地要図のコピイももらい、三つをひとつに綴じてある。ということは、書いたのは、龍兵団の人だということだ。勇は、騰越、拉孟にはいなかったのだから。

手書きの龍陵の地図が、ほかにもいくつかある。

小室中佐の自決後、龍の石田徳二郎大尉が龍陵の守備隊長を勤めた。石田さんも、手書きの「龍陵戦闘要図」というのを作っていた。防衛庁戦史室編の「戦史叢書」にも、「勇〇三部隊戦史」にも誰かによって書かれたものが載っている。それらはすべて、記憶で書かれた地図である。日本軍には、地図を作るために、測量したりする余裕はなかった。航空写真もない。断作戦で勇が龍陵に到着したとき、地図がなかったということは前に言ったが、今も、龍陵の地図は、簡単なものしかない。「戦史叢書」に所載のものは、あるいは米軍の航空写真などを参考に作られたのかも知れないとも思う。「戦史叢書」には、「第一次龍陵付近戦闘経過要図」七月中旬から八月下旬までの「龍陵守備隊戦闘経過概見図」九月からの「龍陵会戦経過概見図」などが、数ヵ所に載っている。「龍陵会戦経過概見図」には、周辺高地の地名がかなり詳細に書かれている。市街周辺の陣地については、「第一次龍陵付近戦闘経過要図」が他の二図より詳しいが、寺山陣地、小山陣地、中山陣地、甲山陣地の記載はない。それらの地名が書かれているものは、「勇〇三部隊戦史」刊行会でつくった要図以外に私は知らない。

龍の誰かがつくった要図と勇〇三の戦史刊行会がつくった要図とでは、野戦病院の在所や甲山の在所など、かなり、ずれている。中山のある場所は大きく違っている。龍の要図にある小松山は北山の誤りであろう。龍の要図の中山も、何かの間違いであろう。もちろん、どちらも要図であって、大要が書かれているだけだが、刊行会の要図の方が龍の要図よりは、丹念に作られている。刊行会の要図を持って来たほうがよかったのだが、私は龍の要図のほうを持って来てしまったのだった。

大畑さんは、私が持参した要図を見ると、

「これ見ると、だいたい、いいんだけど……」

と言って首をかしげた。

「小山陣地がこのへんですかね」

私が、中学校と一文字山の間を指で押えると、

「そう、ここが一文字山ね。ここに中学校があるでしょ」

「ええ、ありますね」

「ここになんとかありましたっけね」

「丸山ですね」

「んだ、丸山、小山、中山」大畑さんはひとつひとつ指で示し、「ここが病院の端なんだよね」

「はあ」

「ここいらにお寺があったんだ」

「寺山陣地はこのへんですか」

「んだ。中学校高地ね。あれがいわゆる寺山なんだね。中学校と病院の間に高地があって、そこが寺山なんだ」

と大畑さんが言うと、鎌田さんが、

「野戦病院のいちばん端ね、そこの中学校に寄ったほうが寺山なんだ」

「そう、そう、そう」

「そうなんだ。そして中学校から出て来るやつらを、俺ら射撃したわけなんだ」

大畑さんは、雲南遠征軍の反攻が始まった当初、六山で負傷して野病に入った。鎌田さんも、六山から降りて来て、寺山陣地に入って戦っていたときに頭部に負傷して入院するが、第二次会戦が始まると退院して戦列にもどったのだった。大畑さんは、龍陵の野病から芒市の野病に後送され、さらにワンチンの野病に後送される。ワンチンの野病を退院したのは八月一日だったという。退院すると大畑さんは、原田久則大隊長の指揮下に入り、芒市に行き、八月下旬まで同地にいて、そして断作戦のためにやって来た聯隊に先立って、龍陵に入ったのだそうだ。

「そのとき原田さんは、下痢だか赤痢だかになって来なくて、私、代理で行って、そして、あの、松井大佐ですか、龍の、あの人の予備隊でいたんですよ。そのときにね、私は、祭と思ってるんですがね、祭の一個中隊がそっくり下にいたんですよ」

「祭部隊がですか？」

「祭がですよ。俺は祭と憶えているんですけどね。その祭の一個中隊が前の、分哨山の手前の山のような気するんですがね、そこを松井聯隊長に攻撃を命令されて、何時何分に突撃するように出発だちゅうわけなんですよ。それであの聯隊長は刀持っていない人でね、円匙持ってる人だった。それで円匙をこうやって、突いて、外被着てね、で、そばのもん刀持っていたかな、それでいつまでたっても、とれなくてねえ。長いような気したんだねえ。それから、ズンズンズンズン、手榴弾戦になってね、どうなってんのかな、だめかな、と思っていたらば、そのうちに伝令が来て、とりましたってわけでね。で、聯隊長うんと喜んでくれてね。だから、私のはほれ、みんな混合中隊だったから、聯隊長の予備として、ま、護衛みたいなことをしていたんですよ」

「そうですか。で、援軍が到着して断作戦が始まりますね。断作戦が始まってからは、どうされていたんですか」

「私は松井聯隊長と一緒にいて、あそこに、なんでも八月の二十七日ごろから、二十八、二十九、三十日、九月一日に二十九聯隊来たのかな」

「そのころですね」

「それは〇三部隊史見ればわかるんですが、その二十九聯隊が来た前の晩まで、松井聯隊長といたんですよ。そんで、夜が明けたら、ゾロゾロゾロゾロ、二十九聯隊が前進してたんですね。霧がかかってた。どこさ前進するのか訊いたら、敵は退却中と言う。とんでもない、あだにいた敵がね、退却するはずはねえんだと、そりゃ必ずやられると、私は言ったんですよ。そしたらば私のそばに壕あったんですよね、その壕の中さ、迫撃の弾落ちて、滝沢さんの暗号班の兵隊がやられたんですよ。それで誰だこれは、と呼ばったら、駆けて来たのが滝沢さんだったんですよ。ああしばらくだなや、って、滝沢さんとは、ラバウル以来だったんですよ。で、なんだ、なして敵退却したんだ、と滝沢さんに言うと、いや師団司令部で退却したと言うてんだ、って滝沢さんの話なんで、そんなことねえ、今やられっからみろ、なんて言っているうちに、霧がパアーッと晴れて来たんですよ。いや、そうしたら、やられて、やられて、ねえ、あれは本当にもう、狙い撃ちだからねえ。ほんだからもう、滇緬公路のアスファルトの上さピタッとくっついて、当たらないのやっとだから。そいつ、ちょっと体上げたら、ピャーンと来るんだから。動作の大きい人はみなやられて即死だから。うん、と言ったきり痛いも痒いもないんだから」

「まったく、これでもかこれでもかと、撃って来ましたねえ。滝沢さんは援軍として到着したわけですね」

「そうです。あそこは、双坡でした。二十九聯隊が、双坡に到着したんですね。そのとき私は双坡にいたんですよ」

そう言って、大畑さんは、二十九聯隊が到着する前の日、双坡で戦死した野崎忠一上等兵について話した。野崎上等兵は、弾が当たっていないのに即死していた。なんだべな、と思ったと大畑さんは言った。私も、どこに弾が当たったのかわからない姿で死んでいた日本兵を見たことがある。あのとき私は、外被を盗まれたのである。あれは、分哨山か、祭部隊が攻撃したと大畑さんの言う分哨山の手前の山であったか。そんな気がする。滇緬公路の西側にあった山であることは確かだから、多分、そのあたりだろうと思うのだが、朝、迫撃砲の激しい攻撃を受けた。公路上まで退がれと言われた。で、私は、背嚢は置いたままで、重機の弾薬箱だけを担いだり、引き摺ったりしながら、沢を伝って、公路に降りたのだった。

壕から飛び出すと、眼の前に、見知らぬ兵士が横たわっていた。オイ、と声をかけて揺すってみたが反応がなかった。全然、血を流さずに死んでいた。考えてみれば、不思議な死に方でなくもないが、そのときの私は、戦場にはこんな死に方もあるのだと思っただけで、死因を詮索する気持はなかった。背嚢を置いたままにしたのは、またここにもどって来るのだろうと思ったからだった。その予想が当たるとは限らないのだが、私は、背嚢と弾薬箱と両方運ぶのがつらくて、そう決めたのだった。運よく私の予想は当たった。しかし、私が数時間後に、もとの場所にもどると、背嚢につけていた外被と天幕が取りはずされて持って行かれていた。見知らぬ兵の遺体もなかったのだった。

あれが、旧分哨山だったのではないだろうか。旧分哨山は分哨山の手前の山である。それともあれは、分哨山なのだろうか。

勇師団が公路東方一帯の周辺高地への攻撃を開始したのは、九月三日である。一刈部隊（歩兵第四聯隊）は小松山を、三宅部隊（歩兵第二十九聯隊）は一山を、堺部隊（歩兵第十六聯隊）は二山を、それぞれ奪取すべく攻撃を開始した。

「戦史叢書」によると、勇の戦闘指令所が旧分哨山に進出したのは、翌四日、と書かれている。一刈部隊と三宅部隊は、共に二個大隊を欠いた聯隊で、堺部隊も一個大隊を欠いていた。しかし、一刈部隊には、菊の猪瀬大隊（第十八師団の歩兵第十四聯隊第一大隊）が指揮下に入る。それでも、龍陵を解囲すべく戦った勇師団の戦力は、せいぜい一個聯隊ぐらいのものであったようだ。雲南地区を占領し守備していたのは、龍部隊（第五十六師団）である。その龍の指揮下に、菊（第十八師団）や勇（第二師団）の一部が編入された。大畑さんや鎌田さんの大隊は、龍の指揮下に編入された勇の一部であった。猪瀬大隊は、龍の松井聯隊長の指揮下に入っていた菊の大隊であったが、断作戦が始まると、勇の一刈聯隊長の指揮下に移された。龍陵では、朝鮮編成の狼部隊（第四十九師団）の一部が、龍の指揮下に入って戦っている。どの師団も、多かれ少なかれ、その一部は抽出されて、他の部隊の指揮下に入れられたわけだろうが、それにしても、祭部隊（第十五師団）の一部が龍陵に来ていたとは、私は、今になって初めて聞いた。安部隊（第五十三師団）の一部は、もしかしたら、雲南に送られて、龍の指揮下に入れられたかも知れない。菊は、龍と同じく久留米の師団で、北ビルマで英印・重慶の連合軍と戦った主軸である。安は、モールでウィンゲート少将の率いる空挺兵団を攻撃して菊を救援した京都編成の師団である。祭は、敦賀の師団で、インパール作戦に参加した部隊である。その一部が、どのような筋をたどって、龍陵に来ていたのだろうか。もしかしたら、大畑さんの言う祭は、安だったのではなかったか。そうも思えるのだが、もちろん、大畑さんの言うとおりであったのかも知れない。

大畑さんの話を聞いて、あれ、と思ったのは、「勇〇三部隊戦史」に書かれている原田久則少佐についての記述である。〇三戦史には、原田第二大隊長は、北ビルマで負傷して退くが、メイミョウの兵站病院を退院して、八月中旬、ラシオに到着する。ラシオで部隊追及中の兵士を集めワンチンを経て、芒市に到り、龍の司令部に行って、追及の申告をする。

原田少佐は、そこで、芒市西北方の部落に前進して敵の進出を警戒せよ、と命令を受け、その部落に行って警戒陣地を構築する。大畑さんが復帰したのは、このころである。原田少佐は、追及する兵士を掌握するとともに、芒市の野戦病院に入院している負傷兵に対して、一刻も早く退院するように呼びかけた、と滝沢さんは○三戦史に書いている。追及する兵士と退院した兵士を集めて、約八十名の集成原田大隊が編成され、この集成原田大隊は、三十日夜、芒市を出発し、小松山を攻撃中の松井聯隊に追及した、と書かれている。

集成原田大隊は、池田少尉の指揮する陣地が、九月二日に、激しい敵襲を迎える。大畑さんが言っていた、野崎上等兵が血を流さずに戦死した双坡の戦闘である。この敵襲で、六中隊では野崎上等兵が死に、七中隊では、橋本伍長、柳治伍長、小椋上等兵、佐藤上等兵の四名が戦死した。

その戦闘があった日に、原田少佐以下集成大隊は、松井大佐から原隊への復帰を命じられる。龍の指揮下から、勇の指揮下にもどることになったのである。

原田少佐は大畑少尉を帯同して、旧分哨山麓の松井聯隊本部に行き、原隊復帰の申告をすると、その夜、三宅聯隊の主力に追及した。

三日の朝、集成原田隊は、双坡高地から激しく銃砲撃を加える敵と戦闘中の聯隊主力に合流して戦う。聯隊が苦戦の後、双坡の敵を鎮圧してから、原田少佐は、三宅大佐に会って原隊復帰の申告をした。

○三戦史には、そう書かれているのだけれども、大畑さんは、「そのとき原田さんは、下痢だか赤痢だかになって来なくて、私、代理で行って、そして、あの、松井大佐ですか、あの人の予備隊でいたんですよ」と言ったのだ。その言葉を私は、原田少佐は、芒市で下痢だか赤痢だかになって、龍陵に追及した部隊の指揮を大畑さんが代わって執ったというふうに聞いてしまったのだったが、原田さんが下痢だか赤痢だかになったのは、龍陵に着いてからであり、大畑さんが代理で行ったのは、代理で申告に行ったということかも知れない。けれども、どっちにしても、原田少佐は、あまり部下の信望を得てはいなかったようである。

誇示ではなくて、それを感じさせる人は、本物なのだろうが、豪毅や勇猛を誇示する者は、むしろ、その反対の人間である場合が多い。ぶった斬るなどとわめいて、軍刀を抜いたりする軍人など、今年流行した、エリマキトカゲという珍獣が、えりまきを広げて見せているようなことをやっているわけだろう。もっとも、エリマキトカゲは、威嚇して逃げるだけだが、人間には、自分を制御できずに、本当にぶった斬る者がいるので、物騒である。

原田少佐は、藤木大尉のように、ぶった斬るなどとわめく上官ではなかったようだ。私が戦後、サイゴンの戦犯容疑者の監房で同居していたときの感じでは、豪毅や勇猛を誇示したとは想像できない。そういう誇示もなく、人を惹きつけるものを感じさせるような人でもなかった。

〇三戦史には、集成原田隊が、聯隊に復帰すると、原田少佐は初めて会った三宅大佐から、
「わしが聯隊長の三宅である。よろしくな。君は別命あるまで予備隊として働いてくれ、特に右方に対しての警戒を厳にしてくれ。とりあえず一個分隊を双坡高地方向の警戒のため出して

もらいたい」

と言われたと書かれている。

人はみな、あっちにくっつけられたり、こっちにくっつけられたり、自分の意思ではなくて、動かされてしまうものだ。プロ野球のトレードのニュースなどを見ていると、野球の選手はあんなふうにぶっ飛ばされてしまうが、軍隊では、部隊ごと、ぶっ飛ばされたり、くっつけられたりしたのだ、と思う。部隊ごとの場合もあり、個人としても、それがあった。〇三の人たちも、猪瀬大隊の人たちも、その他の部隊の人たちも、あるいは、そういう感慨を持つことがあるのではないだろうか。

断作戦が始まって、一刈部隊は、九月三日から三日間にわたって小松山を反復攻撃するが、頂上の敵陣地は、ついに占領することができず、近接したまま対峙するという状況になる。先に松井部隊が奪取した小松山の一角を足場にして、その北東方頂上付近の敵陣地を攻撃するのだが、もう一息というところで撃破することができなかった。

その戦闘は激しいものであっただろう。「戦史叢書」には、三日の攻撃では山岸大隊が敵陣地の一角に突入したが、死傷続出して、遂に撤退した、と書かれている。

四日には、山岸大隊と、菊の猪瀬大隊が並列して、早朝から攻撃を反復したが、まず、敵陣地前の障害物を破壊しに行った挺進隊が、全員戦死する。突撃した本隊も、一回目は、突入を果たす前に頓挫する。二回目の予備隊を加えての突撃で、ようやく一度は奪取するのだが、結局、十数回にわたる逆襲を防ぎきれずに、退いてしまうのである。

五日朝の山岸大隊の残存突撃兵力は、第七中隊長平岡清茂大尉以下十四名、機関銃は一基に過ぎなかった。猪瀬大隊の死傷も大きく、第一線は十数名を数えるのみとなった。

一山を攻撃した三宅部隊は、四日に、いったん山頂を占領するが奪回され、五日に再び占領する。

奪取しては奪回され、また奪取する。そのうちに日本軍には奪取の戦力がなくなってしまう。それが、龍陵の戦闘のパターンである。

一刈部隊は、ついに奪取の戦力を失ってしまったのだが、岡崎師団長は、一刈部隊の戦いぶりには、満足したようである。岡崎師団長の手記「天国から地獄へ」に、「仙台健児の奮闘ぶり」が手にとるように見える、などと書かれている。一山を奪取した三宅部隊については、「会津勇士の本領を発揮」などと書いている。しかし、二山を攻撃した堺部隊は、気に入らなかったようである。堺部隊は、堺大佐が負傷してK少佐が代わって指揮を執ったが、この部隊からは、攻撃目標の二山を完全に占領した、と二回も報告があり、師団では祝電まで送ったのに、実際には占領していなかったというのである。師団長としては、不愉快でないはずがない。

岡崎師団長の言うK少佐とは、勝股治郎少佐のことである。師団長は、その報告を信用し、二山には勝股部隊の一部を止め、三宅部隊の三山攻撃に連繫して、四山攻撃を勝股部隊に命じる。三山、四山も、もちろん、奪取するのは至難である。しかし、師団長は、張り切っていた。

17

当初、断作戦の目的は、龍陵の敵を撃破した後、拉孟、騰越の両守備隊を救出し、さらに平戛守備隊を救出することにあった。

それは、雲南遠征軍の反攻を頓挫させることに通じる。そのために第三十三軍は、昭和十七年のビルマ進攻作戦以来雲南に屯する龍兵団（第五十六師団）のほかに、勇兵団（第二師団）を参加させ、並列攻撃させることにしたのである。

雲南遠征軍を再び怒江の東に撃退することはもはや無理だとしても、印支の地上連絡路を断つという目的で、断作戦は立案されたのである。そのために、拉孟、騰越、龍陵は確保しなければならない地点である。だが、勇が龍陵に到着したときには、もはや、拉孟と騰越は、救出が考えられる状態にはなかった。

拉孟守備隊が全滅したのは九月七日であり、騰越守備隊が全滅したのは、九月十四日であった。第三十三軍が立案した断作戦の命令が、勇の師団長に伝えられたのは、七月の中旬であった。

「勇兵団は直ちに怒江戦線に転進、昆集団（第三十三軍）の隷下に入るべし」という命令を岡崎師団長が受けたとき、勇の隷下部隊は、イラワジデルタからベンガル湾岸の各地にわたる、広範な地域に駐屯していて、怒江戦線に転進集結させるのは容易ではなかった。岡崎中将の手記によると、勇の司令部が芒市に着いたのは、八月二十六日であり、そのとき集まって来ていたのは、一刈部隊（歩兵第四聯隊）の二個大隊、堺部隊（歩兵第十六聯隊）の二個大隊、三宅部隊（歩兵第二十九聯隊）の一個大隊、高瀬部隊（工兵第二聯隊）の三個中隊、山口部隊（輜重兵第二聯隊）の二個中隊、他に、師団衛生隊、師団通信隊であったとある。

第三十三軍が、その勇の戦力と龍の戦力とで、当初の目的が達成できると考えていたのは、いつごろまでだったのだろうか。

岡崎師団長がメイミョウの第三十三軍司令部を訪ねた七月二十六日あたりは、軍はまだ、拉孟、騰越の救出は可能だと考えていたのではないか。

いや、それから一ヵ月後、勇の司令部が芒市に進出した八月二十六日になっても、軍は当初の方針を変えてはいなかった。

軍は、まず、龍兵団に龍陵守備隊を救出させ、その後、勇兵団と共に拉孟に進出するよう両師団長に指示した。

それが、四日後の三十日には一変する。龍兵団と共に、勇も龍陵解囲作戦に参加させるというのであった。勇兵団は滇緬公路東側地区から攻撃し、龍陵東側高地の敵を撃破して龍陵北東方に進出せよ、攻勢発起は九月三日というのである。

あるいは、三十日になって、やっと軍は、拉孟、騰越の救出を断念したのかも知れない。とにかく、軍は、まず、龍陵の回復に全力を注ぐことにしたのだ。

龍陵を回復しただけでは、もちろん、断作戦を完遂することにはならないが、日本軍の戦力としては、それが精一杯だったのだ。

龍の松山師団長は、勇の到着を待っていては間に合わぬ、直ちに龍のみ単独で隷下の守備隊救出に出動したい。戦闘は龍がやる、勇には残敵を掃蕩させ、龍に続行させよ、と軍に具申したが受け入れられなかった。

それでも、事態の急迫にともない、勇の到着を待たずに、まず龍陵の解囲を龍兵団が決行することとなり、岡崎師団長が芒市で松山師団長を訪ねた二十六日から、解囲作戦は開始されたのである。

拉孟、騰越を救出するべく、松山師団長の意見具申が、かりに認められたとしても、成功は覚束なかったのではないか。あのころの日本軍は、もはや、連合軍の反攻を撃退することはできなかったのである。

雲南遠征軍は、勝つことができるだけの兵器、兵員を準備したうえで、反攻を開始したのである。遠征軍には必勝の態勢があった。日本軍には必勝の信念しかなかった。必勝の態勢と必勝の信念との戦いだったのだ。勝てるわけはないのである。

あの必勝の信念だとか、大和魂だとかいうのがやりきれなかった。あれは何だったのか。必勝の信念とは何か。勝てないとわかっていても、日本人が持たなければならないもの。国民は、軍部がかくあれと下達するものに自分を合わせた国民でなければならなかった。少なくとも、そういう国民のふりをしなければやって行けない時代であった。糾弾や処罰が怖くて、私も一応、ふりをしていたのだった。オイ、犬の真似をしろ、三べんまわってワンと言え、やらなきゃ痛い目に会わせるぞ。そう言われていたようなものであった。心の中でだけしか反抗のしようのない強い相手に、そう言われたら、人はどうすればいいのだろうか。どんなに痛い目に会わされようが、拒絶してプライドを守るなどということはできなかった。屈辱に甘んじるしかなかった。

〝かくあれ〟に従っているふりをし続けなければならない境遇に、私は絶望していた。逃げ道はどこにもなかった。何もできなかった。死にたいと思ったが、死ねなかった。

軍隊の内務班には、屈辱的なリンチがあった。内務班というのは、居住区のことである。私は仙台の歩兵第四聯隊に召集され、半年後に師団司令部に転属になって南方に送られたのだが、四聯隊では、中隊ごとに一棟の兵舎で起居していた。中隊は四つの班に分けられていて、それを内務班と言っていた。その内務班で私たちは、上級の兵士からリンチをうけた。軍隊のリンチの話は、年輩者には、聞き飽き、話し飽きた話だろうが、若い人達に話しておきたい。

軍隊の内務班のリンチには、セミというのがあった。柱に抱きついて、ミーン、ミーンと言い続けさせられるのである。ウグイスの谷渡りというのがあった。ベッドの下を潜って、ベッドとベッドの間で顔を出し、ホーホケキョと言い、またベッドの下を潜って顔を出してホーホケキョと言う。自転車または郵便配達という刑があった。二つのテーブルの間で両手で支えて体を浮かし、自転車のペダルを踏んでいるように足を動かすのである。スピードを上げろと言われたら、足の動きを速めなければならない。スピードを落とせと言われたら、ゆっくり踏まなければならない。お女郎というのもあった。銃架と言って、三八式歩兵銃をそこに立て並べる。それを昔あった遊廓の格子に見たてて、客を呼び込む女郎の真似をさせられる。私がかけられたリンチは、名称はどう言うのか知らないが、半ば膝を屈した姿勢で、許しが出るまで捧げ銃を続ける刑であった。

若い人たちは、捧げ銃、なども注釈付でなければわからない、という。銃を垂直に宙に立てて、両手で支えるのである。敬礼である。私は、私に配給された三八式歩兵銃に、鼻毛ほどのゴミがついていたのを咎められて、その捧げ銃を続けるリンチを受けたのだった。

私をリンチにかけた古兵の名前は、もう憶えていないが、天皇陛下の御分身である銃にゴミをつけたまま放置するとは許せない、というのであった。軍隊では、上官の命令は、すべて朕の命令であり、貸与されるものはすべて、天皇の分身であるとされていた。

軍隊でなくとも、大和魂ということが言われていて、それを強調し合う。

私たちは、大和魂で勝て、と言われたのだった。勝て、ではない、大和魂があれば、勝てない戦闘はない、と言われたのだった。今でもその種の考えを持つ人がいないわけではないが、今はそれを笑うことができる。あのころは、同調しないまでも、さわらぬ神でいなければならなかったのだ。

しかし、戦場で、兵士たちが、大和魂で勝てると考えていたとは、私には考えられない。いや、むしろ、そうでも思わなければ、勝てるはずのない戦闘に耐えられなかったかも知れない。自決した小室守備隊長の訓示にある、敵弾ニ斃レ、死シテ神トナル。男子無上ノ光栄ナリ。という言葉。あれは、龍陵では、そうとでも思わなければいられなかったのかも知れない。大畑さんが言ったように、殺されたくないから、殺される前に殺す。相手も同じである。それが戦闘というものだろう。死シテ神トナル、などとは、戦っているときには、もちろん、そんなことを思う余裕はない。しかし、物を思う余裕のある時間には、そう思おうとした人もいるかも知れない。いまだに殺されることを散華などと言うのだ。いまだに英霊という言葉も使われる。軍隊では、軍隊以外の社会を〝地方〟と言ったが、〝地方人〟が病気で死んだ場合には、〝英〟はつかなかった。それどころか、この国家存亡の非常時に病気になる者は、非国民だと言われた。人々はそのような考え方を怪しまなかった。それを怪しんだり、笑う者は、非国民だった。あのころの〝非国民〟に較べると、今の〝ミギ〟や〝タカ派〟は、そう呼ばれても痛痒を感じまい。

しかし、あのころ私は、若かっただけに、ムキになって、あの統御にうんざりしていたのだった。

それにしても、軍司令官だとか参謀だとか、師団長だとか、私たちの指揮者は、どの程度に、魂や気概で、五十倍、百倍の弾薬の差、十五対一の兵員の差を補うことができると考えていたのだろうか。

死んでも、やらねばならないことがある。そういうものが、指揮者にはあっただろう。そのやらねばならないこと、あるいは、やりたいことをやるために、将兵が散華するのはやむをえないことだったのだろう。

反攻に転じて、怒江を渡って進撃して来た雲南遠征軍の撃退は、司令官や師団長には、やりたいことであり、やらねばならないことだった。私にはもちろん、やりたいことでも、やらねばならないことでもなかった。それにしても、私は、師団司令部に転属になり、幸運であった。司令部所属の兵士でも、殺される前に殺さなければならない環境に立たされることがないとは言えない。しかし、幸運なことに、私にはそれもなかったのだった。

私はおそらく、師団長の芒市入りから、十日ぐらいおくれて芒市に到着したわけであろう。おそらく私は、九月二日、または三日に芒市に着いたのだ。

芒市で休息したのは、どれぐらいの時間であったかは、正確には言えない。一時間か二時間ぐらいだったような気もするし、三時間、四時間であったような気もする。前にも書いたが、憶えていることは、あの町に着くとアンコ玉の配給があったことだ。塩干魚一切と梅干を一つか二つもらったということだ。敵機が二機、低空で襲来したことだ。そのとき、身を隠した窪地のあった場所が、町はずれであったということだ。

ただ、あの町で、宿泊しなかったことは確かで、岡崎中将が書いているように、旧分哨山で師団の平松情報参謀が死んだのが四日だとすれば、私が芒市に着いたのは、三日だったということになる。芒市から旧分哨山までは、二日も三日もかかって歩かなければならないほどの距離ではなかった。あのとき、司令部から最初の戦死兵を出したあの放馬橋を駆け抜けたのは昼間であったが、私たちが駆け抜けた後、後続の仲間たちは、行軍を中止して、夜が敵の観測を遮るのを待って、先行した私たちと合体したのだ。その時刻まで、私たちは後から来る仲間たちを、岩蔭で待っていたのだ。

放馬橋から旧分哨山までは、だから、夜行軍になり、そのときから終始、私は、たとえ、一キロか二キロの道のりでも、仲間たちと同じ速さでは、歩けなかったのだ。

翌朝、旧分哨山に着いて、その日、平松参謀が死んだのだ。その後、私たちは、ずっと戦闘司令所の衛兵として、場所をこまめに変えながら、龍陵南側の高地にいたのだ。

それとも、岡崎師団長の記述が誤りで、「戦史叢書」のほうが正しいとすれば、私は二日に芒市に着き、三日に旧分哨山に到着したことになる。

「戦史叢書」には、平松参謀の死は、三日と書かれているのだ。

「戦史叢書」には、その日の朝、師団野砲兵聯隊第二大隊の二中隊が到着したので旧分哨山南西方高地から第一線の攻撃に協力させた。このとき旧分哨山観測所に進出して戦況を視察していた師団の情報参謀平松淳一少佐にその全弾が命中して即死した、と書かれている。「戦史叢書」の記述も、もちろん、すべてが正確なわけではないが、とにかく、九月の三日か四日に、私は戦闘司令所に着いたのだ。

平松参謀が死んだとき、観測所は頂上にあって、私は山麓にいた。急に頂上で爆煙が上がって、変だな、と思ったのを憶えている。なにか変な気がしたのだが、それは友軍の砲弾が落下したからだったのだ。師団の野砲は、三日か四日に到着して、旧分哨山越しに、一山か二山あたりを砲撃したのであろう。その一発が、誤って、旧分哨山の頂上に落ちたのである。

あの山の感じは憶えているが、天候はどうだったのだろうか。「戦史叢書」には、師団は、四日、戦闘司令所を旧分哨山に進めた。この日は降雨のため視界が制限されて砲兵も活用できず、無線もほとんど用をなさなかった。そのうえ有線もしばしば切断され、師団長の戦闘指導を困難にした、と書かれている。

してみると、平松参謀が死んだ日は晴れていたのだろう。その日、山麓にあった戦闘司令所は、あの山のどこかに進出したのだろう。龍陵では、何回となく豪雨に見舞われた。あの雨の粒の大きさは忘れられない。バケツで水をぶちまけられているような豪雨がやって来て、あっと言う間に、褌までずっぷりと濡れてしまうのだった。

山の闇の濃さも忘れられないもののひとつだ。

しかし、それは、日付とは結びつかない。

あのあたりは、かなり高い山の中であった。

ときどき雲が、自分のいる位置より低く、谷に沈んだりしていた。

私は終始その山の中で、動いたり、穴を掘ったり、飯盒で飯を炊いたりしていただけで、どの部隊がどこの陣地を攻撃しているのか、成功したのか失敗したのか、そういうことは知らなかった。

狼部隊（第四十九師団）の払暁攻撃を戦闘司令所から見まもったことがある。将兵の姿は見えなかったが、銃声は聞こえた。雲南遠征軍は、夜も砲撃をやめなかったが、その日は夜がまだ明けきらぬうちから、激しく砲声を轟かせた。狼部隊を目標に撃ったのであろう。狼部隊が攻撃している山が何という山なのか知らない。雲南遠征軍が撃ちまくる自動小銃の音が、砲声と共に間断なく聞こえた。盛大に豆を煎っているような音であった。狼部隊の兵士は、銃火の中を、じりじりと敵陣地ににじり寄っているのだと想像された。夜が明けると、雲の上に、その山の頂きが出ていた。そのうちに、銃声が消え、バンザイと叫ぶ声が聞こえた。龍陵で、占領に成功した部隊が遠く離れた私たちに聞こえるほどの声で、バンザイを唱和した例は、ないのではないだろうか。

「戦争をやったことのない部隊だから、ただもうガムシャラなんだ」

と一緒に見ていた誰かが言った。

しばらくすると、遠征軍の反攻が始まった。砲撃と空爆が加えられた。山頂から、何回も爆煙が上がった。

あの山は、今思えば、白塔陣地だったのではないか、と考えられる。狼部隊は、兵庫県篠山の歩兵第百六十八聯隊が朝鮮の大邱へ移駐して、同地の歩兵第八十聯隊補充隊と合体し、昭和十九年六月二十日に釜山から出航、シンガポールからは陸路でビルマに入り、断作戦発起直後に龍陵に到着した部隊であった。

断作戦の命令を受けると、岡崎師団長は、いち早く、第三十三軍司令部の所在地メイミョウに飛び、そこからナンカンに行って、バーモ防備の指揮をしたのであった。断作戦のための集結を下達して、最初に到着したのが、堺部隊（歩兵第十六聯隊）であった。師団長は、堺部隊の第二大隊、野砲兵一中隊、工兵一小隊、衛生隊の一部をバーモに派遣して同地の守備に当たらせ、原部隊（捜索第二聯隊）をバーモ北東二十五キロのミョチットに派遣して、ミートキナ方面からの南下が予想される英印軍（スチルウェル軍）に対応させたのであった。

ガダルカナルで壊滅した勇兵団は、フィリピンで再建をはかり、暫時、マレー半島に駐屯した後、ビルマに入ったのだが、ガダルカナル以後、師団長は、隷下部隊の大半をまとめて指揮したことがなかった。このようなことは必ずしも勇に限ったことではないだろうが、勇の部隊は、こまごまと分割されて他の兵団の指揮下で使われていた。しかし、断作戦は、そのような部隊を一斉に復帰させることになったのだ。

と言って、すべての部隊が復帰したのではなかった。師団長は、堺部隊の第二大隊、原部隊の第四中隊その他を、バーモ地区に配置し、その一部には、フーコン方面からナンカン地区に後退中の菊兵団（第十八師団）のための陣地を構築させた。

そのようなことをすることで、断作戦の企図を秘匿しながら、主力の集結を待ったのである。しかし、バーモに配置した部隊は、そのまま第十八師団の指揮下に入ることになった。

一刈部隊（歩兵第四聯隊）からは、第一大隊と第二大隊が到着する。第三大隊は、警備のためにバリ島に残されていた。だが大半は復帰したかたちになった。ビルマでは一刈部隊は、最初、武兵団（独立混成第二十四旅団）長の指揮下に入り、モールで戦った。次に第十八師団長の指揮下に入り、フーコン作戦の終結とともに、第二師団に復帰した。

三宅部隊（歩兵第二十九聯隊）の第二大隊は、最初、一刈部隊と共に独立混成第二十四旅団長の指揮下に入ってモールで戦い、次に龍兵団（第五十六師団）の指揮下に入り、龍兵団、安兵団（第五十三師団）の将兵と共に、龍陵付近の守備に当たったわけだが、師団に復帰した。ただし、同大隊は、壊滅に近い状態になって復帰した。

一刈部隊も、モール、フーコンという北ビルマの苛酷な戦闘を戦った後に帰って来たので、損傷が大きく、兵員は、千名にも足りなくなってはいたけれど。

三宅部隊の第一、第三大隊は、ベンガル湾岸で第二十八軍の指揮下にあってアキャブ作戦に参加していたが、急遽、雲南に転進した。

ベンガルからの長途の追及は難儀であっただろうが、両大隊は、勇の隷下では、最も兵員の整った部隊であった。先に到着したのが第三大隊で、第一大隊は、第三大隊より、数日おくれて到着した。

一山を攻撃したのは滋野正美少佐を長とする第三大隊である。

滋野大隊は、九月三日払暁から攻撃を開始して、五日に一山を占領したが、この五日の戦闘で、滋野少佐は負傷する。

二山を攻めた堺部隊は、六日の戦闘で、聯隊長堺吉嗣大佐と第三大隊長の佐藤種雄少佐が負傷した。

堺部隊は、六日も、二山の主陣地の攻略は果たせなかったが、この日、師団長に、占領の誤報が伝えられたのである。

誤報が伝えられた経緯はわからない。いずれにしてもそのために、堺大佐に代わった第一大隊長勝股治郎少佐は師団長の信を失ったのである。

それが誤報だとわかったのは、十三日である。師団長は、占領の報告があったとき、電話、連絡将校、副官の派遣等によって確認したつもりであったが、十三日、桜ヶ岡の軍戦闘司令所の辻政信参謀から師団参謀部に電話があり、「一山と二山はすでに占領したとのことだが、二山の頂上にはまだ敵がいるではないか、すぐ二山を攻略せよ」と叱責督戦されたと、「戦史叢書」に書かれている。

師団長が、電話、連絡将校、副官を派遣して確認したというのだから、いったんは占領し、その後、奪回されたということではないだろうか。占領した報告はして、奪回された報告はしなかったということだろうか。勝股少佐が偽の報告をしたとは考えられない。

いずれにしても師団長は、一山、二山は占領したものとして、三宅部隊には三山攻撃を、勝股部隊には四山攻撃を命じていたのだったが、辻参謀の電話を受けて、あらためて勝股少佐に、二山攻略を命じた。

三山攻撃は、三宅部隊の第三大隊に、集成原田大隊が加わり、六日の薄暮から開始された。「勇○三部隊戦史」には、三山攻撃について「聯隊歴史」の次のような文章が引用されている。

> 一山ハ敵ノ主陣地ノ最前線ニシテ、本道ヲ扼《やく》シ敵陣地ノ鎖鑰《さやく》タリシ所、之ガ奪取ニヨリテ敵ノ龍陵包囲ノ一角崩壊スルニ至レリ。翌薄暮ヨリ第二大隊ヲ以テ三山ヲ攻撃ス。此ノ間第三大隊ハ一部ヲ以テ一山ヲ守備セシメ、主力ハ三山ニ前進ヲ命ズ。二山ニ向ヒシ右翼隊方面ハ戦況進展セズ。

集成原田大隊が右の文の第二大隊である。

二山ニ向ヒシ右翼隊というのは勝股部隊のことであろうか。

大畑兆寿さんは、集成原田大隊の中隊長として三山攻撃で戦った。このときの原田大隊は各中隊三十名前後で、その半数は、八月六日に芒市に到着した戦場初体験の初年兵であった。

三山の戦いも、一山の戦いと同様に苦しい戦闘であった。背丈ほどもある雑草が生い繁っている山の斜面を、転びながら進んだのだという。

山坂を登って、その雑草の途切れた所に出たとたんに敵は、激しく曳光弾を撃って来た。迫撃砲弾が落下した。敵は、待ち受けていたのである。

その鉄の雨の中を肉薄して、ある者は手榴弾を投げ、ある者は敵中に飛び込んで格闘した。

その夜、第六中隊が第一のコブの敵陣地を、第五、第七中隊が第二のコブの敵陣地を占領して、明朝に予想される迫撃砲撃に備えて、夜を徹して横穴を掘った。

翌朝、霧がはれると、予想したとおり、迫撃砲の集中砲撃が始まった。例によっておびただしい量の砲撃であった。陣地周辺の灌木林が、すっかり薙ぎ払われてしまったほどの猛砲撃であった。砲撃は午後になってもやまなかった。死傷者が続出した。

三山の速やかな攻略のために、勝股部隊が三宅大佐の指揮下に増援され、七日の夜、その先発隊が到着した。

三宅大佐は、勝股部隊の一部を三山攻撃に配し、主力に四山攻撃を命じた。

六日の夜、三山の第一のコブ、第二のコブの敵陣地を攻略した三宅大隊は、七日は頂上まで進出できなかった。その夜、敵の逆襲を迎えた。激戦の後、敵を後退させたが、奪取した陣地を確保しただけにとどまった。

八日も朝から、迫撃砲の猛射を浴びた。この日は、それに加えて、爆撃機数機の空襲を受けた。

この日、七日の午後、一山から前進した第三大隊が、払暁、三山の一角を占領した。第三大隊が三山の麓に到着したときには、時刻はすでに夜半になっていた。第三大隊は、一山攻撃で多大な死傷者を出していた。三山の麓に着いた第三大隊は、もう大隊とは名ばかりで、兵力は百人内外になっていた。

第三大隊は、原田大隊と連絡が取れないまま、山頂に向かって前進し、雲南遠征軍の頑強な抵抗に遭った。進路に敵の前衛陣地があって、白兵戦になった。

激闘のすえ、大隊は陣地を奪取したが、友軍の損害も多大であった。第三大隊はこの戦闘で約半数の死傷者を出し、兵力は五十名に減った。

それでも三宅部隊は、翌日も攻撃を続行した。「戦史叢書」には、九日の薄暮、ついに三山陣地を完全占領したと書かれているが、「勇〇三部隊戦史」には、十日払暁となっている。

三山の頂上陣地を奪取したのは、原田大隊と、前夜、原田大隊にまぎれこんで来た第三大隊第九中隊の日下部准尉たちであった。原田大隊は、すでに三十三名に減少していた。

滝沢さんは、九日の朝、大隊本部の伝令が来て、

「本日昼間、三山頂上を奪取せよ」

と大隊長命令が伝えられたとき、命令を受けた大畑少尉が、

「昼間攻撃すれば全滅してしまう。従って攻撃は薄暮か、払暁に行なうと伝えろ」

と伝令に怒鳴り返し、それを聞いた原田少佐は烈火の如く怒ったが、大畑さんはゆずらず、攻撃は翌払暁に行なうことにした、と書いている。

おそらく、三山頂上陣地を占領したのは、十日だったのであろう。

その日、勇の戦闘司令所は、雲龍寺の高地に移り、三宅聯隊による四山攻撃を督励した。そこでは、師団長は、まだ、二山占領の誤報を知らないのである。

三山頂上陣地占領の報告を聞いたのは、その雲龍寺の高地でであったろう。その報告を聞くと師団長は、続いて五山を攻略するよう三宅大佐に命じた。

その日は、拉孟守備隊が全滅した日から四日目であった。

私は、雲龍寺の高地でどんな穴を掘ったのだったろう。

三山占領のことも知らず、とにかく、迫撃砲弾の飛来を恐れながら、穴を掘ったわけだろうが、そのときのことは、いっこうに憶えていない。

18

防衛庁防衛研修所戦史室編の「戦史叢書」では、四山攻撃については、ごくわずかの記述しかない。五山攻撃については、全然ない。「勇〇三部隊戦史」では、筆者の滝沢市郎さんが引用している自らの日誌と、自決した龍陵守備隊長小室鐘太郎中佐の懐中日記に、四山、五山の文字が出て来るほか、滝沢さんは両山の戦闘について、章を設けて書いている。「勇〇三部隊戦史」と「戦史叢書」を読み合わせると、「戦史叢書」では、もしかしたら、五山を四山と書いているのではないか、と思われる。滝沢さんの「戦塵」と題する陣中日誌には、次のように書かれている。

九月十日　三山攻略成りて残り少ない兵を引きさげて、原田、関両大隊長は四山攻略を開始せんとす。死傷者続出。
四の山は死の山ならん今宵また攻撃つづく銃剣ふるいて

四の山を占領せるも如何せん敵山砲の集中砲火に
砲撃に朽ちにし丘の白い塔霧にぬれし野菊の彼方に
九月十一日　四山、五山攻略の火蓋は切られた。夕方、原田少佐、大畑少尉来る。いずれも顔面蒼白にして硝煙と泥にまみれて、幾分瘦せてはいるが元気なり。今夜は大丈夫奪《と》る、と言う。残っていた一本のタバコを出し、うまそうにタバコを吸うと谷へ下りて行った。今日は終日敵機が上空をはなれない。薄暮友軍の砲撃開始、砲声が韻々と雲南の山々に轟き、流れる雲のあわただしき、今山上は突撃寸前の不気味な静けさだ。小銃を、機関銃を肩にした泥まみれの兵士が続々と山に登って行く。友軍の砲撃は百雷のように山々を震わせている。いつしか砲声は止み、陽は落ちて谷間が薄暗くなり、残照映える空に山脈《やまなみ》がクッキリと現われるようになった。山上は砲声に代ってトタン屋根を打つ夕立ちのように敵の機関銃が唸り出した。敵は迫撃弾を乱射しまるでお祭りのときの打ち上げ花火のように乱舞しはじめた。この間隙を縫うように、友軍の機関銃が規則正しい銃声を発しているのが聞こえてくる。敵の機関銃は益々激しく唸りをあげてきた。
九月十二日　珍らしく快晴の朝となる。銃砲声かすかに轟き、時折小銃弾が飛んでくる。谷間に小鳥がとても美しい声で歌うのが聞こえてくる。五山は今暁二時占領した。負傷者が下りて来始めた。
遂昨日高笑いして出て行きし関大隊長は帰り来らず（十一日戦死）

朝霧の晴れ間に浮かぶ雲龍寺鐘の音せずや鳥啼く山に
たたなえる山なみはるか蟻の如弾薬搬送の列はつづきぬ
九月十三日　陣地攻撃は今日も肉弾で突撃の反復がつづく。百名近い隊は、既に十二、三名に減ったとの事。しかし攻撃はつづいている。
五山を取れりと兵転び来ぬ半月淡く山上さむし
戦えど進めど敵はまだ尽きず今宵も弾丸乱れ飛び交う
今宵また突撃せんに友軍の飛行機来ずや雲南の空
機銃弾身近くなりて逆襲はいま刻々と目前に迫り
傷つきし兵は担架に色あせて夕暗迫る山路下り来ぬ

そして滝沢さんは、そのあとに、筆者注として書いている。（四山、五山、六山の位置は地図上では捕捉出来ない。また各部隊によって呼び名が一致しない）
また、小室中佐の懐中日記の記述というのは、次のような内容だ。

九月四日　友軍乙山に到着
九月六日　五山、一ノ平砲撃　発熱
九月七日　曇り、三山攻撃？

九月八日　一文字攻撃、三山一部占領、狼宮原来る、白塔に敵尚存
九月九日　三、四山戦闘（逆襲八回）馬背攻撃
九月十日　白塔夜襲

「戦史叢書」には、三宅聯隊は、九日の薄暮、三山陣地を完全に占領し、十日、四山高地の山脚にある陣地を占領し、翌十一日、さらに四山中段の陣地を奪取し得たが、その後攻撃は頓挫した。よって岡崎師団長は、砲兵聯隊長および歩兵聯隊副官を雲龍寺の高地に集め、自ら薄暮攻撃のための歩砲協同要領を指示して攻撃再行を命じた。十一日の薄暮攻撃は、一度は山頂陣地の攻略が報告されたが、十二日朝、結局失敗に終わったとわかり、同日薄暮、再び攻撃を行なった。三宅大佐は、聯隊の残存精鋭を新任大隊長関金一郎大尉の指揮下に配し、砲兵の支援射撃に膺接して頂上陣地に突入させた。しかし、この攻撃でも、いったん頂上陣地を奪取はするが、翌払暁の逆襲によって奪回され、関大隊長以下ほとんど全滅した、と書かれている。

関大尉は、一山攻撃で負傷した滋野正美少佐に代わった、第三大隊長である。「戦史叢書」には右のように書かれているが、滝沢さんの記述では、五山攻撃はいち早く、三山攻撃中に開始されていて、関大尉が戦死したのは、五山だったとある。

五山攻撃は、滝沢さんの日誌「戦塵」には、十一日、四山、五山攻略の火蓋は切られた、と書かれているが、その滝沢さんの記述による「勇〇三部隊戦史」の「五山攻防と関大尉」の章

には、九日に始まったと書かれている。そういった個々の戦闘についての日付や時間は曖昧なものが多い。

翌朝、第三大隊は、いったん頂上を占領するが、兵力は十数名に減っていた。その兵力では遠征軍の大逆襲に応じようもなく、占領も束の間で退却せざるを得なかった。

「勇〇三部隊戦史」によれば、十一日、三宅大佐は、聯隊に復帰した藤木第二大隊長に、第三大隊を指揮し、五山を奪還せよ、と命じた。藤木大尉はその日の午後、五山山麓の第三大隊本部に行ったが、大隊の総員は約五十名に過ぎない。その後、後方勤務についていた十数名の将兵が追及して来て戦列に加わったが、第三大隊も、もうそれほどに損耗していた。

藤木大尉は、陣頭に立って率先斬り込んで行くタイプの指揮官ではなかったので、部下の敬愛は薄かったようだ。それでも藤木第三大隊は、わずかな時間であったが、第十中隊の四人の兵士が頂上の敵陣地を占領する。しかし、それは、ほんのわずかな時間、占領しただけであった。数百人の逆襲に、弾の尽きた四人では応じようもない。

「勇〇三部隊戦史」には、四山を攻撃したのは、原田大隊だと書かれている。大畑さんの属する隊である。十二日夜、原田隊は、四山のコブを占領したと書かれている。「戦史叢書」に、十一日、四山中段の陣地を奪取し得たが、その後攻撃は頓挫した、とあるのは、この四山コブの占領のことだろうか。

勇が、公路東側の周辺高地陣地を奪取すべく攻撃したのは、ここまでである。最初の構想では、もちろん、六山、七山も奪うつもりだったのだが、四山、五山で頓挫した。三山は、「戦史叢書」には、九日の薄暮、完全に占領することができた、と書かれているが、岡崎師団長の手記には、山中大隊（歩兵第二十九聯隊第一大隊）が二山を占領したころの三山について、「三の山は、完全占領に至らないが、二の山だけは虎の子山中大隊で占領した」と書かれている。

最初、歩兵第十六聯隊が二山を占領したという報告があって、そのつもりでいたら、軍の辻参謀から、師団参謀部に、「二山の頂上にはまだ敵がいるではないか。すぐ二山を攻略せよ」と、叱責と督戦の電話がかかって来る。十三日にかかって来る。そのことは前に言ったが、それで、師団長は、早速、勝股少佐に二山奪取を命じ、砲兵に協力させた。だが進展しなかった。そこで師団長は、たまたま、十四日朝、アキャブから到着したばかりの山中大隊に、一山から稜線伝いに二山陣地を攻撃させ、十五日払暁、二山攻略を果たすのである。

このころには、一度は完全占領したつもりだった三山が、逆襲によって完全占領ではなくなっていたということだったのかも知れない。

完全占領とは、しかし、どういうことなのだろうか。なにか、わかったようなわからないような言葉である。そういう言葉を聞いて抵抗のない場合もある。しかし、龍陵の戦いでの完全占領というのは、どういうことなのだろうか。頂上陣地を占領すればいいのか。逆襲を撃退し得る態勢の保てる占領ということなのだろうか。けれども、龍陵の周辺高地の占領に、逆襲を撃退し得る占領などはなかったのである。

あの九月の半ば、龍陵では不安定な完全占領があり、それはたちまち不完全占領になり、それを、師団長が面目ないと言い、聯隊長を叱責督戦したということだ。そのころ、龍陵周辺では、公路東側ばかりではなく、あっちでもこっちでも、すさまじい陣地争奪の攻防戦が展開していたのだ。

あのころ、公路東側は勇、西側は龍が攻撃して、雲南遠征軍を退けようとしたのだが、勇は、四山、五山の線より先に出る戦力は、もはやなかった。龍は、勇よりずっと北方の、見返山、昂龍山にまで進出した。騰越に至る道が見返山と昂龍山の間を縫って北上している。見返山から騰越に向かって二キロほどのところに馬背峠がある。小室中佐の懐中日誌に、九月九日　馬背攻撃とあるように、そのあたりまでも進出していたのである。

しかし、龍師団の戦意がいかに旺盛であったとしても、もはや、騰越守備隊を救出することはできなかった。そのころの騰越守備隊は、すでに全滅に近い状態になっていた。九月に入ったころ、二千六百名いた騰越守備隊の兵力は、三百五十名に減っていた。拉孟の玉砕は九月七日だが、そのころには、騰越守備隊の兵力は、さらに半減していたことだろう。「戦史叢書」には、十一日ごろの騰越守備隊の兵力は約七十名と書かれているが、その数字は、そう大きく違ってはいないだろう。最後に脱出した将兵の数は、五、六十名だったということだが、あのころは、騰越の救出どころか、おびただしい死傷者を出しながら、龍陵を救出するだけで精一杯だったのだ。

このあいだの戦争でも、退却を戦術だと考えることのできないヤマトダマシイのために、死ななくて済んだかも知れない人がおびただしく死んだ。

龍陵会戦の、彼我の兵員比は、辻政信は十五対一、岡崎第二師団長は、三十対一、と書いている。砲弾の量の比は、五十対一、ぐらい、あるいは、もっと懸隔があったかも知れない。これも私の、もしかしたら不正確な思い込みかも知れないが、私は、友軍が一発撃つと、五十倍も百倍ものお返しが来たように感じられた。

友軍にも、一応、砲兵の協力があったわけで、山砲が、三山攻撃も、四山攻撃も、支援している。私は、龍陵では、友軍の砲声と中国軍の砲声を区別して聞き分けることができなかった。すべて中国軍の砲声に聞こえた。

それは、例の私の思い込みでもあろう。初めのうちは、友軍の砲声を何回か聞き、撃たないでほしい、と思った。一発撃つと、五十倍も百倍も撃ち返されるのでは、撃つことは災いを招くだけではないか、と思った。

いや、砲撃だけではなく、負けるに決まっている戦闘をなぜするんだ、と、もし、軍司令官や師団長に言えるものなら、言いたかった。

言えるものでもないし、かりに言えても、もちろん、何も変わりはしない。これも運命と諦めて、死んで行くより仕方がない。そう自分に言い聞かせていた。

しかし、今もなお、十五対一で戦うことを勇気と結びつけ、壮烈だなどと思う人がいるとすれば、その人は、辻政信らと同様に異常である。でなければ、異常な者にしてやられているお人好しである。どんなに強い相手とでも、戦わなければならない場合が、人には、なくはないだろう。しかし、あの戦争が、そういうものであったとは、私は思わない。あれが勝ち目のない戦いであったことぐらい、軍の偉方にだってわからないはずはない。ならば、十五倍の敵、五十倍百倍の火力とわたり合える場所まで後退して迎撃するしかない。その態勢を作るのが戦術というものだろう。もし、雲南やビルマにそういう場所がないなら、雲南、ビルマから撤退すべきだろう。拉孟、騰越の守備隊を最後の一人まで戦わせたのは、そうすることで、何かのために時間を稼いだとでもいうのだろうか。あるいは、両守備隊は、岡崎師団長が言ったような、何かのための〝餌〟のつもりだったのだろうか。惨死を散華と言い、全滅を玉砕と言う。そういう美化語を作ったのは誰だ。だが、どう言い換えようと中身は変わらない。とにかく、私たちにはどうしようもない。

それでも私は、なおも、今はもういない軍司令官や師団長や参謀たちに言いたい気持でいるのだ。なぜ、逃げることを恥としか考えないのだ。包囲されてしまえば、逃げられない。包囲されなくても兵隊は逃げられない。いや、兵隊でなくても、小室中佐も逃げられなかった。組織の中では、人はどうすることもできない。だから、組織ごと逃げる思考がなければいけないのだ。

それにしても、龍陵で、第一次会戦についてだけでなく、現に戦っている第二次会戦についても、よくもあれほど、私はなんにも知らなかったものだと思う。

当時、山の名など、ほとんど知らなかった。ほとんどすべて、戦後、戦史や戦記で知ったのだ。

そう言えば、小松山というのは聞いたことがあったような気がする。だが一山、二山、三山……甲山も乙山も、東山も、白塔高地も、当時、私は、すべて知らなかった。

今になって、曖昧になっている地名もある。中腹に雲龍寺のある高地が雲龍山であろう。そう思うのだが、あれは中腹にあったのだったかどうか。もしかしたら、ちょっと離れた場所にあったのではないか、などと思えて来る。

狼部隊が払暁攻撃をした山を、班長は、あの山は鉢巻山というのだ、と言ったが、あれは、鉢巻山ではないだろう。鉢巻山は、「勇〇三部隊戦史」にも、師団長の手記にも、私が読ませてもらった元〇三の何人かの将兵の手記にも出て来ないが、「戦史叢書」に一ヵ所、小松山（鉢巻山）と表記されている。小松山は、一刈部隊（歩兵第四聯隊）がその一角を足場にして、北東方頂上付近の敵と対峙している山である。小松山は鉢巻山とも呼ばれていたのだろう。

狼部隊が攻撃したのは、多分、白塔高地だったのだろう。白塔高地とは、北山の白塔が建っていたあたりの呼称であろう。白塔高地の北方に北山があって、白塔高地と北山とは別の山だと思っている人もいるが、おそらく白塔高地は北山の中の一部であったか、あるいは同じ高地を、ある人は北山と言い、ある人は白塔高地と呼んだのだと私には思われる。四山、五山、六山に限らず、他の山も、部隊により、人によって、呼び名が一致しなかったのだと考えられる。

当時私が鉢巻山だと憶えた山は白塔高地ではなかったかと思うのは、自費本にした手記を私に送ってくれた元狼部隊の中野源平さんの記述や、前記の小室中佐のメモや、「川本日誌」中の記述に一致するところがあるからだ。「川本日誌」には、九月十一日、狼部隊が北山を占領したので、〇三の北山攻撃は中止となったと書かれている。中野さんは、九月九日に龍陵盆地の入口に到着し、先発していた中隊長に追及の申告をして、十一日未明に白塔高地の敵砲兵陣地を攻撃した、と書いている。これは私の記憶とも合致する。私は、十一日という日付までは憶えていないが、あれは、そのころであったように思われる。

〇三部隊の三山や四山の攻撃については、当時の私は何も知らなかった。歩兵第二十九聯隊の将兵が、私よりずっと敵に近い場所で、激しい戦闘を繰り返していることは知っていた。敵との距離数十メートル。壕から顔を出すと、とたんに撃たれる。自分の前方に、そういう人たちがいて、疲労と飢えの極限の状態で戦っている。そういう将兵たちの姿は想像する。しかし、迫撃砲弾が落ちて来る場所にいて、私もいっそ死んで楽になりたいと思うぐらい疲れ果てているのだが、その実体には想像が及ばない。

狼部隊の白塔高地攻撃は、将兵の姿は見えなくても、音で、想像することができた。あの山では、弾雨の中を、山肌を這いながら狼部隊の将兵は、じりじりと敵の陣地に肉薄しているのだが、あれだけの銃弾を浴びては容易には動けまい、と思った。敵と至近の距離にいることは、もちろん危険である。しかし、至近の場所にいれば、砲爆撃は避けられる。あのとき鳴り続けたのは、敵の機関銃と自動小銃の音だけであった。間断なく鳴り続けた。占領した陣地には、すぐ、激しい砲爆撃が加えられた。あれだけ撃たれては、もつまいと思われた。

あのころ私は、第一線の戦闘部隊が攻撃に成功すれば、司令部は、つまり私は、わずかに前進し、失敗すればわずかに後退するのだと思い込んでいた。あれも、私の独断的な思い込みに過ぎなかったかも知れないが、私はそう思っていたのだった。司令部は、第一線のわずかな進出や後退に合わせて進んだり退いたりしていたのではなくて、砲爆撃を免れるために、所在を移したのだろう。危なくて、ひとところにじっとしていられなくなっては、場所を変えたのだろう。その移動のたびに私は、体力を削ぎ取られたのだ。たとえ、弾は当たらなくても、いつか体力の限界に達するわけだと思っていた。のびる、と言う。これは、ボクシングでKOされた者の姿を言った言葉が一般に使われるようになったのだろうが、いずれ私は、のびるのだと思っていた。疲労困憊の極限でのびる前に、マラリアにでもなってのびるのではないか。そんなことを、ぼんやり思っていたが、思ったとおり、最後には、マラリアでのびたのだった。

他にも、必ずしも当たっていないことを、私は、いろいろと思い込んでいたのだ。もっとも、それが当たっていようといまいと、だからといってどうってこともない。部隊の動きなどは、何も知りようがなく、知る必要もない。私は、そんな気でいたような気がする。三宅部隊の周辺高地攻撃についても、知りようもなく、知る必要もない、と思っていたのだろう。

龍陵で私は、何か知りたいと思っていたことがあっただろうか。

知りたい、と思ったのは、山芋の葉の見分け方か。燃える木と燃えない木の見分け方か。欲しい、と思ったものは？　小雨の中で火を燃やす技術。それから、外被。

けれども私は、ついに最後まで、山芋の葉の見分け方も、燃える木と燃えない木の見分け方もわからず、小雨の中で火を燃やす技術を覚えることもできず、外被を手に入れることもできなかったのだった。

ジャングル野菜と呼んでいた食える雑草があった。あの草だけは、摘めるようになったが、山芋はついに掘り当てたことがなかった。

農家出身の兵士が、燃える枝を折って来て、それを巧く組み合わせて、小雨の中でも火を燃やして飯を炊く。私にはそれができなかった。毎日一回、沢で、敵機や敵の砲手に見つからないように飯盒で飯を炊き、水筒に水を詰めた。

司令部管理部衛兵隊の兵士は、三宅部隊の兵士が周辺高地の陣地を攻撃していたとき、山を歩き、穴を掘り、飯を炊き、迫撃砲弾による少数の死傷者を出した。

龍陵周辺の山の姿を曖昧に憶えている。感じだけで憶えているといったところだ。「〇三戦史」には、四、五、六山あたりの様子が詳細に書かれている。

五山の山容は外郭が円錐形で、独立した山ではなく、右に四山、左は六山に連なっているのである。山は東面して三段に区切られたような斜面であり、各段とも約八十メートル四方ぐらいの平地になっており、その前面には散兵壕や掩体壕が張りめぐらされている。頂上の陣地から約三十メートルの急坂は約六十度の勾配で、その下に第二の平坦地があり、灌木が点綴し、赤土の地面には雑草が生えている。更にその下方約五メートルの落差のところに第三の平坦地がある。

龍陵周辺の山々は、高い山ばかりだった。日本軍と雲南遠征軍は、あの山々を奪い合ったのだ。静岡県の桑原さんが私への手紙に書いているように、両方共自分は頂上にいて、相手を蟻地獄の蟻にしようとしたのだ。その攻防が、六月以来繰り返されていたわけだが、断作戦が始まって、いったんは、日本軍はかなりの山を奪い返した。しかし、遠征軍は、日本軍のように、蟻地獄の蟻にはならなかったのである。

空を制しているうえに、日本軍の数十倍の弾薬を使いながら、遠征軍は、日本軍を上回る死傷者を出したのだという。

日本軍は、寡兵よく大軍を迎撃し、粘った。アメリカの公刊戦史は、大軍の苦戦のさまを伝えている。衛立煌将軍麾《き》下《か》の七・五万の雲南遠征軍の戦士は、はじめ米国人の技術と勧告を無視することが多く、ために戦技拙劣で、その実戦力は低いものであったが、実戦によって次第に向上した。しかし、龍陵の攻略を達成することができない。第一次会戦では、六月十六日、第八七師は龍陵から三哩《マイル》後方に敗走し、翌十七日、第七一軍司令官は第八八師に対し、龍陵付近の陣地を放棄して、北東八哩の地線まで後退するよう命令した。第八七師の敗走は、第二六一団が突如、原因不明の逃走を始めたのがきっかけになって起こったパニック状態によるものであり、第八七師長はこのために自殺を企てた、と伝えている。

その不甲斐なさを聞いて蔣介石総統は激怒し、騰越と龍陵との攻略に改めて全力を傾注するよう厳命したのだという。

蔣総統は、日本軍を見習え、と言ったという。日本軍の善戦は、日本の公刊戦史で強調されているばかりでなく、アメリカの公刊戦史にも書かれている。

しかし、寡兵よく大軍と戦い、粘って、遅らせはしたが、結局は潰滅するしかなかった日本軍の強さを自慢してもむなしい。元戦士たちは、しかし、強さを自慢や誇りにしている。龍はどうだった、勇はどうだった、安はどうだった、と言っている。しかし、強さ、や、善戦や健闘を誇っても、また、あの戦争をどんな思考で肯定しようとしてみても、むなしさを払拭しきれない人も少なくないのではあるまいか。

あの戦争はあれで仕方がなかった、しかし、悲惨な戦争をもう二度と起こすまい、と言う。あの戦争は間違っていた、過ちは二度と繰り返すまい、と言う人もいる。どちらも、もう二度と戦争は起こすまい、と言う。そのために戦争の悲惨を語り継がなければならない、などと声を高める。天に代わりて不義を打つ、忠勇無双のわが兵は云々、という軍歌があるが、不義を打つための戦争などはない。正義は、歓呼の声を高めるために使われ、忠勇無双を誇る心は、人を狭量にする。

戦場の兵士は、そのむなしさや虚偽を考えるゆとりもなかっただろう。

連なってそびえている、今になって思えば四、五、六山あたりから、頻繁に砲弾が飛来したことを思い出す。迫撃砲の発射音のほかに、もっと重い感じの音が混じって、いつまでも鳴りやまなかった夜があった。迫撃砲の発射音は、軽い。重いのは、山砲だろう。ポンという音が聞こえて、砲口が自分の方に向けられているときには、やがて、シュルシュルという空気を切る音が訪れる。その音が聞こえれば、弾は頭上を越えているわけだが、別の弾が近くに落ちるかも知れないのであった。私は近くに、山砲弾の落下を経験したことはなかった。遠征軍は、ロケット砲も撃っているのだという。しかし、ロケット砲弾が飛来したこともなかった。黄燐弾と言って、炸裂すると黄燐が炎となって飛散し、それが体に付着するとなかなか消えないという弾も使っていて、第一線の兵士は苦しめられたということだが、私の近くに飛来したのは、終始、迫撃砲弾であった。迫撃砲弾は、金属性のけたたましい音を発して炸裂した。

私は、三宅部隊の将兵に比べれば、飛来する砲弾も少なく、手榴弾を投げつけられる懸念もない、楽な環境にいたのだった。だからと言っても、運が悪けりゃ死ぬわけだが、大畑さんや鎌田さんたちより、物を思う時間も、ずっと多かったはずである。もちろん、弾が飛来しているときや壕を掘っているときや飯を炊いているときなどは、物を思う余裕などないが、タコツボの中に一人でいるときや、歩哨に立っているときなどは、何かを思ったわけだ。

あの環境では、理屈っぽいことは思わなかった。何も思わず、ただ、ボケッとしていたことも多かったが、あの山での私は、甘っちょろい空想にばかりふけっていたのだった。

あの山でそうだっただけでなく、甘っちょろい空想にふけるのは、入隊以来、私の癖になっていたのだ。内地でもそうだったし、南方に来てからもずっとそうだった。あれは、王子さまとのロマンス物語を空想する少女と変わらない。まさにお伽話であった。空想の中の私の王女さまは、いつも現地の女性であった。実在する女性を思うほうが、空想はいくらか現実に引き寄せられる。しかし、もちろん、それはそれだけのことで、私の空想が現実に変わりはしない。

現地の娘と好き合って、軍隊から脱走する物語を、私は頭の中で、何回繰り返したことか。それと、私は、将来、万が一にはあるかも知れない除隊の日を繰り返し思ったものだった。それは、文字通り、万が一にしかあり得るとは思えなかった。いや、それより、もしあり得たとしても、いつの日のことか、あまりにも予想の立たない遠い未来のことだと思われた。それも私には空想であった。

龍陵の山の中では、現地の娘はいなかったからか、脱走物語の空想はしなかった。除隊の日の空想はしたが、駐屯地でしたより、危険な場所であっただけに、それは、より空想になった。あの世など、もちろん、あるわけがない。死は、物思う者が、一切の働きを停止して、ただ無にかえるだけ。何にもないのだ。そうとしか思っていないのに、あの山の壕の中では、死んだ母や妹に、もうすぐ僕も行くからね、と呼びかけていた。母や妹に会ったときのことを空想した。

空想と、自分を茶化すことで、私は、辛さを紛らしていたのだ。

そんなふうにしていて、結局、マラリアで高熱を出してしまった。普段も、ボケッとしていたが、熱で、ますます茫としてしまった。あれは十月の半ばであったと思う。ちょうど、そのころ、軍は、ついに、第一期断作戦の中止を決意したのである。以後を第二期断作戦と言う。断作戦は、さらに続けられ、第三期、第四期と分けられているが、第二期以後は、要するに、防戦しながらの撤退作戦である。

断作戦の当初の目的であった拉孟、騰越の救出は果たせなかった。龍陵の解囲だけは果たしたが、本多第三十三軍司令官は、騰越守備隊が全滅したと聞いて、攻撃中止の命令を出した。重囲下の平戞守備隊の救出だけは、なお第五十六師団をして続行させたけれども、第二師団は、攻撃を持久に変えることになったのである。

勇が、龍陵地区の配備を龍と交代し終えて、南ビルマへの転進を開始したのは、十月下旬である。

第二期断作戦以後は、再び龍兵団が単独で雲南地区を守り、勇兵団は第三十三軍から、ビルマ方面軍に抽出される。ビルマ方面軍は、勇を南方軍に返上する予定で、雲南から南ビルマに転進させたのである。

南方軍は仏印のサイゴンにあったが、やがて仏印は、最後の決戦場になる。その決戦に勇を使うという作戦であったようだ。

それを、司令部の班長は知っていた。

「仏印に行くらしいんだなや」

という言葉を私は聞いた。

「仏印さ行けば、親子丼あんだと。バナナ一房、一円か二円だと」

龍陵という地獄から、極楽へ転進するらしい。しかし、私は、部隊と共に、龍陵から下ることはできなかった。

部隊の転進が始まったころ、私は四十度の熱を出し、水筒を口に当てているつもりで、膝にこぼしていた。

私は、野戦病院に残され、部隊はどこかに行ってしまったのだった。

19

大畑兆寿さんと話しているうちに、羽田芳夫の名前が出た。戦後、一度会ったことがあるという。けれども、それは、偶然会って、わずかな時間に、少しばかりの言葉を交わしただけであったらしい。

羽田芳夫が、今、どこでどのように暮らしているかについては、大畑さんは、風の便りにいつか聞いたことがある、といった程度にしか、知っていなかった。

私も、戦地から帰還して後、羽田とは一度も会っていないが、何人かの元司令部の将兵とは、偶然行き会って、少しばかりの言葉を交わした。もう、名前を思い出せない人がいる。元輜重隊の兵士と、あれはまだ、昭和二十年代であったと思うが、虎の門あたりで邂逅した。彼は、私が通りを歩いていると、道路わきに停車しているトラックの運転席から降りて来た。どちらが先に気づいたのだったかは憶えていない。やあ、と言って、お互い手短かに、何をやっているかを口にした。私は、月給を取っているよ、と言い、彼は、トラックの運転手をやっているのだ、と言った。また、会えたら会おうよ、と私たちは言った。しかし、彼とは、それっきりである。彼の名前も忘れてしまった。

他に、上野の池之端で、大場軍曹に邂逅した。上野駅で梅本清に邂逅した。仙台の故板垣徳さんと出会ったのは、大阪の富田林であった。そのころ私は、PL教団という宗教団体が出している芸術雑誌の編集をして生活していて、月に一度、その宗教団体の本部のある富田林市まで東京から出かけて行っていたのだった。板垣さんはPL教の信者で、あのときなにか、PL教の祭典が富田林の本部であって、板垣さんはそれに出席すべく仙台から来ていたのだ。

あれは、私がその雑誌を編集していたころだから、昭和四十年か四十一年か、そのころだったのだ。板垣さんとは、二十二年の秋に同じ復員船でベトナムのサイゴンから帰国したのだが、その復員船が日本に着いて以来、板垣さんとは会ったこともなく、書簡を交換したこともなかった。主計大尉だった板垣さんは、戦地では、陸軍一等兵の私より、はるかに上の階級の人であって、私は板垣さんにアリマス言葉を使っていたわけだが、彼は、私が親しんだ将校の一人であった。

板垣さんは、一般の将校たちが知らないことを知っていた。たとえば、女の帯の結び方だとか、化粧の仕方だとか。私は、戦争中、まったく役立たずでどうにもしようのない兵であったが、戦争が終わると、野外芝居の脚本を書いたり、その演出をしたり、自分も出演したりして、それまでの役立たずの屑が、才ある兵と見られるようになった。その私の芝居に、板垣さんの、女の帯の結び方や化粧の仕方についての知識は、なくてはならないものであった。それに板垣さんは、経理の上級将校であったから、女性の衣装や白粉などを提供してくれたのだった。それは、朝鮮から拉致して来て慰安婦にした女性たちに給すべく用意したものの残余であったもののようだった。

陸軍一等兵の手には入る機会があるとは考えられないような上等のタバコをもらったこともあった。板垣さんは私にとっては、打出の小槌を持った大黒様であった。

私が役立たずで、まったく軍人精神の入っていない屑だの荷物だのと言われていた戦争中も、板垣さんは親切に接してくれた。そういう人だったのに、帰国後は、会うこともなく、年賀状を交換することすらなかったのだった。それが、二十年近い無音の後、富田林での邂逅がきっかけになって、その後、東京でも会い、仙台でも会ったのだった。

故武藤一平さんとの付合が復活したのも、私が仙台に行って板垣さんを訪ねたとき、板垣さんが一平さんの家に私を連れて行ってくれたからだった。

その板垣徳さんも、武藤一平さんも、すでに逝った。

戦時中、師団司令部に配属されて、そこで知り合った人々には、今はまだ、元気で過ごしている人の方が物故した人よりは多いのだが、しかし、板垣さんや一平さんが他界して、旧友たちとの付合は、細くなった。板垣さんや一平さんとも、せいぜい、年に一度か二度ぐらいしか会う機会はなかったのだが。

梅本清とも、戦後は、上野駅の邂逅のほかには、戦友会で一度会っただけである。梅本は司令部の管理部衛兵隊の兵士で、終戦時、私より二つ上の階級の兵長だったはずである。私はビルマから仏印に転進して後、昭和二十年の五月に、彼と共に、仏印事変の後新設された俘虜収容所に、司令部から転属になり、そのために、戦後、戦犯容疑者として、共にサイゴンの監獄に拘置されたのである。

羽田芳夫とは、俘虜収容所で知り合った。羽田の原隊は〇三（勇第一三〇三部隊＝歩兵第二十九聯隊）である。彼は、負傷した成田中尉に代わって中隊長を勤めた大畑さんの第六中隊の兵士だったのだ。大畑さんが負傷した後、瀬川さんが六中隊の指揮をとる。そして、瀬川少尉も負傷する。

瀬川さんは、龍陵周辺高地の陣地に攻めて来た雲南遠征軍の兵士が、投げ込んで来た手榴弾を投げ返そうとして、右眼を失った。手榴弾を投げ込まれた場合には、いち早く死角に逃げるか、それが炸裂する前に、とっさに拾って投げ返すしかないのである。瀬川さんは、投げ返そうとして、手榴弾の柄を握ったが、とたんに破裂して、鉄片が右眼に飛び込んだのであった。

破裂したときの手榴弾の位置がほんの少し違っていれば瀬川さんは、両眼を失っていたかも知れない。あるいは、命を失っていたかも知れない。また、遠征軍の手榴弾には木の柄がついていて、その柄を瀬川さんは握ったわけだが、もし遠征軍が日本軍と同じような柄のない手榴弾を使っていたのであったら、瀬川さんは、右手も失っていただろう。

瀬川さんは、そのとき、そのまま雲南にとどまれば、左の眼も見えなくなるという負傷をしたのだった。瀬川さんは後送されると、飛行機でシンガポールの陸軍病院に運ばれて手術を受け、両眼の失明を、右眼だけにとどめることができたのだという。

瀬川さんのそんな話を聞いたのは、最近になってからである。瀬川さんは金沢に住んでいるが、数年前から、上京すると連絡があって、元俘虜収容所で知り合った者たちが一緒に飯を食う習慣ができた。だいたい五、六人ぐらいの会席になるのだが、そんなことでたまに会ったとき、私は瀬川さんが負傷したときの事情を聞いたのである。瀬川さんは将校だったので、飛行機でシンガポールの病院に送ってもらえたのであろう。瀬川さんは幹部候補生の試験を受けて将校になったのである。幹部候補生などと言っても、もう若い人たちにはわからないだろうが、旧帝国陸海軍には幹部候補生の試験を受けて将校になる制度があった。旧制の中学以上の学歴がある者で、在学中教練に合格している者には、その試験を受ける資格があって、素直な学卒たちは、たいていその試験を受けて、陸軍士官学校だとか海軍兵学校だとか、職業軍人と言われる人たちの幹部を養成するコースとは別のルートで将校になったのである。

教練という言葉ですら、今の学生たちには注釈をつけなければわからないかも知れないので、幹部候補生について説明するのは、まだるっこしいけれど、その試験の合格者は、甲種合格者と乙種合格者に分けられ、前者を甲幹、後者を乙幹と言った。将校まで昇進することができるのは、甲幹であり、乙幹は下士官にしかなれないのであった。

私も、その試験を受けさせられたが、落第した。それが幸運であったか不運であったかは、わからない。生きて還って来たからには、不運ではなかったと言えるかも知れないが、瀬川さんの場合は、甲幹になったために、右眼を失うことになったのかも知れない。そして、甲幹になったために、あやうく両眼を失う危機から救われたのだと言えるかも知れない。

戦場で死んだ人、生還した人のことを思うにつけ、そのたびに私は、例の運を思う。風が吹けば桶屋が儲かる式の運というやつだ。それによって、人は死んだり、命を拾ったりするものだ。瀬川さんにしても、そして、大畑さんも、鎌田さんも、その他の人も、あるいは、負傷したために死なずにいられたのではないか。

吉田は、小豆ほどの迫撃砲弾の破片が心臓に当たって、半時ももたずに死んだが、負傷したおかげで命拾いをすることもある。鎌田さんは頭に負傷したが、それが鎌田さんを救ったのかもわからない。そこに運がある。そういう運がある。そして、そういうことは、戦場に限らないのだと思う。今の私たちも、そのような運につきまとわれているわけだろう。人は、そのようなはかなさの中で生きている生物なのであろう。

私はこの思いを繰り返す。

瀬川さんとは、そんな話もしたのだった。それも、最近になってからであった。けれども、瀬川さんとは、ラオスのパクソンという村にあった収容所でも、サイゴンの監獄の中でも、そこで私たちは、一年以上も鼻を突き合わせていたのだが、そんな話どころか、戦場の話もほとんどしたことがなかった。羽田芳夫とも、戦場の話などろくにしなかった。

監獄の中で、羽田は、私たちが瀬川さんを揶揄したりすると、瀬川少尉はバーモや龍陵で、勇敢で優秀な小隊長だったんだぞ、お前ら知らないだろうが、と言った。そういうことが一、二度あった。喧嘩腰で食ってかかるといったような言い方ではなかったが、一等兵が、自分の直属上官の将校にまるで敬意を払わないのが、面白くないのであった。

羽田は、瀬川さんと一緒に俘虜収容所に転属になって来ていて、瀬川さんの当番兵をやっていた。当番兵についても解説しておいたほうがいいだろう。当番とは、当番にもいろいろあったが、将校付の当番というのは、一口で言えば下男である。事務室当番というのがあったが、これは給仕である。馬屋当番というのもあった。これは、厩務員である。

臨部隊という防諜号で呼ばれていた仏印俘虜収容所では、羽田は瀬川さんの当番で、梅本清は炊事班長で、私は俘虜係の助手兼通訳であった。梅本は、倉庫から椰子砂糖を盗んだフランス人俘虜を咎めた。砂糖を盗んだ何人かのフランス人を並ばせて、一発ずつ彼らをヘルメットの上から細竹で打った。梅本は、食糧を管理する者として、それぐらいのことはしないではいられなかったのである。私はフランス人の軍医に病人をろくに診療しないと文句を言い、口論した。フランス人とフランス語で口論をすれば言い負かされるに決まっている。私は口で負けた口惜しさをビンタで返した。最後に私は日本語で、お前のような奴には言っても無駄だ、と叫び、一発その軍医の頬を平手で打った。反抗できない立場の相手を打ったのは後味の悪いことだったが、俘虜係の助手として、私は軍医に文句を言わなければならない立場にあった。羽田は、当番だから、出しゃばるべきではなかったのだが、梅本が砂糖を盗んだフランス人俘虜を細竹で打ったとき、俺にもやらせろ、と言って飛び出し、何人かのフランス人俘虜を細竹で打った。そのために私たち三人は、まる一年、監獄で一緒に過ごすことになったのだった。

羽田も負傷していた。そのために左腕の関節が曲がらなかった。臨部隊は、勇のいくつかの部隊から、戦傷兵を抽出して作られたのだった。ただ師団司令部だけは、戦傷兵がまったくいないというわけではなかったが、軽傷の戦傷兵よりもっと使いみちのない私のような者を選んで転属させたのであった。梅本は、私にはなぜ私と共に転属させられたかわからないが、とにかく、梅本と羽田と私とは、俘虜収容所関係の戦犯容疑者として、監獄の生活を共にし、釈放されて復員船を待っている間のキャンプの生活でも、ずっと一緒だった仲間である。

私たちは、監獄でもキャンプでも、収容所の三人組と呼ばれていた。けれども、私たちは、帰国後も親密に付き合うほどの気持は、互いに持っていなかったのだ。それでも梅本とは、帰国後、一度は偶然出会い、一度は戦友会で顔を会わしているが、羽田芳夫とは、一度も会っていない。羽田とでは、邂逅するようなことがあっても、板垣徳さんとのように、それが戦後の交際のきっかけになるとも思えないのである。彼の絡んだ追憶は、いろいろあるのだが、だからと言って、訪ねてみようという気にはならないのだ。別に嫌っているわけでもないが、いわば特異な体験を長い時間共有した仲間だからといって、親近感などは持たないのである。

そう言えば、羽田の消息の一端を、故安斎清吉さんから、安斎さんを初めて訪ねたときに聞いたのだった。紺屋の婿養子になったが、養子に入った先とうまく行っていないようだ、と安斎さんは言った。彼が安斎さんを訪ねてやって来たことがあったとも言っていたような気がする。あいついばるから付き合う気になんねえんだ、と安斎さんは言った。そう言えば、いばりたがりやでもあり、おどけやでもあったな、とパクソンや獄中の彼の言動を思い出したものであった。

その後、彼はどうなっているのだろうか。大畑さんは、羽田芳夫を知っていると言ったが、それは大畑さんが六中隊の昔の羽田上等兵を憶えているということであって、羽田の現況については、多少の噂を聞いているということぐらいのようであった。

大畑さんとの話の中に、羽田の名前が出たからだろうか、大畑さんのもとを辞して駅前のホテルに帰って来て、その夜は、その後どうなったのか消息不明の何人かの元兵士を思い出した。

私は、ラシオの兵站病院から退院して、所在不明の原隊を追及したとき、チョウメイという名のシャン高原の町まで、〇三の上等兵と同行したのだったが、あの上等兵は生還しているのだろうか。あの上等兵の名も、もう忘れてしまったが、私は彼を、やりきれない人物として、「兵隊蟻が歩いた」と題する旅行記に書いている。「兵隊蟻が歩いた」は、私の戦地再訪の旅行記で、戦後のその旅行では、私はラシオ街道を、マンダレーからメイミョウの少し先まで行けただけで、ラシオにも、チョウメイにも行けなかったが、私は昭和十九年の八月に、ラシオ街道を通って龍陵へ行き、十月の下旬にマラリアで野戦病院に入院し、野戦病院からさらにラシオの兵站病院に移された。野戦病院の名も、それがあった地名も、私がそこに入院していた日数も、憶えていない。野戦病院名や地名は、憶えて忘れたのではなくて、最初から知ろうともしなかったのだが、その野戦病院からラシオの兵站病院に後送され、二十年の一月にそこを退院、街道をラシオからマンダレーに向かって歩いたのだった。

ラシオの兵站病院のこと、退院して原隊追及兵として、街道を歩いたときのことを「兵隊蟻が歩いた」に書いている。

原隊追及の話は、「今夜、死ぬ」という題の短篇小説にも使っていて、小説の方は、最初から一人で歩いたことにしてある。だが本当は、旅行記に書いたように、〇三の上等兵と一緒に退院して、チョウメイという町まで、同道したのだ。

あの上等兵は同行したくない兵士であった。関西にしんどいという言葉があるが、「兵隊蟻が歩いた」に書いた彼との同行のしんどさを再述するのはしんどい。けれども、「兵隊蟻が歩いた」を読んでいない人のために、簡単に書いておこう。

彼は、病棟で私に空腹を訴えたので、私は携行していた米を進呈した。すると、只では悪いからと言って、いいと言うのに軍票を二円ほど私に押しつけて、古山は、カビの生えた米を売りつけたと言いふらした。

それで私は、彼をつまらん男だと思っていたのに、生憎、一緒に退院させられて、私は、互いに原隊も違うことだし、別々に行動しようと言うのだが、彼は、部隊は違っても同じ勇兵団の兵隊が別行動をとったのでは、ひとに笑われると言って、私から離れないのであった。

私も彼も、自分の部隊の所在がわからず、見当で動いたのだった。私が野戦病院に入院したのは、部隊が後退し始めた矢先だった。後退したのであれば、マンダレー方面に追及するのが妥当であろう。そう思って私は、マンダレーに向かって、勇の司令部の在所を、途中の兵站や連絡所で尋ねながら歩いたのだった。

途中、村の市場で半干しの小魚を買って焼いて食った。うまかった。私はその小魚を、頭まで骨ごと食った。すると彼は、

「頭まで食うのは、下品だ」

とからんで来た。

私は、進呈した米を売りつけられたと吹聴されただけなら、つまらん男だとは思っても、口論するほどの気持にはならない。しかし、彼のこの言葉には、腹を立てた。私だけでなく、彼もまた、栄養不足の体になっていたはずだ。病院の給与は、毎食、彼には量の足りない米飯と、菜は、冬瓜かさつま芋の塩汁に決まっていた。芋はしばしば腐った部分が混じっていた。量もわずかだった。

彼は、

「魚を食うときには、頭は残すもんだ」

と言った。

「そういうことを言うことが下品ということなんだ」

と私は言った。

「なに。おれは上等兵だぞ。お前は一等兵でねえか。一等兵が上等兵に何を言うか」

と彼は言った。

「な、ここで別れて、別々に行動しようよ。半干魚の頭を食ったのがどうだこうだと言われては、おれは一緒に歩きたくないんだ」

「何言うか。同じ勇の兵隊が、途中で別れたりしたら笑われるでねえか」

そう言って彼は、私から離れようとしないのであった。けれども、チョウメイで、彼の原隊の在所がわかった。原隊がわかったからには、彼は私と別れなければならないのであった。原隊の在所がわかると、彼はガックリと肩を落とし、無口になった。彼は前線にもどらなければならなかった。

あの上等兵は、もどった前線から、還って来ることができたのだろうか。

師団司令部管理部衛兵隊の仲間で、今、どこでどうしているのだろうと思う者の筆頭は、佐久間長松だ。佐久間長松は常磐炭坑で坑夫をやっていたが、私と同じ歩兵第四聯隊の第一機関銃中隊に、彼は九月二十日組で入隊し、私と共に司令部に転属になったのだった。

私は彼に、何回か軍票を盗まれた。駐屯地では、私は月額二十三円五十銭の俸給を与えられた。それを貴重品袋と呼ばれる緑色の小さな布袋に入れ、その貴重品袋を胸のポケットに入れて寝る。そして翌朝眼をさますと、袋の中から十円軍票が一枚消えているのであった。私は、佐久間長松に、お前がやったことはわかっているんだ、返せ、と言う。すると、佐久間は、証拠ねえべ、証拠なぐてはわかんね、と言って返さない。佐久間は、チョロマツと呼ばれていた。彼の盗癖は知れわたっていた。何でもチョロまかすのでそう呼ばれていたのである。

チョロマツは、私より早く、二十一年の二月に、みんなと一緒にリバティ船で帰国したのだが、帰国後の消息は、まったくわからない。彼ももう、古稀に近い年齢になっているわけだが、彼とは一度会ってみたい気がする。しかし、たとえチョロマツと会えたとしても、彼が彼の戦後四十年の様子をつぶさに語ることはありえないと思う。四十年前の彼は、彼の家庭や過去については、常磐炭坑で石炭を掘っていたんだ、と言っただけであった。それは彼の性格でもあり、語るということを知らないということでもあるのだろう。

だが、家庭や過去を語らなかったのは、思い出してみると、チョロマツだけではなくて、衛兵隊の仲間はみんなそうであった。戦地で私は、誰ともそういう話をしたことがなかった。私は、私の最初の小説の「墓地で」で、サイゴンに近い町で日本軍がベトナムの独立党に襲われ、私に似た人物とチョロマツに似た人物とが、腹を空かせながらそのあたりをウロウロする話を書いた。終戦後、サイゴンからいくらも離れていないライチョウという町で、私たちがベトナム独立党に襲撃されたのは実話である。そのとき、私が、共に襲われ、と言うより、白人やグルカ兵と共にいたので私たちは巻き添えを食ったのだが、いったんライチョウを脱出しながら、取り残されて安危が気づかわれる白人たちを助けろと言われて、一人で引き返したのは、事実である。だが、そのためにウロウロしたのは、私一人であった。小説では、私に似た松山という人物と、チョロマツに似た長助という人物と二人で取り残されたことにした。小説の中で長助は言う。

「おらいのおかだ、何してっかな」

おれの女房というのを、宮城の言葉では、おらいのおかだ、と言うのである。

しかし、チョロマツからそういう一言すら実際には私は聞いたことはなかった。

他の仲間たちも、そういう言葉は、滅多に口にしない。まして長々と自分を語ることはない。それが東北の兵士というものなのか。それとも、私が、誰にとっても、そういう話をする友人ではなかったということだったのかも知れない。

そうだ、大竹伝右衛門さんを訪ねる途中、喜多方の梅本清を訪ねてみよう、と私は思った。大竹が住んでいる熱塩加納村に行くには、喜多方を通るのである。梅本清は、衛兵隊で同じ所属であっただけでなく、共に収容所に転属になり、共に監獄に入れられ、一緒に釈放され、同じ復員船の日本丸で帰国した。思えば、終始一緒だった仲間なのだが、格別親しくしているわけではない。すでに言ったように、一度邂逅し、そのときは、一、二分話しただけで別れ、その後、戦友会で再会したが、そのときも、別に追憶を語り合うというような話はしなかった。

それだけでも梅本とは、羽田に較べれば連絡が取れているということになるかも知れないが、やはり、それっきり疎遠になってしまっている旧戦友である。喜多方という市に行く機会など滅多にあるものではない。寄ってみよう、と私は思った。

福島から喜多方まで、遠い道のりではなかったが、山道は、ところどころに雪が残っていて、速力を落とした運転をしなければならなかった。右に吾妻山を見ながら、安達太良連峰を越えて会津盆地に出るのである。地図を見て、猪苗代湖に出る少し手前の道を右に入って、まず喜多方に行った。

市役所が眼についたので、入って梅本さんの家はどのあたりになるのか、町名と番地を言って聞いてみた。それから、役所の中の公衆電話から、電話をかけた。

私が、ついでがあって喜多方に来たので、訪ねたいと思う、と言うと、梅本さんは、困った声を出した。一昨昨日父が死んで、一昨日密葬をして、昨日告別式をしたところで、取り込んでいるというのであった。それでは、会っても、すぐ失礼すると私は言った。

戦友会で会った当時の梅本さんは、清涼飲料の製造販売をやっていたが、うまく行かなかったのだろう、今は、電気関係の組立の下請をやっている。工場をのぞいてみると、七、八人の従業員が机を並べて、ステレオの基盤を組み立てていた。

ちょうど、ひるどきだったので、昼食を食って失礼することにしたが、喜多方は蔵の町ということで観光客を呼ぼうとしている。食後、その蔵のある場所に案内すると梅本さんは言った。

「喜多方はラーメンがうまいことになっているんだけど、そんなものでいいかい」

と梅本さんは言った。

「ああ、それがいいや」

と私が答えると、梅本さんは、〝上海〟というラーメン屋に私を案内した。

「戦友会で会ってから、もう、七、八年だな」

と私が言うと、

「うんだな、それぐらいにはなるべな」

と言う。

話は、はずまなかった。ラーメン屋の客の何人かは、梅本さんの知人であった。梅本さんは、もっぱら知人と仕事の話をした。

ラーメンを食うと私たちは、いったん工場にもどって、私は自分の車に乗り、梅本さんの車の後について、蔵を見に行った。町はずれに、喜多方の名物だというレンガ造りの蔵があった。レンガ造りのところが珍しいらしい。その蔵は、個人が所有しているのだそうだが、市の観光に供されていて、正面の建物では、土産物が売られており、一隅では、観光客がお茶を飲んでいた。その中にも、梅本さんの知人がいた。

そこには、ものの五分ほどしかいなかった。蔵のある場所から国道に出て、私たちは左右に別れた。

梅本さんとは、昔の話は、全然しなかった。現況についても、梅本さんの亡くなった尊父が九十歳と八ヵ月であったこと、母堂は現在八十六歳で健在であること、梅本さんは、五人きょうだいの末の子で、男は梅本さんだけだということ、梅本さんの子供は、女二人、男一人の三人だということを聞いただけであった。それも、梅本さんの方から話したというのではなくて、私の質問に答えての話であった。私の方は、自分については、もっと語らなかった。

「ラーメン、おいしかったよ」

「あんなもので、本当によかったのかい」

「ああ、本当においしかったよ。じゃ、また機会があったら会おう」

「ああ、また来ることあったら、寄ってください」

けれども、これでまた、七年も八年も会わずに歳月が過ぎて行くのだろう。会っても、昔のことを話し合うということも、ないのだろう。

大竹伝右衛門さんの住む熱塩加納村の雀田という所は、喜多方の北方、いくらも行かない地点にあった。大竹さんの家は、すぐわかった。大竹さんは、手記を読んで想像していたより、温和な感じの方であった。けれど、温和な印象を与える人の方に、強靭な人が多い。大竹さんはそういう人なのだろう。

大竹さんは、心根も強いのだろうが、運も強い。あの激しい戦場で過ごして、負傷もしなかった人である。藤木大隊の兵士で、大竹さんのような人は二人といないのではあるまいか。

私は大竹さんに、大竹さんの手記にもとづいて、龍陵の戦闘についての話を聞かせてもらった。大竹さんは、図を書いて説明してくれた。

場所や日時については、大竹さんにも、もちろん記憶に鮮明でないものがある。大竹さんの手記には、場所及び日時は不明、とことわって書いている戦闘がある。土塀を隔てての手榴弾の投げ合いについて書いた文章にも、冒頭にそう断わっているが、「大きな寺のような建物の前に最後の布陣」と題して書いているその大きな寺のような建物が何であったかは、わからない。ただ日時は、断作戦で援軍が来る直前であったと読めばわかる。

そこは、もう後がない、ここを奪われたら龍陵は陥落という市街に隣接した陣地である。敵との距離は五十メートルしかない。遠征軍の銃砲撃が激しくなると、飯も水も届けてもらえず、飲まず食わずの何日かを耐えなくてはならなくなる。その陣地戦で、大竹さんが入っていた掩蓋壕から左五十メートルの壕に入っていた佐川文吉上等兵について大竹さんは書いている。

佐川上等兵は、そんな切迫した状況の中を、時々大竹さんのところに油を売りに来る。佐川さんは、クレオソートの瓶に、シラミをとってためている。そんなことでもしていないと、気が狂いそうになる。一人で敵陣に突っ込みたくなる。間がもてなくなるのだ、と大竹さんは書いている。

ある日佐川さんは、肉をぶらさげてやって来て、

「今、取ったばかりで新しいから生で食うべい」

と言う。

大竹さんが、

「たといここで餓死しても、それだけはだめだ」

と言うと、

「食わねいでは死んでしまうぞ、ガダルカナル島では何回かやったのだ」

「今食ったところで、二、三日しかもつまい。おそかれ早かれ死ンだから」

と大竹さんが言うと、

「それもそうだなあ、大竹が食わねいなら、俺もやめた」

と言って、佐川さんは肉を捨てたという。

その佐川文吉さんも、数年前に死んだ。

その、大きな寺のような建物の前の陣地では、敵に聞かれるので、咳払いもできなかった。小便も音を立てないようにしなければならなかった。下痢になると音が出るので大便ができない。やっと友軍が到着して撤退することになるが、このときも大竹さんは、シンガリを命じられたのだった。

やっと私は、かねての宿題であった、大竹さんを訪ねることができた。

もう一人、京都の川本さんを訪ねたいが、そのへんで、龍陵会戦についての取材は終わることにしよう。こんなことが取材と言えるかどうかわからないが。

そんなことを思いながら、私は大竹さんの宅を辞し東京にもどった。

20

今年、瀬川雅善さんと会ったのは、四月の初めだった。

家内が子宮癌で、相模原の北里大学附属病院に入院したのは、瀬川さんと会って、一週間ほどしてからだった。

この「龍陵会戦」を書き始めたのは、一昨年の秋であった。家内は、そのころにはすでに、自宅の近くの町医者から薬をもらって飲んでいた。家内から病状を聞いて、もしかしたら癌ではないだろうか、と私は懸念した。しかし、医者は、そうではないと言ったと聞いて、安堵した。ところが二年ほど、私が安堵し、ろくに関心も持たずにいるうちに、家内の病気は緩かにだが進んでいたのだった。

家内は、今年の三月になって、別の開業医院に行った。そこで医師から、大学病院で検診を受けるようにと言われた。私は、妻と共にその医師に会って話を聞き、やっぱり癌なのかも知れないな、と思った。医師はもちろん、そうだとは言わない。そうであるのかないのか、そうであってもなくても、病状をつぶさに調べるのが医療であろう。医師がそう言ったわけではないが、おそらく、医師は、症状から癌だと診ている。それは、大学病院の検診の結果が出るまでは、〝疑い〟である。けれどもそれは、濃い〝疑い〟なのだろうと感じられた。

やはり、癌であった。

「手術をしましょう、って。保護者にも来てもらったほうがいいんですって」

大学病院の医師も、妻には、癌という言葉は口にしない。子宮の内膜が厚くなっていて、放置すると腫瘍につながりやすいから取ったほうがいい、といったふうな言い方をしたようだ。しかし、私には、癌だと言った。

家内が診療室に行っている間に、主任教授から私は、さらに検査をしなければならないが、病状はおそらく一期で、体部癌だと聞かされた。癌には、0から4までの段階があって、三期になるときわめて危険だということ。子宮癌には、経口部癌と体部癌とがあって、アメリカでは、子宮癌患者の十人中四人が後者だが、日本では、二人ぐらいであるということ。経口部癌は、子宮の入口に生じる癌であり、体部癌は底のほうに生じるものを言う。体部癌は経口部癌より伝播の速度がおそいということ。そういう知識を私は得た。

主任教授も、患者にはショックだろうから、疑いぐらいに言っておいたほうがいいのではないか、と言った。

「しかし、家内は、すでに自分で癌だと思っています。で、危険の度合は、どうなのでしょうか」

と私は訊いた。

教授は五パーセントぐらいだと言った。しかし、五年後でなければ、治癒したとは言えないのだ、と言った。

五パーセントと聞いて、ホッとした。そして、五パーセントぐらいの危険率なら、なまじ隠して疑心を持たせるより、妻にそうはっきり言ったほうがいいと思った。癌と言っても、乳癌、子宮癌、そして最近では胃癌も、早期発見なら治るという。中でも、乳癌と子宮癌とは、癌の中では助かる率が高いと聞いている。それは、私たち医学を知らぬ者がマスコミで仕入れた知識でしかなく、癌という病気は、そういう一概な言い方では包みきれないものなのかも知れない、とも思う。しかし、私は、不安をはみ出させながら、子宮癌だから、まだ一期で、五パーセントなのだから、五パーセントとは、ゼロだと考えていい。――そういう思いにすがる。

その自分の思いを、私は妻に話した。妻は私の言葉にどの程度の掛値を感じただろうか。妻は、自分の病気についての疑念や懸念は、口にしなかった。妻は、何を思っていたのだろうか。

「手術なんて、いやね」

と妻は言った。

「いやだって、しないわけには行かない」

「麻酔が解けずに、植物人間になってしまうかも知れないわよ」

「なにを言ってるんだい」

「そんなふうになったら、生かしておいてもらいたくないわね。そのこと、先生に頼んでおいてね」

「なにを言ってるんだ。そりゃ、手術なんて、どんな手術だって、誰だっていやだよ。けれども、一病息災だとか多病息災だとか言ってな、病気を持っていて日常医者と昵懇にしているおかげで、ほかの病気も早く見つかり、それで助かるという結果にもなるんだよ。何がいいことにつながり、何が悪いことのもとになるかわからない。僕は、明子の今度の病気が、いいことにつながると思っているよ。ほら、金沢の瀬川さんの話をしたことがあるだろう。戦傷で片眼を失った人」

「聞いたわ」

「瀬川さんは、一方の眼を失ったおかげで、戦死を免れたのかも知れない。瀬川さん自身、そう思っていると言ってたよ」

「でも、私は、もう還暦も過ぎたし、長生きしなくてもいいわ」

「と言ったって、今度の病気のおかげで、長生きすることになるんだ。僕は、そう思っている」

その私の思いには、気休めもあるだろう。危険は五パーセントと言われて、俄然、強気になってもいるのだろう。戦場での息災や幸運不運については、ずっとそういうふうに思って来たが、だからと言って、どうしようもなく思っていた。自分についても、どうしようもない。そして私は、仲間に対して冷淡であった。痛ましい死に方をした人たちを、もちろん、痛ましいとは思う。しかし、その思いはきわめて観念的になっている。悲惨は、いつでもどこでも起きるが、戦争によって起きたそれは膨大なものであった。それを思えば、きりがない。しかし、その数例を人は、思っては忘れ、あるいは思って忘れない。人により、事によっては繰り返し思う。だが、繰り返し思わずにいられないようなことでも、ほんのときたま思うだけになって行く。

見知らぬ将兵の無惨な死、日本人の暴虐や愚弄から逃れることのできなかった朝鮮人の悲惨、満洲からの引揚者の一部を襲った苛酷、その数例を私は、見たり聞いたりして、知っている。それを私は、ときたま思う。ときたま、ひとりで思うだけで、残留孤児と呼ばれる人たちのために、何かをしようともしないし、戦没者のために、何かであろうともしない。

戦死に限らず、友人や知人に死なれると、しばらくの間、生前の付合を思う。それが、だんだん間遠になる。死者の風貌や、生前の言動のあるものは、消えてしまうということはない。しかし、疎くなって行く。

ビルマに送られた日本軍の兵力は三十三万で、そのうち十九万人が戦死したのだという。帰還したのは十四万人で、およそ五人のうち三人が死に、二人が生き残ったということになるのだという。

その十四万人が、今はどれぐらいに減っているのだろうか。

私は、今年の八月で満六十五歳になるが、帰国した十四万人は、私と同年配か、あるいは年長の人たちである。今年は戦後四十年目だ。私が召集されたのは昭和十七年であった。そのときからは四十三年目だ。召集されたとき、私は二十二歳だった。母が死んだのは、その前年であった。妹の千鶴子が死んだのは、私が仙台の聯隊に召集されて、一ヵ月後であった。

私は、仙台の聯隊でも、南方に送られてからも、しょっちゅう死んだ母と妹とのことを思った。龍陵の周辺高地では、タコツボの中で、しばしば、亡母と亡妹に、もうすぐ僕も行くからね、と呟いたものだった。戦死した山田兵長や吉田一等兵、戦病死した鈴木一等兵については、格別の思い、と言えるほどの思いはなかった。あのころ、山田さんは、兵長ではなくて上等兵だっただろうか。吉田や鈴木は、一等兵ではなく、上等兵だったのだろうか。山田さんは、私たちより入隊が早く、ガダルカナル島から生還し、雲南で死んだのだった。せっかくガダルカナルから生還したのに、不運な人だな、と思った。私は、三人の遺族についてはまったく知らなかったが、想像した。三人のうち、鈴木は妻帯者だった。私は山田さんと吉田については、息子の死を知ったときの母親の姿を想像した。鈴木については、奥さんを想像した。しかし、ほんのわずかな時間、簡単な想像をしただけだった。司令部では、二回、捕えた中国兵を処刑した。処刑の現場は見ていないが、手に縄をかけられている二人の中国兵を見た。班長が言ったように、中国兵は、どこかで処刑されたのだろう。連合軍の反攻が始まって以後、日本軍は俘虜は殺したのだ。日本軍に俘虜の収容所を設ける余裕はなかった。私は、あの処刑された中国兵についても、ほんのわずかな時間、その母親や妻や妹について、簡単な想像をした。

私は、自分の亡母や亡妹を、戦友や敵兵の遺族の像にしていた。一瞬、そのような人物を思い描いた。そして、それだけだった。その後、死者について思うことは少なかった。

戦場での戦友の死より、帰国してからの友人の死のほうが、思いがあとをひく。もちろん、それも、疎くなる。戸石泰一さんにしても、吉田満さんにしても、仙台の一平さんにしても、福島の安斎清吉さんにしても、守田協さんにしても、先立たれて、私は何かを失った気持に落ち込んだ。自分の中から、突然何かが奪われ、それはもう取り戻すことができない。死をそういうものとして受け止める。そして故人について思うことが多い。結局それも間遠になり、淡くなってしまうのだが、そうなるまでに時間がかかる。戦場での仲間の死には、はなから、自分の中から何かが欠落したなどという思いは起きなかった。

私はそうだが、私と違う人もいるだろう。霊魂の実在を信じている人がいる。オカルトを信じている人がいる。葬儀だの、慰霊祭だのは、昔は死者との交流を信じている人たちの営みであったのだろう。しかし、今は、ごくわずかな人たちをのぞいて、生者の生者のための営みである。葬式で弔辞を読む習慣は、人々が死者との交流を信じていたころから続いているのだろうか。人々がそう思わなくなってからできた形ではあるまいか。死者に語りかけるかたちで、人は、参列者に思いを披露する。本当に聞かせたい対象には届きようのないのに、と私は思う。こんなかたちで冥福を祈り、済んだという気になる。けれども、これでいいのだ、とも思う。それが生者の慣習であり、営みというものなのだ。慣習だから、つべこべ言ったり思ったりしないで従う。人はそれでいいのだとも思う。それに人には、通じないと思っていても語りかけずにいられないという心があって、そういう慣習ができたのでもあろう。そしてまた、宮古島の人々や恐山のイタコさんのように、神や死者との交流ができている人もいるのだ。

冥福を祈れば、生者の気持が休まる。だから生者は、そうすればよい。

生きて還って戦没者に申しわけない、と言う人が、元帝国軍隊の将兵には、かなりいるようだ。戦死していて当然、戦後は余生だ、と言う人もいる。そういう人たちは、そう自分に言い聞かせているのだ。けれども、それを、外に向かって言うと嘘になりがちだ。

軍隊が恵まれた場所であった人がいる。軍隊の好きな人がいる。誠実で、生一本で、いまだに旧軍隊が好きでならぬという老人がいる。

吉田満さんは、〝われわれ世代の最も優れた知性の一人〟として京大で西洋史を学んだ学徒兵林尹夫について書いている。林尹夫は、手記「わがいのち月明に燃ゆ」に、

我々は、「歴史より離れて生くるを得ぬものなるゆえに、しかせざるべからず」と考える。ゆえにある人々のように、おれには恨むなどということはできない。だから忍耐して生き、そして意味をつくりださなければならないのだ。現代日本が何であろうと、我々日本人は、日本という島国を離れては、歴史的世界を持ちえぬ人間であり、我々は我々の土壌しか耕せぬ人間だ。だから、泣言を言ってはならない。

と決意を述べている。

私は、林尹夫も、歴史的世界などという世界に無縁な人たちも、私も、関西風に言えば、ミ

ナ、イッショヤと思う。
吉田さんは、積極的に戦闘に参加したものは内心で平和を嫌悪し、一方消極的に戦闘に協力したものは平和を愛好したはずだという図式化では、人間と戦争とのかかわり合いは語れない、それは、もっと多岐複雑だ、と言うが、私もそう思う。人間と戦争とのかかわり合いに限らない、図式が語るものは、貧しく、少ない。私は、自分を、吉田さんとも、林尹夫とも、また、あの痴呆的な考え方を、教えられたり強いられたりしたことに素直であった人たち、あの戦争に背を向ける考えなどみじんもなかった人たちと、イッショなのではないか。そう思って付き合って行きたいと思う。


妻が入院したので、私は、青山の仕事部屋を閉じて相模原に帰り、自宅で仕事をしながら、連日、病室に見舞った。

入院して九日後に、妻は手術をした。手術の前日、病室の主治医から別室で説明を聞いた。主治医は、検査をしたら病状は予想より進んでいて、一期を過ぎて二期になっていると言った。体部の癌が経口部に向かって伸びているというのであった。そして危険の率は五パーセントではなく四〇パーセントだと言われた。

そう告げられて、私は緊張した。体部癌は増殖の速度が鈍いと言っても、家内が異常を自覚したのは二年前だ。二年もたっている。長過ぎると私は思う。増殖の速度というものがどんなことなのか、実は私にはわからない。私は、速いとか鈍いとかいった言葉を感じで曖昧に受けとめているだけである。速いとか鈍いとかいうことだけではない。五パーセントだの四〇パーセントだの、一期だの二期だのということについても、実は私は、何かを感じているだけで、本当は何もわかっていないのである。

だが、その数字は、手術後、百人の患者がいれば、五パーセントなら五人、四〇パーセントなら四十人が死ぬということではないのか。それは、手術後五年間の数字であるという。（一期だって。危険度は五パーセントだそうだ。安心したよ。五パーセントとはゼロっていうことだから。医者は決して〇パーセントとは言わないからね）私は妻にそう言ったのだったが、二度目に病室の主治医から聞いた話は、伝えるわけには行かない。けれども私は、気持を顔に出していたようだ。そういう私を見て、

「あなたの顔を見ていると、不安になって来るわ」

と妻は言った。

「そうか、すまん、すまん。俺はすぐ、こんな顔になってしまうんだ。やっぱり、手術ということになるとな。盲腸の手術だって、こういう顔になっちゃうだろうと思うよ。しかし、気持を気楽に持とうよ。俺もそうするけど、明子もな」

と私は言った。

自宅に帰ってから、私はメソメソした。

妻に死なれた後のことを思った。

この家で、一人きりの毎日が続く。それは、どういうものなのだろうか。

私はこの十五年間、ろくに自宅に帰らない生活をして来た。小説を書き始めて五年ぐらいは、ホテルに宿泊する日のほうが、自宅で過ごす日よりずっと多かった。旅行に出かけることも多かった。自宅で過ごした日は、月のうち、一週間にも満たないぐらいであった。青山に仕事部屋を作ったのは、十年ほど前であった。仕事部屋を作ると、ホテルをやめて仕事部屋に泊まり、それまでと同じように、月に数日しか帰宅しない。小説を書き始めるまでは、それほどではなかったが、それまでだって私は、帰宅しないことが多かった。私は、昭和二十二年の十一月にサイゴンから復員して、二十四年に結婚した。復員した翌年、日本映画教育協会という法人に就職して、機関誌の編集にたずさわったのを皮切りに、五十四年に季刊芸術社を辞めるまで、私はいくつかの出版社をわたり歩いた。日本映画教育協会をやめて河出書房に入ったが、私はうだつの上がらぬ社員だった。河出書房が倒産して、一年間ぐらい失業していて、それから、教科書会社に就職した。教科書会社の次に、PL教団が経営する出版社に入った。

編集者をしていたころも、家をあけることが多かった。河出書房に勤めていたころは、倒産前の一時期のほかは、おそくはなったが帰宅した。河出では、倒産の直前、一ヵ月であったか、二ヵ月であったか、鎌倉に下宿して、ときたま駒込にあった自宅に帰った。そのころ、鎌倉に住んでいた故中山義秀から原稿をとるために、連日出かけて行かなければならないことになった。連日出かけるぐらいなら、下宿したほうが楽だし、そうしたほうが、義秀さんにはプレッシャーになる。実際にはプレッシャーにはならなかったようだが、そういうつもりもあってそうしたのだった。

日本映画教育協会で単身赴任で福岡に飛ばされたし、教科書会社やＰＬの経営する出版社では、しょっちゅう会社に泊まり込んだ。

ほとんど別居の夫婦だった。しかし、妻は不満を訴えない。私も呵責や負い目は感じない。なんとなくそれでいいような具合になっていた。

しかし、別居のような生活をしながら独りでいるのと、妻に死なれて独り暮らしをするのとでは、まったく違うのだと思った。

もし、妻に死なれても、やがては疎くなるわけだろう。しかし、そうなるまでには、時間がかかるだろう。私が死ぬ前に、そうなるかどうか。

私は、亡母と亡妹を久しぶりに思い出した。母と妹とへの思いは、薄れるのに最も時間がかかった。龍陵では、思わない日はなかったぐらいだった。（もうすぐ、僕も行くからね）と何回呟いただろう。龍陵で、行く、と言ったのは、そんなものがあるとは思っていないのに、例の空想で来世を作っていたのだった。私が軍隊で空想の物語ばかり作っていたことは前にも言ったが、空想の中では、元気であったころの母や妹と会うことができたのだった。

空想ではなくて、追憶も繰り返した。十七年の夏に、私は東京から朝鮮新義州の生家に帰った。八月に帰って、九月に私は京城に行って、父の友人の瀬戸さんの家に泊めてもらって、何日ぐらいであったか、毎日、肺結核で医専病院に入院していた千鶴子を見舞ったのだった。その私に、新義州から、召集令状が来たと知らせて来たのだった。

千鶴子には恢復ののぞみがなかった。もう二度と会うことはないのだ、と思いながら、私は妹の病室を出て、仙台に向かったのだった。

病室を出ると、涙が出て止まらなかった。私は、ボロボロ涙を流しながら、京城の街を病院から駅まで歩いて汽車に乗ったのだった。

そのころのことを、私は、いくつかの小説に書いている。妻に話もした。

妻は、私の小説も読んで、

「あなたはマザコンね。いまだにそうなのね。それと、千鶴子さんね。死ねばよく見えるのね」

と言った。

「まあな、死んだ人には甘くなる」

「私のことは、ひどく書くのよね」

「死んだら、うんとよく書くよ」

「嘘よ、死んだら安心して、もっとひどく書くに決まってるわ」

そんなことを言ったものだった。

けれども、最近は、もう、母のことも妹のことも、滅多に思い出さない。しかし、妻に先立たれるかも知れないという思いが、母や妹の追憶を呼んだ。

死んだ父のことも久しぶりに思い出した。私は、自分を父と比較して、俺も似たようなものかも知れないな、と思った。母が死ぬと父は、しばらくの間、腑抜けになったように見えた。父は開業医であったが、一日中ベッドの上で悄然としていて動かなかった。男親だのに、いくじがない、と私は思った。母の死に続いて父は、娘を失った。私の退学も知った。あれからの父は、刀折れ矢尽きた落武者のような気持になっただろう。父は明治四十四年に母と共に満洲の安東に渡り、二年後に朝鮮の新義州で開業した。新義州は、鴨緑江を隔てて安東の対岸の町である。以来三十年ひたすら父は働いた。夜中の往診を断わったことがなかった。疲れて動かなくなった体にモルヒネを打って出かけて行った。そして母に先立たれた。三十年間働きづめに働いて、父はモヒ中毒になって取り残された。父がたどり着いたゴールは、母の死であった。そのときの父の気持を私は思ってみようともしなかったが、私は今、危険度四〇パーセントと聞いただけで腑抜けになりかかっている、と思った。

人には、必ず、死が訪れる。自分にも、家族にも。これだけは避けようがなく、これほど怖いものはない。ついに、それが来たのではないか。誰にでも、その人なりの好い時期があり、それは必ず終わる。どんなに恵まれた人でも、それは死で確実に終わる。私にもいつかそれが来る。それだけは覚悟していなければならない、と思っていた。しかし、覚悟していれば、落ち着いていられるというものではない。結局はオタオタしてしまうのだ。それがついに来たのかも知れない。少なくとも、その前触れが来たとは言えそうだ。

迫撃砲は怖かったが、戦場では、死の予感に包まれていても、気持は楽だったな、と思った。戦場の死は、いつか必ず来る死ではなく、不運な人に早目に来る死だ。核兵器といつか必ず来る死とどちらが怖いか。私には後者だ。必ず来るもののほうが怖い。

私はまた、こんなことを考えた。神さまが言う。お前の妻か、お前の知らない十万人の人々か、どちらかを殺さなければならない。お前の言うとおりにするから、言ってごらん。十人が聞いているところでそう言われたら、答えるのはつらい。しかし私は、言うだろう。十万人のほうを殺してください。

もし、ひそかに訊かれたら、私は躊躇なく答えるだろう。

もし、妻と見知らぬ十万人でなく、親しい友人と見知らぬ十万人であっても、やはり私は言うだろう。十万人のほうを殺してください。

こんなことを言うと、私は袋叩きにあうだろう。しかし、たとえばレニングラードの攻防戦でなら、そこで何百万の人々が死んでも、私は平静でいられるのだ。私はそういう人間だから、他人の思いを批判したり非難することはできないのだ。

妻の手術の前の晩、私はそんなことを、とりとめなく思い続けた。手術は九時からだが、八時に病室から麻酔室に運び出されるのだという。

翌朝、八時前に着けるつもりで家を出たが、普通なら十五分か二十分で行ける道が、ひどい渋滞でふさがっていて、一時間近くかかった。

病室に着いたときには、八時を五分ほど過ぎていて、妻はすでに、麻酔室に運ばれていた。私は二階の中央手術部に降りて、ストレッチャーの上に仰向けになっている妻に会った。妻はすでに、何かの薬を与えられてトロンとしていた。私は妻の手を握って、

「気楽にね、心配はないからな」

と言った。

妻は、

「ええ。あなた、朝ごはんはちゃんと食べなさいよ」

と言った。

それだけで私はロビーに引き揚げ、手術が終わるのを待った。

大粒の雨が、八時半ごろから小降りになり、間もなく上がった。

手術は、五時間ほどかかった。その間、私は、地下の食堂へ行って食事をしたり、ロビーでタバコを吸ったりした。さすがに食事はのどを通らなかった。ロビーにはテレビがあって、三沢あけみという歌手が、調子のいい手拍子を響かせながら、酒は手酌でほろ酔いで、という歌をうたっていた。テレビには、朝と昼にワイドショーというのがあって、人の不幸を商売にしている。それよりは、酒は手酌でほろ酔いでのほうがまだいいが、やはりなにか、突拍子もな

い歌を聞かされているような気がして、私はタバコを急いで吸うと、ロビーから離れて、階段を上ったり降りたりしたり、売店に行ってみたりした。だが、そんなことをしてみても、なかなか時間はたたなかった。

私は、階段をゆっくり上ったり降りたりしながら、ラシオの兵站病院のことを思い出した。兵站病院にも、手術部があったのだろうな、と今ごろになって思った。私はマラリアで入院していて、自分の入っていた病棟と重症病棟とだけしか知らない。重症病棟は、そこに何度か、死体運搬の使役で行ったから、知っているのだ。

○三の原田大隊長を思い出した。原田さんがサイゴンの監獄で、フランスの探偵局に呼び出されたとき、俺もう何でもしゃべっちゃうよ、痛い目にあうのはいやだから、と言って同房の者たちを笑わせた。あれを私は、軽口だと思っていたが、その話を私が、元原田大隊の兵士にしたら、それは軽口ではない、本心でそう言ったのだ、と言われたのだった。原田さんはいくじのない人だったとその元兵士は言うのだった。そうだとすれば、いくじがなくてはならぬ大隊長を勤めるのは、楽ではなかっただろう。

昼前に、私の末の妹が来た。

二時を少しまわったころ、看護婦が来て手術の終了を告げ、二階の手術部に行ってお話を聞いてください、と言った。

手術部に行くと、医師から話を聞く部屋があり、そこで担当の上坊医師から、説明を聞いた。

上坊さんは、家内から剔出《てきしゅつ》した子宮を手にしてあらわれた。血が垂れ落ちていた。家内を痛ましく思った。

上坊さんは、これが癌で、これは古い筋腫ですが、この筋腫が癌の侵蝕を食い止める役に立った、出血は五百六十グラムで輸血はしないで済んだ、三十日に抜糸です、と要領よく説明してくれた。

「剔出したものを切って検査して、その結果によって、今後の治療の方法を決めて行きます」

と上坊さんは言った。

病室の主治医から聞いた以上に、悪い症状は出なかった。あけてみて、それまでの検査ではわからなかった難点を発見するということがあるのではないか。それを言われなかっただけでもよかったと思わなければならない。

剔出したものの分析検査の結果が出るのは、二週間後だと告げられた。その検査で新たな難点を発見するということもあるのではないか。不安が次々に持ち越されるのだった。

手術部から上がって来ると、妻の弟夫婦が来ていた。しばらくすると、妻がストレッチャーで運ばれて来たが、麻酔で昏々と睡っている。弟夫婦は、妻と言葉を交わすことなく帰った。

術後の経過は順調だという。剔出した子宮の分析の結果は、五月の十日に、電話で上坊医師から聞いた。癌は子宮外には拡がっていない。癌の顔付は悪くない。しかし、癌細胞が子宮の筋肉の二分の一の深さに近く達している部分があるので、コバルトをかけるかどうか、主任教授とも相談して、来週のはじめに結論を出す、と上坊さんは言った。癌細胞の達している深さが、三分の一までなら、コバルトをかける必要はないし、三分の二の深さに達していたら、かけなければならないが、二分の一だから、さあどうするか、微妙なのだ、と医師は説明した。

そのコバルトも、かけなくてもいい、と言われた。

「軽かったんだ。子宮癌を患った人を何人か知っているけど、みんな明子より病状が進んでいて、しかも、みんな治っている。だから心配はいらない。もちろん、体に刃物を入れたんだから、大変には違いないけど、気長に根気よく治療してもらいたいね」

やっと私は、ほぼ安心した気持になれた。そして現金に、調子のいいことが言えるようになった。

少しずつ、妻は恢復しているように思える。五月の下旬に妻は退院した。退院して一ヵ月たった。

「あなた、もう、なんにもしてくれなくなったわね」

「当たり前だ」

「あなた、やっぱり、青山で仕事をしたら。家にいて、仕事をしないあなたを見ていると編集の方に悪くて、胃が痛くなってくるのよ」

「そうだな。また別居したほうがいいかも知れない」

入院前の生活にもどり始めている。しかし、家内の入院で、京都の川本さんを訪ねる予定が狂った。もう一度、七ヶ宿村を訪ねてみるつもりだったが、それも先のことになった。大竹伝右衛門さんを訪ねて以後、福島を訪ねる余裕もない。

しかし、まあ、こんなふうにして、私たちは、避けようのない死に向かって、残りの少なくなった歳月を過ごすしかなさそうだ。

今度は、妻の病気は、避けられなく死につながるものではなかったようだ。しかし、必ず来る。人によっては、この年になったからといって、いきなりそこには行かないかも知れない。まだまだ、いくつか、病いを乗り越える人ももちろんいるだろう。しかし、もうさほど先のことではなく、妻も私も、大畑さんも鎌田さんも、浜島さんも滝沢さんも、大竹さんも、瀬川さんも、順番や時期はわからないが、みんなに死だけは必ず来る。

それまでに私は、また何回か、龍陵の話を聞かせてくれた人たちと会えるだろうか。

それにしても、私はこんな人間だから、戦死のことを、とても散華などとは言えない。

〔1983（昭和58）年11月～1985（昭和60）年8月「文学界」初出〕

あとがき

今年は、戦後すでに四十年になる。戦争中二十代であった私も、すでに六十五歳だ。

二十代の戦争経験は、遠くなった。しかし、遠くなっても、薄くなっても、過去は消えない。軍隊で最下級の兵士として過ごした数年、戦場の日々、徴集されたがための人との出会い、その他、私には私の過去があり、それは薄くなったが消えない。

みんなそうなのだろう、と思う。

追憶の中で消えないということだけではなくて、過去だの現在だの未来だのと言って、それはつながっているわけで、そのつながりの中に人はいるのだ。

あの戦争は、あの過去は、何だったのか。それを考えることは、〝つながり〟を考えることだろう。

私は、前作「断作戦」では、騰越の守備隊について書き、本作「龍陵会戦」では、龍陵の守備隊、そして龍陵守備隊の救援に南ビルマから北上した自分自身や仲間等について書いた。

あの戦争時、日本は一時ビルマを占領し、北ビルマから中国雲南省に進出して、拉孟、騰越、龍陵、鎮安街、平戛等に守備隊を駐屯させて占領した地区を確保しようとしたが、米英支連合軍の反攻に抗することはできなかった。拉孟、騰越の守備隊は全滅し、その他の守備隊も全滅に近い損傷を蒙り、撤退したのである。

「断作戦」の「あとがき」にも書いたように、雲南地区の日本軍の主幹部隊は、久留米編成の龍兵団（第五十六師団）であったが、龍陵守備隊には、勇兵団（第二師団）の歩兵第二十九聯隊の一部が配されていた。勇は仙台編成の師団で、歩兵第二十九聯隊は、福島県会津若松の聯隊であった。私は、第二師団司令部所属の兵士として、龍陵周辺の山中で、数カ月を過ごした。

私は、自分のその過去について繰り返し考えてしまう。それは、私の前方で戦った人々のことを思わずに考えることはできない。

私たちは、ある者は死に、ある者は生きている。生き残った者は何を考えなければならないのか。生者同士、あるいは死者に対して、どのような思いを持てばいいのか。その答えは、私には出せない。おそらく私は、死ぬまで出せないのである。

それは、自分自身への認識であるだけではなく、他人をも同じ思いの中で把握しているのである。

答えを出したくて書き、書けば書くほど、思考は集約されず、反対に拡散して行く。人とはそういうものではないか、という思いが、私の、私に対する答えだとは言えるかも知れない。

そういう場所で私は、この「龍陵会戦」を書いた。前作「断作戦」についても、同様のことが言えるだろう。

もう一つ、入り方を変えて、今度は、菊兵団（第十八師団）にスポットを当てた長篇を書きたいものだと思っているが、実現するかどうか。取材をしたうえで、書けそうであったら書いてみよう。

本篇連載中、「文學界」の阿部達児さん、湯川豊さん、田嵜晢さん、重松卓さんにいろいろお世話になった。上梓に当たっては前作と同じく、出版部の萬玉邦夫さんにお世話になった。あらためてお礼を申し上げます。

昭和六十年十月　　　　著者

〔1985（昭和60）年11月『龍陵会戦』所収〕

P+D BOOKS ラインアップ

草を褥に 小説 牧野富太郎	大原富枝	● 植物学者牧野富太郎と妻寿衛子の足跡を描く
夢のつづき	神吉拓郎	● 都会の一隅のささやかな人間模様を描く
鉄塔家族（上下巻）	佐伯一麦	● それぞれの家族が抱える喜びと哀しみの物語
早春	庄野潤三	● 静かな筆致で描かれる筆者の「神戸物語」
お守り・軍国歌謡集	山川方夫	● 「短篇の名手」が都会的作風で描く11篇
演技の果て・その一年	山川方夫	● 芥川賞候補作3作品に4篇の秀作短篇を同梱

P+D BOOKS ラインアップ

断作戦	古山高麗雄	●騰越守備隊の生き残りが明かす戦いの真実
龍陵会戦	古山高麗雄	●勇兵団の生き残りに絶望的な戦闘を取材
ブルジョア・結核患者	芹沢光治良	●デビュー作を含め著者初期の代表作品集
海の牙	水上 勉	●水俣病をテーマにした社会派ミステリー
塵の中	和田芳恵	●女の業を描いた4つの話。直木賞受賞作品集
散るを別れと	野口冨士男	●伝記と小説の融合を試みた意欲作3篇収録

P+D BOOKS ラインアップ

魔法のランプ
澁澤龍彥
● 澁澤龍彥が晩年に綴ったエッセイ29篇を収録

虚構のクレーン
井上光晴
● 戦争が生んだ矛盾や理不尽をあぶり出した名作

マカオ幻想
新田次郎
● 抒情性あふれる表題作を含む遺作短篇集

浮草
川崎長太郎
● 私小説作家自身の若き日の愛憎劇を描く

街は気まぐれヘソまがり
色川武大
● 色川武大の極めつきエッセイ集

こういう女・施療室にて
平林たい子
● 平林たい子の代表作2篇を収録した作品集

（お断り）

本書は1985年に文藝春秋より発刊された単行本を底本としております。あきらかに間違いと思われるものについては訂正いたしましたが、基本的には底本にしたがっております。また、一部の固有名詞や難読漢字には編集部で振り仮名を振っています。

本文中には部落、裏日本、表日本、飯場、低能、下男、給仕、坑夫、植物人間などの言葉や人種・身分・職業・身体等に関する表現で、現在からみれば、不当、不適切と思われる箇所がありますが、著者に差別的意図のないこと、時代背景と作品価値とを鑑み、著者が故人でもあるため、原文のままにしております。

差別や侮蔑の助長、温存を意図するものでないことをご理解ください。

古山 高麗雄（ふるやま こまお）
1920（大正９）年８月６日―2002（平成14）年３月11日、享年81。朝鮮新義州出身。1970年『プレオ―８の夜明け』で第63回芥川賞受賞。代表作に『小さな市街図』『セミの追憶』など。

P+D BOOKS とは

P+D BOOKS（ピー プラス ディー ブックス）とは
P+Dとはペーパーバックとデジタルの略称です。
後世に受け継がれるべき名作でありながら、現在入手困難となっている作品を、
B6判ペーパーバック書籍と電子書籍を、同時かつ同価格で発売・発信する、
小学館のまったく新しいスタイルのブックレーベルです。

龍陵会戦

2024年7月16日　初版第1刷発行

著者　古山高麗雄
発行人　五十嵐佳世
発行所　株式会社　小学館
〒101-8001
東京都千代田区一ツ橋2-3-1
電話　編集　03-3230-9355
販売　03-5281-3555
印刷所　大日本印刷株式会社
製本所　大日本印刷株式会社
装丁　おおうちおさむ　山田彩純
（ナノナノグラフィックス）

ISBN978-4-09-352260-1

P+D BOOKS